U0136957

韻體詞評
清代論詞絕句與論詞長短句研究

林宏達 著

臺灣 學生書局 印行

本書為 2017 年實踐大學新進教師學術研究補助計畫「清人沈道寬『論詞絕句』論金元明清詞人研究」（106-08-02004）、2019 年科技部專題研究計畫「清代『論詞長短句』之蒐集與研究」（MOST108-2410-H-158-010），以及 2020 年科技部人文社會科學研究中心補助青年學者暨跨領域研究學術輔導與諮詢「《昭代詞選》與雍乾江蘇詞人群體研究」（MOST107-2420-H-002-007-MY3-Y10901）補助下完成之研究成果，謹此誌謝。

自　序

詞，是我一生最眷戀的文體。

年少時電影裡那段似詞的佳句「正偎翠倚紅，應記浮生若夢。若一朝情冷，願君隨緣珍重」，即使數十年過去，仍深深刻劃在腦海中；熱愛金庸作品，觀看《神鵰俠侶》電視劇中李莫愁所吟哦的「問世間情是何物，直教人生死相許」，《射鵰英雄傳》中瑛姑脫口而出「四張機。鴛鴦織就欲雙飛。可憐未老頭先白，春波碧草，曉寒深處，相對浴紅衣」，那時不懂什麼是詞的我，卻愛極這些情濃字麗的句子。慢慢接觸多了，電視節目中模仿鄧麗君的人每每所唱的「明月幾時有，把酒問青天」、「無言獨上西樓，月如鉤」，開始知道，原來這都出自唐宋詞。

努力插班考上中文系，非常高興能進入自己文壇偶像曼娟老師任職的學校東吳大學，當時正熱衷於現代小說、李商隱詩的我，從沒想過一腳踏入詞的世界後，便將這個文體當作畢生的志業研究，當然也要感謝「詞選」課啟蒙老師郭娟玉的知識傳授，用心評改我多繳交的古詞習作，更甚至下了「吾當避此人出一頭地」的評語，自此好像在心中扎上定海神針般，離不開詞的懷抱。

從撰寫《宋詞取材唐傳奇之研究》到《清代前期「論詞長短句」評唐宋詞人及其作品研究》，徜徉在「詞」之領域將近十年

的時間，這個階段並非過去欣賞詞作或填詞自娛，而是必須深入詞心，瞭解詞體的種種面向，積累對該體製的全方位認知，期間我也成為一名教師，開始講授唐宋詞。

取得博士學位後，延續博士論文未盡之處，在修改博論準備出版的同時，有感於希望「論詞絕句」與「論詞長短句」能更全面的研究，陸續向校內申請學術研究補助，提交「清人沈道寬『論詞絕句』論金元明清詞人研究」；又獲得科技部專題研究計畫補助，提出「清代『論詞長短句』之蒐集與研究」計畫；隔年再向科技部人文社會科學研究中心申請「《昭代詞選》與雍乾江蘇詞人群體研究」諮詢補助，陸續撰寫且發表文章：〈民國以來「論詞」詩詞研究論著目錄〉（發表於《書目季刊》第 50 卷第 4 期，2017）、〈清人沈道寬「論詞絕句」論北宋詞人探析〉（發表於香港珠海學院中國文史研究所主辦「第二屆中華文化人文發展國際學術研討會」，2017）、〈清代「論詞絕句」組詩選評辛棄疾詞探析〉（發表於江西上饒師範學院主辦「紀念辛棄疾逝世 810 周年辛棄疾與詞學研討會」，2017）、〈從「論詞長短句」觀察家族詞人群填詞概況──以清人張玉轂為中心〉（發表於中國詞學學會主辦「2018 詞學國際學術研討會」）、〈從清人沈道寬〈論詞絕句〉四十二首建構其詞學觀〉（發表於《成大中文學報》第 66 期，2019）、〈清人孫原湘「論詞長短句」評唐宋詞人探析──兼論「詞家三李」傳播狀況〉（發表於清華大學華文文學研究所主辦「2019 臺灣詞學研討會」）、〈民國以來「論詞」詩詞研究成果回顧與展望（1912-2020）〉（發表於《書目季刊》第 54 卷第 3 期，2020），將以韻體為詞評的研究成果與學界分享。

　　「論詞絕句」與「論詞長短句」是以韻文評詞的姊妹作，亦是詞學接受角度的其中二項，可從中擷取批評家的詞學意見。有清以來，以詩詞作為評論載體日益豐富，不僅文人集中翻閱得見，又有部分創作者進行組詩、組詞的聯章之作，可見其別有用心處。「論詞絕句」與「論詞長短句」雖屬同質，然在表現上仍有區別，其一，前者多半以「絕句」形式寫成，後者則以長調體製創作居多，字數相差三倍以上；其二，前者主理性議論，符合詩歌屬性，後者重感性抒情，迎合詞體調性；其三，前者較多組詩且定名為「論詞絕句」，後者則散見詞人詞集中，並且未有定名；其四，前者較多評論前代詞人作品，且具體提出讀者意見，後者則以評論當代詞人為多，內容較易出現時人互評的溢美之詞。雖有不同之處，然二體具備評議詞體內容，實際又為文學創作，須依既定格式書寫，不像「詞話」未受體製所囿，此現象是詞話中所未能視得之處。更甚以同一體製既填詞亦評詞，也無法從散文評論如書信、序跋、筆記中觀察獲得。

　　故本書從「創作批評」與「同體議論」角度出發，透過文人以文學創作方式，表達看法、闡揚心聲，以韻文評議詞作，申述對詞家、詞作的意見。在載體一致的前提，批評者兼有創作者的身分，更能貼近填詞與體製認同的立場，說明自我觀點。尤其論詞長短句在品議書寫過程，含藏仿效友朋、致敬前輩的痕跡，不單僅是文字批評而已。此外，藉由民國以來學者對於「論詞詩詞」的探索與研究，歸結要點，述明展望，再以「組詩選評名家」、「創作融入批評」、「詞人群體觀察」、「非浙派之視域」與「同體議論示例」等五種面向說明「論詞絕句」與「論詞長短句」二體可透顯的不同旨趣。既能理解詞史名家創作高下之

別、亦可觀察詞派籠罩下的詞論發展，更可藉此縷析無詞話專著者的詞學看法，以及地域詞人群體交流的集體共識。書末附有三篇與論題相關文章，分別是對應第一章「論詞」詩詞研究的目錄，以分類條列方式呈現，讓讀者方便檢索；其次為清代論詞絕句論及南唐三家的相關分析，最後則是曾被誤以為是論詞詩的謝乃實〈用詞名絕句〉，經由整理辨明其中特色。以上三篇亦有助對論詞韻文的理解。

　　本書從構思、調整改寫至出版閱時近五載。感謝每篇文章的講評人或審查委員，慨予諸多的寶貴意見，使本書得以調整修訂，減少錯漏訛誤。十餘年來，感謝恩師王偉勇教授的指導與砥礪，不管學術研究或為人處世，樹立楷模，尤其像寒冬的一股暖流，提攜支持、溫暖鼓勵，更覺師恩深重。感謝計畫諮詢教授林佳蓉老師，一年期間的請益提問，讓我收穫滿滿，也啟發了未來的研究方法與方向；感謝何淑蘋學姊與高守鴻、曾悅瑄、洪晁權、郭勁甫等學棣，有了這些夥伴的支援協助，得以兼顧教學、研究和推廣古典詩詞吟唱；感謝家人與妍伶長年的包容與扶持，使我更專注於打拼事業。有太多需要言謝的對象，一切點滴在心。

　　本書集結近年探研清代「論詞絕句」與「論詞長短句」二體所得，當有助學界理解詞學批評的不同面向。唯駑鈍學薄，疏漏難免，尚祈方家不吝賜正。

　　　　　　　　　林宏達　2021 年 8 月謹識於府城清吟閣

韻體詞評
清代論詞絕句與論詞長短句研究

目 次

第一章　民國以來
「論詞」詩詞研究成果回顧與展望

一、前言

　　研究詞學的材料，據王偉勇《清代論詞絕句初編》提出，除詞集本身內容之外，可涵蓋十個面向，分別為：一、仿擬作品，二、和韻作品，三、詞籍（集）序跋，四、詞話，五、詩話，六、筆記，七、論詞詩（包含論詞絕句），八、論詞長短句（即論詞詞），九、詞選，十、評點資料。[1]其中「論詞詩」與「論詞長短句」占五分之一，可見其重要性。筆者曾發表〈民國以來「論詞」詩詞研究論著目錄〉[2]，蒐集海內外「論詞」詩、詞相關論著，顯示學界迄今累積了相當可觀的成果。本章根據目錄並賡續蒐羅資料，綜理分析，回顧前人成果，進而展望未來，提出可再延續、開拓的課題，以供學界檢視與參考。

---

[1]　王偉勇：〈清代論詞絕句之整理、研究及價值〉，《清代論詞絕句初編》（臺北：里仁書局，2010），頁1。

[2]　林宏達、何淑蘋：〈民國以來「論詞」詩詞研究論著目錄〉，《書目季刊》第 50 卷第 4 期（2017 年 3 月），頁 115-131。增修版可參考本書附錄一。

二、「論詞」詩詞論著概述

綜觀民國迄今「論詞」詩詞相關論著，「論詞詩」的討論數量顯然多於「論詞詞」；然就發表時間而言，學界關注「論詞詞」實則甚早。究其原因，清末民初幾位學者特別填寫論詞詞，包括朱祖謀〈望江南‧雜題我朝諸名家詞集後〉、姚鵷雛〈望江南‧分詠近代詞家十二首〉、〈望江南‧續詠近代詞家六首〉、〈望江南‧再續詠近代詞家〉二首、盧前〈望江南‧飲虹簃論清詞百家〉等，諸家以詞評詞相繼問世，予人留心討論之空間。1955 年出版的蔡瑩《味逸遺稿》卷四〈朱彊村望江南題清詞箋註〉，即採箋注方式探討朱祖謀二十六首論詞詞，開啟論詞「詩詞」研究之先聲。

論詞詩研究成果，初始發表形式多屬學者創作論詞詩或他人校箋為主，如 1961 年饒宗頤〈朱彊村論清詞望江南箋〉（《東方文化》6 卷 1、2 期），1965 年王韶生〈朱彊村〈望江南〉詞箋釋〉（《崇基學報》5 卷 1 期），夏承燾著、吳無聞注《瞿髯論詞絕句》（北京中華書局，1979）以及外編（《杭州大學學報》1979 年 1、2 期）、夏承燾〈論域外詞絕句九首〉（《文獻》1980 年 2 期），繆鉞〈《靈谿詞說》四則〉（《四川大學學報》1982 年 3 期），楊仲謀《評詞絕句註》（臺中市四川同鄉會，1988），程郁綴〈論詞絕句箋評‧論蘇軾詞〉（日本《神戶大學文學部年刊》15 號，1997）、〈論詞絕句箋評‧論李煜詞〉（日本《漢學研究》36 號，1998），神田喜一郎著、彭黎明譯、洪明校〈槐南詞話與竹隱論詞絕句〉（《河北大學學報》1986 年 1 期）等。延伸而下，遂有以夏承燾論詞絕句為探討對

象之專門文章，如洪柏昭〈讀瞿髯論詞絕句〉（《光明日報》，
1980 年 3 月 18 日）、楊牧之〈「千年流派我然疑」——《瞿髯
論詞絕句》讀後〉（《讀書》1980 年 10 期）、李錫胤〈《瞿髯
論詞絕句》蠡測〉（《藝譚》1981 年 2 期）、許理絢〈「黃金
合鑄兩娥眉」——蔡琰、李清照淺論〉（《青海師範學院學報》
1983 年 3 期）、劉揚忠〈《瞿髯論詞絕句》注解商榷〉（《文
學遺產》1985 年 3 期）、林玫儀〈《瞿髯論詞絕句》初探〉
（《第一屆詞學國際研討會論文集》，1994）等。其中以劉揚
忠、林玫儀討論較為深入，餘則偏向於讀後感。

　　1990 年以前，先有《唐宋文學論叢》收葉嘉瑩〈前言——
談撰寫此書的動機、體例以及論詞絕句、詞話、詞論諸體之得
失〉一文（1983）。葉氏這本論著多次再版，而此文也收入他
書，易於睹見，屢被援引。葉氏揭開詞學批評文體的比較，也讓
論詞絕句一體獲得詞學研究者更多的注意。同一時間，學者逐漸
關注到清代單家論詞絕句的內容，在此階段最常被論及者當推厲
鶚，包括楊海明〈從厲鶚〈論詞絕句〉看浙派詞論之一斑〉
（《明清詩文研究叢刊》第 2 輯，1982）、徐照華〈厲鶚論詞絕
句之研究〉（《中國文學理論與批評研究學術研討會會議論文
集》，1984）、宋邦珍〈厲鶚〈論詞絕句〉的傳承與創新〉
（《輔英學報》11 期，1991）等。下迨 1999 年，吳熊和〈《詞
話叢編》讀後〉（《吳熊和詞學論集》）開始較全面性注意論詞
絕句一體。以下分就「論詞詩」與「論詞詞」兩方面，撮要概述
發展情況。

三、論詞詩研究成果回顧

（一）通論與清以前論詞詩

　　蓋自吳熊和之後，學界述及論詞絕句發展者，約有以下數家：孫克強〈清代詞學文獻的整理和研究〉（《河南大學學報》45 卷 4 期，2005）、陳水雲〈論詞絕句的歷史發展〉（《國文天地》26 卷 6 期，2010）、王偉勇〈《清代詩文集彙編》之詞學價值〉（《國文學報》55 期，2014）、王兆鵬〈新世紀以來詞學研究的進展與瞻望〉（《學術研究》2015 年 6 期）、胡傳志〈論詞絕句的發源與中斷〉（《吉林師範大學學報》2016 年 4 期）。其中，陳水雲與胡傳志著重在論詞絕句一體發展軌跡言說，孫克強、王偉勇及王兆鵬主述該體的重要性與價值。

　　至於論詞絕句的文獻整理彙編，以吳熊和、陶然輯〈清人論詞絕句〉（《唐宋詞匯評・兩宋卷》，2004）為濫觴，其後陸續有孫克強〈清代論詞絕句組詩〉（《清代詞學批評史論》，2008）、王偉勇《清代論詞絕句初編》（里仁書局，2010）、孫克強和裴喆《論詞絕句二千首》（南開大學出版社，2014）、程郁綴和李靜《歷代論詞絕句箋注》（北京大學出版社，2014）等。《清代論詞絕句初編》鎖定清代，共得一三六家，一一三七首[3]，除文獻整理外亦附「清代論詞絕句研究示例」，收錄四篇

---

[3]　所得結果原為 133 家，1067 首，經趙福勇考訂，將原本副編三家納為正編作品，故得 136 家，1137 首。詳見趙福勇：《清代「論詞絕句」論北宋詞人及其作品研究》（新北市：花木蘭文化出版社，2012），頁37-38。

論文，具體提示研究門徑。而後來出版之《論詞絕句二千首》，是目前蒐集成果最夥者，其時限由清初至民國三十八年（1949）以前，共得五五五家，二三五〇首。[4]至於《歷代論詞絕句箋注》冠以「歷代」為名，輯錄資料起自元代，終於民國三十八年（1949）以前，不僅上溯清季以前文獻，且均予箋注，並附錄1949 年以後部分的論詞長短句。[5]此三本著作費心蒐羅、用心整理，讓後輩學者便於參考利用，可謂奠定論詞絕句研究之基石。三書之外，其餘則單家補輯或個人論詞絕句創作，如王強〈散靜居論詞絕句一百首〉（《唐宋詞講錄》，2003）、吳熊和〈論詞絕句一百首〉（《第四屆宋代文學國際研討會會議論文集》，2005）、孫克強和羅克辛輯錄〈遁庵詞話〉（《文學與文化》2014 年 1 期），以及楊仲謀著、王靜和王賀輯校《說詞韻語》（《詞學》35 輯，2016）等，大抵在收錄清至今人所寫之論詞絕句。

　　若以時代探查，清以前論詞詩的研究寥若星辰，僅數位被述及，不拘於「論詞絕句」而擴及「論詞詩」之探討，且集中於南宋。諸如代亮和崔海正〈從「後村詞話」看後村之詞學觀〉（《2006 詞學國際學術研討會會議論文集》）、崔海正〈詞之理論與批評研究：斷代個體詞論研究　附：後村詞學觀略說〉（《中國詞學研究體系建構稿》，2007），聚焦探討劉克莊所寫詩、詞反映出的詞學觀點；王偉勇〈南宋「論詞」詩四首析論〉

---

[4]　孫克強、裴喆：《論詞絕句兩千首》（天津：南開大學出版社，2014），上冊，凡例。

[5]　程郁綴、李靜：《歷代論詞絕句箋注》（北京：北京大學出版社，2014），前言，頁 7-8。

（《淡江中文學報》25 期，2011）、〈兩宋「論詞詩」及「論詞長短句」之價值〉（《第三屆宋代學術國際研討會會議論文集》，2011），針對兩宋「論詞」詩詞，既作整體宏觀概說，言明價值，亦針對作品微觀解析指出特點，有助於讀者瞭解宋代詞評的主張與面貌。

（二）清代論詞詩

整體來說，論詞詩的研究主要聚集在清人作品的討論。首先，針對清代論詞絕句價值言說者，包括孫克強〈論詞詩詞〉（《清代詞學》，2004）、〈詞學理論的重要載體——簡論清代論詞詩詞的價值〉（《廣州大學學報》7 卷 1 期，2008），王偉勇〈清代論詞絕句之整理、研究及價值〉（《第二屆兩岸韻文學學術研討會會議論文集》，2009）、〈清代「論詞絕句」之價值——以論唐、五代、兩宋詞為例〉（《第六屆宋代文學國際學術研討會會議論文集》，2009），孫克強、楊傳慶〈清代論詞絕句的詞史觀念及價值〉（《學術研究》2009 年 11 期）。由上述可知，主要有孫克強、王偉勇與楊傳慶三位學者專就此議題而發，而他們也都是戮力蒐集論詞絕句文獻的學人群。

再者，著重於清代論詞詩的發展討論者，包含邱美瓊和胡建次〈論詞絕句在清代的運用與發展〉（《重慶社會科學》2008 年 7 期）、胡建次〈清代論詞絕句的運用類型〉（《廣西社會科學》2009 年 2 期）、王偉勇〈搜輯清代論詞絕句應有之認知〉（《第二屆中華詞學國際學術研討會會議論文集》，2009）、趙福勇〈清代「論詞絕句」彙編綜評〉（《清代論詞絕句初編》，2010）、程嫩生和張西焱〈清代書院詞學教育〉（《海南大學學

報》30 卷 1 期，2012）、沙先一〈論詞絕句與清詞的經典化〉（《江蘇師範大學學報》39 卷 3 期，2013）、沙先一和張宏生〈論清詞的經典化〉（《中國社會科學》2013 年 12 期）等。胡建次聚焦論詞絕句的發展與類型運用，王偉勇則從蒐集角度將論詞絕句的簡要歷史進行敘述。值得一提的是，趙福勇針對前人整理論詞絕句一事深刻檢討，點出各家特色，並詳列優缺。其餘文章就論詞絕句在清代發展作一概述。亦有討論某一時期論詞絕句作品，如陳水雲〈雍正乾隆時期的研究（1723-1795）‧論詞絕句與明清詞批評〉、〈嘉慶、道光及近代的研究（1796-1908）詞話、序跋及論詞絕句中的明清詞批評〉（《明清詞研究史》，2006），細部討論時代區間下論詞絕句的發展狀況。而此類型也出現了韓配陣《清代論詞絕句研究》（2011），是以論詞絕句為主題的第一本碩士論文，內容分起源論、作家論、風格論作探討，再點明論詞絕句特色，綜說扼要，惟點到即止，未見細緻分析。

　　論詞詩大部分的研究都集中在「論詞絕句」一體討論，而方向除上述文章外，可大概分成兩種角度：一種是綜觀清代論詞絕句對某位詞人作品的討論，另一種則是針對清代撰有論詞絕句組詩之批評者作探析。前者相關研究以論涉唐宋詞人為主，包括王偉勇〈清代「論詞絕句」論李白詞探析〉（《國科會中文學門90～94 研究成果發表會會議論文集》，2006）和〈清代「論詞絕句」論溫庭筠詞探析〉（《2006 詞學國際學術研討會會議論文集》）、趙福勇〈清代「論詞絕句」論賀鑄〈橫塘路〉詞探析〉（《2006 詞學國際學術研討會會議論文集》）、王偉勇和林宏達〈清代「論詞絕句」論李煜及其作品探析〉（《第五屆國

際暨第十屆全國清代學術研討會會議論文集》，2009）、趙福勇〈清代「論詞絕句」論晏殊詞探析〉（《成大中文學報》25期，2009）、王淑蕙〈清代「論詞絕句」論張炎詞舉隅探析〉（《雲漢學刊》20期，2009）、許淑惠〈清人以韻文形式論秦觀詞〉（《秦觀詞接受史》，2010碩論）、夏婉玲〈清代「論詞絕句」論馮延巳詞探析〉（《雲漢學刊》22期，2011）、林宏達〈清代「論詞絕句」論李璟及其作品探析〉（《2011年文化創意產業發展新趨勢國際研討會──應用語文發展新思維會議論文集》）、夏婉玲〈以「論詞絕句」論張先詞〉（《張先詞接受史》，2011碩論）、戴榮冠〈清代論詞絕句論黃庭堅詞探析〉（《高應科大人文社會科學學報》8卷2期，2011）、張巽雅〈清代「論詞絕句」論秦觀詞探析〉（《雲漢學刊》22期，2011）、周振興〈清代論詞絕句論秦觀〈滿庭芳〉探析〉（《臺中教育大學學報》26卷1期，2012）、曾夢涵〈清人以韻文形式論周邦彥詞〉（《清代周邦彥詞接受史》，2013碩論）、楊大衛〈藉韻文評王沂孫詞〉（《清代王沂孫詞接受史》，2014碩論）和〈清代「論詞絕句」論王沂孫詞探析〉（《臺南大學人文與社會研究學報》48卷1期，2014）等。歸納上述文章有幾個現象：其一，多半為王偉勇及其所指導學生研究宋詞人接受史碩士論文的一節，涉及論詞絕句討論該詞人者；其二，議題集中在北宋十家的探討，僅少數觸及南宋詞人如王沂孫、張炎等；其三，針對詞人名作進行發揮，如秦觀〈滿庭芳〉與賀鑄〈橫塘路〉，可見清人對二詞之重視。此角度下還有綜論諸家，例如林宏達〈清代「論詞絕句」論南唐詞風述評〉（《2012詞學國際學術研討會論文集‧金元明清卷》）、曹明升〈清人論宋詞絕句

胠說〉（《貴州社會科學》2007 年 2 期）、趙福勇《清代「論詞絕句」論北宋詞人及其作品研究》（2011 博論）、陶然和劉琦〈清人七家論詞絕句述評〉（《廈門教育學院學報》7 卷 1 期，2005）等。值得關注者，趙福勇是臺灣第一部以此角度開展的博士論文，綜論清人論詞絕句探討北宋十家，包括柳永、張先、晏殊、歐陽脩、蘇軾、秦觀、黃庭堅、晏幾道、賀鑄與周邦彥之相關評論，屬各家所論同一詞家，歸納觀點，再與其他資料進行會通研究，內容頗有可觀。

　　兩種角度下，明代論詞絕句罕有專文言及。若談到另一種清代論詞絕句組詩作家，早期集中在屬鶚一家的討論，如司徒秀英〈〈論詞絕句〉十二首〉（《清代詞人屬鶚研究》，1994）、范道濟〈從論詞絕句看屬鶚論詞「雅正」說〉（《黃岡師專學報》14 卷 2 期，1994）、范三畏〈試談屬鶚論詞絕句〉（《社科縱橫》1995 年 1 期）、嚴迪昌〈屬鶚的審美主張〉（《清詞史》，1999）、丁放〈陽羨派與浙西派的詞論‧浙西派的詞論〉（《金元明清詩詞理論史》，2001）、周瀟〈屬鶚詞論之創見及浙派詞學旨歸〉（《青島大學師範學院學報》22 卷 1 期，2005）、孫赫男〈清代中期論詞絕句詞學批評特徵平議〉（《求是學刊》38 卷 4 期，2011）等，大約 1994 至 2011 近二十年間，屬鶚論詞絕句是此類研究討論的重心。

　　接續開始有學者探尋他家論詞絕句組詩發揚其詞學觀，諸如王偉勇〈馮煦〈論詞絕句〉論南宋詞探析〉（《第四屆宋代文學國際研討會會議論文集》，2005）、王偉勇和王曉雯〈馮煦〈論詞絕句〉十六首探析〉（《中國近世文學國際學術研討會會議論文集》，2005）、王偉勇和鄭琇文〈清‧江昱〈論詞十八首〉探

析〉（《中國古文獻學與文學國際學術研討會會議論文集》，
2006）、陶子珍〈清代張祥河〈論詞絕句〉十首探析〉（《成大
中文學報》15 期，2006）、陶子珍〈清詩論宋代女性詞人探析
——以汪苕、方熊、潘際雲之作品為例〉（《花大中文學報》2
期，2007）、王曉雯〈宋翔鳳〈論詞絕句二十首〉論宋詞探析〉
（《第五屆宋代文學國際研討會會議論文集》，2007）、王偉勇
和林淑華〈陳澧〈論詞絕句〉六首探析〉（《政大中文學報》7
期，2007）、〈趙福勇〈汪筠〈讀詞綜書後〉論北宋詞人探析〉
（《第五屆宋代文學國際研討會會議論文集》，2007）、王偉勇
和鄭琇文〈高旭論〈十大家詞〉絕句探析〉（《第四屆國際暨第
九屆全國清代學術研討會會議論文集》，2008）、許仲南〈論馮
煦詞學的浙派面相——以師友、論詞與詞作為主要考察對象〉
（《有鳳初鳴年刊》6 期，2010）和〈詞作與論詞之關係〉
（《馮煦詞學及其詞研究》，2011 碩論）、楊婉琦〈周之琦
〈心日齋十六家詞錄〉之附題探析〉（《雲漢學刊》24 期，
2012）、楊大衛〈汪孟鋗〈題本朝詞十首〉析探〉（《師大學
報》58 卷 1 期，2013）、許瑞哲〈清代沈初〈論詞絕句〉十八
首探析〉（《臺北市立大學學報》44 卷 2 期，2013）、陳佳慧
〈陳文述「論詞絕句」十一首探析〉（《雲漢學刊》26 期，
2013）等。以上多係在王偉勇指導引領下所開展之論文，尤其多
數論詞絕句組詩作者均無詞話專著，如此針對各家深入探究，可
發掘其詞學觀，勾勒出清代詞學評論更清晰的樣貌。

　　此外，王偉勇也指導臺灣第一本以論詞絕句為主題的博士論
文王曉雯《清代譚瑩「論詞絕句」研究》（2008），可知其師生
團隊合力深耕，成果亮眼。這本博論總述譚瑩其人與詞學思想，

全面評騭譚氏「論詞絕句」177 首作品，屬單人單家評述歷來詞人，再進行與其他資料會通研究，完整建構出譚瑩的詞學觀點。而譚瑩也是繼厲鶚之後，單一論詞絕句作者被學界討論最多者。蓋因譚氏撰寫了 177 首論詞絕句，數量豐富，又包含涉及廣東題材的組詩，受到關注自然較多。如劉喜儀《譚瑩〈論詞絕句〉論唐宋詞研究》（2008 碩論）、謝永芳〈譚瑩：熙朝未必生材少，積習相沿愛鏟除〉（《廣東近世詞壇研究》，2008）、謝永芳〈譚瑩的〈論詞絕句〉及其學術價值〉（《圖書館論壇》29 卷 2 期，2009）、徐瑋〈論譚瑩對浙派的接受與反撥〉（《文藝理論研究》2012 年 6 期）、曹維金和王建松〈譚瑩與潘飛聲論嶺南詞人絕句異同論〉（《湖南廣播電視大學學報》2015 年 3 期）等。

　　大陸方面，研究成績亦不俗。除上述已略提到的外，還包括陳水雲〈汪森的詞學及其家族傳承〉（《求是學刊》41 卷 6 期，2014）、張學軍〈開啟粵西地域文學意識的詞論家——朱依真〉（《經濟與社會發展》2008 年 10 期）、陶然〈論清代孫爾準、周之琦兩家論詞絕句〉（《文學遺產》1996 年 1 期）、張方〈略探周之琦詞學思想〉（《北方文學》2011 年 12 期）、宋毅〈論詞絕句與周之琦的選詞觀念〉（《周之琦詞選研究》，2012 碩論）、謝永芳〈陳澧的詞學研究〉（《東莞理工學院學報》14 卷 4 期，2007）、謝永芳〈詞學批評〉（《廣東近世詞壇研究》，2008）、余佳韻〈試論陳澧之詞學觀：以新見抄本為中心〉（《中國文化研究所學報》63 期，2016）、劉于鋒〈晚清楊恩壽的詞學主張及在湖湘派中的定位〉（《船山學刊》2012 年 4 期）、陳尤欣和朱小桂〈馮煦〈論詞絕句十六首之三〉略

論〉（《作家》2008 年 16 期）、陸有富〈從文廷式一首論詞詩
看其對常州詞派的批評〉（《語文學刊》2009 年 7 期）、謝永
芳〈潘飛聲對本土詞學文獻的整理研究及其價值〉（《圖書館論
壇》28 卷 4 期，2008）、詹杭倫〈潘飛聲〈論粵東詞絕句〉說
略〉（《第二屆中華詞學國際學術研討會會議論文集》，
2009）、彭智文〈潘飛聲的詞學活動與其詞學思想的關係〉
（《潘飛聲（1858-1934）詞研究》，2010 碩論）、謝永芳〈張
世良：抱才不偶、多病逃禪〉（《廣東近世詞壇研究》，2008）
等，大致上集中在周之琦、陳澧、潘飛聲三家的討論上；其中，
謝永芳《廣東近世詞壇研究》涉及不少論詞絕句的討論，值得留
意。

　　在碩博士論文方面，除第一本韓配陣《清代論詞絕句研究》
外，尚有邱青青《清代中期論詞絕句研究》（2018）、李甜甜
《晚清民國時期論詞絕句研究》（2018）等碩士論文。邱作說明
清代中期「論詞絕句」階段性特色，並擇舉江昱、沈初、陳觀
國、朱依真、孫爾准、沈道寬與宋翔鳳之論詞長短句進行剖析，
選擇此七位有完整論詞組詩者，析理內容，惜論述過於簡要，未
能勾勒評家評詞面貌。李作則概述晚清民國論詞絕句之創作狀
況，並擇舉譚瑩與劉咸炘兩家作為討論核心，最後再綜論晚清至
民國論詞絕句宗風之演變。另外，蘇靜的博士論文《清代論詞絕
句研究》（2020）主要著重在清代論詞絕句的演進，從清初、清
中葉三大詞派，以及晚清的發展，說明遞嬗，並探討論詞絕句作
者的創作心理，進而舉出厲鶚、宋翔鳳與譚瑩三家的論詞絕句概
說，最後點出論詞絕句的文學與理論價值；其中，申明論詞絕句
的文學價值為其他學者較罕提及，是其特出之處。蘇氏博論與韓

氏碩士論文同題，以博士學力、又有前人豐富成果可以汲取參考，自是更能駕馭，後出轉精。惟清代論詞絕句數量、議題甚多，欲總括全貌於一書究竟不易，故整體觀之仍無法涵蓋清代論詞絕句整體輪廓。

（三）民國論詞詩

民國論詞詩研究焦點頗為集中，主要在夏承燾一家的討論上。首先是徐笑珍《夏承燾的詞學研究》（2002 碩論）為第一本以夏氏詞學為主題的學位論文，其中「詩話式評點──《瞿髯論詞絕句》」一節，便是針對論詞絕句而發。相隔十年，胡永啟《夏承燾詞學研究》（2011 博論）問世，特闢「瞿髯論詞絕句研究」專節談夏氏論詞絕句。此後又過了近十年，薛乃文《夏承燾詞學研究──以日記、書信、論詞絕句為考察中心》（2019 博論），針對三種體製對夏氏詞學進行考察。碩博論文之外，尚有劉青海〈論夏承燾《瞿髯論詞絕句》中的詞學觀〉（《中國韻文學刊》25 卷 1 期，2011）、朱存紅和沈家莊〈別有境界，自成一家──夏承燾《瞿髯論詞絕》芻議〉（《文藝評論》2011 年 6 期）、施蟄存〈瞿髯論詞絕句〉（《北山樓詞話》，2012）、王偉勇〈夏承燾「論詞絕句」論易安詞詳析〉（《文與哲》24 期，2014）、陳祖美〈「易安心事」知多少──李清照研究集說〉（《紹興文理學院學報》35 卷第 1 期，2015）、薛乃文〈夏承燾《瞿髯論詞絕句》論姜夔詞探析〉（《嘉大中文學報》10 期，2015）、姚逸超〈簡論夏承燾的柳永研究〉（《泰山學院學報》38 卷 1 期，2016）、薛乃文〈夏承燾對日本詞人的接受研究〉（《東吳中文學報》32 期，2016）等。

　　兩岸學者關注民國論詞絕句的研究對象，除夏承燾外，還有鄭騫。如陳煒舜〈鏤金堆玉成蕃錦，付與何人作鄭箋──鄭騫〈讀詞絕句三十首〉芻論〉（《香港舊體文學論集・第 3 輯》，2008）、李家毓〈鄭騫〈讀詞絕句三十首〉之晚唐五代詞人作品研究〉（《2016 第三屆麗澤全國中文研究生學術研討會論文集》）和《鄭騫〈讀詞絕句三十首〉之研究》（2016 碩論）。鄭騫任教於臺灣大學、東吳大學、輔仁大學等校，著述三十餘種，享譽學林。李家毓專就其讀詞絕句詳加分析，成為臺灣第一本以民國學人論詞絕句為題的碩士論文。首先針對鄭騫生平大致敘述，再就三十首詩歌細部解讀，最後論及論詞絕句之流變，與鄭氏三十首論詞絕句之批評方法與評論特點。

四、論詞詞研究成果回顧

（一）通論與清以前論詞詞

　　涉及論詞詞的概要通論，多半與論詞詩合論，諸如孫克強〈論詞詩詞〉（《清代詞學》，2004）和〈清代詞學文獻的整理和研究〉（《河南大學學報》45 卷 4 期，2005）、王偉勇〈兩宋「論詞詩」及「論詞長短句」之價值〉（《成大中文學報》38 期，2012）和〈《清代詩文集彙編》之詞學價值〉（《國文學報》55 期，2014）等作，前已提及，茲不贅述。較值得注意者，有林玫儀〈論晚清四大詞家在詞學上的貢獻〉（《詞學》9 輯，1992），提及朱氏論詞詞，說明有功於推展詞學、建構詞論，係最早言及朱氏論詞詞之價值者；其次，是夏晨《中國傳統

論詞詞研究》（2014 碩論）、林宏達《清代前期「論詞長短句」評唐宋詞人及其作品研究》（2016 博論）兩本學位論文，針對論詞詞一體有較深入的闡發。夏作著重在論詞詞由宋至晚清、民國的發展軌跡，及創作成因、外在特徵等三大項目，惜論文篇幅僅六十八頁，大題小作，內容不免流於泛論，缺乏深入分析；其中統計論詞詞為六百餘首，比起林作蒐集所得逾千首，數量僅只一半，況且林作所輯範圍不過清代前期一百五十年作品而已，故彼遺漏之多可想而知。林作在緒論與第二章「論詞長短句概述」均屬通論性質，為論詞詞進行界說，並陳述相關研究及發展脈絡、外在特徵、書寫特色。因網羅全面，輯得數量遠勝前人，更能具體分析相關課題與勾勒整體面貌。

　　至於清以前論詞詞的討論，更為少數。程志媛在《宋代詞學批評研究──批評形式與文化詮釋》（2001 碩論）「論詞詞」一節，僅概要性討論宋代韻文式批評的形式特性。至於較深入探討，有代亮和崔海正〈從「後村詞話」看後村之詞學觀〉（《2006 詞學國際學術研討會會議論文集》）、崔海正〈詞之理論與批評研究：斷代個體詞論研究〉（《中國詞學研究體系建構稿》，2007）等。崔氏借劉克莊論詞詩詞，從詞體觀、創作觀、詞人論三部分探析其詞學觀點；王偉勇〈析論宋末元初詞壇對周密之接受〉（《成大中文學報》44 期，2014），則針對宋元之際詞人對草窗詞的看法，透過論詞詞的方式予以析論；陳雪婧〈為同時代詞人畫像──張炎論詞詞的形象書寫〉（《天水師範學院學報》35 卷 4 期，2015）作法接近王氏，亦藉由論詞詞的角度，瞭解同期詞人對張炎作品與作家形象的描摹。近期則有李冬紅〈宋末論詞詞初探〉（《臨沂大學學報》42 卷 4 期，

2020），分析宋末 17 首論詞詞。特別一提的是張仲謀〈明代論詞詞九首解讀〉（《南京師範大學文學院學報》2009 年 3 期），為少數探究明代論詞詞的文章，然內容述及：「熟悉清詞的人知道，清代的論詞詞可謂屢見不鮮。而這種以詞論詞的形式應該是由明人開創的。因為在宋、元時代，似乎還沒有這種專門論詞的詞作。」[6]將論詞詞開創之功歸諸明人，更點出宋人中無以詞論詞者，說法有待商榷。

（二）清代與民國論詞詞

綜觀清代與民國論詞詞的研究面向，大約可分三端：其一，以概論方式，陳述論詞詞的發展、內容、詮釋方法、價值與輯佚等，如前已談及孫克強〈清代詞學文獻的整理和研究〉和〈詞學理論的重要載體——簡論清代論詞詩詞的價值〉、王偉勇〈《清代詩文集彙編》之詞學價值〉等，張仲謀、薛冉冉〈清初論詞詞繁盛成因分析〉（《南京師範大學文學院學報》2018 年 3 期）則闡發清初論詞詞始多之因；文獻整理方面，包含秦瑋鴻〈況周頤詞集之詞論文獻考〉（《河池學院學報》28 卷 6 期，2008）、〈論況周頤之詞集及其價值〉（《作家》2009 年 20 期）、〈蕙風詞論輯補〉（《河池學院學報》30 卷 3 期，2010）三篇文章，涉及況氏有關論詞詞的文獻整理，並歸結其價值。

值得言及者，是「填詞圖」與論詞詞之間的關係。填詞圖初

6　張仲謀：〈明代論詞詞九首解讀〉，《南京師範大學文學院學報》2009
　　年第 3 期（2009 年 9 月），頁 10。

始的討論是〈迦陵填詞圖〉問世後，清代文人進行題詠，針對陳維崧的形象、詞家地位、文學成就、風流軼事等描寫刻劃，甚至其辭世後，眾人的景仰與緬懷等，均包含在「填詞圖」議題之內。因為涉及以詩詞題詠填詞圖，而內容討論詞人陳維崧生平事蹟與詞壇地位等，故也在論詞詞的討論範疇。此類文章，包括毛文芳〈長鬢飄蕭・雲鬟窈窕：陳維崧〈迦陵填詞圖〉題詠〉（《圖成行樂：明清文人畫像題詠析論》，2008）、夏志穎〈論〈填詞圖〉及其詞學史意義〉（《文學遺產》2009 年 5 期）、陳建男〈迦陵填詞圖題詠之文獻價值〉（「明清研究新視野：明清研究中心研究生論文發表會」，2010）、姚達兌〈（後）遺民地理書寫：填詞圖、校詞圖及其題詠〉（《山東科技大學學報》15 卷 1、2 期合刊，2013）、李亭〈清初論詞詞的類型開拓與理論進境──以《迦陵先生填詞圖》題詞為中心〉（《古典文獻研究》22 輯下卷，2019）等。其中，毛文芳以專書專章深入探究〈填詞圖〉，除交代陳維崧與徐紫雲的生平事蹟，也將歷來題詠〈填詞圖〉的文人群像概陳。最後從三個角度言說題詠內容，分別為當代眼光、名家題和與隔代觀點。毛氏雖係為圖像文學而發，但也開啟填詞圖與論詞議題的關聯性。而李亭一文則正式將填詞圖與論詞詞劃上等號，認為「填詞圖」的相關文獻，是論詞詞的一種表現形式。

其二，是為某朝代論詞詞概述，或以單家論詞長短句之研究，多半集中在焦袁熹〈采桑子・編纂《樂府妙聲》竟作〉與朱祖謀〈望江南・雜題我朝諸名家詞集後〉的討論上。如裴喆〈清初詞人焦袁熹及其論詞詞〉（《2010 西安詞學國際學術研討會會議論文集》）、唐玉鳳《焦袁熹「論詞長短句」及其詞研究》

（2011 碩論）、滕聖偉〈焦袁熹論詞詞〈采桑子・編纂《樂府妙聲》竟作〉概述〉（《唐山文學》2016 年 1 期）等。其中，裴氏補充《全清詞》所收焦袁熹詞之缺漏，而唐氏則是臺灣第一本以論詞詞為題的碩士論文，亦是率先將焦袁熹五十餘首論詞詞全面深入解析者。陳水雲〈1919-1929 的明清詞研究・朱祖謀的〈清詞壇點將錄〉及清詞名家評論〉（《明清詞研究史》，2006）言及朱氏評詞方法，而後王小英和祝東〈論詞詞及其詮釋方法——以朱祖謀〈望江南・雜題我朝諸名家詞集後〉為中心〉（《學術論壇》2009 年第 9 期）、施惠玲〈朱孝臧之詞學成就・詞學批評〉（《朱孝臧與其《彊村叢書》研究》，2012 碩論），承繼蔡瑩、饒宗頤與王韶生，續探朱祖謀之論詞詞。焦袁熹、朱孝臧二人被集中討論，係因焦氏論詞組詞完整，可建構其詞學思想；而朱氏為晚清名家，所作論詞詞可媲美厲鶚論詞絕句，均有名家效應在，故論者較多。其他被研究的對象包括：卓清芬〈顧太清題詠女性詩詞集作品探析〉（《湖南文理學院學報》33 卷 4 期，2008）、林宏達〈宋翔鳳論詞長短句評《絕妙好詞》三首探析〉（《雲漢學刊》21 期，2010）、楊雪謹〈張德瀛的批評實踐與理論・論詞詞十六首〉（《張德瀛詞與詞學思想研究》，2016 碩論）、梁雅英〈論沈光裕《拂雲書屋詞》及其對《全清詞・雍乾卷》之輯補〉（《2016 保定詞學國際學術研討會會議論文集》）、林宏達〈清人孫原湘「論詞長短句」評唐宋詞人探析——兼論「詞家三李」傳播狀況〉（《2019 臺灣詞學研討會會議論文集》）等。林宏達針對宋翔鳳三首論詞詞進行探討，是臺灣第一篇標舉論詞長短句為題的文章；此前，卓清芬探析顧太清作品，雖名「題詠詩詞集」，實屬論詞詞概念之延

伸，當係最先留意這方面內容的臺灣學者。

其三，為論述對象之會通研究，整理論及單一詞人之詞作，並進行綜論比較分析，如林宏達《清代前期「論詞長短句」評唐宋詞人及其作品研究》，除綜述論詞詞的沿革與特色外，並針對清人評議較多的唐宋十大詞家逐一析理。其他如夏婉玲〈以「論詞長短句」論張先詞〉（《張先詞接受史》，2011 碩論），以及林宏達〈清前期「論詞長短句」論李煜及其作品探析〉（《彰化師大國文學誌》31 期，2015）、〈清代前期「論詞長短句」論柳永及其作品探析〉（《嘉大中文學報》11 期，2016）、〈試析清代前期「論詞長短句」論秦觀及其作品〉（《止善》20 期，2016）、〈清代前期「論詞長短句」論周密《絕妙好詞》及其詞作探析〉（《第二屆「海東論壇」研究生論文發表會會議論文集》，2016）等，討論唐宋詞家的作品。另有謝永芳〈近世廣東詞學的建構・詞學批評〉（《廣東近世詞壇研究》，2008）、張宏生〈雍乾詞壇對陳維崧的接受〉（《中國文化研究所學報》57 期，2013）、林宏達〈從「論詞長短句」觀察家族詞人群填詞概況——以清人張玉穀為中心〉（《2018 詞學國際學術研討會會議論文集》）等，這些論文著眼點仍在強調論詞長短句價值、體製的概敘，以及集中品評唐宋詞家，僅少數清代詞人如陳維崧、張玉穀被提及，整體而言，清代論詞詞仍有待開發研究。

民國論詞詞則集中討論盧前一家，包括：吳悅〈「詞有別才兼本色」——淺論盧前的尊體意識〉（《文學評論》2011 年 10 期）、吳悅〈從〈望江南・飲虹簃論清詞百家〉看盧前詞史觀〉（《文學界》2011 年 10 期）、譚若麗〈論詞詞蠡測：以盧前〈望江南・飲虹簃論清詞百家〉為中心〉（《文藝評論》2014

年 2 期）、張若麗〈盧前：雄風托舉的《中興鼓吹集》與論詞詞〉（《民國學人詞研究》，2015 博論）。蓋因盧前所作論詞詞百首，繼承朱祖謀之作意，更涉及有清一代詞家，主題與系統性強，是繼焦袁熹以來最完整的論詞組詞，因此討論度較高。

五、結語：「論詞」詩詞研究展望

　　回顧百年間「論詞」詩詞的研究，已經累積出相當質量的成果，但仍有可深入墾拓的空間，原因包括：（一）過度集中討論名家，無論是批評者論詞絕句組詩，或斷代綜論某詞人作品的角度，都聚焦於較為知名者，而忽視其他詞人、評家。（二）研究方向大抵局限於前述兩類，應可以延伸更多元的角度來解析「論詞」詩詞。（三）主題不夠多元，回顧目前成果，罕見以地域詞人群或女性詞人作為開展，有待開發不同的主題，讓「論詞」詩詞呈現更多面向。

　　「論詞」詩詞的研究主要集中在幾個群體。臺灣方面，王偉勇結合研究、教學、指導，帶領研究生參與計畫，除編有《清代論詞絕句初編》外，尚有五部以「論詞」詩詞為主題的碩博士論文，更旁及「接受史」所觸及的相關研究，總數量高達五十餘篇，是兩岸近十年「論詞」詩詞研究產量最豐富的一支師生團隊。大陸方面，主要集中在孫克強、胡建次與馬大勇等學者領導的研究隊伍。孫氏除整理文獻編成《論詞絕句二千首》外，尚有十一篇相關論述，大多已集結為專書。而胡建次與馬大勇均近期頻繁開發此論題，胡氏與學生合撰有七篇文章並指導二部碩論，馬氏則指導二部博論，兩位教授仍持續拓展相關研究議題。

　　「論詞」詩詞研究雖已有一定程度的發展，但尚待開發的課題仍然不少。筆者略舉四端，供學界參考。（一）發掘宋、明「論詞」詩詞作品：例如宋代論詞詩雖有學者討論，但整體比例來說很少。就發展史的角度探查，宋代除劉克莊一家外，應該還有其他人撰寫相關的論詞詩作。要言之，清以前的「論詞」詩詞仍有待學界深入研究，以梳理歷代韻文論詞發展更完整、清晰的脈絡。（二）拓展清人論清詞角度：綜觀歷來研究，大多集中在清人討論前代詞人為主，除了清末幾家論詞詞的研究會涉及外，從清人論清詞角度出發的作品仍相當有限。然爬梳文獻，八成左右的「論詞」詩詞均為評議當代詞人，數量之多，值得拓展角度，深入研討。（三）強化填詞圖主題研究：填詞圖雖是圖像文學的一環，但述及詞人形象，並延伸討論詞家風格與軼事，涉及論詞主題，從「迦陵填詞圖」以降，模仿者不少。每幅填詞圖均有唱和作品，亦為可關注討論的區塊。（四）關注女性「論詞」詩詞成果：明清之際，女性填詞漸夥，加上詞派與地域詞人群體活動豐富，女性亦有團體活動、集體創作的機會，因而出現數量可觀的評詞詩詞。分析這些女性作家的詞學觀，應可增添「論詞」詩詞研究的多元性。

第二章 組詩選評名家：
清代「論詞絕句」評辛棄疾詞

一、前言

歷來評論詞的方式，大多以散文為主，呈現於詞話專著、部分詩話收錄、文人筆記，或者是序跋文章當中；以韻文方式論詞者，則主要有「論詞絕句」以及「論詞長短句」兩種。韻文式論詞因為偶現於文人詩詞集裡，較容易讓人有即題評賞、心得式闡發對詞人詞作的想法，屬批評者意興所至隨筆之作，無系統性且非刻意為之，也因此降低其評論價值。然韻文式論詞中，有以「組詩」或「組詞」方式創作，例如陳聶恆〈讀宋詞偶成絕句十首〉、厲鶚〈論詞絕句十二首〉、鄭方坤〈論詞絕句三十六首〉、江昱〈論詞十八首〉、汪筠〈讀《詞綜》書後二十首〉、朱方藹〈論詞絕句二十首〉、沈道寬〈論詞絕句〉四十二首、王僧保〈論詞絕句〉三十六首、華長卿〈論詞絕句〉三十六首、高旭〈論詞絕句三十首〉等，組詞則有焦袁熹〈采桑子·編纂〈樂府妙聲〉竟作〉五十五闋、朱祖謀〈望江南·雜題我朝諸名家詞集後〉二十六闋、姚鵷雛〈望江南·分詠近代詞家十二首〉等，均聯章書寫，甚至達百首者包括梁梅〈論詞絕句一百六

十首〉[1]、譚瑩〈論詞絕句一百首〉、〈論詞絕句又三十六首〉
（專論嶺南人）、〈論詞絕句又四十首〉（專論清代詞人）等作
合計一七七首[2]；盧前〈望江南·飲虹簃論清詞百家〉，彼此織
綜交錯，絕非一時興起所作，更可視為簡明詞史或斷代名家選
評，具有高度的詞學價值。

　　大抵而言，論詞組詩可以掌握單一批評者對於某個朝代或前
代詞人評價的觀察，並可藉此觀察所論對象的成就高低。就如同
詞選選汰的邏輯，未被選錄者，代表在詞的創作成就上略遜於被
選錄者，因此，這些被選錄者已是批評人所認為的菁英，或值得
被提及的對象。孫克強《清代詞學批評史論》中，認為組詩、組
詞是作者關注詞史某一特定的主題進行系統的考察，或對某一時
期的詞人，或某種類別的詞人分別品論，[3]是可以體現批評者的
審美品味與詞學觀，因為批評受眾多，自然可以進行比較，故論
詞組詩除了可以當作詞史看待外，還可建立個別批評者的詞風喜
好與詞人排行。

　　前人研究中以組詩角度考察論詞絕句者，多半就單一批評者
探究，從筆者整理「民國以來「論詞」詩詞研究論著目錄」[4]觀
察，如宋邦珍〈厲鶚〈論詞絕句〉的傳承與創新〉、王偉勇、鄭
琇文〈清·江昱〈論詞十八首〉探析〉、陶子珍〈清代張祥河

---

[1]　梁梅有〈論詞絕句一百六十首〉，今無法窺得全豹，目前《清代論詞絕
　　句初編》或《論詞絕句二千首》均錄部分。

[2]　譚瑩〈論詞絕句一百首〉實有 101 首，故共計 177 首。

[3]　孫克強：《清代詞學批評史論》（上海：上海古籍出版社，2008），頁
　　300。

[4]　詳參本書附錄一。

〈論詞絕句〉十首探析〉等均是此類作品，至於多家組詩合論比較者，相對稀少，如陶然〈論清代孫爾準、周之琦兩家論詞絕句〉、陶然、劉琦〈清人七家論詞絕句述評〉、曹明升〈清人論宋詞絕句脞說〉等，是多家組詩的綜合討論，亦包括邱青青學位論文《清代中期論詞絕句研究》[5]將清中葉七位有完整論詞組詩的詞評家分別介紹，惜最後並無針對七家進行比較討論。本章所探究的角度，鎖定「論詞絕句」組詩裡涉及辛棄疾的評論，除了歸納綜述各家論點外，亦就組詩角度探查辛詞在批評者心中的地位高低，或批評者與其詞風是否相似、相近。

　　辛棄疾（1140-1207），字幼安，號稼軒居士，山東濟南（今山東省濟南市）人。雖出生金源，卻一生致力抗金。少年受祖父辛贊影響，將抗金歸宋視為重要使命。回歸南宋不受重用，曾上〈九議〉與〈美芹十論〉，表達安邦濟世看法，可瞭解稼軒相當有政治才能，然囿於其「歸正北人」身分，有志難伸，抑鬱以終。稼軒在詞壇發展上貢獻良多，是兩宋填詞的佼佼者，數量稱冠，風格獨特，更為南宋豪放派代表詞人，風格與蘇軾近合稱「蘇辛」，籍貫與李清照同並稱「濟南二安」，愛國情懷不亞於詩人陸游，故常相提並論。整體而言，稼軒詞以清壯頓挫[6]、雄深雅健[7]為特色，是豪放詞的重要標誌。

5　邱青青：《清代中期論詞絕句研究》（南昌：南昌大學中文系碩士論文，2018）。

6　金・元好問：〈遺山樂府引〉，收錄於施蟄存編：《詞籍序跋萃編》（北京：中國社會科學出版社，1994），頁 450。

7　清・鄒祗謨：《遠志齋詞衷》，收錄於唐圭璋主編：《詞話叢編》（北京：中華書局，2005），冊 1，頁 652。

　　稼軒在詞創作上的表現，歷朝均有部分文人特賞。打破格律詞的框架，橫槊填詞於韻體間，當代即出現「稼軒風」此等具個人特色的詞彙。可見於宋‧戴復古〈望江南‧壺山宋謙父寄新刊雅詞，內有壺山好三十闋，自說平生。僕謂猶有說未盡處，為續四曲〉：「壺山好，文字滿胸中。詩律變成長慶體，歌詞漸有稼軒風。」[8]此詞係評宋自遜詩詞創作，褒揚宋氏為詞有稼軒風味。戴、辛同為南宋時人，便知當時稼軒詞風已有一定的影響。受影響者如劉克莊，劉氏曾為稼軒詞作序曰：

　　　　公所作，大聲鞺鞳，小聲鏗鍧，橫絕六合，掃空萬古，自有蒼生以來所無。其穠纖綿密者，亦不在小晏、秦郎之下。[9]

序中以「自有蒼生以來所無」高度讚譽稼軒，並言及稼軒於婉麗詞風上，不輸晏幾道與秦觀等以婉約名家者。金‧元好問填詞、論詞的主張近於蘇、辛一派，論及二人為詞，亦有佳評。〈遺山樂府引〉云：「樂府以來，東坡第一，以後便到辛稼軒，此論亦然。」[10]元氏將二人推為詞壇第一；元‧李長翁為張埜《古山樂府》作序提及：「詩盛於唐，樂府盛於宋，宋諸賢名家不少，獨東坡、稼軒傑作，磊落倜儻之氣溢出毫端，殊非雕脂鏤水者所可

8　唐圭璋主編：《全宋詞》（北京：中華書局，1998），冊4，頁2309。

9　宋‧劉克莊：〈辛稼軒集序〉，收錄於施蟄存編：《詞籍序跋萃編》，頁200。

10　金‧元好問：〈遺山樂府引〉，收錄於施蟄存編：《詞籍序跋萃編》，頁450。

仿佛。」[11]指出東坡、稼軒一派與眾不同，才敏直溢筆端；至明代俞彥《爰園詞話》言及：「惟辛稼軒自度梁肉不勝前哲，特出奇險為珍錯供，與劉後村輩俱曹洞旁出。」[12]雖認為稼軒以奇險筆法另樹新風，然於本質上仍屬旁出而非正宗。清代以前對稼軒詞的批評略舉如上，本章將從清代「論詞絕句」以組詩形式論及稼軒詞者，共十二家十四首[13]「論詞絕句」組詩，討論辛棄疾詞的整體風格，從浙西詞派盛行的論詞觀、婉約豪放詞風接受的態度，以及唐宋詞家誰能被尊為「詞聖」等三個層面進行相關討論；其二，再藉由同一批評者組詩裡評議同時代詞人的角度，瞭解辛棄疾在評者心中地位，以及重視程度高低的原因，知悉清代不同階段對稼軒詞的接受概況。

11　元・李長翁：〈古山樂府序〉，收錄於施蟄存編：《詞籍序跋萃編》，頁488。

12　明・俞彥：《爰園詞話》，收錄於唐圭璋主編：《詞話叢編》（北京：中華書局，2005），冊1，頁401。

13　本章所引「論詞絕句」，均據孫克強、裴喆：《論詞絕句二千首》（天津：南開大學出版社，2014），並於該詩後標明冊頁，不再一一出注。文中所討論的論詞絕句組詩，為一詞評家論及多位詞人，並包含有辛棄疾在內，因側重詞評家對前代名家的比較，故聯章卻單論辛棄疾，如王鵬運〈校刊《稼軒詞》成率題三絕於後〉；或者論及某詞人，而以稼軒比附者，如陳澧詩云「青蓮隻手持雙管，秦柳蘇辛總後塵」（下冊，頁512）；李煊評劉一止詩云「不學蘇辛亦自豪」；沈初詩評陳維崧云「駢儷文章一代雄，蘇辛詞筆古今同」（上冊，頁136）；孫爾準詩評陳氏云「詞場青兒說聾陳，千載辛劉有替人」（上冊，頁244）；邵堂論及陳氏云「詩宗王李一軍捷，詞壓蘇辛四座驚」（上冊，頁372）等，亦不在本章討論範圍。文末附相關表格以供參考。

二、清代「論詞絕句」對稼軒詞整體評價

（一）雅正圭臬看稼軒

　　浙西詞派影響清初至中葉詞壇甚鉅，許多以韻文論詞的品評者，多為浙西一員或認同該派詞論者。在奉雅正為圭臬的評詞角度，稼軒詞如何被定位？如朱依真〈論詞絕句二十二首〉體現了其浙派評詞傾向，雖在第二首「天風海雨駭心神，白石清空謁後塵。誰見東坡真面目，紛紛耳食說蘇辛。」（上冊，頁 175）此詩稍微替東坡說話，也言明姜夔清空之詞受東坡的影響，並有意澄清東坡與辛棄疾仍有程度上的差別，不宜混為一談。可用陳廷焯語，進一步解釋：

> 蘇、辛並稱，然兩人絕不相似，魄力之大，蘇不如辛，氣體之高，辛不逮蘇遠矣。東坡詞寓意高遠，運筆空靈，措語忠厚，其獨至處，美成、白石亦不能到。昔人謂東坡詞非正聲，此特拘於音調言之，而不就本原之所在。[14]

其組詩未有專論稼軒作品，然從是詩觀察，亦可得知東坡、稼軒、白石三人在朱氏評判下的差異。比起朱依真的含蓄，江昱詩中敘述更為具體。〈論詞十八首〉之七云：「辛家老子體非正，有時雅音還特存。卓哉二劉并才俊，大目底緣規孟賁。」（上冊，頁 87）江氏作詞步趨姜、張，馮金伯《詞苑萃編》載：

---

[14]　清・陳廷焯撰，孫克強、張海濤、趙瑾、楊傳慶輯校：《白雨齋詞話全編》（北京：中華書局，2013），下冊，頁 1169。

「賓谷梅邊琴汎一卷，追清石帚，繼響玉田。」又載「江賓谷雅好南宋人詞，尤愛其中一二家最平淡者。平日論詞，及所自為，並能追其所見。」[15]可知其評詞理路，從十八首論詞絕句中，可歸納評詞多因循張炎，張炎論詞首重雅正，故直言稼軒豪詞「體非正」。然辛棄疾又有〈祝英臺近・晚春〉（寶釵分）[16]此等具騷雅之作，亦受張炎推崇，故江昱特別補充稼軒「有時雅音還特存」。而從詞史角度觀察，稼軒影響於後世者，多以豪放詞風為主，如劉過、劉克莊因欣賞稼軒風格，進而推崇模仿，黃昇《中興以來絕妙詞選》云：「（劉過）稼軒之客，其詞多壯語，蓋學稼軒者也。」[17]劉克莊亦然。江氏雖肯定稼軒與二劉才華卓然，然二劉作詞學稼軒，在江氏心中，似乎操之太過，無入得稼軒精髓，如「大目底緣規孟賁」，一代猛將在前，只視得勇武，卻不知其謀劃。江氏深受張炎《詞源》影響，倡導「雅正」與浙西詞派理論呼應，認為填詞必須協律，如第四首評蘇軾：「分明鐵板銅琶手，半闋楊花冠古今」（上冊，頁 86）；講究鍛句鍊字，如第十一首評吳文英：「四稿何人解問津，空憐字面細推尋」（上冊，頁 87），並且反對俚俗，如第五首評黃庭堅：「綺語

---

15 清・馮金伯：《詞苑萃編》，收錄於唐圭璋編：《詞話叢編》，冊 2，頁 1952-1953。

16 〈祝英臺近・晚春〉全詞謄錄如下：寶釵分，桃葉渡。煙柳暗南浦。怕上層樓，十日九風雨。斷腸片片飛紅，都無人管，倩誰喚、流鶯聲住。　　鬢邊覷。試把花卜心期，才簪又重數。羅帳燈昏，鳴咽夢中語。是他春帶愁來，春歸何處。卻不解、將愁歸去。見唐圭璋：《全宋詞》，冊 3，頁 1882。

17 宋・黃昇：《中興以來絕妙詞選》（臺北：臺灣商務印書館，1962），頁 53。

消除變老蒼，著腔詩句欠悠揚」（上冊，頁 86），故於江昱心中，稼軒詞並非上乘之作。

而汪筠為浙西六家之後，所作〈讀《詞綜》書後二十首〉亦體現浙西詞派的觀點。第十首提及稼軒，云：

> 清雄端合讓辛蘇，忠敏牢愁絕代無。花落小山亭上酒，怨春不語為春孤。（上冊，頁 101）

對於豪放詞風，汪筠認為蘇軾是「海雨天風特地豪」（上冊，頁 101），並以「清雄」來概括蘇、辛詞風，汪筠雖無特別比出婉、豪風格之高下，也在二十首論詞絕句中體現出來。如討論清真、白石、玉田、梅溪作品反覆出現，更以「一從白石簫聲斷，誰倚瓊樓最上層」（上冊，頁 101）說明姜夔之高度，同樣於詞寄託感慨，汪筠僅言稼軒愁鬱「絕代無」，舉〈摸魚兒〉（更能消、幾番風雨）來彰顯稼軒極具沉鬱頓挫之致，正如稍晚的陳廷焯所言：「怨而怒矣，然沉鬱頓宕，筆勢飛舞，千古所無。『春且住』三字一喝，怒甚。胸中抑鬱不平不禁全露……結得愈淒涼，愈悲鬱。」[18]評述相呼應。

時移至嘉道年間，浙派衰弱，而常州詞派繼起，詞人重新審視浙派的主張，對豪放詞風也有較大包容，如身處兩派交替的王僧保，其〈論詞絕句〉三十六首之七，便為蘇辛說話，詩云：「慷慨黃州一夢中，銅弦鐵板唱坡公。何人創立蘇辛派，兩字粗豪恐未工。」（下冊，頁 413）認為東坡遭遇烏臺詩案而寓詞抒

---

[18] 清‧陳廷焯撰，孫克強等輯校：《白雨齋詞話全編》，上冊，頁 130。

發，慷慨明志，並非徒發豪語，故作狂態，至於稼軒亦然。所以用粗豪兩字涵蓋蘇辛詞，並不公允。以上可知王氏對豪放詞派的看法。在第八首專論辛棄疾：

> 短衣匹馬氣偏豪，淚灑英雄壯志消。最是野棠花落後，新詞傳唱〈念奴嬌〉。（下冊，頁413）

王僧保所欣賞的稼軒詞，正如後二句所標舉的〈念奴嬌·書東流村壁〉（野棠花落）[19]一詞，其好友徐穆亦在該詩底下注云「稼軒詞當以〈念奴嬌〉為第一」。王氏先以短衣、匹馬來形塑稼軒詞透顯的風格，再以「豪」字做註腳，說明英雄無用武之地，壯志被消磨殆盡，卻在詞中展現出絕妙的情韻。王氏所賞「野棠花落」詞，是稼軒詞中較為纖婉之作，楊慎《批點草堂詩餘》評是詞即云「『舊恨』二句，纖麗語，膾口之極。」[20]；陳廷焯亦云「起筆愈直愈妙，不減清真，而俊快過之，『舊恨』二句，矯首高歌，淋漓悲壯。」[21]二家所評，均非慷慨雄壯、沉鬱頓挫的韻致，可知王氏雖不泥於浙派貶低豪放詞作，卻仍選擇較為清麗的

---

[19] 〈念奴嬌·書東流村壁〉全詞錄於下：野棠花落，又匆匆、過了清明時節。剗地東風欺客夢，一夜雲屏寒怯。曲岸持觴，垂楊繫馬，此地曾輕別。樓空人去，舊游飛燕能說。 聞道綺陌東頭，行人長見，簾底纖纖月。舊恨春江流未斷，新恨雲山千疊。料得明朝，尊前重見，鏡裏花難折。也應驚問，近來多少華髮。見唐圭璋：《全宋詞》，冊3，頁1874。

[20] 明·楊慎：《批點草堂詩餘》，收錄於葛渭君編：《詞話叢編補編》（北京：中華書局，2013），冊1，頁307。

[21] 清·陳廷焯撰，孫克強等輯校：《白雨齋詞話全編》，上冊，頁128。

作品代表稼軒。這與其評詞的中心思維有較大的關係。王氏論詞
絕句雖持平等觀婉、豪兩派詞家，並給予公允的評論，但仍從其
中透露詞人品第之高下。提及李清照評價雖高，以「文殊女子定
中身」（下冊，頁 412）為譽，然以佛之層級而言，文殊尊為華
嚴三聖，即毗盧遮那佛（釋迦牟尼佛）、文殊菩薩、普賢菩薩之
一，然地位仍舊次於佛祖，約可知王氏對易安的評價。另外論及
姜夔認為「擅絕千秋白石名」（下冊，頁 412），品評的標準仍
以婉約為正，但肯定豪放別調之功。與王僧保一樣，已脫離浙派
藩籬，華長卿〈論詞絕句〉亦能較公正看待豪放詞。在第二十三
首提及稼軒，詩云：「誰信詞人老戰場，忠肝義膽溢騷腸。玉環
飛燕皆塵土，此語安能悟壽皇。」（下冊，頁 496）稼軒嘗以
「廉頗老矣，尚能飯否」[22]敞明心志，於詞字字表現其忠君愛國
情思。華氏亦欣賞稼軒詞寄騷心的強烈風格。華氏論詞不在浙派
框架下，論詞觀點認為「推倒詞壇一世雄」的東坡為第一，並常
標舉與東坡詞風相近如朱敦儒、張孝祥、辛棄疾、元好問等詞
人。在末首論及清初詞人時，提出「千秋絕學傳三傑，竹垞梅村
湖海樓」（下冊，頁498），可見評詞不陷於詞派的藩籬中。

（二）兼賞婉約豪放詞風

　　部分詞評家，從較為中肯的角度，對豪放派作家給予公允的
評價。如王濟〈論詞絕句〉第十一首云：「溫柔豪放總難齊，千
古佳編費品題。願把心香焚一瓣，健兒誰是斷蛟犀。」（下冊，

22　宋・辛棄疾撰，鄧廣銘箋注：《增訂本稼軒詞編年箋注》（臺北：華正
　　書局，2007），頁 553。

頁 556）開頭便言詞在婉約與豪放之間，各有佳處，難以品題；
盛孚泰〈截句題詩餘〉組詩開頭即言：「也學辛劉也柳秦，樓台
七寶絢嶙峋。空中恨事傳難盡，嚼徵含宮涕淚新。」（下冊，頁
698）詞至清代，對於前代名家之作，各有所學，也各取特色。
不管是辛劉的豪蕩，或者柳秦的深婉，只要能傳遞心曲，便為佳
構。討論辛棄疾的組詩中，亦有相同觀點的評家，如沈道寬〈論
詞絕句〉四十二首之十九云：

> 稼軒格調繼蘇髯，鐵馬金戈氣象嚴。我愛分釵桃葉渡，溫
> 柔激壯力能兼。（上冊，頁 277）

首句談及稼軒詞的格調，承繼於東坡而下，變清俊至豪壯，正如
明・王世貞《藝苑卮言》所云：「詞至辛稼軒而變，其源實自蘇
長公，至劉改之諸公極矣。」[23]而稼軒為詞慷慨激昂，如軍武嚴
備，正如陳廷焯對辛詞之評：「稼軒則於縱橫馳驟中而部伍極其
整嚴，尤出東坡之上。……稼軒詞，直似一座鐵甕城，堅而銳，銳
而厚，憑你千軍萬馬，也衝突不入。」[24]可解釋氣象之嚴。後二句
點出沈氏所特賞處，便是稼軒所寫〈祝英臺近・晚春〉（寶釵分）
詞。此詞歷來評價頗高，張炎評「景中帶情，而存騷雅」[25]，符

---

[23] 明・王世貞：《藝苑卮言》，收錄於唐圭璋編：《詞話叢編》，冊 1，
頁 391。

[24] 清・陳廷焯撰，孫克強等輯校：《白雨齋詞話全編》，上冊，頁 127、
13。

[25] 宋・張炎：《詞源》，收錄於唐圭璋主編：《詞話叢編》，冊 1，頁
264。

合雅詞標準；沈謙評「昵狎溫柔，魂銷意盡」[26]；陳廷焯亦云
「諷刺語卻婉雅」[27]，均指出是詞雅致有餘，剛柔並濟。沈道寬
不僅對稼軒格調持平接受，更對婉致有力的作品給予高度評價。

　　相似的品評，亦可見於宋翔鳳的〈論詞絕句二十首〉，第十
二首云：

　　　　四上分明極聲變，粗豪無跡勝纏綿。稼翁白髮尊前淚，盡
　　　　付雲屏一枕邊。（上冊，頁296）

宋翔鳳在第十一首以高度肯定稼軒詞有開創之功，詩云：「抱得
胸中鬱鬱思，流鶯消息不教知。傷春傷別總無賴，生而重開南渡
詞。」（下冊，頁456）被冠以「歸正北人」的稼軒，壯志難
伸，屢次上書，均石沉大海，難得其用，滿腔忠憤，盡寄於詞
中。稼軒書寫胸中感懷，有別文士嘆春悲秋傷時之作，詞多有寄
託，蘊藉其忠心憂國的胸志。詞至南宋，因稼軒而不同，宋氏標
舉其異，故言「生而重開南渡詞」。十二首首句比附楚騷，凸顯
辛詞有沉鬱頓挫之致，在一片言情婉麗之音下，「窮極音聲，變
易其曲」，嶄露匠心獨具的清音，使豪宕雄壯力克兒女纏綿。正
如周濟所言：「稼軒斂雄心，抗高調，變溫婉，成悲涼。」[28]與
是詩可互為補充。後二句再化用〈念奴嬌·書東流村壁〉（野棠

---

[26]　清·沈謙：《填詞雜說》，收錄於唐圭璋主編：《詞話叢編》，冊1，
　　　頁630。

[27]　清·陳廷焯撰，孫克強等輯校：《白雨齋詞話全編》，中冊，頁725。

[28]　清·周濟：《宋四家詞選·序》，收錄於唐圭璋主編：《詞話叢編》，
　　　冊2，頁1643。

花落）詞意，強調稼軒亦可以曼聲姸詞，寄託幽憤家國之思。

　　另外，在梁梅〈論詞絕句一百六十首〉第十一首，亦可見類似評論，詩云：「大聲鏜鎝小鏗鏘，弔古傷今最激昂。卻為詞家留本色，有時兒女亦情長。」（上冊，頁 381）前言已提及劉克莊評論稼軒之語，梁梅是詩正依劉語而發。一方面點出稼軒語出激昂壯烈，以致鏜鎝鏗鏘，又能書寫穠情，於本色處與婉約詞人一較高下。從該詩可看出梁梅評詞尚有本色、別調之分，但仍兼賞稼軒豪放風味。

　　若以本色、別調論之，譚瑩〈論詞絕句一百首〉之六十，亦是從此角度討論稼軒，詩云：「小晏秦郎實正聲，詞詩詞論亦佳評。此才變態真橫絕，多恐端明轉讓卿。」（下冊，頁 456）「小晏」晏幾道、「秦郎」秦觀，二人為詞承襲唐五代婉麗之風，清・謝章鋌《賭棋山莊詞話》云：「晏、秦之妙麗，源於李太白、溫飛卿。」[29] 譚瑩認為晏、秦二人屬詞之正宗，如明・王世貞《藝苑卮言》所言：「李氏、晏氏父子、耆卿、子野、美成、少游、易安至也，詞之正宗也。」[30] 既有正宗，也不應偏廢別調，故言「詞詩詞論亦佳評」。明・毛晉〈稼軒詞跋〉提出：「詞家爭鬥穠纖，而稼軒率多撫時感事之作，磊落英多，絕不作妮子態。宋人以東坡為詞詩，稼軒為詞論，善評也。」[31] 即譚氏

29　清・謝章鋌：《賭棋山莊詞話》，收錄於唐圭璋主編：《詞話叢編》，冊 4，頁 3444。

30　明・王世貞：《藝苑卮言》，收錄於唐圭璋主編：《詞話叢編》，冊 1，頁 385。

31　明・毛晉：〈稼軒詞跋〉，收錄於施蟄存編：《詞籍序跋萃編》，頁 202。

所指「詞詩」、「詞論」。此處特標舉「橫絕六合，掃空萬古」的稼軒變態為詞。詞體以婉約為正宗，至稼軒而橫槊豪吟，開豪放大成，譚瑩以端明殿學士應轉讓於稼軒，來肯定其開創之成就。再看六十一首詩云：「斜陽煙柳話當年，穠麗詞工又屑傳。謹謝夫君言亦誤，兩詞沉痼實依然。」（下冊，頁 456）前首言及變態轉調，此首又將稼軒較為穠麗的作品提出，可知譚瑩不僅欣賞稼軒豪放，亦能兼有婉約情致。首句點出〈摸魚兒・淳熙己亥，自湖北漕移湖南，同官王正之置酒小山亭，為賦〉詞句：「斜陽正在，煙柳斷腸處」，說明稼軒透過〈摸魚兒〉詞引用故實，借史抒情，運筆從憐春至怨春，詞情婉曲，寄託遭遇，將家國之思，寄寓在美人傷春、閨怨情懷的內容上。譚瑩頗賞稼軒此種寓剛於柔的手法，故言麗詞佳構值得流傳百世。稼軒詞風正如弟子范開於〈稼軒詞序〉中所云：「其間固有清而麗、婉而嫵媚，此又坡詞之所無，而公詞之所獨也。」[32]所獨有的特色不僅如此，後二句針對岳珂《桯史》所載稼軒事[33]而發，認為其人作

---

[32]　宋・范開：〈稼軒詞序〉，收錄於施蟄存編：《詞籍序跋萃編》，頁199。

[33]　宋・岳珂：《桯史》（臺北：廣文書局，1968）卷三載：「稼軒以詞名，每燕必命侍伎歌其所作；特好歌〈賀新郎〉一詞。自誦警句曰：『我見青山多嫵媚，料青山、見我應如是。』又曰：『不恨古人吾不見，恨古人、不見吾狂耳。』每至此，輒拊髀自笑，顧問坐客何如？皆歎譽如出一口。既而又作一〈永遇樂〉，序北府事，……特置酒召數客，使妓迭歌，益自擊節。徧問客，必使摘其疵，遜謝不可。……稼軒因顧問再四，余率然對曰：『待制詞句，脫去今古軥轍，……稼軒喜，促膝亟使畢其說。因曰：『前篇豪視一世，獨首尾二腔，警語相似。新作微覺用事多耳。』於是大喜，酌酒而謂座中曰：『夫君實中予痼！』乃味改其語，日數十易，累月猶未竟，其刻意如此。」（卷3，頁33-34）

詞有用典甚多的習慣，已成辛詞特有的風格。

（三）誰摘「詞聖」之桂冠

　　「詩聖」一詞已於明代有了定評，此後亦較少有爭議。而「詞聖」至今說法紛呈，莫衷一是。從「聖」字定義觀察，聖有兩種解釋，一種為品德高尚、通達事理的人；另一種解釋為在學識或技藝上有很深造詣的人。再經由文學史的角度探查，被冠以聖者，通常兩種特性都需兼具，文品與人品常合為一談。此處先就在填詞上有傑出表現者，可稱為詞聖進行觀察。今臺灣現行教科書中可知李煜、蘇軾均被譽為詞聖，因傳播之故，大眾漸漸將兩人與詞聖之名進行連結。然清代的詞評家是否有此說法，可透過文獻檢視。因詩聖為杜甫，所以清代詞評家常將心儀的唐宋詞人與杜甫比附，亦可從中得知，誰曾被戴上詞聖桂冠。詞中杜甫的相關研究頗豐，可從歐明俊〈「詞中杜甫」說總檢討〉[34]探得細節，文中已陳柳永、蘇軾、辛棄疾、姜夔、劉克莊、吳文英、王沂孫與張炎等宋詞家，都曾被比附為杜甫、詞集如杜詩、類杜甫某體詩歌、或前承與杜甫詩風，大約出自詞話或詞籍（選）序跋或評論中。如王國維曾云：「以宋詞比唐詩，東坡似太白……而詞中老杜，則非先生（周邦彥）不可」[35]，便明顯將清真與杜甫進行類比對應，而王國維心中是否認定「詞中老杜」周邦彥為詞聖，也應不言而喻。

---

[34]　歐明俊：〈「詞中杜甫」說總檢討〉，《中國韻文學刊》第 21 卷第 2 期（2007 年 6 月），頁 1-9。

[35]　清·王國維：《清真先生遺事》，收錄於葛渭君編：《詞話叢編補編》，冊 4，頁 3051。

　　在韻文論詞中猶能偶見「詞聖」之相關評論，或可補充詞話不足處。在清人眼中，唐宋詞家何者能戴上「詞聖」冠冕，最早由朱依真提出[36]，其〈論詞絕句二十二首〉之六云：「合是詩中杜少陵，詞場牛耳讓先登。暗香疏影精神在，夜月清寒照馬滕。」（上冊，頁 176）朱氏本是浙派一員，認為填製〈暗香〉、〈疏影〉等清空詞作的姜夔，最能執詞壇牛耳，也因此高度，故能與詩壇杜甫相提並論。此論蓋為浙派多數人所認可，姜夔被尊為浙派填詞偶像，又能審音度律，寫感時傷懷之作，以清空妙筆點化，諸詞評家常以填詞第一待之，故朱氏能有此一說。浙派認定姜夔為詞聖，尚有戈載提及，見《宋七家詞選》所評：「白石之詞，清氣盤空，如野雲孤飛，去留無跡，其高遠峭拔之致，前無古人，後無來者，真詞中之聖也。」[37]陳廷焯繼承其說，將此言改易放入《詞則》當中。浙派供姜夔為詞聖，正如歐明俊論文所言，推舉姜夔，係為自身詞學觀服務。被歸於常州詞派的宋翔鳳，雖曾問學浙派前輩，但宋氏認為白石為詞中少陵，也頗耐人尋味。論詞絕句第十四首提及「詩從杜曲波逾闊，詞到鄱陽音太希」（上冊，頁 296）已將杜、姜合論，更可見其《樂府餘論》所表述：

　　　　詞家之有姜石帚，猶詩家之有杜少陵，繼往開來，文中關
　　　　鍵。其流落江湖，不忘君國，皆借託比興，於長短句寄

---

[36] 在此之前，羅天尺〈讀尤晦庵、陳其年兩太史集〉亦云：「迦陵詞即杜陵詩」（上冊，頁54），本章僅針對唐宋詞人觀察。

[37] 清・戈載選，杜文瀾注：《宋七家詞選》（臺北：河洛圖書公司，1978），頁 19-20。

之。如〈齊天樂〉，傷二帝北狩也。〈揚州慢〉，惜無意恢復也。〈暗香〉、〈疏影〉，恨偏安也。蓋意愈切，則辭愈微，屈宋之心，誰能見之。乃長短句中，復有白石道人也。[38]

若以宋氏此論反觀稼軒詞，亦可得借託比興、存屈宋之心，可知宋氏認為填詞之法仍有差別，白石辭微意切，稼軒雖將個人心志寄寓詞中，對宋氏而言則顯太露，故擇白石比附杜甫。

　　而稼軒也曾被喻為杜甫，可見清・劉熙載《藝概・詞概》所載：「詞品喻諸詩，東坡、稼軒，李杜也；耆卿，香山也。」[39]此說法在晚清有高旭加以繼承。高旭論詞重作者品格，認為詞中人品、詞品合一者，便是稼軒，在〈論詞絕句三十首〉之十九云：

　　　稼軒妙筆幾於聖，詞界應無抗手人。俠氣柔情雙管下，小
　　　山亭酒倍辛酸。（下冊頁728）

首句直言稼軒填詞的功力，已是詞壇最傑出者，並且無人可出其右。高旭推崇稼軒詞中有俠氣，嶔崎磊落，為國為民，正是遭遇動亂的晚清文人應當借鏡效法的。亦可從高氏《十家詞選》之五：「高論斷推同甫，狂歌合讓劍南。南渡諸人有限，與公鼎立

38　清・宋翔鳳：《樂府餘論》，收錄於唐圭璋編：《詞話叢編》，冊3，頁2503。

39　清・劉熙載：《藝概・詞概》，收錄於唐圭璋編：《詞話叢編》，冊4，頁3697。

而三。」（下冊，頁 731）進一步釐清俠氣有具備的特質，便如陳亮與陸游在詩文間所呈現的氣魄。認為三人可鼎足而立，係在於作家的人品，與作品所表現的氣節抱負。陳亮撰〈酌古論〉，得「他日國士」[40]的雅稱，爾後的〈中興五論〉，亦可見其志在社稷與家國的節操。而陸游詩中與稼軒詞一樣，頻繁透露欲恢復中原，建立戰功的決心，臨死仍記掛北定中原的心願，在在凸顯心繫復國，至死不渝的胸懷。也因如是俠義為國，不思己利，高旭才會拈出妙筆於聖此等既指文品，又崇人品的雙關詩句，來標舉稼軒為詞聖可能性。此處亦可呼應鄭方坤〈論詞絕句三十六首〉之二十二云：「稼軒筆比鏌鋣銛，醉墨淋浪側帽簷。伏櫪心情橫槊氣，肯隨兒女鬥穠纖。」（上冊，頁 73）鄭氏將辛詞比為名劍莫邪，面對家國遭遇衰敗，可作的並非工綺柔婉媚之詞，而是側帽橫槊以待，如稼軒、陸游一般，即使年老體衰，仍老驥伏櫪，志在千里，不忘初衷。

　　以稼軒在宋代詞壇的傑出表現，填詞最夥，內容最多元，既能合於格律，又可另闢蹊徑，開南宋有別於姜夔一派。在人格的展現上，亦深刻融入於詞作之中，得見其愛國忠義之思，為國為民之情，實屬兩宋詞壇難得者，故摘詞聖冠冕，誠可謂相得益彰。

　元・脫脫等撰：《宋史》（北京：中華書局，1977）載：「著〈酌古論〉，郡守周葵得之，相與論難，奇之，曰：『他日國士也。』請為上客。及葵為執政，朝士白事，必指令詣亮，因得交一時豪傑，盡其議論。」（冊 16，卷 436，頁 12929）

三、以「組詩」視角評價稼軒詞

　　論詞絕句的出現，在有清一代並非偶然見得，從清初曹溶至清末民初年間高旭共百餘家皆有作品，且時人甚至針對部分有「論詞絕句」組詩者進行評說，如丁紹儀《聽秋聲館詞話》卷十二與卷二十均提及論詞絕句：

　　綜古今詩詞而論列之，貴有特識，尤貴持平。若於古人寓微詞，而於近人多溢美，適形其陋而已。樊榭論詞，古多今少，最為醇正。朱小岑論詞，古今各半，其謂美成鋪張可厭，已屬非是，……吾鄉孫文靖論詞，雖古少今多，然皆堪以論定之人。至尤二娛論詞，多同時朋舊，乃懷人詩耳。

　　南海譚玉生廣文（瑩）《樂志堂集》中，論詞絕句至一百七十六首，扢揚間有未當。如訾少游「為誰流下瀟湘去」，謂是常語，並謂白石「舊時月色人何處，戛玉敲金擬恐非」。而推崇戴石屏與本朝之毛西河、屈翁山，謂屈詞足以抗手竹垞，此與番禺張南山司馬（維屏）服膺鄭板橋、蔣藏園詞，同似門外人語。[41]

此二條言及厲鶚〈論詞絕句十二首〉、朱依真〈論詞絕句二十二

---

[41]　清‧丁紹儀：《聽秋聲館詞話》，收錄於唐圭璋主編：《詞話叢編》，冊3，頁2730、2830。

首〉、孫爾準〈論詞絕句〉、尤維熊〈評詞八首〉、〈續評詞四首〉，以及譚瑩〈論詞絕句一百首〉等近二百餘首作品評議。讚美屬鶚品評諸家醇正，對朱依真低看清真詞表示不妥，或言尤維熊諸作近於懷人，較無議論價值。至於譚瑩百餘首論詞絕句，也提出「間有未當」，並提出不合理處。就丁氏角度，係將論詞絕句視為其人詞論，並且提出具體批評，以申己意。

　　既為組詩，即單一評論家針對多位詞人進行系統性的品評，此間會出現同一人對同時代不同詞人的填詞看法，在論及眾多作家時，批評者或多或少會受到時代、詞派或師承的影響，對作家進行高下評判，或正宗別調的區別，批評者的好惡也會藉由組詩比較明確呈現出來。以下針對十二家論及稼軒詞的組詩，說明該評論者的立場角度，以及如何給予稼軒在唐宋詞的地位。

（一）恪遵詞派理念，抑低豪放詞風

　　浙西詞派影響清代百年詞壇，許多詞人均奉詞派理路為圭臬，進而重新評價前朝與當代詞家。江昱便是明顯例子。在江氏十八首作品中，不難看見標舉浙派旗幟，評議宋代諸家。江氏身為浙西詞派一員，其中心思想明確，尤其特賞張炎一家，並奉《詞源》為圭臬，所作論詞絕句，多有呼應《詞源》論涉之作家，傳承其說的心態顯見。十八首除第一首涉論詞體本身外，其餘均集中探討兩宋詞人，因理論近於《詞源》，故討論南宋多於北宋。整體而言，對於北宋詞給予最高評價者，屬周邦彥，第六首云：

　　　　詞壇領袖屬周郎，雅擅風流顧曲堂；南渡諸賢更青出，卻

虧藍本在錢塘。（上冊，頁 87）

前兩句已然指出北宋領袖詞壇者，以雅正風流的周邦彥當之無愧，話鋒一轉，第三句將南渡詞人作品推舉更高，此點與江昱評詞一重要特色有關，可由王偉勇、鄭琇文合撰〈清·江昱〈論詞十八首〉探析〉觀察：

> 江昱論詞特別留意詞篇所寄寓之家國之思，如第十二首論王沂孫《花外集》韻味深遠，第十三首論劉克莊詞中三昧即在憂時愛國之心聲，第十四首評張炎詞屬悲泣淒涼之調乃多亡國所作。換言之，江昱論詞並不止於重視詞篇寫作形式之表現，亦切合詞人身處之時代環境、自身之生平遭遇而加以發揮。[42]

北宋詞人未遭逢靖康之難，詞作並無太多國家興亡之感，多半是吟詠風月，排解閑愁為主，即使蘇軾詞存有自我意識，擺脫歌樓酒館娛興之作，但國家清平之際，並無特別強烈的家國之思，南渡至南宋，甚至宋世亡滅前後，詞人作品中較易流露出身世或家國感懷，這也成為江昱品評詞人作品的標準。然而此項標準仍非首要，江氏評詞立場仍是需符合合律與雅正二端。以南宋而言，第八首專論姜夔作品，並不似論及周邦彥一般，有明確點出詞壇領袖類似言語，僅針對姜夔音樂才華傑出而發：

---

[42] 王偉勇、鄭琇文：〈清·江昱〈論詞十八首〉探析〉，《國文學報·高師大》第 5 期（2006 年 12 月），頁 29。

　　　石帚高情自度工，孤雲無迹任西東；樂書不賞張兄死，只
　　　合吹簫伴小紅。（上冊，頁87）

此詩較側重姜夔身世與音樂才能，並未能視得江氏標舉姜夔為宗
主的看法，僅在談論王沂孫時，指出「意度還追白石仙」，揭示
姜夔為南宋填詞重要典範與學習對象。而談論張炎與周密時，兩
人均是宋末入元遺民，切合江氏所看重的身世感懷，因此對兩者
的評價比其他南宋詞人略高，尤其討論劉克莊涉及周密時，提到
所謂詞家三昧，「三昧此中誰會得，數聲漁笛起蘋洲」（上冊，
頁 87），點出周密深得詞家奧義，包含周氏所選《絕妙好詞》
的選擇上，「別裁偽體親風雅，畢竟花庵遜草牕；何日千金求舊
本，一時秀句入新腔。」（上冊，頁 88）均是體現詞家三昧的
重要依據。站在合律與雅正的大前提上，並側重詞人身世感懷，
然而此中條件對應在稼軒詞中，對於江氏而言並不符合，因此有
「辛家老子體非正，有時雅音還特存」之評說。

　　以詞派立場為前提，來貶抑豪放詞風，對於個別評論者而
言，僅是程度的差別。汪筠雖是浙派大將汪森之孫，所詠和主題
圍繞《詞綜》而發，但對於豪放詞的看法，並不像江昱極端，其
論詞絕句首句「清雄端合讓辛蘇」（上冊，頁 101），係站在蘇
辛填詞特色言說，以「清雄」風格概括蘇辛，再以「牢愁絕代
無」強調稼軒詞與個人連結的強度，持平而言，並無明顯貶抑豪
放詞風，立論相對公允；再觀察朱依真，朱氏論詞絕句第六首已
表明姜夔「合是詩中杜少陵」（上冊，頁 176）的特出地位，強
調姜夔在詞壇如同詩中杜甫，其他是更以「幾人真悟清空旨」、
「鼓吹堯章豈妄言」、「如何拈出清空語」、「追蹤姜史復誰

堪」（以上上冊，頁 176-177），評詞旨趣準繩多落在姜夔、兼及史達祖與清空之說，若是涉及較為豪放風格者，其標準則以元好問為典範。朱氏雖兩度提及稼軒，包括「紛紛耳食說蘇辛」、「風雲氣概屬辛劉」，均屬於論及蘇軾與元好問，略及稼軒，在十七首主論唐宋詞人中，並無專論稼軒，由此亦可知辛詞在朱氏心中地位。雖無正面抨擊豪放詞風，但從組詞整體觀察，並不十分推崇。

最後論及沈道寬一家。在筆者〈從清人沈道寬〈論詞絕句〉四十二首建構其詞學觀〉已針對四十二首組詩作一整體分析，提出：

> 在沈氏心中最優秀的詞人，應當是被賦予「巨擘」的周邦彥，以及譽為浙派源流「初祖」的姜夔，其中原因係沈氏多次在論詞絕句中提及詞以婉約為正宗概念，所以相對來說，蘇、辛並非沈氏所特賞之詞家。要言之，沈氏對詞體的主張必須符合格律，並且遵循婉約為宗的條件，詞重情致，以雅為本，用字造句宜清新。[43]

沈道寬品評對象多為浙西詞派奉為圭臬的前代詞家，並將周邦彥、姜夔等以格律婉約詞風為要的詞人群建立譜系，清楚見得其論詞傾向雅致、清空的詞風。面對豪放詞人，仍站在固有立場，指出「我愛分釵桃葉渡，溫柔激壯力能兼」（上冊，頁 277）即

---

[43] 林宏達：〈從清人沈道寬〈論詞絕句〉四十二首建構其詞學觀〉，《成大中文學報》第 66 期（2019 年 9 月），頁 182。

使不全然排斥，著眼處依然為婉約主調的作品。看似立場中立，實則偏執一方。

（二）三分詞壇風尚，各標宗主立說

　　承續上節所言，對於豪放詞派的見解，差別在於接受的程度強弱與否，接受度高者，自然較少貶抑之詞，反之則加以攻擊。若以此十二家觀察，梁梅是將詞派明顯歸納者，主要因梁梅在論詞絕句前有題辭，綜述對詞的看法，針對流派一說，梁是指出有三：其一為「擅花韒柳欹之致，極搓酥滴粉之工」，張先、柳永、周邦彥、秦觀屬之；其二為「聽綽板銅琶之唱，做金戈鐵馬之聲」，蘇軾、辛棄疾屬之；其三為「本澹遠幽涼之趣，寓瑰奇警邁之詞」，姜夔、史達祖屬之。[44]梁氏百六十首論詞絕句未能探得全貌，目前僅見二十六首，其中論及唐宋詞人者有十七首，然屬豪放詞派作家，僅稼軒一人，無法明確得知其他豪放派作家在梁氏心中地位。雖是如此，梁氏評詞的最高原則，依舊以婉約為正宗本色，故論及辛棄疾時，仍以「本色說」轉化稼軒雄渾豪邁的詞風價值。詩中三、四句云「卻為詞家留本色，有時兒女亦情長」，此處強調稼軒詞中存有本色，此點與沈道寬說如出一轍，就婉約正宗立場言說，並非欣賞稼軒較為激昂雄渾之作。但梁氏對金戈之聲、銅琶之唱可以其他兩者鼎足而三，已較他人更有見地。

　　鄭方坤與厲鶚約是同時期人士，二人均撰有論詞絕句組詩。厲鶚配合浙西詞派的立場而發；而鄭氏作品，則因時代潮流的籠

---

[44] 孫克強、裴喆：《論詞絕句二千首》，上冊，頁 378-379。

罩下，主要推崇浙派詞風，卻更有自己一番心得想法，這可從組詩出現許多特別處探得。三十六首論詞絕句中，有二十三首針對唐宋詞人分析，鄭氏此組詩特別處，在於揀選他家較少論及者評述，諸如品議李商隱：「新聲古意愛西崑，錦瑟華年最蕩魂。為少金荃詞一卷，當今此事合推袁。」（上冊，頁 69），談至義山不填詞，否則與之齊名的溫庭筠恐非對手；也特別提到在政壇有名卻為人詬病的舒亶，「烏臺詩案艾如張，箝舌誰歟巧簸揚。偏下鬱金裙子淚，固應孔雀有文章。」用王士禎對舒亶的評價，重新抒發對其人詞作的認同。人品文品合觀一直是文學界的大哉問，鄭氏能別有見地欣賞舒亶填詞之妙，而不因人格貶抑其作品，均是較為特別的評議方式。其他還有和凝、范仲淹、韓琦、司馬光、宋祁、宋徽宗、岳飛、朱熹、《樂府補題》的作者群，亦是鄭氏特別提及的對象。在第十七首作品中：

> 紅牙鐵板畫封疆，墨守輸攻各挽強。莫向此間分左袒，黃金留待鑄姜郎。（上冊，頁 72）

也有意三分詞壇風格，可從詩的小註見得，其言：「東坡問幕士云：『我詞比柳何如？』對曰：『柳郎中詞只好十七八女郎，執紅牙拍，歌楊柳岸曉風殘月，學士詞須關西大漢，持鐵綽板，唱大江東去。』姜堯章所著《石帚詞》，戞玉敲金，得未曾有。」（上冊，頁 72）雖緣筆記本事而發，也將三種風格與代表詞人逐一揭示，在婉約與豪放之外，還有戞玉敲金一類，是在兩者以外的。更以黃金鑄姜郎，推高姜夔地位。雖是如此，論及稼軒詞，並無刻意貶低，以「伏櫪心情橫槊氣，肯隨兒女鬥穠纖」

（上冊，頁 73）肯定稼軒詞風。

　　類似的說法，尚有譚瑩的論點，在譚氏〈論詞絕句一百首〉之六十言及：「小晏秦郎實正聲，詞詩詞論亦佳評。此才變態真橫絕，多恐端明轉讓卿。」前二句已將正宗與別調各有特色說明，後二句則針對稼軒天縱英才而發，亦是站在肯定稼軒及作品令人激賞驚豔。一百首作品中，並無特別標出第三種流派，但仍持平看待婉約與豪放，並且不專以姜夔為宗主，整體而言，譚氏對稼軒的整體評價是高於唐宋多數詞家。

（三）評家同感遭遇，體會稼軒詞心

　　道光以降，清代國勢漸頹，列強環伺，在晚清士人心中，均存在危急存亡的忐忑。晚清至民初年間，此階段的批評者，正經歷朝代易幟之悲痛，文人的內心所看重的，再也不是清空騷雅，或太平盛世的享樂文藝，更重視文學作品對於家國感懷的實質意義。大抵每個朝代的衰亡前，文人的無可奈何所造成的活在當下虛華，亡國後會轉變成黍離之悲。十二家論及稼軒者，有兩位在所屬時代上，即面臨清亡之際，故在品評唐宋詞人時，對於稼軒詞有更深刻的感懷。包括盛孚泰與高旭，在品題之間，已然進入稼軒詞心，能夠感同身受稼軒填詞當下的情緒。

　　盛孚泰的〈截句題詩餘〉六首，係閱讀詞作後的心得感懷，並點出個人學詞的看法論點。此組詩較無法探得詞人間的高下，但詩中透露的傷感情懷，是靠攏稼軒作品的詞境，諸如「空中恨事傳難盡」、「殘山剩水總銷魂」，以及論及稼軒的「鐵板銅琶感慨多，眼前金粉換兵戈。江山不少閒愁恨，譜出興亡薦逝波。」（下冊，頁 698）前輩評家認為的牢騷感慨，認為稼軒金

戈鐵馬之聲太過，實因為歷亡國之痛，當存有共同經驗後，才能對格律、合樂摒棄，而專注於詞旨上。高旭的兩組論詞絕句中心思想相當強烈，亦是針對當時背景而發，甚至在〈論詞絕句三十首〉讓稼軒稱「聖」，說明無人可敵，並且指出作品俠氣、柔情豪婉兼具難得。更在〈十家詞選題詞〉先貶抑君王身分的李煜，說明「工文何益」，徒留亡國哀音，再褒揚稼軒、陳亮與陸游此等愛國志士，為國奉獻心力與彰顯自我情操，是難能可貴者。在在都將品詞的意圖明白指出。

　　組詩論詞並非全然因時代背景因素，而有所轉換，稼軒有較為明顯的愛國思維，在朝代交替的狀況下確實較容易被拉高身價，只能以個案觀之。大抵而言，詞派的流變，以及詞派的主張仍是影響批評者較強烈的主因，再加上每個人對於風格定義不同，對於豪放非主流的詞風，評價自然有所高低。透過組詩的檢視，是能更清楚掌握批評者的詞學見識與客觀性。

四、結語

　　透過十二家十四首「論詞絕句」組詩討論辛棄疾，並旁及詞話、詞集序跋，與其他數首論詞絕句略提稼軒的作品，可理出幾項議題進行討論。由組詩出發，從清代詞評家的多首作品中，進行比較。在時人蒐輯的論詞絕句中可發現，品評者多隸屬浙西詞派的成員，若由清空雅正的角度去看待稼軒，品論者會給予怎樣的評述？經分析後大抵仍存詞派門戶之見，如提出「體非正」，豪放詞仍屬別調而非正宗，從中再去找出稼軒合於雅音之作，標舉如是作品才能稱得上稼軒較好的詞作，諸如〈摸魚兒〉（更能

消、幾番風雨）、〈念奴嬌〉（野棠花落）、〈祝英臺近〉（寶釵分）等；部分不囿於詞派圭臬者，尚可賞其清雄、寄託楚騷之志的作品。

　　另外，身為豪放詞派的代表作家，部分詞評家亦給出較為公允的評判，認為稼軒並非徒寫豪情壯志，仍有清麗可喜之作，亦值得欣賞，諸如王濟、盛孚泰詩評提出婉約、豪放均可學，亦可通賞；沈道寬則說明稼軒兩端作品皆善，但特別賞其具含蓄韻藉如〈祝英臺近〉（寶釵分）詞；宋翔鳳、梁梅、譚瑩等人均肯定稼軒豪放詞的魅力所在，但也於細節處提出，稼軒仍有清麗作品，不輸給婉約名家。譚瑩更肯定稼軒開創豪放一派之功，中立表彰婉、豪傑出詞人。

　　最後，透過詞聖稱號進行梳理，詞聖至今莫衷一是，歷來有多位宋代詞人被比附為杜甫或冠以「聖」名，均係在詞壇上有傑出貢獻，然從韻文論詞的角度，又以白石、稼軒與詞聖二字有所連結。浙派評家奉白石為偶像，自然可立之為聖；若為聖者除作詞特出之餘，仍考量其人品，高旭則高舉稼軒為聖，認為其人品與詞品均為當世無匹。

　　總括而言，清代詞評家以組詩評論稼軒詞，雖部分因詞派之故，無法給予公允評價，但大多肯定稼軒於南宋樹立氣象，別開豪放雄渾一派之功；並肯定婉、豪兼擅的作詞功力，更有聚焦品格論之，賞其詞獨具楚騷之風，人盡存忠義之氣。清人以組詩回顧唐宋詞壇風華，辛派一脈仍留下無可磨滅的痕跡。

附表：清代「論詞絕句」評辛棄疾作品

編號	作者 詩題	內容	頁碼[45]	組詩
01	鄭方坤：論詞絕句 三十六首之二二	稼軒筆比鎮鋣鋣，醉墨淋浪側帽簷。 伏櫪心情橫槊氣，肯隨兒女斗穠纖。	上冊， 頁 73	☑
02	江昱：論詞十八首 之七	辛家老子體非正，有時雅音還特存。 卓哉二劉并才俊，大目底緣規孟賁。	上冊， 頁 87	☑
03	汪筠：讀《詞綜》 書後二十首之十	清雄端合讓辛蘇，忠敏牢愁絕代無。 花落小山庭上酒，怨春不語為春孤。	上冊， 頁 101	☑
04	沈初：題陳迦陵前 輩填詞圖五首之一	駢儷文章一代雄，蘇辛詞筆古今同。 鬚髯如戟真才子，消受春風鬢影中。	上冊， 頁 136	比附
05	朱依真：論詞絕句 二十二首之二	天風海雨駭心神，白石清空謠後塵。 誰見東坡真面目，紛紛耳食說蘇辛。	上冊， 頁 175	☑
06	孫爾準：論詞絕句 之四	詞場青兕說髯陳，千載牢劉有替人。 羅帕舊家閒話在，更兼蔣捷是鄉親。	上冊， 頁 244	比附
07	沈道寬：論詞絕句 之十九	稼軒格調繼蘇髯，鐵馬金戈氣象嚴。 我愛分釵桃葉渡，溫柔激壯力能兼。	上冊， 頁 277	☑
08	宋翔鳳：論詞絕句 之十二	四上分明極聲變，粗豪無跡勝纏綿。 稼翁詞原三卷在，盡付雲屏一枕邊。	上冊， 頁 296	☑
09	邵堂：論詩六十首	詩宗王李一軍捷，詞壓蘇辛四座驚。 詞律如何詩律穩，十三弦上有琴聲。	上冊， 頁 372	比附
10	梁梅：論詞絕句一 百六十首	大聲鐺鎝小鏗鏘，吊古傷今最激昂。 卻為詞家留本色，有時兒女亦情長。	上冊， 頁 381	☑
11	王僧保：論詞絕句 之七	慷慨黃州一夢中，銅弦鐵板唱坡公。 何人創立蘇辛派，兩字粗豪恐未工。	下冊， 頁 413	略提
12	王僧保：論詞絕句 之十三	唾壺擊碎劍光寒，一座歔歡墨未干。 別有心胸殊歷落，不同花月寄悲歡。	下冊， 頁 413	☑
13	譚瑩：論詞絕句一 百首之六十	小晏秦郎實正聲，詞詩詞論亦佳評。 此才變態真橫絕，多恐端明轉讓卿。	下冊， 頁 456	☑

---

[45] 本頁碼與本章隨文註釋，均採孫克強、裴喆：《論詞絕句二千首》頁碼。

14	譚瑩：論詞絕句一百首之六一	斜陽煙柳話當年，穠麗詞工又屑傳。 謹謝夫君言亦誤，兩詞沈痼實依然。	下冊，頁 456	☑
15	戴熙：《東籬詞稿》題詞	蘇辛感激柳輕盈，嚼徵含商韻最清。 我昔皇華曾使粵，廿年詞客憶連平。	下冊，頁 482	略提
16	華長卿：論詞絕句之二三	誰信詞人老戰場，忠肝義膽亦騷腸。 玉環飛燕皆塵土，此語安能悟壽皇。	下冊，頁 496	☑
17	陳澧：論詞絕句之一	月色秦樓綺思新，西風陵闕轉嶙峋。 青蓮隻手持雙管，秦柳蘇辛總後塵。	下冊，頁 512	略提
18	李煥：論詞之五	不學蘇辛亦自豪，終朝點筆得衡皋。 須知剪得苕溪水，也要并州快剪刀。	下冊，頁 609	比附
19	王鵬運：校刊《稼軒詞》成率題三絕於後之一	曉風殘月可人憐，婀娜新詞競管弦。 何似三郎催羯鼓，夗酲餘歲一時捐。	下冊，頁 630	單論
20	王鵬運：校刊《稼軒詞》成率題三絕於後之二	層樓風雨暗傷春，煙柳斜陽獨愴神。 多少江湖憂樂意，漫呼青兕作詞人。	下冊，頁 630	單論
21	王鵬運：校刊《稼軒詞》成率題三絕於後之三	信州足本銷沉久，汲古叢編亥豕多。 今日雕鐫撥雲霧，廬山真面問如何。	下冊，頁 630	單論
22	宋恕：歷下雜事詩	老作詞人意豈甘，青春躍馬戰曾酣。 天心未悔中原禍，幸有朝廷在我南。	下冊，頁 671	單論
23	盛昱泰：截句題詩餘之一	也學辛劉也柳秦，樓台七寶絢嶙峋。 空中恨事傳難盡，嚼徵含宮涕淚新。	下冊，頁 698	略提
24	盛昱泰：截句題詩餘之三	鐵板銅琶感慨多，眼前金粉換兵戈。 江山不少閒愁恨，譜出興亡薦逝波。	下冊，頁 698	☑
25	高旭：論詞絕句三十首之十九	稼軒妙筆幾于聖，詞界應無抗手人。 俠氣柔情雙管下，小山亭酒倍辛酸。	下冊，頁 728	☑
26	高旭：十家詞選題詞之五	高論斷推同甫，狂歌合讓劍南。 南渡諸人有限，與公鼎力而三。	下冊，頁 731	☑

第三章　創作融入批評：
沈道寬〈論詞絕句〉四十二首
建構其詞學觀[*]

一、前言

　　以韻文作為文學批評的載體，起源於《詩經》，周益忠在《宋代論詩詩研究》提出：「論詩詩之源，竟早在此三百篇中」，文中舉《詩經》大雅〈蕩〉、〈崧高〉等作，說明此等作品「開後世直接議論他人之詩者，……可以謂為後世論詩詩之源頭也。」[1]然而較明確以詩論詩，則必須從杜甫的〈戲為六絕句〉、〈解悶十二首〉之五等詩歌，始有更具體的議論；到了元好問〈論詩絕句三十首〉將以詩論詩的品評模式發揚光大，奠定「論詩絕句」此一體製，以致後代爭相模仿。而以韻文論詞，前承於「論詩絕句」而來，又可細分為「論詞絕句」與「論詞長短

---

[*]　本章發表於《成大中文學報》第 66 期（2019 年 9 月），匿名審查委員之寶貴意見已修訂其中，謹此誌謝。

[1]　周益忠：《宋代論詩詩研究》（臺北：國立臺灣師範大學國文學系博士論文，1989），頁 16。

句」兩種，然「論詞絕句」撰寫者直書於詩題中，惟「論詞長短句」或「論詞詞」，未有詞家以此名為題創作，定此名稱，係方便統稱整理之用。兩者相較之下，「論詞絕句」批判性較強，相對於「論詞長短句」而言，理性批評成分較高，比起「論詞長短句」更能窺見詞評家的簡易詞學觀。從韻文評論中，亦可探查相關詞學思維，以及補充詞學批評的資料。欲理解無詞話專著的詞人其詞學觀，透過論詞絕句與論詞長短句的角度觀察，仍具某種程度上的幫助。

　　據王偉勇編《清代論詞絕句初編》，以及孫克強、裴喆整理的《論詞絕句二千首》觀察，清人書寫論詞絕句，多半仍以偶發創作一、二首為多數；至於聯章組詩達二十首以上者，相對較少；數量超過五十首者，更是稀有；而破百首者，目前僅知有譚瑩、梁梅二家[2]。雖上述二書蒐集所得並非論詞絕句全貌，但大致可瞭解清代以詩論詞的概況。而本章所討論的沈道寬，就目前蒐集的論詞絕句數量看來，僅次於譚瑩、梁梅與陳芸（六十七首）三家，在以韻文論詞此一類別中，實有舉足輕重的地位。

　　清代的詞集文獻，是宋詞所保留的二十倍以上，僅目前出版的《全清詞》順治、康熙、雍正與乾隆四朝的詞作，已逾宋詞二萬首的十倍，此間存在許多研究空白處，值得吾人研究。而「論詞絕句」一體，不僅可關照到詞學，亦可瞭解清代詩學一環，可謂詩詞互涉的研究領域，詞評家用韻文為載體，來評論詞作、詞人、詞集或詞壇軼事，除可瞭解單一詞人的概況，亦可從多首論

2　梁梅有〈論詞絕句一百六十首〉，但未見全貌，目前《清代論詞絕句初編》或《論詞絕句二千首》均錄部分；而譚瑩「論詞絕句」則達 177 首。

詞絕句中探得詞學流變的脈絡。

　　學界關於沈道寬與其論詞絕句的相關研究，數量相當有限。就沈氏生平而言，僅李花蕾〈從「炎陵文梓」琴看晚清湖湘女詩人的文化活動〉[3]、〈道光八年本《炎陵志》別出詩文校點〉[4]二篇旁涉沈氏任酃縣知縣支持《炎陵志》編纂與製琴事，餘則無專文探討生平與相關著作。就其論詞絕句而言，筆者與何淑蘋整理〈民國以來「論詞」詩詞研究論著目錄〉[5]可探得多為零星散見於受評詞人相關文章，如王偉勇〈清代「論詞絕句」論李白探析〉[6]、林宏達〈清代「論詞絕句」論南唐詞風述評〉[7]，關涉沈氏論李白、李璟與李煜詩，或王偉勇〈清代論詞絕句之整理、研究及價值〉[8]、孫克強、楊傳慶〈清代論詞絕句的詞史觀念及價

---

[3]　李花蕾：〈從「炎陵文梓」琴看晚清湖湘女詩人的文化活動〉，《湖南工業大學學報（社會科學版）》2013 年第 5 期（2013 年 10 月），頁151-153。

[4]　李花蕾：〈道光八年本《炎陵志》別出詩文校點〉，《湖南科技學院學報》2009 年第 2 期（2009 年 6 月），頁 17-23。

[5]　林宏達、何淑蘋：〈民國以來「論詞」詩詞研究論著目錄〉，《書目季刊》第 50 卷第 4 期（2017 年 3 月），頁 115-131。

[6]　王偉勇：〈清代「論詞絕句」論李白探析〉，收錄王偉勇：《詩詞越界研究》（臺北：里仁書局，2007），頁 197-228。

[7]　林宏達：〈清代「論詞絕句」論南唐詞風述評〉，收錄潘碧華、陳水雲主編：《2012 詞學國際學術研討會論文集（金元明清卷）》（吉隆坡：馬來亞大學，2012），頁 144-155。

[8]　王偉勇：〈清代論詞絕句之整理、研究及價值〉，收錄王偉勇編：《清代論詞絕句初編》（臺北：里仁書局，2010），頁 1-43。

值〉[9]此等綜論型文章，均會引用探討。此零星擇舉的討論頗
多，不逐一列出。涉及較多沈氏論詞絕句者，尚有趙福勇《清代
「論詞絕句」論北宋詞人及其作品研究》[10]，所選論北宋十家，
均為沈氏論詞之對象，再經交互引證，探研沈氏組詩達三分之一
作品量。專文專章討論者有筆者撰寫〈清人沈道寬「論詞絕句」
論北宋詞人探析〉[11]，針對沈道寬進行基本介紹，並勾勒沈氏論
及北宋詞人的概況；邱青青《清代中期論詞絕句研究》[12]，將清
中葉七位有完整論詞組詩的詞評家分別介紹，其中第二章第六節
便是沈道寬與其論詞絕句。透過摘引詞人秀句、溯探詞體本源、
探討詞人詞學淵源、考證詞作真偽發明，惜論述簡要，並未勾勒
出沈氏詞學面貌。

　　沈道寬的論詞絕句採系統性品評唐至清中葉的詞壇概況，不
僅析理詞學流變，也將單一詞家的特色點出，這些評論可用以建
構沈氏的詞學理論。故本章探究之重點有四：（一）瞭解其人其
書：目前尚無細緻梳理沈氏生平著作的研究，透過董理現存資
料，以描繪更清晰之輪廓。（二）建構詞學理論：沈氏並無單行
詞話專著，僅能藉由傳世的四十二首「論詞絕句」來理解其理

9　孫克強、楊傳慶：〈清代論詞絕句的詞史觀念及價值〉，《學術研究》
　　2009 年第 11 期，頁 136-144。

10　趙福勇：《清代「論詞絕句」論北宋詞人及其作品研究》（新北市：花
　　木蘭文化出版社，2012）。

11　林宏達：〈清人沈道寬「論詞絕句」論北宋詞人探析〉，收錄黃湘陽主
　　編：《第二屆中華文化人文發展國際學術研討會論文集》（香港：珠海
　　學院中國文學及歷史研究所，2017），頁 301-310。

12　邱青青：《清代中期論詞絕句研究》（南昌：南昌大學中國古代文學碩
　　士論文，2018），頁 34-39。

路，分析尋繹，組構沈氏詞學觀點。（三）剖析詞派傾向：清代各期皆被詞派所籠罩，詞人依照地緣關係、喜好與交遊，靠攏或接受某詞派之觀念。清初有陽羨與浙西兩大詞派，中後期更有常州詞派，透過分析論詞絕句，可理解沈氏偏好，進而辨明詞派理論影響淵源。（四）補充詞學接受的史料：論詞絕句是詞人對於詞體接受的一種模式，研究論詞絕句本身，便在為詞學接受作進一步的整理與釐清，可補充目前清代詞學接受的相關史料。本章除針對四十二首論詞絕句進行討論之外，亦參考沈道寬的相關著作，及會通詩話、詞話與序跋等文獻，綜覽博採，以探本溯源，抉發沈氏詞學觀點之大要。

二、沈道寬生平及其著作要述

嘉道年間的沈道寬，字栗仲，號二百八十峯樵人[13]，出自櫟社沈氏，生於乾隆三十七年（1772），卒於咸豐三年（1853），年八十二歲。沈氏的相關事蹟，有賴其兒沈敦蘭之友方濬頤撰〈贈通奉大夫沈公家傳〉保存；又得見於《大清畿輔先哲傳》、《皇清書史》、《國朝書人輯略》與《碑傳集補》等書。祖父沈鈞，父親沈謙，母親張氏，生三子，沈道寬為次子。妻劉氏，繼室高氏，有子敦蘭。先世居於浙江鄞縣（今浙江省寧波市），後來入籍大興（今北京市）。自小聰穎過人，嘉慶九年（1804）舉人，二十五年（1820）進士，隨即分發湖南任知縣。咸豐二年

13　在《操縵易知》序中自署名。見清·沈道寬：《話山草堂遺集·操縵易知》（光緒三年江南潤州權廨本），〈序〉，葉 2。蓋因沈氏為四明人，四明山有二百八十峰之故，因而自署其名。

（1852）粵賊犯楚，長沙戒嚴，遂東下，僑寓揚州。三年，揚州
陷，復徙泰州而卒。[14]官歷湖南寧鄉、道州、茶陵、耒陽、酃
縣、桃源知縣。沈道寬長年任職地方，治理郡縣，經驗豐富，以
良善著稱，方濬頤〈贈通奉大夫沈公家傳〉特別提及安撫猺人
事，說明治郡有方：

> 江華猺人為亂，欏之龍榨猺，生齒最繁，他邑率由此遷
> 徙，古有四姓，今則為盤氏、趙氏，其分居於桂東南麻
> 者，悉聽龍榨猺指揮。七何，民間訛言，大府傳檄，凡猺
> 人無論良莠不齊，盡殺無赦。於是羣猺持械登山，具餱
> 糧，與官兵敵。時則權桂東令者為何彤文，遣急足至欏問
> 道寬。道寬答曰：「斯事易了也。」……道左公諭之曰：
> 「爾輩食毛踐土，向化歸心已久，朝廷一視同仁，撫之字
> 之，豈有不教而誅之理。繼自今其各安本業，勉為善良，
> 慎勿惑於浮言，致罹法網。」羣猺聞公言，泣數行下，弭
> 首帖耳，投戈卸甲，無復有鬭者。公遂宿於峒。明日歸，
> 雲逵曰：「官無憂，脫有不靖，唯猺管是皐。龍榨之猺，
> 一言定亂，而桂東南麻亦皆安堵矣。」[15]

14　生平事蹟主要以方濬頤〈贈通奉大夫沈公家傳〉記錄最詳，見清・方濬
　　頤：《二知軒文存》，收錄於清代詩文集彙編編纂委員會編：《清代詩
　　文集彙編》（上海：上海古籍出版社，2010），冊 661，頁 452-453。
　　另外，亦可從清・周家楣、繆荃孫編：《光緒順天府志・人物志十三》
　　（北京：北京古籍出版社，1987），冊 13，頁 4947-4948，互做補充。
15　清・方濬頤：《二知軒文存》，收錄於《清代詩文集彙編》，冊 661，
　　頁 452-453。

方氏特別於傳記中表彰此事，說明沈道寬個性「從容鎮定」，行政有謀略，「杜亂萌而安反側者」，造福人民百姓。沈氏透過猺族另一支勢力趙雲逵，以制衡龍榨猺一脈，藉合理言論讓人信服，不以暴制暴，採智取方式，達到安撫民心的作用。

　　除治理郡縣有方，沈氏最工書畫，尤善山水，傳載求畫者踵門不絕。惟不肯輕作，書則一嗛片紙，人得之珍如拱璧。[16]對圖畫鑑賞一事，可見《話山草堂詞鈔》。詞鈔一卷共一二九首詞，題畫詞占三十四首，逾全詞四分之一，略可知曉沈氏鑑賞畫作之能力。沈道寬著作不少，在徐世昌的〈沈道寬傳〉[17]中，多聚焦紀錄沈氏的著作內容上。在文學創作上，沈氏有《話山草堂詩鈔》四卷、《話山草堂詞鈔》一卷、《話山草堂文鈔》一卷，詩鈔除有〈論詞絕句〉四十二首外，亦有〈論書絕句〉四十八首，提出對書法的相關論述，均是詩集中較特出處。此外，略具特色者尚有詩作中多存治經、治學心得，以及讀史感懷之作。趙佑宸〈話山草堂詩鈔序〉提及其詩風格「大略從玉谿、山谷入手，以上泝杜陵。」[18]此說被《光緒順天府志》參用，故記載沈氏相關創作時，亦提出沈詩詩風介於李商隱與黃庭堅之間，進一步說明「學問淹雅，詞氣寬博，詩人之詩也。」[19]而徐世昌《晚晴簃詩

16　清・方濬頤：《二知軒文存》，收錄於《清代詩文集彙編》，冊 661，頁 452-453。

17　徐世昌：〈沈道寬傳〉，見閔爾昌編：《碑傳集補》，收錄於周駿富輯：《清代傳記叢刊》（臺北：明文書局，1986），冊 121，頁 466-470。

18　清・沈道寬：《話山草堂詩鈔》，收錄於《清代詩文集彙編》，冊 506，頁 471。

19　清・周家楣、繆荃孫編：《光緒順天府志》，冊 16，頁 6651。

匯》則提出「七言古近體皆健拔，律句隸事精當。」[20]說明體製
上較擅長寫七言古近體，在用典、對仗上頗見功力。

　　至於詞作，綜觀詞鈔一卷，內容大約可分五類，前已述及有
大量「題畫詞」，另一大宗則以詞體較常表現的內容，有四十首
抒懷之作，舉其中〈沁園春‧自述〉一首，詞云：

> 豔逸鶯花，跌宕琴書，無限清酣。記燕臺賈酒，京華風
> 物，吳趨買櫂，湖海雲帆。洗硯論詩，篝鐙說劍，意興飛
> 揚都不凡。追游處、是高樓西北，家客東南。　　誰令坐
> 困朝簪。遂久負、句東嚴蟄慚。似冰綃斷織，病餘沈約，
> 錦文媵割，才盡江淹。結罷冠纓，裹殘章甫，初服天教著
> 故衫。先期想，要天童雪竇，小占煙嵐。[21]

上片表述賞花遊景，恣意於弄琴舞墨之間，是最令人醉心之處，
不論是故鄉京城喝酒賞遊，看盡名物，又或吳地乘舟，面對湖海
船帆，甚至與友說劍論詩，此處用辛棄疾〈水調歌頭‧湯朝美司
諫見和，用韻為謝〉詞：「說劍論詩餘事，醉舞狂歌欲倒」[22]典
故，強調詞中所述均為人生意興飛揚之事，雖羈旅漂泊，為公務
客居異鄉。下片提及為政務煩困，一生心力貢獻黎民，早已放棄
著書立說之志，再以沈約、江淹自況，說明已無法撰寫錦繡文

---

[20]　徐世昌：《晚晴簃詩匯》，收錄於《續修四庫全書》（上海：上海古籍
　　　出版社，2002），集部冊1632，卷128，頁55。

[21]　清‧沈道寬：《話山草堂詞鈔》，收錄於《清代詩文集彙編》，冊
　　　506，頁551。

[22]　唐圭璋主編：《全宋詞》（北京：中華書局，1999），冊3，頁1871。

章，並透露存有回歸初服之心，藉由天童、雪竇等四明故鄉名勝，表達欲回歸鄉里，村居野處之意。其他內容包含友人相互題贈、羈旅懷古，以及詠物之作。《光緒順天府志》概括沈氏詞風為「詞筆婉麗清新，直逼玉田、白石。」[23]可從〈暗香・段溶溪羅浮仙夢畫冊〉略見端倪：

> 鐵橋石屋，有老梅萬本，香生嚴谷。風雨合離，蠟屐登臨踏瑤玉。一枕遊仙清夢，化栩栩、蘧蘧相逐。憶永夜、珊步來遲，還與媚幽獨。　　林麓。小躑躅。聽瑣碎步搖，雜佩聲續。老揩病目。牢落當年舊心曲。無復神游嶺表，千萬里、揩筇暇曠。又恰遇、寒色裏，畫圖再讀。[24]

此首選用姜夔自度曲〈暗香〉填詞，用字遣辭之間也多有白石的風格。沈氏可能針對羅浮仙夢畫冊中有畫梅之作，既而起興，〈暗香〉為詠梅名作，故用此詞調填寫。姜夔〈暗香〉有「喚起玉人，不管清寒與攀摘」、「但怪得、竹外疏花，香冷入瑤席」；〈疏影〉有「想佩環、月夜歸來，化作此花幽獨」、「還教一片隨波去，又卻怨、玉龍哀曲」等句，[25]沈氏在部分詞句上，多有模仿姜夔風格的痕跡。

散文與論著方面，文鈔亦僅存一卷，內容多任官應制之作，以及大量墓誌銘，亦有少數幾篇為友詩集題序，可從中探得沈氏

---

[23] 清・周家楣、繆荃孫編：《光緒順天府志》，冊 16，頁 6651。

[24] 清・沈道寬：《話山草堂詞鈔》，收錄於《清代詩文集彙編》，冊 506，頁 548。

[25] 唐圭璋主編：《全宋詞》，冊 3，頁 2181-2182。

的詩學觀點。從沈氏所治之學，可看出其人較重視的領域，包括
《六書糠粃》三卷、《操縵易知》一卷，二書為聲韻與音律，可
知沈道寬對於聲律有特別研究，尤精於字母聲音之學。《六書糠
粃》共分「編韻類隔」、「編韻正誤」與「補遺」三部分，均是
針對字音上的辨析，給予更精確的反切讀音，並且校訂《玉
篇》、《廣韻》之誤。從此可知沈氏對於韻文的聲律有一定的要
求。再看〈操縵易知序〉，瞭解沈氏對於音樂的素養：

> 琴理之失傳久矣。紫陽朱子嘗疑其相生之數不符，蓋相沿
> 皆以一絃為宮，故由一絃之三分損一下生四絃，四絃之三
> 分損一上生二絃，至五弦，羽音不能上生三絃角音，惜未
> 有以考訂一絃之非宮，然亦足見大儒偶為一事，必求其所
> 以然，不草草也。至國朝通州王坦吉途，始細考三絃為
> 宮，歷引《管子》、《白虎通》諸書為之正辨，作為《琴
> 旨》一書行世。可謂千載卓識。顧其「緊絃換調」一說，
> 沿訛襲謬。又貪求隱奧，博引繁徵，轉失辭達之旨。乾隆
> 時，西泠蘇璟琴山本《琴旨》之意，成為《春草堂譜》，
> 推求不轉絃而換調之理，極其切當。惟欲傅會一絃領調，
> 故多改前人之法，調一絃為君，是黃鐘均，而以古之正調
> 宮音為仲呂均，蓋質言宮徵，已悖於三絃為宮之理，故別
> 立名目，殊為庸妄。又於七音遞用遞推之義，了無心得，
> 而謂變宮、變徵，不可入律，其疑誤後人之處甚多。[26]

過往無記錄聲音的設備，導致音樂相關的學問，至清朝已不可辨明，宋·朱熹曾懷疑「一弦為宮」的說法，可惜無具體的證據，直至清·王坦作《琴旨》，細細考辨後，才析理出「三弦為宮」一說，沈氏認為此為確論。針對一弦或三弦為宮的說法，現今音樂領域的學者有相關討論，如桑坤〈古琴正調考〉提及：

> 從現存琴譜中的琴曲看，用「慢角調」定弦的琴曲確實不多，而「黃鐘調」多是在以三弦為宮的正調調弦法基礎上作「緊五慢一」的定弦，「慢三弦」定弦的較少，還有很多「黃鐘均」琴曲採用「仲呂均」彈，可以不慢三弦，通過避三弦散聲彈奏即可，可見這種一弦為宮的調弦法目前已經使用較少。根據目前所見最早的琴譜〈碣石調·幽蘭〉，已知公元六世紀已經使用三弦為宮的正調調弦法了，所以是否真的存在以一弦為宮的「古正調調弦法」，又為什麼會被三弦為宮的調弦法取代？在琴樂實踐方面，這並不是一個顯性問題。[27]

三弦為宮的正調調弦法早已存在，沈氏對音樂相當精通，在辨明音調之學，亦有想法，並整理成一家之言。沈氏不僅撰寫音樂相關著作，實際上亦是一名斫琴師，據李花蕾〈從「炎陵文梓」琴看晚清湖湘女詩人的文化活動〉一文可知沈道寬曾製琴八把，並

---

[27] 桑坤：〈古琴正調考〉，《新疆藝術學院學報》第 15 卷第 3 期（2017年 9 月），頁 75-76。

推行禮樂教化，[28]均可證明沈氏極高的音樂素養。其他尚有《六義郛郭》一卷與《八法筌蹄》一卷，前者相當於詩話形式，內容多為討論韻文的作法與評價，此書開宗明義便言及：

> 談詩者之聚訟，無過性靈、格律二者，不可偏廢也。捨性
> 靈而言格律，是為土木形骸；捨格律而言性靈，是為緬棄
> 規矩。淺人自矜已得，論甘忌辛，萬不足信。[29]

清代性靈與肌理二說，是互為對立的詩論，沈氏認為兩者之間應該要取得平衡。故於評論詩歌時，認為評論者宜出入於性靈與格律之間，若僅就格律而言，則只見詩之骨架，若只從性靈出發，等於棄律體為無物，應兩者合觀，綜合評價為是。後者為沈氏對歷朝書法的心得體會，沈氏本工於書畫，此書則將多年鑽研書法的感想與對歷代書法家的評論紀錄下來，可以與〈論書絕句〉四十八首合觀。最後，沈氏除小學以外，唯一治經之書，即《論語比》一卷。《光緒順天府志》說明沈氏編成此書，係因：

> 講學家盛氣凌人，貽禍家國；折衷論語，定期是非，如論
> 程伊川、論張德遠，論學統，均極痛快，實足以發迂論之
> 聵聾，定學術之真偽，不沾沾為魯論疏通證明也。[30]

---

28 李花蕾：〈從「炎陵文梓」琴看晚清湖湘女詩人的文化活動〉，頁
152。

29 清・沈道寬：《話山草堂遺集・六義郛郭》，卷1，葉1。

30 清・周家楣、繆荃孫編：《光緒順天府志》，冊16，頁6649。

宋理學分為洛、閩兩大派別，也呈現所謂心學與理學的不同。沈氏的主張與心學一脈不同，故針對程頤、張浚等人提出己說，如言及劉項與張良勸劉邦渝盟，導致項羽窮促以死，程頤認為有儒家風範的張良此舉不義，沈氏提出反駁，進而說明「伊川立論本自矛盾，而其徒又兩引以評綱目甚矣，講學家之無識也。」[31]評判甚厲。沈氏亦於《論語比》一書末處直言，書中之言，必引起講學家的痛詆，但沈氏認為書中所言均是平心之論，若有不認同之處，正因道不同不相為謀。[32]

三、沈道寬論詞絕句架構解析

沈氏雖長於書畫，對於韻文亦創作不輟，筆耕之餘，更記錄自己對於文體的觀察體會，是故撰寫《六義郭郭》類於詩話之著作，將自己論詩所得匯聚於此。然對於詞的觀察體會，沈氏並無專著討論，僅能透過〈論詞絕句〉探得對詞體創作的觀點。在四十二首〈論詞絕句〉中，可概分為兩類，一為詞體論，又可細分為詞體溯源，以及詞體發展兩項；另一類為作家論，亦可細分為專論兩宋詞人，以及精選宋以外歷朝詞人兩項。四十二首〈論詞絕句〉內容豐富，頗具系統性。

四十二首細部內容大致陳述如下：前五首是綜述對詞體起源與風格等相關看法；第六、七首評南唐詞，第八首至第十七首評北宋詞家，第十八首至第三十首續評南宋詞家，可見論兩宋詞人

---

31 清・沈道寬：《話山草堂遺集・論語比》，葉 12-13。
32 清・沈道寬：《話山草堂遺集・論語比》，葉 14。

共得二十三首，占總數一半。其中論及的詞人包括，北宋詞人趙
佶、晏殊、晏幾道、柳永、歐陽脩、范仲淹、宋祁、張先、賀
鑄、蘇軾、秦觀、黃庭堅、周邦彥；南宋詞人朱淑貞、李清照、
辛棄疾、張孝祥、姜夔、王沂孫、盧祖皋、張輯、史達祖、吳文
英、周密、高觀國、劉克莊、趙彥端、張鎡。第三十一、三十二
首論及金元元好問與張翥；第三十三至三十六首，分論明詞人劉
基、楊慎、王世貞與陳子龍；第三十七首至最後，則分論當代詞
人，包括王士禎（兩首）、鄒祇謨、朱彝尊兼論陳維崧，以及厲
鶚與萬樹等人。沈氏所選詞人，可知以兩宋詞壇為主體，並精選
五代、金元至清數家輔以討論，由此架構，亦可體察沈氏的品評
喜好。將上述細項歸納為三點，分別「詞體論」、「個體論」與
「比較論」，並針對此三項內容進行細部剖析。

（一）詞體論

　　詞體論又可細分為「詞體溯源」與「詞風建立」兩個子目，
在詞風建立當中，有跨及到作家論的成分，但以整體性而言，沈
道寬是藉由幾位詞家進行詞風建立的代表。詞體論五首之中，前
三首進行風格確立與溯源。清代是詞學復興的重要時代，許多作
家作詩亦兼填詞，而幾位詞壇領袖開始推尊詞體，比附《詩
經》、《楚辭》，形成一種尊體效應。在詞體源頭幾派說法中，
有一說係源自「樂府」，蓋因樂府詩句式長短不一，又可配合音
樂歌唱，與後出的詞極為類似，因此多有人如是比附。然沈道寬
對於尊體提出質疑，在論詞絕句的第一首提出見解：

　　　探源樂府溯虞廷，要把詩餘比再廣。大晟伶官工制譜，王

孫已道永依聲。[33]

沈氏對尊體一說，並不十分贊同，認為將屬於詩歌的樂府比作詞，恐是對詞體的不瞭解，沈氏在此詩有註云：

> 有聲病對偶之詩乃有詞，近人苦為詩餘二字辨，欲比之唐虞歌、商周雅頌，誤矣。（頁489）

提及過去是先有文詞後和聲而歌的「聲依永」，當時的詩歌是文字先出，撰寫者或是後代讀者再就這段文字的內容，引喉歌之，是和聲吟詠；唐宋之後，則是先定曲譜後填詞的「永依聲」，是先有音樂，詞人再配合音樂填上適合的文字，兩者之間明顯不同。故沈道寬在第一首提出對尊體思維的反思，此處針對清人將詞體遠溯《詩經》、《楚辭》、樂府詩等持反對意見。

接著沈氏對詞體風格進行定調，透過第二首作品延續說明：

> 嗜欲將開有必先，出雲曾說見山川，輕風細雨香來句，已為詞人著祖鞭。（頁489）

詞自有屬於文體上的獨特風格，與詩不同，與曲有別。沈氏認為早在漢魏之際的曹丕，已為此種風格樹立典範，正如曹丕〈行者歌〉中的「輕風細雨染香來」詩句，雖為詩歌，卻存著屬於詞的

風格；在第三首中再次舉證唐以前還有其他作家，亦是如此風格
取向：

> 六朝詞客最多情，一語從教百媚生。可惜清新庾開府，詞
> 壇未獲主齊盟。（頁489）

多情真意、語詞百媚清新，均屬沈道寬歸納的詞體風格取向，特
舉作家庾信，認為其人作品風格貼近詞體，可視為詞體發展的先
驅者。

　　詞體論的最後兩首，是兩跨性質，既為詞體進行鋪陳，也兼
具個體論的說法。第四首提及「百代詞曲之祖」的李白，所留下
兩首經典詞作的真偽問題，詩云：

> 野錄湘山起論端，詞家三李信疑間。可應直自開天世，豫
> 詠中興菩薩蠻。（頁489）

在《湘山野錄》記載李白兩詞之後，後世出現了詞家三李的說
法，此詩王偉勇〈清代「論詞絕句」論李白詞探析〉[34]已有詳盡
討論，此類「公案」軼事，係論詞絕句論及詞人常見的書寫角
度。沈氏對此說存疑，延續前作在第五首道出內心疑義：

> 中唐劉白導詞源，五季風流格律存。踵事增華誇麗藻，可

---

[34]　王偉勇：〈清代「論詞絕句」論李白詞探析〉，《詩詞越界研究》，頁
　　197-228。

將大輅笑椎輪。（頁 489）

認為劉禹錫和白居易才能算是文人作詞的開端，也因為有劉、白等人的努力，詞的格律漸具雛形；而當時的詞，內容上極為簡樸，沒有過度華麗的詞藻鋪陳，產生一種民歌的風情。上述五首，即是沈道寬對於詞體的見解與辨析，並大致將詞的溯源以及基本輪廓概述。

（二）個體論

個別作家的討論是沈道寬四十二首〈論詞絕句〉之大宗，針對由五代至清朝歷代經典詞人，進行一系列的評析，從沈氏所選的受評者，亦可看出沈道寬的詞風傾向，更可從中瞭解詞體發展的具體脈絡。在個別作家討論方面，可再細分為四種形式，分別為「論詞人軼事」、「摘詞作佳句」、「比附於前賢」，以及「兩詞家比較」，前兩項置於「個體論」進行分析，後兩項則於「比較論」中舉例討論。

在「論詞人軼事」上，最典型的例子，即於第七首中，此詩是唯二論及五代詞人的作品，沈氏於五代詞人中最欣賞李煜，甚至於評論當中，為他進行平反，詩云：

國勝身危賦小詞，無愁天子寫愁時。倚聲本是相思調，除卻宮娥欲對誰。（頁 489）

此詩就李煜〈破陣子〉一詞本事而發，沈詩自注「此時不應作小詞，宋人譏其對宮娥之非，可謂不揣其本。」（頁 489）李煜此

詞寫道：

> 四十年來家國，三千里地山河。鳳閣龍樓連霄漢，瓊枝玉
> 樹作煙蘿。幾曾識干戈。　　一旦歸為臣虜，沈腰潘鬢消
> 磨。最是倉惶辭廟日，教坊猶奏別離歌。垂淚對宮娥。[35]

後主遭圍城填〈臨江仙〉（櫻桃落盡春歸去）一闋，城破國亡
後，臨行時又以〈破陣子〉陳哀痛情緒。「國勝身危賦小詞」，
國勝即勝國之意，《詩經・牆有茨》正義云：「凡男女之陰訟，
聽之於勝國之社。注云：……『勝國，亡國也。』」[36]李煜當時
面對國破家亡，填詞表達內心苦痛。次句以高緯「無愁天子」之
典比附李煜在政治上的無能。《北齊書》載：「（高緯）乃益驕
縱。盛為無愁之曲，帝自彈胡琵琶而唱之，侍和之者以百數。人
間謂之無愁天子。」[37]高緯縱情享樂，不顧家國安危，此點與後
主消極面對國事的態度相同，沈氏以「無愁天子」比況，點出末
代君主治國無方的悲哀。蘇軾讀此詞後作跋語云：

> 後主既為樊若水所賣，舉國與人，故當慟哭於九廟之外，

---

[35] 曾昭岷、曹濟平、王兆鵬、劉尊明：《全唐五代詞》（北京：中華書
　　局，1999），上冊，頁 764。

[36] 漢・鄭玄箋，唐・孔穎達疏：《毛詩正義・牆有茨》，收錄於清・阮元
　　校刻：《十三經注疏》（臺北：藝文印書館，2001），頁 110。

[37] 唐・李百藥：《北齊書・幼主帝紀》（北京：中華書局，1972），卷
　　8，頁 112；又溫庭筠〈遠摩支〉曲：「君不見無愁高緯花漫漫，漳浦
　　宴餘清露寒。一旦臣僚共囚虜，欲吹羌管先沈瀾。」見清・彭定求等
　　編：《全唐詩》（北京：中華書局，1960），冊 2，卷 27，頁 393。

謝其民而後行，顧乃揮淚宮娥，聽教坊離曲何哉！[38]

認同蘇軾看法者，包括洪邁、蕭參，均為文譴責[39]；另有袁文謂「此決非後主詞也，特後人附會為之耳。」[40]認為是後人所為，有刻意維護之嫌。沈詩就詞體的調性待之，指出詞為「倚聲」，係敘寫男女情愛、言傳相思的載體。「倚聲」之意，是依照樂曲的聲情、句拍填詞，首見於《新唐書‧劉禹錫傳》載：「乃倚其聲，作〈竹枝辭〉十餘篇。」[41]如陶穀〈風光好〉（好因緣）：「琵琶撥盡相思調。知音少。待得鸞膠續斷絃。是何年。」[42]《南唐近事》曾載：「陶穀學士奉使，恃上國勢，下視江左，辭色毅然不可犯。韓熙載命妓秦弱蘭詐為驛卒女，每日敝衣持帚掃地。陶悅之，與狎。因贈一詞，名〈風光好〉，……明日後主設宴，陶辭色如前，乃命弱蘭歌此詞勸酒。陶大沮，即日北歸。」[43]

---

[38]　宋‧蘇軾：《東坡志林》（北京：中華書局，1921），卷4，頁85。

[39]　宋‧洪邁：《容齋隨筆‧李後主梁武帝》（北京：中華書局，2005），上冊，卷5，頁64；宋‧蕭參：《希通錄‧論亡國之主》，見載於明‧陶宗儀：《說郛》收錄於《景印文淵閣四庫全書》（臺北：臺灣商務印書館，1986），冊876，卷6下，頁307。

[40]　宋‧袁文：《甕牖閒評》，收錄於《景印文淵閣四庫全書》，冊281，卷5，頁9。

[41]　宋‧歐陽脩等：《新唐書》（北京：中華書局，1975），冊7，卷168，頁5129。又宋‧張耒〈賀鑄東山詞序〉亦云：「大抵倚聲而為之詞，皆可歌也。」見施蟄存主編：《詞籍序跋萃編》（北京：中國社會科學出版社，1994），頁129。

[42]　曾昭岷、曹濟平、王兆鵬、劉尊明：《全唐五代詞》，上冊，頁716。

[43]　宋‧鄭文寶：《南唐近事》，收錄於鄧子勉編：《宋金元詞話全編》（南京：鳳凰出版社，2008），上冊，頁22。

事載陶穀為人強勢傲慢，見美色當前，不免動情寫作傳達愛慕之意，更以詞意傳達對弱蘭的情感。既倚聲本是婉媚綺柔的載情之調，李煜以詞寄予宮娥，似乎仍合於情理。清‧梁紹壬《兩般秋雨盦隨筆》云：

> 譏之者曰倉皇辭廟，不揮淚於宗社，而揮淚於宮娥，其失業也宜矣。不知以為君之道責後主，則當責之於垂淚之日，不當責於亡國之時。若以填詞之法繩後主，則此淚對宮娥揮為有情，對宗社揮為乏味也。此與宋蓉塘譏白香山詩謂憶妓多於憶民，同一腐論。[44]

此意見可與沈氏詩歌相呼應。

　　其他如第八首論宋徽宗趙佶：「紫陌鶯花夢陽京，無情風雨太縱橫。烏衣不會君王意，愁絕寥天五國城。」（頁 489）就宋徽宗〈燕山亭〉而發，透過靖康之難史事，表達對才子詞人卻有天子身分的徽宗，提出感慨；第十首論柳永：「淺斟低唱柳屯田，肯把浮名換綺筵。身後清聲誰會得，墓門紅袖拜年年。」（頁 490）透過明‧馮夢龍所撰小說，言及眾歌妓憑弔柳永一事而發，此類型皆以詞人軼事的角度進行品評。

　　「摘詞作佳句」一類數量亦頗豐，此種類型是針對該詞人的名句提出來討論，或以摘句來代表詞人風格，例如第十四首評賀鑄，詩云：

44　清‧梁紹壬撰，范春三編譯：《兩般秋雨盦隨筆》（烏魯木齊：新疆人民出版社，1995），上冊，卷 2，頁 148。

　　佳士還須好客陪，匠心惟有賀方回。一川煙草漫天絮，梅
　　子黃時細雨來。（頁490）

賀方回有〈買陂塘〉一詞，其中名句為「一川煙草，滿城風絮，
梅子黃時雨」[45]，沈詩評賞賀鑄一詞，並針對宋・潘子貞語：
「世推方回所作『梅子黃時雨』為絕唱，蓋用寇萊公語也，寇詩
云：『杜鵑啼處血成花，梅子黃時雨如霧。』」[46]而發，認為賀
鑄一詞雖借鑒寇準詩作，若無賀氏本身匠心獨具，巧妙化用，恐
寇準詩亦無人道及。因有賀鑄善因善用，此三句詞得以至今成為
經典佳句，沈氏相當肯定賀鑄的用心。其他作品的摘句運用，還
包括第十九首提及辛棄疾，詩云：

　　稼軒格調繼蘇辛，鐵馬金戈氣象嚴。我愛分釵桃葉渡，溫
　　柔激壯力能兼。（頁490）

沈道寬論詞主情致，於下節有細部說明，由此首可看出對婉約詞
的偏愛。以豪放名家的稼軒，沈氏最賞者，係較為抒情的〈祝英
臺近〉（寶釵分）一闋，對豪放詞人採取持平欣賞，並無大肆批
評。不過較肯定豪放詞人在婉約詞的努力，認為稼軒繼承蘇軾豪
放詞風，卻仍有不少溫柔旖旎之作，如〈祝英臺近〉便是一首絕
佳情詞，而沈詩的第三句，更摘此詞首二句而來。另一位豪放詞
家劉克莊，沈氏亦稱賞較為婉曲的詞作，在第二十八首詩云：

---

[45] 唐圭璋主編：《全宋詞》，冊1，頁513。

[46] 宋・胡仔：《苕溪漁隱叢話》，收錄於葛渭君編：《詞話叢編補編》
　　（北京：中華書局，2013），冊1，頁59。

　　潛夫別調寫相思，且盡尊前酒一卮。舞錯伊州渾不願，蕭
郎相見目成時。（頁491）

舞錯伊州以降兩句，即改寫至劉克莊〈清平樂〉「貪與蕭郎眉
語，不知舞錯伊州」[47]而來，用此兩句說明劉氏填婉約詞別是一
番滋味。其他見如第二十九首論趙彥端：「不放閒愁入酒醺，王
孫芳草怨江南。夕陽紅濕蒼波底，送盡歸雲趙介庵。」（頁
491）「夕陽紅濕」兩句，即化用趙氏〈謁金門〉（休相憶）
闋，其中「波底斜陽紅濕，送盡去雲成獨立」[48]句而成，均善用
詞人名作名句加以點染鋪陳。

　　沈道寬在個體論方面，尚有值得一提之處，即會於「論詞絕
句」中特別標舉部分於詞話、詩話罕被提及的詞人，如范仲淹、
張鎡等人。范氏存詞六首，卻每一首皆十分精良，能於眾多詞人
中擇舉范氏評價，可謂眼界精當，第十二首評范仲淹詩云：

　　相思清淚落悲笳，酒入愁腸嘆鬢華。誰識穹邊窮塞主，心
如鐵石賦梅花。（頁490）

范仲淹存詞甚少，卻在詞壇占有舉足輕重的地位。原因在於其詞
量少質高，明清編選的詞選，有頗高之機率會將范詞選入。范氏
作品中，以〈蘇幕遮〉、〈漁家傲〉、〈御街行〉最聞名，均以
描寫邊塞風情或羈旅愁思為旨趣。沈詩首二句即就〈蘇幕遮〉末

47　唐圭璋主編：《全宋詞》，冊4，頁2643。
48　唐圭璋主編：《全宋詞》，冊3，頁1444。

句而來，「酒入愁腸，化作相思淚」[49]，如此兒女情長，本不適合出現在長年戍守關外的范仲淹身上，但是范氏才華出眾，鐵漢柔情，將兒女之情與邊塞融合而不衝突。故末句用典，借唐代文人宋璟的軼事與范仲淹連結，宋‧張邦基《墨莊漫錄》載：「人疑宋開府鐵石心腸，及為〈梅花賦〉，清豔殆不類其為人。」[50]此語本用以說明宋璟為人高介清通，卻寫出豔情之作，沈氏將此典用於類比范仲淹人格，說明如外族皆懼的小范老子，也有如此旖旎詞作。清‧沈啟鳳《諧鐸》亦有提及類似觀點，此書載：

> 宋廣平心如鐵石，曾賦梅花，韓潮州諫迎佛骨，風力錚然，而「銀燭未銷，金釵欲醉」兩言，詞壇膾炙。即范文正先憂後樂，而「碧雲天」一闋，亦有「酒入愁腸，化作相思淚」之句。何得拘文牽義，羅織風雅？[51]

故事將數名性格剛毅如宋璟、范仲淹等人羅列比較，即意指本是個性剛硬作風的文人，在填詞時卻可寫出婉麗動人的歌詞。其他如第三十論及張鎡：「瀟灑南湖上將孫，艦移伐閱作青門。談天一序標宗旨，盡洩天機雷斧痕。」（頁 491）張鎡字功甫，是宋名臣張俊之後，有《南湖集》、《玉照堂詞》，而張鎡又是名詞人張炎之曾祖，沈詩透過張鎡曾為史達祖詞作序一事，連結張氏

---

[49]　唐圭璋主編：《全宋詞》，冊 1，頁 11。

[50]　宋‧張邦基：《墨莊漫錄》，收錄於上海古籍出版社編：《宋元筆記小說大觀》（上海：上海古籍出版社，2007），冊 5，頁 4671。

[51]　清‧沈起鳳：《諧鐸》，收錄於新興書局編：《筆記小說大觀‧二編》（臺北：新興書局，1978），冊 10，卷 12，頁 6073。

一脈通達詞學的狀況。

（三）比較論

　　論詞絕句會將所評詞人比附風格接近的前賢，讓人可清楚彼此之間的對應關係，所以「比附於前賢」一類，作法係源於鍾嶸《詩品》體例而來，如論及班婕妤、王粲，說明「其源出於李陵」；提及陸機，說明「其源出於陳思」[52]。在第三十二首論張翥，詩云：

> 催雪新篇詠蛻岩，梧桐秋老客衣添。周郎格調姜郎筆，比似詞家韻更嚴。（頁 491）

沈道寬認為元代張翥是繼承宋代周邦彥、姜夔的重要作家，從此詩亦可觀察沈氏認定的詞脈宗譜，認為張翥係元代唯一能繼承周、姜詞風的作家，因為在當時散曲盛行的年代，時常填詞似曲，混雜為之，以致詞體不倫不類，而張翥能夠嚴守格律，講究用韻，可謂前承於南北宋之集大成者，故將張翥比附周邦彥與姜夔二人，給予張翥極大的肯定。另外第四十一首論厲鶚，詩云：

> 琴瑟箏琶調不同，掃除氛祲見王功。溫尋大雅追姜史，何似西湖厲太鴻。（頁 491）

---

[52] 南朝梁・鍾嶸：《詩品》（北京：人民文學出版社，1980），頁 19、22、24。

清代浙西詞派是標舉姜夔的清空雅致之說，視姜夔為詞派的圭臬，而繼起的中堅分子屬鶚，在沈道寬的眼中，詞風既能呈現出宋代姜夔與史達祖的清雅，故將屬鶚與姜、史合一論之；再看第二十五首「七寶樓台說夢窗，珠璣碧帶落金釭。美成嗣響多新曲，好聽詞家自度腔。」（頁 490）陳述吳文英詞繼承北宋周邦彥而來，兩人風格近似，又皆擅度曲，清代較多姜、吳並論，將周、吳並稱者較少，也可見沈氏的觀點與當時略為不同。

　　「論詞絕句」會將兩位程度相當、當時齊名，或具有相同／相對特色的人互相比較，在沈氏的作品中亦不例外，四十二首中有九首屬合論，占一定比例。除了父子合論如二李（李璟、李煜）：「南朝令主擅風流，吹徹寒笙坐小樓。自是詞章稱克肖，一江春水瀉江愁。」（頁 489）二晏（晏殊、晏幾道）：「珠玉新編逸韻饒，仙郎仙筆更飄飄。世儒也愛玲瓏句，夢踏楊花過謝橋。」（頁 489）兩詩均點出兒子承繼父親詞風，且更青出於藍。若合論者無血緣關係，便是認為彼此有相同的特質或詞風。如第十三首評宋祁、張先，詩云：

　　　六字猶人一字殊，春風紅杏宋尚書。何當更遇張三影，好
　　　句教稱一笑初。（頁 490）

此詩論及以單一詞句聞名的張先、宋祁。張先有張三影之名，宋祁因為〈玉樓春〉寫下了動人的「紅杏枝頭春意鬧」[53]聞名詞壇。沈道寬覺得該現象十分有趣，甚至認為如果兩人在宋初填詞

---

[53]　唐圭璋主編：《全宋詞》，冊 1，頁 116。

上有交集，必然可以產生一些火花。此詩的目的意在彰顯兩人為
詞之特色。

　　第十六首論秦觀、黃庭堅，則是兩人合論的一種典型比較，
詩云：

> 後山談藝舉秦黃，詭俊輕圓各擅場。綺語任他犁舌獄，尊
> 前且唱小秦王。（頁 490）

《後山詩話》已先將兩人並論，云「今代詞手，惟秦七、黃九
爾，唐諸人不迨也。」[54]沈氏依此角度起興，並在次句標舉詞
風，一「詭俊」、一「輕圓」，各有特色，各善其風。歷來對
秦、黃之詞壇地位，多半主張秦勝於黃，如清・彭孫遹《金粟詞
話》云：

> 詞家每以秦七、黃九並稱，其實黃不及秦甚遠，猶高之視
> 史，劉之視辛，雖齊名一時，而優劣自不可掩。[55]

彭氏認為兩人齊名，實力優劣卻有所懸殊。後李調元《雨村詞
話》、陳廷焯《白雨齋詞話》、馮煦《宋六十家詞選》、胡薇元
《歲寒居詞話》等，亦提出相同看法；當然仍有部分評論者因循
《後山詩話》的見解發揮，如賀貽孫《詩筏》云：「但東坡詞氣

54　宋・陳師道：《後山詩話》，收錄於鄧子勉編：《宋金元詞話全編》，
　　上冊，頁 213。
55　清・彭孫遹：《金粟詞話》，收錄於唐圭璋編：《詞話叢編》（北京：
　　中華書局，2005），冊 1，頁 722。

豪邁，自是別調，差不如秦七、黃九之到家耳。」[56]將秦、黃二家歸入婉約一派，並且實力相當。沈道寬第二句謂「各擅場」，已經給予秦、黃二人合理定位，認為兩人各有特色，在伯仲之間。後兩句則將黃庭堅的詭俊，與秦觀的清圓深入解釋，說明黃氏別出新裁，與其作詩之法亦有關聯，清‧馬春田〈讀黃山谷集〉曾評價黃詩：「山谷老人人俊偉，餘事作詩愛譎詭。倔強不若韓退之，苦澀有讓樊宗師。」[57]奇譎不輸韓愈與樊宗師之作風，馬詩亦化用唐‧李肇《唐國史補》卷下所言：「元和以後，為文筆則學奇詭于韓愈，學苦澀于樊宗師。」[58]說明黃氏詩風特殊，而這樣的表現形式亦出現在填詞上，黃氏作詞曾被法秀禪師告誡「以筆墨勸淫，於我法中，當下犁舌之獄。」[59]但在沈道寬的評價中，並不以此等「綺語」而覺不入流，甚至認為是黃詞的重要特色；秦觀詞情柔美纏綿、清雅幽微，「清圓」二字，過去用以指稱聲音和諧，如宋‧沈括《夢溪筆談》載：

> 古之善歌者有語，謂當使「聲中無字，字中有聲」。凡曲，止是一聲清濁高下如縈縷耳；字則有喉、脣、齒、舌等音不同。當使字字舉本皆輕圓，悉融入聲中，令轉換處

---

[56] 清‧賀貽孫：《詩筏》，收錄於《清詩話續編》（臺北：木鐸出版社，1983），上冊，頁 177。

[57] 徐世昌：《晚晴簃詩匯》，收錄於《續修四庫全書》，冊 1637，卷 128，頁 463。

[58] 唐‧李肇：《唐國史補》，收錄於王汝濤編校：《全唐小說》（濟南：山東文藝出版社，1993），卷 3，頁 1862。

[59] 宋‧黃庭堅：《豫章黃先生文集‧小山集序》，收錄於《四部叢刊初編縮本》（臺北：臺灣商務印書館，1967），卷 16，頁 163。

無磊塊，此謂聲中無字。[60]

用清圓說明秦觀歌詞與樂融合，音聲諧美。清·丁弘誨曾以「明雋清圓」[61]評價王士禎詞，也點出王詞與秦觀詞風接近。又因身世感懷，詞意淒婉動人，確是詞家正宗。沈道寬不以評定孰優孰劣的角度看待兩人詞風差異，給予一公允論說，有別於當時詞評家的普遍看法。

其他尚有兩位女性詞人朱淑貞、李清照合論：「巷語街談點話難，卻教閨秀據騷壇。斷腸以盡淒涼調，更闢町畦李易安。」（頁 490）同屬南宋著名女詞人，併而合論，或略析風格，或比較高下，均可見得沈道寬在挑選合論對象的細心與用心。

四、沈道寬之詞學觀

經過以上分析，此小節將對沈道寬的詞學觀點進階析理，共歸結為四點討論，分別是：「填詞合於格律」、「詞主婉約情致」、「抒情以雅為本」，以及「風格字新意清」四項。

（一）填詞合於格律

因沈道寬極重視音律，除了對於音樂的講究之外，對於聲韻學也頗有自己的想法，故沈氏認為詞屬音樂文學，應必須嚴守格

60　宋·沈括撰，張富祥譯注：《夢溪筆談》（北京：中華書局，2010），頁 80。

61　清·丁弘誨：〈衍波詞序〉，收錄於馮乾輯：《清詞序跋彙編》（南京：鳳凰出版社，2013），冊 1，頁 16。

律，讓詞透過自我的格律，變成一個獨立的文學體製，在論詞絕句裡，也常出現這樣的想法，在第十五首論及蘇軾時提及：

> 不受羈羈見逸才，審音協律未全乖。教坊我欲呼雷大，鐵板銅弦寫壯懷。（頁490）

說明蘇軾天縱英才，在詩文書畫造詣極高，然時人對東坡詞，多透露有部分瑕疵，如宋・胡仔《苕溪漁隱叢話》言及：「子瞻之詞雖工，而多不入腔，正以不能唱曲耳。」[62]透過東坡自言平生有下棋、飲酒和唱曲三事不如人，來反推東坡歌詞無法入樂一事；又宋・李清照〈詞論〉載：「晏元獻、歐陽永叔、蘇子瞻，學際天人，作為小歌詞，直如酌蠡水於大海，然皆句讀不葺之詩爾，又往往不諧音律。」[63]亦認為晏殊、歐陽脩、蘇軾等人，詞作是句讀不整齊的詩，無法諧律。而沈氏此詩針對前人說法，提出較為持平的論點，認為雖有不合律之缺點，但「審音協律未全乖」，正如宋・吳曾《能改齋漫錄》曾載晁无咎評當朝詞作，談及東坡時，認為「蘇東坡詞，人謂多不諧音律，然居士詞橫放傑出，自是曲子中縛不住者。」[64]雖陳述當朝人多半認為東坡詞有不諧律狀況，但才氣縱橫，自然凌駕在曲子的框架之上。

---

[62] 宋・胡仔：《苕溪漁隱叢話》，收錄於葛渭君編：《詞話叢編補編》，冊1，頁64。

[63] 宋・李清照：《詞論》，收錄於葛渭君編：《詞話叢編補編》，冊1，頁103。

[64] 宋・吳曾：《能改齋漫錄》，收錄於唐圭璋編：《詞話叢編》，冊1，頁125。

　　後二句則針對《後山詩話》的本色論而發，《後山詩話》對蘇軾的評論云：

> 退之以文為詩，子瞻以詩為詞，如教坊雷大使之舞，雖極
> 天下之工，要非本色。今代詞手，唯秦七、黃九爾，唐諸
> 人不逮也。[65]

作家往往以擅長書寫文體的方法，套於其他文體上，如韓愈、蘇軾用寫文作詩之法，去創作詩與詞，則不如本就擅於詞體寫作的秦觀、黃庭堅，說明各種文體自有其特色。本色在傳統詞學中，主要仍以「婉約」風格一脈貫之。《後山詩話》雖已經遭後人增改，仍略可從此書明白時人對東坡詞非本色的看法，沈道寬詩中所持的觀點與《後山詩話》所述相近。

　　再看第三十一首評元好問詞，詩云：「野史亭邊詠古風，空群驥北道園同。正聲不愧詩人筆，只有遺山繼放翁。」（頁491）野史亭所指即元好問，《金史・元好問傳》載：

> 晚年尤以著作自任，以金源氏有天下，典章法度幾及漢、
> 唐，國亡史作，已所當任。時金國實錄在順天張萬戶家，
> 乃言於張，願為撰述，既而為樂夔所沮而止。好問曰：

---

[65] 宋・陳師道：《後山詩話》，收錄於鄧子勉編：《宋金元詞話全編》，上冊，頁 213。《後山詩話》內容涉及陳師道身後事，已經江西詩派後學增改，冠以「後山詩話」行之。相關考述，可參考趙福勇：《清代「論詞絕句」論北宋詞人及其作品研究》（新北市：花木蘭文化出版社，2012），下冊，頁 211。

「不可令一代之跡泯而不傳。」乃搆亭於家，著述其上，
因名曰「野史」。[66]

後人多以野史亭代稱元氏。前兩句點出金元時期詞體蕭條，這與
沈氏論詞絕句金元只列元好問與張翥兩家，可互為呼應。以「空
群驥北」指涉沒有人才可尋，說明能填詞者寥寥可數，唯有元好
問與道園虞集值得一提。第三句更進一步點出能合律正聲者，只
有元好問一人，不僅有詩人言志筆鋒，又能符合格律，此點同代
評論家亦有提出，如張炎《詞源》論及元好問云：「元遺山極稱
稼軒詞，及觀遺山詞，深於用事，精於煉句，有風流蘊藉處，不
減周、秦。如雙蓮、雁邱等作，妙在模寫情態，立意高遠，初無
稼軒豪邁之氣。」[67]張炎言及元詞風流蘊藉處，可與周邦彥、秦
觀齊觀，周秦皆屬婉約格律派代表，可知元詞在格律上的講究，
元·虞集〈中原音韻原序〉曾云：「元裕之在金末國初，雖詞多
慷慨，而音節則為中州之正，學者取之。」[68]點出元詞雖多慷慨
之作，仍恪守格律，填詞穩妥。沈道寬在末句提出有別於前人的
看法，認為元好問前承陸游詞風，彼此有承繼關係。前人多稱元
氏為蘇、辛一脈，雖陸游在詞史的歸屬上，亦屬蘇辛者流，如
清·尤侗〈詞苑叢談序〉云：「唐詩以李、杜為宗，而宋詞蘇、

[66] 元·脫脫：《金史》（北京：中華書局，1975），冊 8，卷 126，頁
2742。

[67] 宋·張炎：《詞源》，收錄於唐圭璋編：《詞話叢編》，冊 1，頁
267。

[68] 元·周德清：《中原音韻》，收錄於《景印文淵閣四庫全書》，冊
1496，頁 659。

陸、辛、劉有太白之風；秦、黃、周、柳得少陵之體。」[69]又陳
廷焯《白雨齋詞話》云：「東坡一派，無人能繼，稼軒同時，則
有張、陸、劉、蔣輩，後起則有遺山、迦陵、板橋、心餘輩。」
[70]均可知陸游之隸屬。然陸游詞雖近稼軒，但亦有纖麗清婉之
作，明‧楊慎《詞品》即提到：「放翁詞纖麗處似淮海，雄概處
似東坡。」[71]沈氏所言，應與楊慎論調相近，認為元好問兼賅兩
體，與陸游詞風更近似。同期稍後的張文虎論及元詞，也提及
「其詞疏快明儁，上者逼蘇、辛，次亦在西樵、放翁間。」[72]與
沈氏所論相近。

　　其他論及守律一事，尚有第二十三首論張輯：

> 紅牙按拍譜新聲，顧曲周郎共此情。東澤還餘綺語債，心
> 香一瓣為先生。（頁 490）

張輯，字宗瑞，別號有四：廬山道人、東澤、東澤詩仙、東仙
等。宋‧黃昇《中興以來絕妙詞選》載引朱湛盧序提及「受詩法

69　清‧尤侗：〈詞苑叢談序〉，收錄於朱崇才編：《詞話叢編續編》（北
　　京：人民文學出版社，2010），冊 1，頁 230。
70　清‧陳廷焯：《白雨齋詞話全編》（北京：中華書局，2013），下冊，
　　頁 1324。
71　明‧楊慎：《詞品》，收錄於唐圭璋編：《詞話叢編》，冊 1，頁
　　513。
72　清‧張文虎：〈遺山先生新樂府序〉，收錄於施蟄存編：《詞籍序跋萃
　　編》，頁 454。

於姜堯章」[73]。有《欸乃集》、《清江漁譜》、《東澤綺語債》
等著作。張輯亦屬罕見於論詞絕句被談及詞人。沈氏別有用心列
舉張輯，並從首二句可知，張氏亦為婉約格律派作家，再加上前
已言及學法姜夔，更清楚張氏詞風。然清人論及「顧曲周郎」，
雖是用典於「曲有誤，周郎顧」[74]，三國周瑜妙解音律，能聞聲
辨曲之誤一事，說明某詞家對曲音的講究極高，或言該人有自度
曲之本事，另外，言及此一詞彙，通常也會與周邦彥連結，以論
詞絕句而言，便有相關例證如鄭方坤〈論詞絕句三十六首〉之十
六：「周郎慧並溯當年，識曲聽真孰比肩。」江昱〈論詞十八
首〉之六：「詞壇領袖屬周郎，雅擅風流顧曲堂。」譚瑩〈論詞
絕句一百首〉之四十六：「移宮換羽關神解，似此宜開顧曲
堂。」[75]均將顧曲、周郎與周邦彥串連一起。然歷來詞評家幾乎
依循朱湛盧序所言，多將張輯隸屬姜夔一派，如清初朱彝尊〈黑
蝶齋詞序〉云：「詞莫善於姜夔，宗之者張輯、盧祖皋、史達
祖、吳文英、蔣捷、王沂孫、張炎、周密、陳允衡、張翥、楊
基，皆具夔之一體。」[76]又汪森〈詞綜序〉云：「鄱陽姜夔出，
句琢字鍊，歸於醇雅，於是史達祖、高觀國羽翼之，張輯、吳文

---

[73] 宋・黃昇：《中興以來絕妙詞選》，收錄於葛渭君編：《詞話叢編補
　　編》，冊1，頁171。

[74] 晉・陳壽：《三國志・周瑜傳》（北京：中華書局，1959），冊5，卷
　　54，頁1265。

[75] 孫克強、裴喆：《論詞絕句二千首》（天津：南開大學出版社，
　　2014），頁72、87、454。

[76] 清・朱彝尊：〈黑蝶齋詞序〉，收錄於馮乾輯：《清詞序跋彙編》，冊
　　1，頁215。

英師之於前……。」[77]均以為師法姜夔，沈道寬詩中卻將周邦彥
與張輯合稱，更言「心香一瓣為先生」，明顯指涉兩人的承繼關
係，是較特出之見。不管師法周邦彥或姜夔，張輯的確是恪守格
律者，陳廷焯在品評〈山漸青〉讚賞「音節拍會，有行雲流水之
致」[78]、〈碧雲深〉美譽「神行官止，合拍無痕」[79]，均指出張
氏填詞格律穩妥。

　　在最後一首論及萬樹，詩云：「平仄均勻可是難，一編詞律
比申韓。不妨自置琴書側，當作商君約法看。」（頁 491）說明
清代對於詞律已經模糊難辨，有賴《詞律》一書問世，堪比法家
出現申韓之術。清・吳衡照《蓮子居詞話》談及萬樹《詞律》亦
給予極高評價：

> 萬紅友當轇轕榛楛之時，為詞宗護法，可謂功臣。舊譜編
> 類排體，以及調同名異，調異名同，乖舛蒙混，無庸譏
> 矣。其於段落句讀，韻腳平仄間，尤多模糊。紅友《詞
> 律》，一一訂正，辯駁極當。所論上、去、入三聲，上、
> 入可替平，去則獨異。而其聲激厲勁遠，名家轉摺跌蕩，
> 全在乎比，本之伯時。煞尾字必用何音方為入格，本之挺
> 齋。均造微之論。[80]

77　清・朱彝尊、汪森編：《詞綜・詞綜序》（上海：上海古籍出版社，
　　1978），頁 1。

78　清・陳廷焯：《白雨齋詞話全編》，下冊，頁 1064。

79　清・陳廷焯：《白雨齋詞話全編》，中冊，頁 735。

80　清・吳衡照：《蓮子居詞話》，收錄於唐圭璋編：《詞話叢編》，冊
　　3，頁 2403。

吳衡照將《詞律》的優點包括同調異名的考察、平仄譜變四聲譜，以及上、入聲可代平聲等重要貢獻點出。劉少坤針對《詞律》的貢獻曾提及在詞律史上，有從寬與從嚴兩派，從寬係就溫庭筠等人堅持平仄的填詞法，將詞體馴化成「詩客曲子詞」，這一派將詞體變為詩體的一部分，逐漸擺脫音樂的限制，讓詞體走向案頭文學；另一派即周邦彥、李清照、姜夔、張炎等堅持嚴密的聲律填詞法，主張詞為聲樂之體，且戮力保持詞體原貌，[81]而萬樹的《詞律》的確功不可沒。重視格律的沈道寬，在評點萬樹及其《詞律》時，以商鞅變法作喻，肯定萬氏在律體上的貢獻。反之，在論及楊慎云：「謫戍南遷萬里途，永昌僻郡尠藏書。用修自譜胸中調，按拍真應格律疏。」（頁 491）楊慎在嘉靖三年（1524）因大禮議遭貶，充軍雲南永昌。當時位居僻地，藏書甚少，岳淑珍認為楊慎在撰寫《詞品》時，「遠謫瘴蠻之地，檢書不便，使致《詞品》出現了一定的訛誤。」[82]詩中前兩句便為此事而發。沈道寬在評價楊慎時，似乎也受萬樹影響，萬氏曾在《詞律・自敘》提及：「明興之初，餘風未泯，青邱之體裁幽秀，文成之手格高華，矩矱猶存，風流可想，既而斯道愈遠愈離。即世所膾炙之婁東、新都兩家，擷芳可佩，就軌則多歧，按律之學未精，自度之腔乃出。」[83]論及明代詞壇，初期有高啟、劉基填詞按譜，典範猶存，風流尚見，繼而每況愈下，到了婁

81　劉少坤：〈萬樹《詞律》在詞律史上的地位〉，《焦作師範高等專科學校學報》第 31 卷第 2 期（2015 年 6 月），頁 11。

82　明・楊慎撰，岳淑珍導讀：《詞品》（上海：上海古籍出版社，2009），〈導讀〉，頁 14。

83　清・萬樹：《詞律》（臺北：世界書局，2009），頁 5。

東、新都二家，所指即為婁東人王世貞與四川新都人楊慎，沈詩後兩句以楊慎自度曲一事而發，提出「格律疏」以呼應萬氏認為楊慎審律之學未精。

（二）詞主婉約情致

　　沈道寬的詞學主張仍是以「婉約為正宗」，而婉約詞重於內容的情感表現；另外沈氏不偏廢豪放上乘之作，所欣賞的豪放詞家創作上的表現，已在上節說明。以下則針對沈氏論詞絕句特別標舉主情致的觀點，其中包括對姜夔的推崇，從第二十一首可探得：

> 白石清聲自一家，盡棨雕飾洗鉛華。流傳衣缽歸初祖，提
> 倡宗風到竹垞。（頁490）

白石為姜夔之字號簡稱，姜氏號白石道人，首句所言「清聲」，係白石詞風「清空」之意，張炎曾替姜夔「清空」詞風作進一步引伸：「詞要清空，不要質實。清空則古雅峭拔，質實則凝澀晦昧。姜白石詞如野雲孤飛，去留無跡。」[84]姜氏詞屬古雅峭拔者，清・吳淳遷〈白石詞鈔序〉再具體提出姜夔在詞壇的重要貢獻：

> 南宋詞至姜氏堯章，始一變《花間》、《草堂》纖穠靡麗

84　宋・張炎：《詞源》，收錄於唐圭璋編：《詞話叢編》，冊 1，頁259。

之習。野雲孤飛，去留無跡，前人稱之審矣。[85]

又清·江春〈白石道人集序〉亦云：「唐之李太白、白樂天、溫飛卿，宋之歐陽永叔、蘇子瞻，皆詩詞兼工者，古或有其人焉。其在南渡，則白石道人實起而繼之。……其詞則一摒靡曼之習，清空精妙，夐絕前後。」[86]過往「花間」較穠麗的風格，經南宋姜夔之手，以清空煥新詞壇，轉變詞風有功，故而沈詩第二句言及盡去雕飾，一改穠豔。後二句應為倒裝句，有此宗風推行，正如清·汪森所言：

> 鄱陽姜夔出，句琢字煉，歸於醇雅，於是史達祖、高觀國羽翼之，張輯、吳文英師之於前，趙以夫、蔣捷、周密、陳允衡、王沂孫、張炎、張翥效之於後，譬之於樂，舞箾至於九變，而詞之能事畢矣。[87]

姜夔創格於前，妙解音樂、嚴守格律，集南宋詞之大成。受到朱彝尊大力讚揚，於〈詞綜發凡〉譽稱：「世人言詞，必稱北宋。然詞至南宋，始極其工，至宋季而始極其變，姜堯章氏最為傑出。」[88]因此姜夔於清代受到浙西詞派創始人朱彝尊之推崇，此

---

[85] 清·吳淳還：〈白石詞鈔序〉，收錄於金啟華等合編：《唐宋詞集序跋彙編》（臺北：臺灣商務印書館，1993），頁 209。

[86] 清·江春：〈白石道人集序〉，收錄於施蟄存主編：《詞籍序跋萃編》，頁 234。

[87] 清·朱彝尊、汪森編：《詞綜·詞綜序》，上冊，頁 1。

[88] 清·朱彝尊、汪森編：《詞綜·詞綜序》，上冊，頁 10。

風從南宋蔓延至清代初期，甚至影響有清一代詞壇甚深，沈道寬
生活於嘉道年間，仍屬浙派籠罩詞壇時期，提出「初祖」之論，
推舉姜夔為婉約格律一派之宗祖，呼應「宗風」一詞。過往常將
文學流變推溯源流、納聚家派，如厲鶚以畫派之南北譬喻詞壇，
言及「稼軒、後村諸人，詞之北宗也；清真、白石諸人，詞之南
宗也。」[89]正如沈詩宗風一說。沈氏承接浙派觀點，高度肯定姜
夔於詞壇的貢獻，繼而推舉姜氏詞風導向。進而在第二十二首論
及王沂孫與盧祖皋時，前承宗風一說，續談：「孰云王後孰盧
前，花外蒲江各一編。若把衰蟬方蟋蟀，故應嗣法屬中仙。」
（頁 490）巧用初唐四傑王、楊、盧、駱排行作為開頭，將同屬
南宋的王、盧二人合論，因兩人時代略遠，故前人較少將此二人
並論。但談及盧祖皋，亦知其詞亦屬工於格律一派，如宋・黃昇
評盧詞「樂章甚工，字字可入律呂」[90]，與王沂孫同屬婉約詞派
之能手。第三句納進姜夔以明親疏，王沂孫有〈齊天樂〉詠蟬，
姜夔有同詞調詠蟋蟀，將三者作一比較，據沈氏結論所言，可知
王沂孫更靠近姜夔的風格，以「嗣法」切合前詩所言「宗風」，
說明「中仙」王沂孫更能傳承姜氏一脈詞風。

　　在第二十四首論史達祖：

　　　　流水緘愁帶落紅，梅溪寫出態怡融。試臨斷岸看新綠，信
　　　　是毫端有化工。（頁 490）

89　清・厲鶚：〈張今涪紅螺詞序〉，收錄於馮乾輯：《清詞序跋彙編》，
　　冊 1，頁 419。

90　宋・黃昇：《中興以來絕妙詞選》，收錄於葛渭君編：《詞話叢編補
　　編》，冊 1，頁 171。

此詩化用史達祖〈綺羅香・詠春雨〉詞句，史氏作品全貌為：

> 做冷欺花，將煙困柳，千里偷催春暮。盡日冥迷，愁裡欲飛還住。驚粉重、蝶宿西園，喜泥潤、燕歸南浦。最妨它、佳約風流，鈿車不到杜陵路。　　沈沈江上望極，還被春潮晚急，難尋官渡。隱約遙峰，和淚謝娘眉嫵。臨斷岸、新綠生時，是落紅、帶愁流處。記當日、門掩梨花，剪燈深夜語。[91]

其中下片「臨斷岸、新綠生時，是落紅、帶愁流處」被化用於沈詩一、二句裡。此詩對應姜夔與張炎評價史達祖詞而發，說明史氏善於融情於景，如姜夔稱譽史氏「其詞奇秀清逸，有李長吉之韻，蓋能融情景於一家，會句意於兩得。」[92]所賞者，亦是「臨斷岸」以下數句。沈氏以「態怡融」來點出史氏作品情景融洽。後二句則承接張炎《詞源》針對史達祖〈綺羅香〉此二句的相關看法，張炎在詞的「句法」上說明：

> 詞中句法，要平妥精粹。一曲之中，安能句句高妙？只要拍搭襯副得去，於好發揮筆力處，極要用功，不可輕易放過，讀之使人擊節可也。[93]

---

[91] 唐圭璋主編：《全宋詞》，冊3，頁2325-2326。

[92] 宋・黃昇：《中興以來絕妙詞選》，收錄於葛渭君編：《詞話叢編補編》，冊1，頁169。

[93] 宋・張炎：《詞源》，收錄於唐圭璋編：《詞話叢編》，冊1，頁258。

此言下列舉數詞，其中便有「臨斷岸」兩句，說數詞例均「平易中有句法」，沈氏贊同張炎說法，認為史氏在摹情寫態一流，且自然工巧，這類的批評手法陳廷焯《白雨齋詞話》也曾運用過，在評賀鑄時，亦言「方回筆墨之妙，真乃一片化工。」[94]第二十六首論及周密詞：「漁笛清歌付玉簫，天涯淪落寄情遙。杜郎舊事花能說，一夢揚州廿四橋。」（頁 490）周密詞集名為《蘋洲漁笛譜》，首句點出周詞清雅且具音樂性的特質，用清歌、玉簫連結。前二句亦騶括周氏〈秋霽〉詞「重到西泠，記芳園載酒，畫船橫笛。水曲芙蓉，渚邊鷗鷺，依依似曾相識。」下片「轉眼西風，又成陳跡。歎如今、才消量減，尊前孤負醉吟筆。欲寄遠情秋水隔。」[95]此詞詞序已提及撫人事飄零，感歲華搖落，是詞寫於亡國前，多半秋士易感之作，兼寄以國勢蕭條之慨。後二句亦是化用周詞〈瑤花慢〉（朱鈿寶玦）闋，下片「杜郎老矣，想舊事、花須能說。記少年，一夢揚州，二十四橋明月。」[96]藉瓊花而發，更化用唐·杜牧「十年一覺揚州夢」與「二十四橋明月夜」詩典以自況，點出今非昔比之慨。清·陳廷焯評此詞謂之「感慨蒼茫，不落詠物小家數，亦中仙流亞也。」又言「切合大雅，文生於情」[97]，指出此詞雅致有餘，情真意切。周氏遭逢亡國動盪，詞中多寄寓個人感懷，故沈氏化用二詞詞句，說明周氏富有詞婉情真的寫作特質。

　　沈道寬雖不偏廢豪放之作，然前述愛稼軒「我愛分釵桃葉

94　清·陳廷焯：《白雨齋詞話全編》，下冊，頁 1311。

95　唐圭璋主編：《全宋詞》，冊 4，頁 3272。

96　唐圭璋主編：《全宋詞》，冊 4，頁 3269。

97　清·陳廷焯：《白雨齋詞話全編》，中冊，頁 743。

渡，溫柔激壯力能兼」，論劉克莊「潛夫別調寫相思」，主要仍
賞豪放詞家較為婉麗之作。但就所謂宗風一說，沈氏對豪放詞的
包容度的確較為寬待。在第三十八首論及鄒祇謨、王士禎編選的
《倚聲初集》而發，詩云：「倚聲小集愛程村，搜剔幽奇花樣
翻。狡獪神通正法眼，莫言別調是傍門。」（頁 491）張世斌針
對《倚聲初集》的選材指出：「內容上，雖以惻豔婉約為主，也
能做到兼收並蓄，對詩人之詞、文人之詞、詞人之詞、英雄之詞
均並存不廢。」[98]所謂英雄之詞，便是豪放詞家作品。鄒祇謨在
〈倚聲初集序〉云：

> 至於南宋諸家，蔣史姜吳，警邁瑰奇，窮姿構彩；而辛、
> 劉、陳、陸諸家，乘間代禪，鯨呿鰲擲，逸懷壯氣，超乎
> 有高望遠舉之思。[99]

雖《倚聲初集》收豔體之作為大宗，但鄒、王二人均在序言一再
強調婉約、豪放均賞的觀念，沈詩所指「別調」，便是豪放之
作，如陳廷焯所言「遺山詞，刻意爭奇求勝，亦有可觀。然縱橫
超逸，既不能為蘇、辛；騷雅清虛，復不能為姜、史。於此道可
稱別調，非正聲也。」[100]正聲、別調一說久矣，劉克莊詞集便
以別調自況。末句指出不應將豪放之作當成「傍門」，意指道教

---

[98] 張世斌：《明末清初詞風研究》（天津：天津古籍出版社，2008），頁
　　93。

[99] 清·鄒祇謨：〈倚聲初集序〉，收錄於葛渭君編：《詞話叢編補編》，
　　冊 1，頁 384。

[100] 清·陳廷焯：《白雨齋詞話全編》，下冊，頁 1199。

以修煉丹藥、全身保真為正道，餘皆稱之「傍門」，換言之，沈氏認同鄒、王所言，詞雖有婉、豪之別，但並無高下之分。亦可從第四十首「定論多應出至公，浙西風調六家同。竹垞高唱迦陵和，可似曹劉角兩雄。」（頁 491）合論朱彝尊、陳維崧並冠以曹操、劉備三國英雄比附，看出沈氏之於婉、豪詞風的公平對待。

（三）抒情以雅為本

　　既以標舉周邦彥為詞中巨擘、姜白石為浙派根源之初祖，詞主婉約抒情係沈氏看待詞體的準繩。既要守律，又偏於抒情導向，在內容上，沈氏依循朱彝尊一派的說法，詞要以醇雅為本質，不能俗、不能直白，須求「雅致」風尚加以飾之，在第十一首談論歐陽脩時：

> 草堂遺選備唐風，古調高彈六一翁。誰把膚詞充法曲，盡教箏笛溷絲桐。（頁 490）

雖此詩的批評重心是論詞絕句常見之「公案」議題，諸如李白填詞、歐公作豔、易安改嫁等，均是詩話、詞話、論詞詩經常重新審視的主題，但正因沈道寬心中對詞的標準偏向從「雅」，探及六一詞時，直觀認為歐陽脩不會填製俗豔鄙詞，於是詩自註說明六一詞贗作最多，因而為歐公翻案發言。朱彝尊曾云：「言情之作，易流於穢」，對於《草堂詩餘》所選錄之詞作不以為然，並提出選詞應「以雅為目」。[101]清・高佑釲〈湖海樓詞序〉云：

---

[101] 清・朱彝尊、汪森編：《詞綜》，上冊，頁 14。

「詞始於唐，衍於五代，盛於宋，沿於元，榛蕪於明。明詞佳者不數家，餘悉踵《草堂》之習，鄙俚褻狎，風雅蕩然矣。」[102] 直指《草堂詩餘》選擇鄙豔，視風雅於無物。沈氏亦認為《草堂》風格鄙俗，未能精當擇選，未將歐公古雅之作選錄，而將豔情褻語的「膚詞」濫竽充數，亦強調詞尚雅致的重要性。另外，討論當代作家王士禎時，亦提出相似的看法，第三十七首云：

> 一片笙歌詠太平，漁洋唱嘆意分明。衍波一卷饒清絕，開
> 出人間雅頌聲。（頁491）

笙歌所指，即伴樂而歌。《禮記》云：「孔子既祥，五日彈琴而不成聲，十日而成笙歌。」[103]首句點出清初文人唱和的結社風尚，李丹《順康之際廣陵詞壇研究》指出：

> 社會動蕩使得此時大量的詞人或因避禍而游食此間，或因賦閒而交往頻繁，或因致仕而南北宦游，與廣陵一地詞人融合在一起，構成龐大的詞人群體。……廣陵詞壇詞人的交游唱和是順康之際特殊文化形態文人心靈歷程的紀錄。既是風流雅集、詩酒唱和，又蘊涵著撫今追昔之慨、身世孤危之感，隱逸逃遁之念，對於群體人格精神的建構與創

---

[102] 清・陳維崧撰，陳振鵬標點，李學穎校補：《陳維崧集》（上海：上海古籍出版社，2010），頁1826。

[103] 漢・鄭玄注，唐・孔穎達疏：《禮記正義》，收錄於清・阮元校勘《十三經注疏》，頁118。

　　作範式的改變等都產生了重要影響。[104]

　　當時王氏任廣陵推官，成為廣陵重要的文壇領袖，帶起唱和活動，在創作內容上，常可見江山易代之感懷，故沈詩言「唱嘆易分明」，與詠太平產生明顯對比。後兩句帶出王氏創作的風格，以清絕括之，即說明其詞清雅至極，清・丁弘誨曾針對王氏《衍波詞》做出評價謂：「朦朧萌坼，明雋清圓，即令小山選句以爭妍，淮海含毫而競秀。」[105]朦朧萌坼，明雋清圓出自明・徐禎卿《談藝錄》語，朦朧萌坼指情感萌發，明雋清圓則是文詞藻飾，接續舉晏幾道與秦觀來比附王詞風格。末句以人間雅頌來美譽王詞，《禮記・樂記》中提及：「故聽其雅、頌之聲，而志意得廣焉。」唐・孔穎達疏「雅以施正道，頌以贊成功，若聽其聲，則淫邪不入，故志意得廣焉。」[106]用清雅之音，唱出人間雅樂，不從俗流。沈氏在第三十九首續論王士禎時，以「巧思無妨作雅音，等閒秀折入幽深。」（頁 491）再次強調王氏為詞雅正，幽深絕妙；包括稍後的厲鶚，亦以「溫尋大雅追姜史，何似西湖厲太鴻。」（頁 491）說明從厲鶚之詞可以再現姜夔、史達祖的大雅之詞，也將厲鶚承繼姜、史詞風的脈絡點出。

---

[104] 李丹：《順康之際廣陵詞壇研究》（上海：上海古籍出版社，2009），頁 24-25。

[105] 清・丁弘誨：〈衍波詞序〉，收錄於馮乾輯：《清詞序跋彙編》，冊1，頁 16。

[106] 漢・鄭玄注，唐・孔穎達疏：《禮記正義》，收錄於清・阮元校勘《十三經注疏》，頁 699。

（四）風格字新意清

　　確立要恪守格律、婉約為宗，並且以雅致為本後，沈道寬也將用字遣詞下所營造的詞境風格在幾首論詞絕句當中提出。因為對於格律的講究，字音與音樂的關係對沈氏而言更是重要，故而鍛句鍊字上也有一定的要求。從沈氏四十二首論詞絕句探之，可明顯發現沈氏奉周邦彥與姜夔為圭臬，既譽姜夔為初祖，對於姜氏步趨效法的周邦彥，更是不言而喻。在第十七首論及周邦彥：

> 內庭開館聚才人，供奉詞章字字新。更欲就中求巨擘，故應有客和清真。（頁490）

周邦彥妙解音律一事，沈道寬透過周氏任職大晟府事，藉由張炎《詞源》所記載的相關事蹟談起：

> 迄於崇寧，立大晟府。命周美成諸人討論古音，審定古調。淪落之後，稍得存者。由此八十四調之聲稍傳。而美成諸人又復增演慢曲、引、近，或移宮換羽，為三犯、四犯之曲，按月律為之，其曲遂繁。[107]

有高超的音樂才能，再加上與樂官相互審度後，進行訂補舊調、創發新樂，曲調愈繁，愈彰周氏審音度律之能事。在有宋一代若要找尋此等音樂天分極高之人，恐怕檢遍大晟府中，亦無逢敵

---

[107] 宋・張炎：《詞源》，收錄於唐圭璋編：《詞話叢編》，冊 1，頁 264。

手，故曰「巨擘」，意指非周邦彥莫屬。再加上對於音樂文字的
講求，在當代便已產生模仿行為，南宋詞家中，對於《清真詞》
有方千里、楊澤民、陳允平等三家步趨前賢，逐首唱和，明·毛
晉跋方千里《和清真詞》謂：「美成當徽廟時提舉大晟樂府，每
製一調，名流輒依律賡唱，獨東楚方千里、樂安楊澤民，有和清
真全詞各一卷，或合為《三英集》行世。」[108]此事於宋代詞壇
中相當罕見，亦可由此得知周氏在後代詞壇的影響力。沈詩除讚
美周詞影響詞壇外，更強調周氏用字新穎，別唱新聲，認為新巧
是詞體應具有的特質與風格。

　　再藉由評與史達祖齊名的高觀國來延伸此觀點，高詞亦是婉
約詞中情致深厚的詞人，第二十七首言及：

　　　　竹屋痴情太俊生，惜花難覓護花鈴。愁邊新句無人道，十
　　　　二欄杆六曲屏。（頁490）

高氏詞集名《竹屋癡語》，沈氏用此作文章，指涉高觀國為詞俊
雅情深，接續舉高氏三首詞作代表，分別是〈思佳客〉（翦翠衫
兒穩四停）、〈喜遷鶯〉（涼雲歸去）與〈卜算子·泛西湖坐間
寅齋同賦〉。護花鈴雖用五代·王仁裕《開元天寶遺事》典：
「至春時，於後園中紉紅絲為繩，密綴金鈴，繫於花梢之上。每
有鳥鵲翔集，則令園吏掣鈴索以驚之，蓋惜花之故也。」[109]但

---

108 明·毛晉：〈跋方千里《和清真詞》〉，收錄於金啟華等合編：《唐宋
　　詞集序跋匯編》，頁246。

109 五代·王仁裕：《開元天寶遺事》，收錄於上海古籍出版社編：《唐五
　　代筆記小說大觀》（上海：上海古籍出版社，2000），下冊，頁1721。

高詞〈思佳客〉末二句便言及「鶯來驚碎風流膽，踏動櫻桃葉底鈴。」亦是使用護花鈴一事，可知沈氏所指應是該詞；另外化用〈喜遷鶯〉「試省喚回幽恨，盡是愁邊新句。」[110]加上「無人道」，係因陳造為高觀國詞作序，讚美高詞「與史邦卿皆秦、周之詞，所作要是不經人道語，其妙處少游、美成，若唐諸公亦未及也。」認為高詞掌握詞的特質，與秦觀、周邦彥詞相近，並所寫都是未經他人用過的新語，妙處可超越周、秦二人。最後再以〈卜算子〉為例，詞云：「屈指數春來，彈指驚春去。簷外蛛絲網落花，也要留春住。　幾日喜春晴，幾夜愁春雨。十二雕窗六曲屏，題遍傷春句。」[111]此詞點春，句句鑲嵌春字，沈詩末句便是化用是詞末二句而來。然沈詩所引三詞雖屬婉約柔情之作，但高氏用典痕跡明顯，化用前人詩句得來，此處恐有暗指前人評論不確。雖是如此，對於用字清新的訴求已清楚點出。

其他如言及明代前期詞人劉基，第三十三首評論：

一代新聲一代人，犁眉小令寫清真。古音今調無相襲，不道中間隔幾塵。（頁491）

此詩主要針對明・王世貞《弇州山人詞評》而發，王氏論及劉基云：「劉誠意伯溫穠纖有致，去宋尚隔一塵。」[112]早於王氏的陳霆曾言「其大闋頗窒滯，惟小令數首，覺有風味，故予所選小

---

[110] 唐圭璋主編：《全宋詞》，冊3，頁2351。

[111] 唐圭璋主編：《全宋詞》，冊3，頁2361。

[112] 明・王世貞：《藝苑卮言》，收錄於唐圭璋編：《詞話叢編》，冊1，頁393。

令獨多，然視宋亦遠矣。」[113]王世貞步隨陳氏論調，均說明劉基詞作離宋人作品遠，不如宋詞。然沈道寬不以為然，認為每一代均有值得被稱許的作家，反應文學不宜貴古賤今。此中更提及劉基小令用字清新真切，於明代亦屬上乘之作。明代後期沈道寬評論陳子龍一家，陳氏的詞作風格，受到沈氏的肯定，第三十六首詩云：「黃門逸氣具湘真，旖旎溫柔百態新。」（頁491）強調陳詞的風格婉約溫柔，逸氣脫俗，在其《湘真閣詞》均可見得，王士禎在《倚聲初集》評陳子龍詞時，曾道「寫景布詞，必不入南宋一字，是此公獨絕」[114]；又《花草蒙拾》言「陳大樽詩首尾溫麗，《湘真詞》亦然，然不善學者，鏤金雕瓊，正如土木被文繡耳。」[115]皆說明陳氏在用字造句上自然清新。另外評價王士禎時，亦言「清新五字桐花鳳，卻是新城最賞心。」（頁491）清・李佳《左庵詞話》載：「王漁洋詞有云『郎似桐花，妾似桐花鳳。』人因呼之為王桐花。」[116]沈氏賞〈蝶戀花〉此句，認為用字清新，在在表述對字新意清的詞風追求。

---

[113] 明・陳霆：《渚山堂詞話》，收錄於唐圭璋編：《詞話叢編》，冊 1，頁 359。

[114] 清・鄒祇謨、王士禎選輯：《倚聲初集》，收錄於葛渭君編：《詞話叢編補編》，冊 1，頁 497。

[115] 清・王士禎：《花草蒙拾》，收錄於唐圭璋編：《詞話叢編》，冊 1，頁 685。

[116] 清・李佳：《左庵詞話》，收錄於唐圭璋編：《詞話叢編》，冊 4，頁 3134。

五、結語：兼論沈道寬之詞派傾向

　　就沈道寬四十二首「論詞絕句」檢視，大略可得幾項訊息，第一，沈氏論詞的基本模式，包括詞家獨論、與雙人合論兩大類；詞單家獨論可細分成名家（如歐陽脩、蘇軾、周邦彥等）、罕見詞家（如范仲淹、宋徽宗、張鎡等），還有著重在詞人作品（如歐陽脩、賀鑄），或者詞家歷史定位（如柳永）的重新檢討上；雙人合論方面，多半從屬性相同的詞家一併討論，如父子檔的晏殊、晏幾道、以名句聞名的宋祁、張先；還有批評史料已合稱的秦觀、黃庭堅。一般評論者若看重該名受評詞人，會以一首詩專論該詞家，因此合論者的地位，通常略遜於獨論者。在沈氏論詞絕句中，僅少數詞人被論及兩次以上，從此角度觀察，在沈氏心中最優秀的詞人，應當是被賦予「巨擘」的周邦彥，以及譽為浙派源流「初祖」的姜夔，其中原因係沈氏多次在論詞絕句中提及詞以婉約為正宗概念，相對來說，蘇、辛並非沈氏所特賞之詞家。要言之，沈氏對詞體的主張必須符合格律，並且遵循婉約為宗的條件，詞重情致，以雅為本，用字造句宜清新。

　　針對沈道寬的詞派傾向作以下幾點引伸：其一，專論兩宋詞人方面，品評多為浙西詞派奉為圭臬的詞家，並替周邦彥、姜夔建置譜系，附庸者包括史達祖、高觀國、張輯、吳文英、周密、王沂孫與張炎等人。其二，精選金至清代詞人方面，亦有意識將張翥、朱彝尊、厲鶚等人納入討論，並且提及浙西六家，以及朱彝尊宗主姜夔的論點。其三，沈詞落實清雅之旨，在《話山草堂詞鈔》一百二十九首詞中，用浙西詞人常用詞調，如姜、張等人的自度曲為詞，即使填製豪放詞人常用調，亦遵守清新雅致的詞

風，後代評論家亦指出詞筆婉麗清新，直逼姜夔、張炎。其四，傾向浙西雅致、清空的詞風，亦兼賞周邦彥對於用字、格律上的講究。沈氏生活的年代，屬浙西詞派高度籠罩的時期，雖有常州張惠言提出相關論點，實質仍受浙派詞論所影響。因此包含論涉當代詞壇時，亦較多是評價浙西詞派詞人群，可清楚得知浙西論詞深切影響沈氏的詞學觀。

第四章　詞人群體觀察：
張玉穀親友互評詞觀
以其「論詞長短句」爲中心

一、前言

　　在清代前期「論詞長短句」的蒐集整理中，大致可見三種狀況，其一為同一作者撰寫相同詞調組詞數首，以評論前代或當代詞人者，如焦袁熹〈采桑子・編纂《樂府妙聲》竟作〉五十餘闋。雖前期似焦氏作法者為少數，但因體製龐大，數量可觀，所以特別醒目。其二則就不同「填詞圖」抒發相關詞學意見，最大宗者即陳維崧的「填詞圖」，數量逾百首，至乾隆間仍有追和此作。而「迦陵填詞圖」的出現，觸發後人效法，甚至出現女性詞人為主的填詞圖，在彼此間流傳唱和。其三是區域詞人的群體評作，互相品閱詞集，並題詞抒發讀後心得，最顯著的例子自然是浙西詞派文人彼此題詠詞集。然而此間也發現在浙西詞派高度籠罩下，其他地域的詞人群體活動亦相當頻繁。

　　清代詞派風氣興盛，多以相同地域，互有唱和，逐漸形成一種風尚。雍乾年間，浙西詞派為詞壇主流，據嚴迪昌《清詞史》

論及在主流浙派以外，尚有太倉諸王的「小山詞社」、無錫顧奎光、楊芳燦為首的詞人群、回返雲間派的夏秉衡與《清綺軒歷朝詞選》，以及蔣重光、張玉穀、沈光裕與《昭代詞選》等[1]。可知乾隆朝浙派以外，尚有其他零散的地域詞人群體，彼此詞風接近，營造出另一種有別於浙派的主張與聲音。其中，張玉穀撰寫為數不少的「論詞長短句」，抒發對詞的理解與評論；再加上與蔣、沈友人互相唱和，及《昭代詞選》的選收詞作，可以瞭解三人的選詞品味與標準。兩者互相參照，可窺知張玉穀之詞學觀。

　　整理張氏《樂圃詞鈔》近三百首作品[2]，可得十餘首論詩、論詞之作品，其中「論詞長短句」有十二首；另外，家族親友互相品評的作品也有十餘首。從以上資料進行探究，不僅能看出以張玉穀為中心的家族填詞概況，也可以析理出張氏大致的詞學思維。張玉穀並無獨立的詞話著作，這些論詞長短句，是保存張氏詞學觀點的重要線索。本章藉由張氏的論詞長短句，析理其論詞思維，以及家族互相品評的觀察，來瞭解清前期非浙西詞派的地域詞人群體填詞的面貌。

1　詳參嚴迪昌：《清詞史》（南京：江蘇古籍出版社，1999），頁 418-433。

2　《全清詞・雍乾卷》收錄詞作 233 首，而《昭代詞選》錄詞作 226 首，據常建香、陳聖爭：〈《全清詞・雍乾卷》新補張玉穀詞 59 首〉兩相比對差有 59 首，故張詞目前可見者有 292 首。文見《楚雄師範學院學報》第 33 卷第 4 期（2018 年 7 月），頁 25-30。

二、張玉轂生平與著作要述

（一）家族、師承輪廓

　　張玉轂，生於康熙六十年（1721），卒於乾隆四十五年（1780），年六十。江蘇吳縣（今蘇州市）人，係宋儒張載之後。字蔭嘉，號樂圃。父一鳴，字龍客、鳳舉，號紅藥主人[3]，雍正十三年（1735）舉人。母華宜，字淑修。張氏十六亡母，十七喪父，有一兄二姊：長兄玉瑞（字觀頒）[4]、長姊張淑（字靜和）、二姊張素（字瑞芳，一字侶仙[5]）。因父早逝，家境困窘。錢俊選（1723-1803）所作〈郡廩生樂圃張先生傳〉記載：

> 鳳舉公復卒於京邸，而所遺不貲，因與兄計設酒餚觴所負者，盡室宅及家所有，視負之多寡而均償焉，獨與兄子身走出。遍立楚，適其姻親姜某赴湖北任，兄因從之去，而樂圃蒙於金邑之板村，以養鳳舉公之妾及女弟。[6]

---

[3]　張玉轂〈憶舊遊・過故居有感〉注文提及父親之號。見張宏生主編，南京大學文學院《全清詞》編纂研究室編：《全清詞・雍乾卷》（南京：南京大學出版社，2012），第 7 冊，頁 4018。

[4]　觀頒為張玉瑞字，可見清・蔣重光編選：《昭代詞選》（清乾隆三十二年經鉏堂刊本），卷 33，葉 23-24。柯愈春：《清人詩文集總目提要》（北京：北京古籍出版社，2002）誤為張玉轂號。（見上冊，頁 677）

[5]　《全清詞》收錄之《貯月樓詞鈔》，著錄字侶仙，《昭代詞選》則著錄字瑞芳。見《昭代詞選》，卷 37，葉 22。

[6]　見清・張玉轂：《樂圃吟鈔》，收錄於陳紅彥、謝東榮、薩仁高娃等編：《清代詩文集珍本叢刊》（北京：國家圖書館出版社，2017），冊 564，頁 365。

其兄玉瑞遠赴異地謀生，張氏則以訓蒙為生，獨力撐起家計，照顧父之妾室與其他姊妹。娶浦安（字靜來，號生香居士）為妻，張氏子女，文獻可見者有三：長子張大鎔（字禹金）、張大鈞（字禹和），以及女兒張瑤（字秀芝）；孫二：學洪、學源。關於張玉縠相關親族交遊，可參考本章附件：「張玉縠家族、師友關係圖」。

　　張氏除家學淵源外，主要師承浦起龍。因張氏工書法，尤精楷書。在錢俊選〈郡廩生樂圃張先生傳〉提及「善古詩、工八法」[7]事，浦起龍因賞其楷法而多有倚重。又因與浦起龍師生關係，娶浦氏族親之女浦安，亦結識浦起龍之孫准音，兩人在浦起龍門下一同校釋《史通通釋》。除協助其師編校《史通通釋》外，還包含《古文眉詮》、《讀杜心解》也經張氏之手，另外，在作詩為文上，跟隨沈德潛學習，曾協助校讎《國朝詩別裁》。因此積治詩之能力，撰寫屬於自己的文學批評之作──《古詩賞析》。

（二）交遊、著述軌跡

　　乾隆十四年（1749），張氏補博士弟子員成為廩貢生。此一時期結識蔡龍孫（字初煌）、顧濟川、徐上珍[8]、桑天儀、孫尊

---

[7]　見清・張玉縠：《樂圃吟鈔》，收錄於《清代詩文集珍本叢刊》，冊564，頁367。

[8]　徐上珍此名，《樂圃吟鈔》詞卷、《昭代詞選》均作「珍」（實作「琮」，《昭代詞選》，卷35，葉9），《樂圃吟鈔》詩卷則作「琛」。（《樂圃吟鈔》，收錄於《清代詩文集珍本叢刊》，冊564，頁441）。

光等人。張玉穀所撰〈十憶詩〉與〈宴清都〉提及諸位同學，
〈宴清都〉詞序言：

> 予年三十六時客南匯，風雨感懷，曾作五律十章憶諸同
> 學。忽忽十餘年間，如塵如夢，偶閱舊稿，為異物者已居
> 其四矣。益復悲來，因成此解。[9]

詩詞保留不少與前述諸子往來的作品，其中又與桑天儀互動較
多，大抵兩人出身貧苦，惺惺相惜。桑氏因工作之故，乘船九江
失足溺水，救起後半月而卒，張氏填〈戚氏·哭桑天儀〉悼念，
名不顯達，幸賴張氏此詞紀錄桑氏生平。

　　值得一提者，是張氏除善書法亦善韻文，詩為王祖、袁枚等
所稱道，然今人袁行雲則謂：「其詩不足自立，平妥之作甚
多。」[10]評價兩極。好友蔣重光[11]（字子宣，號辛齋）欣賞，曾
以「友人張君蔭嘉、沈君瞻文，當今之秀水朱、宜興陳也。」[12]
以詞壇陳維崧、朱彝尊兩人比擬張、沈二友，給予極高的讚譽。

9　張宏生主編：《全清詞·雍乾卷》，冊7，頁4017。《昭代詞選》此序
　　略異，「十章」《詞選》為「十首」、「因填此解」《詞選》作「因成
　　此解」。（卷35，葉9）
10　袁行雲：《清人詩集敘錄》（北京：文化藝術出版社，1994），冊2，
　　頁1143。
11　蔣重光（1708-1768），字子宣，號辛齋，別署東皋隱，明代天津兵備
　　道、布政使司參議蔣燦四世孫。少有天賦，雍正六年（1728）考入蘇州
　　府學，後為增貢生。是詩人沈德潛的入室弟子，博學善詩，受同門諸名
　　士推重。張玉穀亦受學沈氏門下，蔣、張兩人交好。
12　見清·蔣重光編選：《昭代詞選》，〈凡例〉，葉5。

三人友好關係，可從《昭代詞選》保存兩人詞作看出蔣重光之用心。而張、沈情誼更不在話下，兩人詩詞唱和相當頻繁。除共同參定《昭代詞選》外，《樂圃詞鈔》亦有十七首與沈光裕唱和、寄懷或同題競作的詞作。[13]較特別的有〈唐多令‧春宵獨坐，有懷禮門〉：

> 相聚也同愁。相離愁不休。好春宵、月怕花羞。記得論文松閣上，紅燭剪、翠尊浮。　　此去步瀛洲。知君壯志酬。但登龍、恐負盟鷗。料得卸裝茅店裏，悵分手、苦回頭。[14]

以吳文英〈唐多令〉「何處合成愁，離人心上秋」的語境，以情語表達兩人真摯友情。另外，兩人曾有填〈鶯啼序〉取代書信，似乎有意模仿顧貞觀以詞代書的方式，如沈光裕〈鶯啼序‧代札答張樂圃〉是回應張玉穀先寫的〈鶯啼序〉而作，詞云：

> 書陳蔭嘉足下，感瑤函寵賚。啟緘讀、知入秋來，道履凡百康泰。別離久、心知遠隔，芝顏想象臨風外。恨通候無因，塵忙諒能寬貸。　　僕自分攜，北走易水，又羈杭四載。倦遊客、彈鋏長歌，自憐皮骨空在。更歸來、家徒

---

[13] 沈光裕在詞集中亦多次提及張玉穀，如〈醉思仙‧同張在舲、樂圃乘涼閒話作〉、〈探春慢‧與張在舲、樂圃論詞有作〉、〈沁園春‧戲答張樂圃〉、〈沁園春‧醉後同張在舲、樂圃作〉、〈鶯啼序‧代札答張樂圃〉等。

[14] 張宏生主編：《全清詞‧雍乾卷》，冊7，頁3998。

四壁，甚時了、青氈之債。那如君，南畝收禾，北園挑
菜。　　　行年老矣，後顧茫如，敢忘嗣續大。默自計、衾
師難必，遙集堪有，竟學東方，小妻何礙。掀髯自笑，空
囊如洗，芳姿團扇成虛想，怎相親、歷齒蓬頭態。行還自
喻，飢來一飯能醫，餓夫敢厭粗糲。　　　詞雖間作，協律
研聲，嘆一知半解。誦大作、辛蘇兼妙，壓倒時流，拙謏
郵呈，懇君刪改。回思聚首，無多年耳，遙遙雲樹如隔
世，謾相思、尊酒何時再。匆匆辭不宣心，握管神馳，沈
光裕拜。[15]

前三片寒暄張氏來信，並自陳近況，感嘆時光飛逝卻一事無成。
直至第四片中，提及創作詞雖有間作，仍對此一知半解，強調賞
讀張玉穀作品時，認為張氏作品兼具蘇、辛妙處，並且有別於當
時潮流。此詞點出張氏為詞的特色，並無完全依照當時主流浙西
詞派尊崇南宋雅詞之創作路線，而自有其獨特性。從以詞為信的
方式，與張玉穀進行對詞體的討論，並提出對張詞的看法。

　　其他交遊上，除與前述幾位同學、友朋來往外，與同期貢生
錢俊選（字宗企，號嘯樓）、沈起鳳（字桐巋）也多有唱和；家
族親戚中，與族親成員也頗有交流，包括族兄張萬選、表兄弟楊
逢春（芝山、號雪村）、楊逢時（字成山、號雲皋）、楊逢吉
（字蘊山）、外甥嚴廷燦（字暽初）等，均有詞詩唱和之作。從
流傳的詩詞文獻角度查探，可視為張玉穀摯友深交者，除前述沈
光裕外，尚有錢俊選與楊逢春（1718-1800）。錢氏曾為張玉穀

---

[15] 張宏生主編：《全清詞‧雍乾卷》，冊 16，頁 8844。

撰寫〈郡廩生樂圃張先生傳〉，可知交誼之深。該傳提及張玉穀詞集：「凡一生閱歷，與夫悲愉欣戚，感慨思慕之情，一發於詞，無不纏綿沉摯，蕩氣迴腸也。」[16]說明張氏將生活中的悲歡愁喜大半紀錄於詞作中。錢氏在為張玉穀立傳之餘，亦有針對張氏詞集給予評價，〈沁園春·題張樂圃詞鈔〉可瞭解錢氏對張詞的看法：

> 公子填詞，燕燕鶯鶯，尋聲逐他。慣春心幻寄，腸迴懊惱，仙音乍譜，絃拂修羅。三影遙追，八叉立就，樂府千章不道多。真堪羨，羨旗亭按拍，句唱黃河。　　吾曹壯志消磨。縱小技能工窮則那。悵後堂絲竹，駢羅烏有，美人金錯，投贈空歌。擬託安昌，卻儕平子，共賦牢愁喚奈何。真堪惜，惜堂堂歲月，硯北閒過。[17]

上片言及張玉穀填詞的情貌，引唐宋名家張先與溫庭筠比附，透過同為張姓的詞壇前輩，以及溫庭筠創作之快，說明張氏有善於填詞的能力、並且質量均等。下片談及身世之感，縱有遠大志向，也被現實逼迫妥協。固然填詞這個過去被視為雕蟲小技才藝，能工巧此道不易，但往往作品都透露著賦牢愁、喚奈何的內容，認為抱負遠大如彼輩者，卻無法真正有所作為，在作詩填詞中空度歲月。而兩人詞作唱和相當頻繁，甚至當成遊戲競賽，如錢俊選〈念奴嬌·清明後過楊雪村、張樂圃齋頭，讀其贈答新

16　見清·張玉穀：《樂圃吟鈔》，收錄於《清代詩文集珍本叢刊》，冊564，頁369。

17　張宏生主編：《全清詞·雍乾卷》，冊8，頁4422。

闋，輒許倚聲。別後二君又倒用前韻，郵示促余，因填此解以
報〉，詞云：

> 少年遊戲，也喜翻子夜，舞風回雪。一自柱邊彈鋏倦，遂
> 爾冰腸難熱。狂甚張先，興高楊炯，多是勤招接。外孫虀
> 臼，幾番頻誘新闋。　　尤物洵足移人，倚聲而和，有調
> 誰彈別。從此紅牙仍按板，肯負燕期鶯節。琴許知音，鼎
> 當分足，莫漫矜工絕。二君妒否，笑來還問明月。[18]

上片可讀出三人唱和遊戲的過程。原詞始於楊逢春曾作〈念奴
嬌・懷樂圃吳門〉一詞寄懷張玉穀：

> 自君分手，悵梅花開遍，窗前明月。翦燭襟情誰與共，清
> 夜吟魂愁絕。柳意將顛，桃心欲笑，又近清明節。春光過
> 半，故入迢遞傷別。　　遙想茂苑才華，詞壇拔幟，簫譜
> 翻新闋。漫溯秦黃輸敵手，三影宗風重接。錦疊千番，珠
> 穿一線。老眼驚空熱。效顰何自，嚼絲看已如雪。[19]

---

[18] 張宏生主編：《全清詞・雍乾卷》，冊 8，頁 4422。楊逢春寄〈念奴
　　嬌・樂圃倒予前韻，愍愿嘯樓作詞，因亦次韻寄嘯樓〉，原詞附於此補
　　充：「既稱文士，要虛聲之誚，纖毫都雪。按譜填詞餘事耳，技癢中
　　心亦熱。樂圃陽春，雪村下里，酬唱聲教接。嘯樓高寄，興來約和新
　　闋。　　如子星宿羅胸，文心賦手，迥與時流別。倘緩龍唫諧鳳管，定
　　是金和玉潔。錦藉花添，磁將鐵引，同調何憂絕。幾時相見，三人歌向
　　明月。」（《全清詞・雍乾卷》，冊 7，頁 3878）

[19] 《全清詞・雍乾卷》，冊 7，頁 3878。《昭代詞選》「漫溯秦黃輸敵
　　手」句「輸」作「輪」字。（卷 29，葉 2）

兩人皆以張先與張玉穀連結，主要源自兩人宗姓問題，這是清人以詞論詞的特色之一。筆者論及「論詞長短句」特色時，其中談及「標舉鄉賢，區域審美」一項：

> 清代詞壇之發展走向地域性、群體性，許多作者對於前代著名詞家，多有標舉與推崇，將其地位推至極高，甚而出現溢美之辭，然卻意外形塑成一種特色。以柳永為例，清代李漁、葉光耀、焦袁熹、繆謨與王初桐等人均出生或任職於江蘇一帶。對柳永葬於鎮江北固山，存在所謂對鄉里前輩之敬重與愛賞，故而李漁給予「曲祖」之高度、焦袁熹推舉柳永為宋代第一，……品評師長與友朋作品，亦多比附唐、宋詞人，提升其高度與詞風之認知度。[20]

故而友朋相互題贈時，會溯以「遠祖」，使受評者與前代賢達有所關聯。正如楊逢春此詞將張玉穀視為「三影宗風重接」的繼承人，便是明顯例子。下片讚許張玉穀在填詞的表現上亮眼，「詞壇拔幟」，重新樹立標竿，若與宋代名家相較，可與秦觀、黃庭堅相提並論。進而以「錦疊千番，珠穿一線」形容，推舉張詞辭采華妙。

楊逢春既是好友，亦是表哥，張玉穀落魄時曾寓居楊府，錢俊選〈郡廩生樂圃張先生傳〉言及「樂圃妻於山儈之族贅焉，因

20　林宏達：《清代前期「論詞長短句」評唐宋詞人及其作品研究》，頁66-67。

家宛水之濱，後與雪村楊氏兄弟善，復家雪村。」[21]張玉轂〈十憶詩·楊大芝山〉自注「余久館芝山家」；亦填〈喜遷鶯·移居雪村後出門作〉紀念此事。因為兩人居處比鄰，故常往來宴集，詩詞酬和。如張玉轂有〈風流子·中秋夜雪村招飲，來青閣月下聽嘯樓彈琴〉、〈南鄉子·同芝山、宗啟踏青作〉均是與楊、錢二人遊；又楊逢春〈多麗·樂圃招飲牡丹花下，同錢嘯樓、蘊山弟作〉，下片「懶同希逸，紅箋綵筆醉吟狂。擬後夜，相思共說，安枕石闌旁，願良會，殷勤把火，歲歲無忘。」[22]化用唐·薛能〈牡丹四首〉之三「傳情每向馨香得，不語還應彼此知。欲就欄邊安枕席，夜深閒共說相思。」[23]以及溫庭筠〈夜看牡丹〉「高低深淺一闌紅，把火殷勤繞露叢。希逸近來成懶病，不能容易向春風。」[24]將兩詩鎔鑄合一，藉此良會談心，盼此景此情長存，可從此知楊、張、錢三人交誼之深。另外張玉轂曾填〈水調歌頭·寄楊雪村表兄〉，詞中提及：「親戚情，友朋誼，憶當年。奇文擊節相賞，好景每留連。」[25]亦將兩人親密來往的過程紀錄於詞作。

張氏曾遊南匯縣（今上海市）二年，做過短暫的幕僚工作。因屢試不第，棄舉子業，留心著作。館於郡中，及門者以百數。

---

[21]　清·張玉轂：《樂圃吟鈔》，收錄於《清代詩文集珍本叢刊》，冊564，頁367。

[22]　張宏生主編：《全清詞·雍乾卷》，冊7，頁3880。

[23]　清·彭定求等編：《全唐詩》（北京：中華書局，1960），冊17，卷560，頁6503。

[24]　清·彭定求等編：《全唐詩》，冊17，卷579，頁6731。

[25]　張宏生主編：《全清詞·雍乾卷》，冊7，頁3991。

門生之中，文獻存名者，有女弟子王瑗，與蔣德融、德明昆仲，三人協助完成《古詩賞析》；而女弟子王瑗詞名較顯，更嘗與自己的老師與師母評詩論詞。另外，王瑗手抄張玉穀多數作品，當時張氏藏書被竊，次子便從王瑗處拾得七成詩詞遺作，可知兩人往來密切。而張氏也多次提及王瑗，並為王瑗撰寫評論女詩人的論詩絕句，對弟子愛護有加。

　　張氏著作有《樂圃吟鈔》四卷、《樂圃詞鈔》四卷，[26]詩作一百八十首，詞作近三百首，然此數目應非全貌，前述提及張玉穀死後著作散佚，次子大鈞僅找回部分作品，故知今流傳之詩詞集外尚有遺珠。除了詩詞之外，張氏也撰寫《再生緣》、《蘇州夢》傳奇，及《古文鈔》與《制義鈔》等，惜這些作品均已散佚。其他協助校對的書籍，包括曾輔佐師長浦起龍校對《古文眉詮》、《讀杜心解》、《國朝詩別裁》之外，也替好友蔣重光參定《昭代詞選》；而張氏用力最深的一部書，則是費時九年完成的《古詩賞析》，意外受到日本學人重視。[27]

　　關於今人對於張玉穀的討論，多半著重《古詩賞析》一書。如張中秋《《古詩賞析》研究》[28]、蕭振宇〈張玉穀古詩鑒賞評

---

[26] 張玉穀死後藏書被竊，遺稿散佚，次子大鈞從玉穀女弟子王瑗處得所鈔藏者十之六七。其甥嚴廷燦囑咐錢俊選點定，編為《樂圃吟鈔》八卷，又有如正文所述詩集、詞集分開單行者。

[27] 黃得時：〈在日本最受歡迎的十部中國古書〉上，《書和人》第 474 期（1983 年 8 月），頁 2。

[28] 張中秋：《《古詩賞析》研究》（開封：河南大學中國古代文學系碩士論文，2009）。

說〉[29]、楊鳳蘭〈清代張玉穀「古詩十九首賞析」評析〉[30]等，學界鮮少論及張玉穀與詞學之間的關係，僅在旁涉《昭代詞選》的討論中會略提及，如陳小燕《《昭代詞選》研究》[31]、梁雅英〈論《昭代詞選》的編纂意義與其對雍乾詞壇的建構〉[32]等，述及張玉穀參定與其詞大量入選。另外針對張玉穀的詞作，有常建香、陳聖爭〈《全清詞·雍乾卷》新補張玉穀詞 59 首〉[33]，輯補《全清詞》所無而《昭代詞選》裡有的詞作共五十九首，將《樂圃詞鈔》的數量增至近三百首。

三、張玉穀「論詞長短句」評詞特色

從雍乾朝的「論詞長短句」來看，品評張玉穀或張氏對他人的批評，可以觀察出一個現象，即是張玉穀對於好友與家族詞人作品的介紹頗多，由此可知，張玉穀生活環境裡，有許多機會與家人師友唱和，以及論詩填詞。張氏所存的「論詞長短句」數量不少，可歸結其有意識品論古詩說起。在《古詩賞析》一書中，

---

[29] 蕭振宇：〈張玉穀古詩鑒賞評說〉，《張家口師專學報》第 20 卷第 1 期（2004 年 2 月），頁 1-6。

[30] 楊鳳蘭：〈清代張玉穀「古詩十九首賞析」評析〉，《湖北函授大學學報》第 31 卷第 12 期（2018 年 12 月），頁 188-190。

[31] 陳小燕：《《昭代詞選》研究》（合肥：安徽大學中國古代文學碩士論文，2014）。按：陳氏文中提及張玉穀，均錯為「張玉縠」。

[32] 梁雅英：〈論《昭代詞選》的編纂意義與其對雍乾詞壇的建構〉，《東吳中文學報》第 34 期（2017 年 11 月），頁 177-204。

[33] 常建香、陳聖爭：〈《全清詞·雍乾卷》新補張玉穀詞 59 首〉，頁 25-30。

便有〈論古詩四十首〉，將歷代古詩以韻文批評方式作整體性討論，因此已有以詩論詩的相關經驗。

　　張玉穀以兩本詩歌相關評論著作，闡釋個人讀詩心得與詩觀，卻未留下任何作品討論自身最擅長的文體，不免可惜。雖如此，透過詞集裡有關「論詞長短句」的考察，可以間接理解張玉穀的詞學論點。檢讀《樂圃詞鈔》，可得十二首論詞長短句，茲分析其內容，梳理張氏較為重要的詞學思維：

（一）尊體且婉約豪放並重

　　張玉穀以極大心思完成的《古詩賞析》，是其文學批評之重要專著。從〈古詩賞析序〉中，也透顯出張氏為唐前古詩所作的努力，正如對古詞進行「尊體」的概念相同。序云：

> 詩教開於《三百》，學尤盛於李唐。《三百》尊為經，而後進所奉為圭臬者，大抵皆李唐詩也。若是，則《三百》外李唐前之古詩，可姑置乎？而正不然。蓋不讀古詩，則《三百》之遺佚支流不悉，而李唐來古今判體之淵源不彰，詩且中缺矣。[34]

說明唐前古詩與《詩經》的關係更密切，要瞭解唐詩對於《詩經》教義的取鑒，不可忽視對古詩的理解。〈論古詩四十首〉第一首便提出：「夫子刪存《三百篇》，幾經註解表前賢。更於此

---

[34] 清·張玉穀撰，許逸民點校：《古詩賞析》（上海：上海古籍出版社，2000），序，頁 1。

外窮源委，敢軼無邪兩字詮。」[35]張氏論古詩，首先揭櫫文學道統的觀念，將《詩經》提出討論，意指《詩經》精神是所有韻文的圭臬，不僅經孔子整理，又有歷代前賢加以註解，深入探究後更會發現，詩歌並僅只「溫柔敦厚」的無邪內涵而已，還承載了更多的可能。張中秋《《古詩賞析》研究》便提出，張玉毂在選詩討論的態度上更具多元性，「除溫柔敦厚之外，且尚真摯、含蓄、委婉，因此其講『性情』也較沈德潛寬泛。」[36]張氏選詩有重情的傾向，這點與評詞的論調頗為一致。

　　張玉毂撰寫此書的過程中，也多與表哥楊逢春討論。當時張氏寓居於楊逢春府邸，逢春鼓勵其弟：「余亦以唐詩解本鮮當意者，將究心焉。子盍力任古詩，共津逮於方來乎？」從序言及內容的賞析中，都可見得兩人討論的痕跡，[37]知兩人時常交換作詩填詞的心得。在楊逢春填好詞後，張氏亦會提出相關意見，如〈念奴嬌‧清明前三日歸家，喜讀芝山新詞，即和其見懷原韻〉云：

　　　天生吾輩，算若非吟詠，怎銷年月。愛子胸中羅二酉，李杜文章超絕。只怪填詞，偏慵措意，不擊花間節。詩龍變化，那知鱗爪都別。　　　分手得幾何時，豪情膩態，快讀新成閱。中有停雲懷遠作，更覺新魂遙接。對撥銅琶，爭

---

[35]　〈附論古詩四十首〉，《古詩賞析》，頁1。

[36]　張中秋：《《古詩賞析》研究》，頁65。

[37]　詳參張中秋：《《古詩賞析》研究》，頁15。

　　敲牙板，急趁金尊熱。但愁春老，柳棉將次飛雪。[38]

對張玉穀而言，作詩填詞就像天生本事一般，是生活必需品，若
少了詩詞調劑，生活樂趣會減少許多，藉此說明詞的重要性。而
面對「填詞」一事，張氏強調「詩龍變化，那知鱗爪都別」，透
過詩歌理論，來講述詩詞在細節處不同，詩龍論可見趙執信《談
龍錄》：

　　錢塘洪昉思（昇），久於新城（王士禛）之門矣。一日並
　　在司寇宅論詩，昉思嫉時俗之無章也，曰：「詩如龍然，
　　首尾爪角鱗鬣，一不具，非龍也」。司寇哂之曰：「詩如
　　神龍，見其首不見其尾。或雲中露一爪一鱗而已，安得全
　　體？是雕塑繪畫耳。」[39]

從引述觀點來看，文體的樣貌可富有變化，如龍翔於天，眾人觀
察各異。張玉穀在評楊逢春的作品時，並無涉及偏好的風格，不
管是豪情或膩態，對「撥銅琶」或「爭敲牙板」，都是一種風格
的展現，並未涉及好壞。如是想法，於〈唐多令‧芝山以七古題
予詞集，填此謝之〉又重申，詞云：

　　樂府有新聲。年來移我情。但粗疏、絕豔誰驚。那識五丁
　　開鑿手，許柳敵、可蘇爭。　　七字轟堅城。毫端走百

38　張宏生主編：《全清詞‧雍乾卷》，冊 7，頁 4009。

39　清‧趙執信：《談龍錄》，收錄於丁福保編：《清詩話》（臺北：藝文
　　印書館，1997），頁 272。

靈。算青蓮、會譜清平。何不詩龍鱗爪變，我按板，子搊
箏。[40]

此詞雖為回謝楊逢春對己詞之評賞，但仍再次強調填詞對他的重
要性，包括詞的風格，以柳永代表的婉約、蘇軾代表的豪放來言
說，也與〈念奴嬌〉所言「豪情膩態」、「撥銅琶」、「爭敲牙
板」，陳述詞體有不同風格與面貌。在〈滿江紅‧題沈禮門《拂
雲書屋集》二首〉之一亦提及：

筆硯當焚，算折盡、人間庸福。憑他折、詞填蘭畹，且從
吾欲。不意雄風當面競，卻教雌霓低頭讀。看九天、咳唾
落雲間，皆珠玉。　　其細膩，周秦逐。其豪放，辛蘇
續。彼紛紛餘子，數之何足。洵有情兮應拍手，任無識者
徒瞠目。好薰香、裝以繚綾光，珊瑚軸。[41]

上片恭維好友詞集精研聲律，如雌霓用字嚴審，使人低頭品讀，
是天降佳構，妙語如珠之作。下片提及沈光裕的詞風，在細膩
處，可與宋代周邦彥、秦觀相較；在豪放處，可以延續蘇軾、稼
軒之餘風，亦是並存婉、豪，認為風格可多元。這點與《昭代詞
選》序所言：「作詞者賦資殊、取法異，則有豪放者、奧衍者、
清新者、幽秀者，亦並有香艷者。」[42]觀點一致。再一次論及楊
氏作品，用同詞調反序和其詞韻，這首〈念奴嬌‧宗啟見過，與

---

[40]　張宏生主編：《全清詞‧雍乾卷》，冊7，頁3998。

[41]　張宏生主編：《全清詞‧雍乾卷》，冊7，頁4015。

[42]　清‧蔣重光編選：《昭代詞選》，序，葉1。

讀芝山新詞及予兩和見懷原韻詞，興勃然訂有繼聲之作，予喜甚，因倒用前韻以要約之〉則從另一個角度來談論詞體，詞云：

> 詩餘韻事，乃日為淫豔，冤宜昭雪。如子鬚眉兒女話，只道寒冰難熱。句好楊衡，情移錢起，似拂靈爐接。枚生七發，信輸蘭畹新闋。　欣訂減字偷聲，倚歌而和，哇徑當開別。江上峰青如入調，定使紅兒按節。但恐分襟，或慵填譜，興鼓還重絕。與君要約，證明頭上圓月。（宗啟序予詩，謂予棄詩作詞，是以鬚眉而兒女子也）[43]

此首詞將重點放在詞為「豔科」一事來討論。詞與豔科自宋代以降就多有討論，而清初豔詞寫作興盛，故有浙西詞派提出雅正清空說以端正視聽，但張氏認為詞體主情，書寫情感原是本位，在參定《昭代詞選》後，張玉穀與蔣重光、沈光裕對於詞的看法是一致的，從蔣氏〈《昭代詞選》序〉可以理解到這一點：

> 夫詞者，其源出於古樂府，固統於文而詩之餘也。文載道，詩達情，惟詞亦然……艷固不可以該詞也，即艷矣，而綺麗芊綿，騷人本色，苟不褻狎以傷於雅，不可謂之淫也。[44]

蔣序提出詞體並非淫豔一事，梁雅英〈論《昭代詞選》的編纂意

43　張宏生主編：《全清詞・雍乾卷》，冊7，頁4009-4010。

44　清・蔣重光編選：《昭代詞選》，序，葉1。

義與其對雍乾詞壇的建構〉有詳細說明，認為此序花大氣力在詞
體淫豔之辨上，說明蔣氏「肯定詞體本色之『豔』，但只要不傷
於雅，那麼豔詞的『綺麗芊綿』也是所謂的騷人本色。」[45]三人
在整理編纂有一定的共識，而這首詞也呼應了蔣序的內容，認為
詞為豔科應該要被洗刷罪名，詞也可以與詩歌一樣有同樣的高
度，援引楊衡、錢起與枚乘的典故，從字句的音節、情感的表
現，以內容的深度來言說詞體，並說明詞與詩不同，「減字偷
聲，倚歌而和，畦徑當開別」，雖是韻文，確有不同情貌的展
現。

　　而張氏對於「豔」的接受度，也可以從下列幾首詞看出，品
題顧宗泰詞集〈念奴嬌・題顧星橋《月滿樓詞集》〉云：

> 閒愁如夢，每貪搖瓊管，愛撥銀箏。月滿樓頭詩喝月，彥
> 先吟詠群驚。曲剩柔腸，靜搜綺語，蘭畹寄餘情。令翻調
> 笑，最宜低唱鶯聲。　　惟念鳳閣龍樓，詞人遭際，醉後
> 譜清平。底事新歌博白苧，也憐如草袍青。鬼妬才名，佛
> 成慧業，交作汝南評。但慚眉嫵，豔香終遜者卿。[46]

上片以「綺語」、「蘭畹」說明顧詞詞風，「蘭畹」一詞，清人
常誤為溫庭筠詞集，張玉穀亦是，如下引「金荃蘭畹怎充飢」，
即將金荃蘭畹並稱，可知其認知。王偉勇〈清代「論詞絕句」論

45　梁雅英：〈論《昭代詞選》的編纂意義與其對雍乾詞壇的建構〉，頁
　　185。
46　張宏生主編：《全清詞・雍乾卷》，冊7，頁4010。

溫庭筠詞探析〉有針對「蘭畹」誤用一事說明，[47]此不贅述。張氏點出顧集較為動人之作，註語云「中有〈調笑令〉調，與姬人黛仙夜坐之作」，說此詞「最宜低唱鶯聲」。又再末二句提及「但慚眉嫵，豔香終遜者卿」，將顧宗泰與柳永連結，亦以柳永的豔體來說明顧詞的風格。另一首〈雲仙引・題沈蓉舟《紅心詞稿》〉，評論沈起鳳詞，上片提及「聞雛鳳、有清音。冬郎幾年不見，樂府新翻荃是金。簾底扇邊，芭蕉一卷，徐展紅心。」[48]用冬郎韓偓、溫庭筠《金荃詞》來比附沈氏風格；又〈高山流水・題宗啟《嘯樓初稿》〉中，錢俊選初稿包含詞作，在下片言及詞體時，以「金荃譜、倩唱紅紅。休訝我、偏愛繁絃急管，樂府原通。願餘波綺麗，把臂更詞峰。」[49]再次把溫詞穠豔、紅牙拍板的婉約詞風點出。從張玉轂的諸多評論中，可知曉詞之為豔的接受度高。

（二）對詞體本色重新定位

而張玉轂將詞體的特色與價值說明最清楚之處，便是在寫給兒子的詞作上，〈多麗・鎔兒新學填詞作此示之〉：

> 夫詞者，漢人樂府之遺。李唐時、權輿大白，八叉漸闢町畦。宋名家、競豪鬥膩，主奴蘇柳兩宗歧。余謂非然，因題隨調，銅琶牙板總相宜。但流弊、須防纖俗，恐議雅音

---

[47]　王偉勇：〈清代「論詞絕句」論溫庭筠詞探析〉，《文與哲》第 9 期（2006 年 12 月），頁 350-352。

[48]　張宏生主編：《全清詞・雍乾卷》，冊 7，頁 4031。

[49]　張宏生主編：《全清詞・雍乾卷》，冊 7，頁 4033。

非。金針在，鴛鴦繡處，度者何稀。　　喜兒曹、詩餘學
作，間能時吐新奇。笑掀髯、老夫技癢，便將心得指途
迷。只是詞人，恒遭天媢，金荃蘭畹怎充飢。反不若、摧
燒筆硯，窮病或能醫。傳家學，還從汝好，聲倚無疑。[50]

一開頭就呼應《昭代詞選》的觀點，將詞與古樂府連結，主要目
的仍是在於尊體一事；接著敘述詞的流變，從盛唐李白始，間有
溫庭筠另闢蹊徑，詞體進入宋代後，出現如柳永與蘇軾代表婉約
與豪放不同風格。此處張玉穀強調，風格不同，在於音樂本身，
呈現的不管是豪放或婉約，只要合於曲調，都是好作品，對於豪
放或婉約的風格取向並無偏見。進一步提出填詞最怕「纖俗」，
要達到「雅音」等級，便是創作上不走向「纖俗」化。雖然此詞
中未特別敘述如何避免「纖俗」，但大抵可從後續的詞句瞭解，
後輩填詞時吐「新奇」，張氏認為這是好現象，因新奇之句即能
避俗。除此之外，張玉穀呈現出「詞是吾家事」的想法，喜見兒
曹填詞有斬獲，相當可喜。末三句提點倚聲為家學的宗旨，均可
見張氏重視填詞一事。

　　對於「纖俗」，在〈木蘭花慢・題懷莪兄《濯冰詞草》〉又
再度言及：[51]

50　張宏生主編：《全清詞・雍乾卷》，冊 7，頁 4037。此詞第三句「權輿
　　大白」，《昭代詞選》作「權輿太白」（卷 35，葉 28），宜從之。
51　《濯冰詞草》，《全清詞・雍乾卷》「濯」作「擢」，《昭代詞選》此
　　首與沈光裕〈醉春風・題張在肸《濯冰詞鈔》〉均作「濯」（卷 30，
　　葉 10、卷 35，葉 6），宜從之。

　念勞人碌碌，向何處、破牢愁。只呵硯生雲，揮毫垂露，
　字減聲偷。凝眸。世矜俗豔，問誰將騷雅付歌喉。紅杏尚
　書已杳，青蓮學士難留。　　無憂。伯氏喜詞修。三影繼
　風流。看濯冰一卷，金荃綺麗，玉樹溫柔。低頭。二難浪
　說，謝江花風月讓雕鎪。好按壯夫綽板，更調美女箜篌。[52]

「世矜俗豔」，傳達出當時瀰漫纖俗化的豔體詞風，進而說明沒
人能夠以「騷雅付歌喉」，用騷雅導其正，今人無法如當時有宋
祁句佳，李白瀟灑，來提升詞品，幸有族兄張萬選填詞如張先，
此處亦是同宗遠祖比附，再進階提及《濯冰詞》內容如溫庭筠
《金荃集》綺麗動人，又似陳後主〈玉樹後庭花〉調性溫柔。末
二句再次提及萬選詞婉、豪兼具，既以「壯夫綽板」，亦可「美
女箜篌」。

（三）保留當代女詞人風采

　　張玉轂除了在詞作中透露出自己的詞學思維外，不管是在論
古詩或論詞上，都保留對女性作者的尊重，並留下相關批評，例
如〈論古詩四十首〉之十四云：

　文姬才欲壓文君，〈悲憤〉長篇洵大文。杜老固宗曹七
　步，瓣香可也及釵裙。[53]

---

[52]　張宏生主編：《全清詞・雍乾卷》，冊7，頁4016-4017。

[53]　〈附論古詩四十首〉，收錄於清・張玉轂撰，許逸民點校：《古詩賞
　　析》，頁2。

首句便指出蔡琰與卓文君兩位古代才女，在才情上的比較，顯然蔡琰所寫的〈悲憤詩〉略勝一籌。張氏點出杜甫在創作除了宗主曹植之外，在內容思想上也受到蔡琰詩的影響，包括部分詩歌與〈悲憤詩〉有脈絡相承之處。《古詩賞析》對〈悲憤詩〉有高度評價，認為蔡文姬的才能可壓倒卓文君的〈白頭吟〉，因為〈悲憤詩〉之所以能成為文學中的經典、精品，是因作者遭逢離亂，戰爭帶來的苦痛傷害，讓作者得以感懷至深。而後世讀者如詩史杜甫，因此拜服於此作中。杜甫的生命亦遭逢戰爭離亂，故能感同身受，在〈奉先詠懷〉和〈北征〉等詩作中，滲透了〈悲憤詩〉的特色，足見受到該詩影響。緣此，張玉穀評論時點出「杜老固宗曹七步，瓣香可也及釵裙」，係將線索鎔鑄於詩中，表彰蔡文姬作詩的精彩，足以影響後代優秀詩人。所以張玉穀有意識品題女性作品，為她們發聲。

　　另外，第三十六首則是品評文學史上較少人重視的大義公主[54]〈書屏風詩〉，詩云：「陳隋帝王競淫哇，正體中原少大家。難得千金巾幗者，書屏高響振胡沙。」[55]張玉穀認為陳至隋朝，淫哇之聲多而正聲少，居然一名女流之輩的作品，可以響振胡地，給予大義公主作品不俗的評價，《古詩賞析》以「用意用筆，吞吐入妙」來讚揚其詩高妙。

　　不管是《昭代詞選》、《古詩賞析》，以及論詞長短句中，

---

[54] 大義公主，張玉穀《古詩賞析》作者簡介記載：「後周宇文氏女，嫁為突厥沙鉢略妻。初名千金公主。隋滅周，自傷宗祀滅絕，每懷復隋之志，日夜言於沙鉢略，悉眾為寇。後沙鉢略內附於隋，賜姓楊氏，改封大義公主。」見《古詩賞析》，頁534。

[55] 〈附論古詩四十首〉，頁5。

都可以見得張玉穀為女作家保留作品與評論的痕跡，其中原因包含家中女輩文彩粲然，此點於下節處有詳細說明。在其論詞長短句中，不乏品論女性詞人的詞集，如〈瑤臺第一層‧題閨秀徐若冰《南樓吟稿》〉：

> 讀罷南樓吟稿也，梅花與共香。越來溪畔，驚才舊有，原是君鄉。（君家昭華亦隸會稽）九天鸞鳳嘯，直笑煞、下界笙簧。三分鼎，論我吳閨秀，並顧齊張。（謂吾友程君自山嘉耦湘英夫人及吾姊靜和氏也）　　思量。繡餘拈筆，綺靡慷慨兩相妨。切磋寡助，嶽登海泛，開拓何嘗。性靈天賦與，追正始、直恁鏗鏘。漫平章，恐江郎花謝，反遜蘇娘。[56]

上片點出會稽出才女，前有徐昭華等才女詞作流傳後代，用以襯托徐若冰的作品亦可流傳千古。徐昭華是毛奇齡的女弟子，張玉穀在〈論詩八首示王玉霞女弟〉之八提及：「金針只在繡鴛鴦，明眼能看度不妨。我媲西河詩筆老，昭華亦喜列門牆。」此詩下有註：「徐昭華為毛西河女弟子，詩附毛集以傳。」[57]除了以前賢比附才華外，亦具體提及徐若冰的詞壇地位，若以吳地而言，大抵可與其姊張淑（字靜和，《哦香小草》）、程鍾妻顧信芳

---

[56] 張宏生主編：《全清詞‧雍乾卷》，冊 7，頁 4002。《昭代詞選》註語：「謂吾友程君自山嘉耦湘英夫人及吾姊靜和氏也」，自山作「在山」。（卷 34，葉 28）

[57] 清‧張玉穀：《樂圃吟鈔》，收錄於《清代詩文集珍本叢刊》，冊 564，頁 489。

（字湘英，《生香閣詞》）鼎足而三，再次肯定徐氏的才氣。下片言及女子在操持家事與執筆創作上難以平衡，但讚揚若冰天賦使然，可比東晉女詩人蘇蕙（字若蘭）。蘇氏以「織錦迴文」聞名，用五彩絲線在織錦上織有八百四十字，名曰「璇璣圖」。張玉轂以蘇氏的巧手妙心來嘉許徐若冰，末三句甚至直言當朝男作家恐不如女性的才華洋溢。

　　張玉轂姊張淑、張素均是吳地才女。大姊張淑過世後，玉轂整理遺作，填〈多麗・編次靜和先姊《哦香小草》題後志感〉，抒發對亡姊的想念，詞云：

> 思綿綿，哦香一卷重編。記年時、女嬃嬋媛，過從情話流連。慰孤窮、燭邊拭劍，銷寂寞、簾底調絃。繡閣披詩，玉臺索序，題成把酒笑開顏。（先姊曾索余序）自林下、大家老去，烏兔送流年。空惆悵，落梅庭院，袁草填田。　　辛傳芳、左閨二秀，曹家弟子同賢。讀遺編、淚分翠袖，鐫麗句、手釀金錢。拭寶忍辭，編珠敢任，漫云鍊石補媧天。會看取、長留詩卷，羞煞鬭釵鈿。又還念，詩人何在，投筆潸然。[58]

此詞描述出姊弟間的深厚情誼，從閱讀《哦香小草》起興，以屈原之姊「女嬃」來比附，以「女嬃」典故美譽張淑創作優秀。女嬃頗具文采，故後代文人常用以比喻有才華的女性親人。人生困頓之際，其姊安慰鼓舞，亦有同桌共樂，飲酒作詩的美好回憶。

---

[58]　張宏生主編：《全清詞・雍乾卷》，冊 12，頁 7007。

詞間也點出張淑過世，僅剩遺編傳世。幸好有外甥女錢慧貞（字玉雯）、慧珠（字玉綃）繼承母親才華，更有弟子王瑗曾學詩續接詩風。[59]此作品為張淑的為人與作品保留一絲線索，讓後世略知其姊詩集的風格，以及兩人曾有的互動。張玉穀常在作品中保留當時女性值得被紀錄的事蹟，袁枚《隨園詩話》卷七曾記載對張玉穀的印象云：

> 玉穀尤長樂府，有義婦袁氏，因夫作竊，勸之不從，乃沉水死。其事其詩，俱足千古。[60]

認為張氏詩工有古風，尤長樂府。袁枚對張氏作品記憶深刻處，是張氏曾寫一義婦袁氏因夫作竊，勸之不從，乃沉水死事。張氏保留此婦人的德行，為清代的庶民女性存史。也因為張玉穀品題當代女作家的作品，才得以從中知曉其人其事。

　　值得一提的是，張玉穀曾作〈論詩八首示王玉霞女弟〉，此組詩相當特別，八首中有一半以上係評論女性作家，似乎想藉此鼓勵女弟子，可以古代或當代女詩人為學習的榜樣，對王氏期許頗深。詩題所指王玉霞疑為王佩霞之誤，組詩第七首云：「吾宗舊有女嬃才，知爾親承講畫來。一卷哦香安薄命，幾時問世慰泉臺。」下註：「玉霞幼從先族姊靜和學詩，哦香先姊集名。」玉霞所經歷事與王瑗極為相似，王瑗曾學詩於張靜和，見諸〈多

59　此詞註語云：「左閨二秀玉雯、玉綃兩甥女，曹家弟子王佩霞也。」僅見《昭代詞選》（卷35，葉27），《全清詞‧雍乾卷》無此註語。

60　清‧袁枚撰，雷瑨注：《箋注隨園詩話》（臺北：鼎文書局，1974），頁286。

麗・編次靜和先姊《哦香小草》題後志感〉。此首詩亦點出張淑不僅填詞佳，詩歌亦有不錯的表現。大抵而言，八首除後兩首涉及當代詩人外，餘六首均為概述女性創作與前代女作家的功績，包含第一首「鍾得乾坤清氣多，未妨閨秀亦吟哦。但芟綺語除豪語，繡罷拈毫論轉苛。」第六首「千古騷壇代主盟，宋金元後勝前明。別裁妙選宗風雅，巾幗何嘗少正聲。」均指涉女子創作未必不佳，透過兩詩來重新思考文壇陽盛陰衰的狀況，並期許有更多女性創作人加入。第三首則是以漢女詩人為例：「古詩樂府體分尋，漢魏相仍總雅音。可惜白頭悲憤作，愛吟終不混貞淫。」[61]陳述卓文君〈白頭吟〉、蔡文姬〈悲憤詩〉均是漢魏雅音，是值得保留存惜的高作。

　　從以上種種跡象可知，張玉轂對於女性創作相當重視，一則係因週遭女性族親創作者多，二則緣於清代學風開放，女性受教育的人口與程度均比前代多，三則門下既收女弟子，為鼓勵創作，對女性創作的評判與鑑賞亦相對提高。

四、張玉轂家族填詞觀察

　　透過諸家論詞長短句討論張玉轂，旁及其親人的內容，以及張玉轂對他人的品題，可以從三個角度去瞭解張氏一脈在填詞方面的大概景況。以下透過至親、其他家族成員，以及學生這三個角度，析理張玉轂家族「吟詠是家風」的創作輪廓。

61　清・張玉轂：《樂圃吟鈔》，收錄於《清代詩文集珍本叢刊》，冊564，頁488-489。

（一）至親填詞，瞭解張氏家學淵源

張玉縠之父一鳴，字鳳舉。受知張伯行（字孝先，號恕齋，又號敬庵，1651-1725），雍正十三年（1735）舉人。著有《曠怡軒詞鈔》、《條上張撫餉吏議十則》與《箋注杜樊川集》等作。張一鳴為人好義，士林敬重。其妻華宜曾評《曠怡軒詞鈔》，可見〈踏莎行·題夫子《曠怡軒詞鈔》後〉：

> 才可窮人，文能壽世。證之夫壻真都是。工詩餘事又工詞，紅牙喜按衣遲紫。　　寶氣騰行，珠光吐字。侯封萬戶榮輸此。但愁聲倚綠窗難，只應記曲呼娘子。[62]

認為文章流芳百世，比起當世封侯萬戶更有意義。除此之外，指出張一鳴既工詩也填詞，對於丈夫的文采給予高度肯定，以「寶氣騰行，珠光吐字」讚美其詞的價值。華宜除了紀錄丈夫詞集概況外，也寫下張玉縠幼時學詩的景況，〈浪淘沙·幼兒玉縠學詩頗有可觀，因填此解〉：「吟詠是家風。笑煞而翁。爨煙不起句矜工。癡絕又看癡種繼，蠹產書中。　　格律那沉雄。應恕兒童。烏絲須界寫箋紅。寄與長安潦倒客，一展眉峰。」[63]首句點出作詩填詞是家族風氣，眼見兒子能醉心於推敲詩句，鑽研格律上，字裡行間均可看見母親的欣慰。張玉縠繼承其父一鳴血脈，擁有寫詩的天賦，末二句更盛讚若把兒子的作品寄與杜甫欣賞，也能得到杜甫會心一笑，解消於長安不得志的心境。既自言作詩

62　張宏生主編：《全清詞·雍乾卷》，冊 16，頁 8710。
63　張宏生主編：《全清詞·雍乾卷》，冊 16，頁 8710。

填詞是家族風尚，家庭成員都能吟詠詩詞，包括華宜也有《搓香詞》傳世。而華宜此首〈浪淘沙〉可以與張玉穀〈夜聞鎔兒誦詩〉互相參看，其詩云：「未知成立竟何如，且趁殘燈課小詩。汝祖若教今建在，喜聽應亦夜眠遲。」[64]大鎔用心於詩詞的學習，對張玉穀而言是十分欣喜的，這好比當年母親看幼時的自己一般，更凸顯「吟詠是家風」的繼承性，提及若是張一鳴在世，見其孫可以愛詩如此，一定相當高興。

　　前節有張玉穀寫給兒子大鎔的學詞叮嚀，張大鎔也曾為其父詞集提出相關評價，見〈臨江仙‧敬題家君《樂圃詞鈔》後，即和鈔中〈夏日村郊晚眺〉韻〉：

> 奕葉清芬傳綵筆，生涯偏滯牆東。填詞撥悶按牙紅。濫觴溫白上，拔戟柳蘇中。　　庭過喜參佳句法，也開茅塞心胸。越知妙手洵空空。稱駒羞逐日，和鶴媿鳴風。[65]

上闋點出張玉穀的生平概況，屢試不第，最後在家鄉從事私塾教育，填詞紀錄內心苦悶。大鎔對父親詞的評價，說明出入溫白柳蘇之中，可以自樹一格，當然這樣的評價因為親人之間的互相唱和，確有過譽之嫌。下闋則寫父親填詞的影響，父親所言填詞之法的確有所幫助，但認為自己不及父親的優秀。從以上這些評價，大略可理解張玉穀為詞的家學與傳承。而從〈念奴嬌〉詞序中，亦可觀察家族填詞的熱烈，序云：「九月望日，隨家嚴旋

64　清‧張玉穀：《樂圃吟鈔》，收錄於《清代詩文集珍本叢刊》，冊564，頁484-485。

65　張宏生主編：《全清詞‧雍乾卷》，冊16，頁8855。

里，家慈出中秋夜作月詞，并室人谷芳、妹芝秀和作，索家嚴同詠，家嚴命先繼聲，敬步原韻。」家庭聚會，同詠中秋，大鈞詞亦提及「豔香句妙停梭。梁妻鮑妹，卻也聲能倚。」均可看出家族填詞的熱絡風氣。

（二）親族唱和，描繪群體創作風氣

從親族之間的互相贈答與品評詞集中，亦可以看出張氏一脈對於填詞創作的相關事蹟。張素（1736?-?）是張玉轂姊，字瑞芳，一字侶仙。嫁與州同知嚴瀚，是嚴廷燦之母。著有《貯月樓詩鈔》、《貯月樓詞鈔》、《繡餘綺語》。張素曾填〈賀新郎·讀蔭嘉弟《樂圃吟鈔》〉，來評價張氏的詞集，詞曰：

> 我與君同氣。卻緣何、生花好筆，不能相似。大抵人間靈秀毓，男子原多女子。何況又、穿經穴史。一卷吟鈔窗下讀，洵雕龍繡虎才清麗。心敬服，硯焚矣。　　自來極盛難為繼。昔我叔、高歌白雪，振聲當世。再赴公車悲旅卒，鵲起何期弱弟。想跨竈、泉臺心喜。但願早蒙稽古力，賦清平、直到龍樓裏。方慰得，女嬃意。[66]

既是姊弟，此詞起興亦從親人身分言說，講述兩人雖血緣同脈，才氣卻大有不同，讚美張玉轂才性靈秀，再加上通經史，便能詩詞雕龍繡虎，有清麗之才。下片亦言及家學淵源，除了其父工詩工詞外，叔父亦是以詩詞聲振當代的人。張素期許其弟可以憑藉

66　張宏生主編：《全清詞·雍乾卷》，冊 4，頁 2053-2054。

高才，為家族光耀門楣。然而實際上張素在作詩填詞造詣並不遜於張玉轂，丁紹儀《聽秋聲館詞話》曾載：

> 吳越女子多讀書識字，女工餘暇，不乏篇章。近則到處皆然，故閨秀之盛，度越千古。即以詞論，王氏詞綜所采五十餘家，已倍宋元二代。余輯詞補，復得一百七十餘人，茲錄其尤雋峭者。……張瑞芳（素）〈蘇幕遮〉云：凍雲濃，寒霧起。柳絮因風，堆積空庭裏。玉樹玲瓏搖冷砌。今夜啼烏，怎樣枝頭寄。　　畫簾垂，朱戶閉。獨自圍爐，遙想人天際。季子貂裘應已敝。叮囑瓊花，莫灑南來騎。[67]

說明吳地女子能文者眾多，丁氏舉出尤雋峭者，其中一位便是張素，可知張素在填詞上也有可觀之處。另外大姊張淑也曾填詞〈滿江紅・題蔭嘉弟樂圃吟鈔〉，上片云：

> 阿大中郎，曾問字、琉璃硯北。埋玉樹、招魂無計，闌干長拍。後起一時推作手，先靈九地應加額。看編珠，樂圃好吟鈔，如椽筆。[68]

詞中說明閱覽張玉轂的作品，可以理解以張氏的才華，能令九泉

---

[67]　清・丁紹儀：《聽秋聲館詞話》，收錄於唐圭璋主編：《詞話叢編》（北京：中華書局，2005），冊 3，頁 2820-2821。

[68]　清・徐乃昌編：《小檀欒室彙刻閨秀詞》（清光緒二十二年南陵徐乃昌刻本），卷 21，頁 19。

之下的祖先們感到欣慰。關於張淑、張素，可從好友徐淑的詞作探得身影。〈綺羅香·早春寄懷靜和、瑞芳雨張夫人靜來浦夫人〉，首三句讚美三人賢達：「巾幗嫻詩，裙釵解賦，屈指而今能幾。」強調三人能詩解賦，是當世少數有才德的女子。徐淑即王瑗之母，王瑗與張淑女慧貞、慧珠，張素女嚴淑珍是童年玩伴，又一起學詩，彼此之間多有詩詞唱和，如嚴淑珍。曾作〈唐多令〉，詞序紀錄「春日偕錢玉雯、玉綃兩表妹，王佩霞世妹遊慧山，以同心春遊四字分韻填詞，得春字」[69]，可知諸女眷交誼深淺。

張玉縠大哥玉瑞無詞集傳世，《昭代詞選》雖僅選錄作品一首，但可瞭解張氏家族均有填詞天賦，〈踏莎行·戲詠不倒翁〉：

> 失足何妨，低頭豈肯，此翁倔強天生性。空空如縱任人嗤，亭亭然自令吾敬。　　也入歡場，轉移不定。幾回推倒翻身猛。想因嚼蠟悟橫陳，泥丸氣足常清挺。[70]

此首詠物詞將不倒翁的特色鮮活呈現，用「倔強」兩字表述不倒翁設計上的特性，又透過擬人手法賦予性格，說明此物不輕易低頭，一低頭即馬上彈起，任人嗤議也不回嘴的性格，實在令人敬佩。表現手法不落俗套，雖然不屬上乘佳構，也可得知張玉瑞填詞的大致風格。

---

69 清·蔣重光編選：《昭代詞選》，卷37，葉30。

70 清·蔣重光編選：《昭代詞選》，卷33，葉23-24。

　　其他包括外甥嚴廷燦、表弟楊逢時也均曾與張玉穀相互唱和，其中也點出張玉穀的詞風，以及張氏一族的填詞概況。嚴廷燦是張素與嚴瀚之子，曾填〈月華清・題張樂圃二母舅詞鈔後〉，品題張玉穀的詞集，詞云：

> 文涌韓潮，詩騰杜焰，眼中誰似吾舅。獨霸騷壇，更譜新詞千首。鐵板唱、大漢雄喉，牙拍按、美人香口。無耦。笑屯田玉局，並堪尚友。　　笑煞冬烘腐叟。把換羽移宮，淫哇同詬。那曉才人，風雅何妨兼有。繡雙鴛、懷己針投，追八駿手終轠轆。顏厚。看倚聲卷尾，附之傳否。[71]

嚴廷燦此詞因為對象為其舅，字裡行間較多溢美之詞。起首兩句，便引用文壇韓愈、詩壇杜甫來比美，以其舅可「獨霸騷壇」的盛譽，來說明閱讀張氏詞集後的想法。再將張氏出入婉約、豪放兩種風格無礙，又可比肩柳永、蘇軾，上片呈現極度美譽之能事。下片則將時人對於詞等於豔科一事表達看法，認為這是冬烘腐叟之見，認為其舅之詞，可以雅俗共賞。表弟楊逢時，字成山，號雲皐，江蘇金匱（今無錫市）人，楊逢春之弟。在其《雲皐詞》中，亦有品評張詞的作品，〈多麗・題表兄張樂圃詞鈔後〉云：

> 展瑤編。光騰字裏行間。想詞人、胸羅星宿，前身原是金仙。賦凌雲、千言立就，詩喝月、五字爭傳。更按銀箏，

71　張宏生主編：《全清詞・雍乾卷》，冊12，頁7007。

還彈鐵撥，外孫薑白踞騷壇。問眼底、誇豪矜膩，若個可
隨肩。真堪繼，尚書紅杏，學士青蓮。　　但遲疑、才華
如許，沉香應制該先。怎新聲、豔香日日，偏短氣，氍氀年
年。萬戶非榮，一門足樂，齊眉繞膝和金荃。但小子、鴛
鴦看慣，學繡總羞顏。題詞句，還愁目顧，敢望頭顛。[72]

此詞的寫作手法與嚴廷燦詞相似，上片針對張玉轂詞集發表看
法，也多是溢美之論，包括將司馬相如、李白、宋祁等人，與之
比附張氏，更說前身亦是謫仙降世，才能字裡行間，光騰燿世。
下片談及際遇，認為張玉轂本應與李白一樣，受到皇帝重視，卻
至今未獲青睞，而氍氀年年，所幸良妻巧子，一家文采勃發，讓
人欣羨。此詞最末注語：「表嫂浦靜來、表姪禹金、表姪婦胡谷
芳、表姪女圃芝，俱能詞。」說明除了張玉轂外，包括張妻浦
安、兒大鏐、兒媳胡紉蓀，以及女兒張瑤均能填詞，再度證明
「詞為吾家事」實際狀況。

（三）師授徒隨，側寫家族填詞輪廓

最後，透過張氏的女弟子王瑗，來進一步瞭解張氏一族其他
成員的填詞狀況。王瑗，字佩霞，江蘇吳縣（今蘇州市）人。適
黃瑞瑜，著有《咀華小草》。王瑗母與張玉轂姊張淑相善，故委
請張淑教導其女，兩家感情十分融洽，從前述資料可知。王瑗對
張玉轂相當崇拜，多次抄存老師作品。張氏過世，著作散佚，有
賴王瑗保留，方得流傳。王瑗曾填詞評論於浦安師母的詞集，可

見〈南鄉子・題張師母浦夫人《停梭詞草》〉：

> 花豔麗，月清幽。停梭句自錦心抽。天上張星推妙筆。夫
> 人亦。傳向詞林真合璧。[73]

此詞係將張氏夫妻合論，一邊讚美老師詞作，也強調師母的詞集
水準可與老師並駕齊驅，末句道出「向詞林真合璧」，不僅兩人
是天造地設，連作品亦可相提並論。丁紹儀《聽秋聲館詞話》提
及吳地多女性填詞能手時，也包括張玉轂妻，並引其詞：「金匱
浦靜來（安）〈如夢令〉云：『幾日嫩寒輕暖。又聽雛鶯學囀。
妝罷倚雕闌，心與芭蕉同卷。人遠。人遠。況是宵長夢短。』」
[74]可見其詞風格婉雅，正如王瑗詞首二句所言「花豔麗，月清
幽」，扣緊師母詞風，將作品風格具象化。浦安的詞，其表姒華
慧空（字貞素，金匱人，諸生楊逢春室）也曾品題，見〈浣溪
沙・清明日，攜兒婦踏青過浦靜來表姊，齋頭閱其所填新詞，欣
然繼作〉：「寒食初過報好晨。踏青攜伴訪佳人。吟窗艷思坐生
春。　　曲裏燕鶯歌婉轉，毫端花草鬥鮮新。底須綺陌趁香
塵。」此首僅浮泛略提浦安的創作婉轉有致，字句鮮新。另外，
從浦安的詞作中，也可以理解家族相互唱和且多有填詞的狀況，
見〈臨江仙〉的詞序：「同表姒華貞素、表娣席素光、媳胡級
蓀、女瑤分詠閨課，得織布」[75]，華慧空為楊逢春妻，席瑤林為

73　張宏生主編：《全清詞・雍乾卷》，冊16，頁8852。
74　清・丁紹儀：《聽秋聲館詞話》，收錄於唐圭璋主編：《詞話叢編》，
　　冊3，頁2820-2821。
75　張宏生主編：《全清詞・雍乾卷》，冊16，頁8862。

楊逢時妻，因為當時張玉縠寄居楊家，故能彼此唱和，亦再度從
詞序清楚知道，張玉縠家族的女眷對填詞多有涉獵。

　　王瑗除了前首詞提及老師之外，在〈水龍吟・敬題張夫子
《樂圃詞鈔》後〉又將張氏的詞集進行品題，詞云：

> 筆端跳虎拏龍，當今誰似張夫子。詩腸九曲，文心萬竅，
> 並堪垂世。減字偷聲，驚才絕豔，吾尤觀止。算騷壇幾
> 輩，釀花成蜜，該周柳、兼姜史。　　不櫛羞稱進士。列
> 門牆、也參桃李。香分一瓣，咀華小草，序言蒙賜。輒作
> 蠅鳴，妄思驥附，題詞聊擬。卻還愁、終是女郎弱調，博
> 掀髯耳。[76]

這首詞可視為張玉縠為弟子寫詞集序言後，王瑗的反饋。王氏亦
極度稱讚老師之師詩文兼秀，可堪垂世，更強調詞一體尤令人驚
豔絕倫，嘆為觀止。王氏與他人較不同處，是所比附均為婉約詞
人，可知王瑗心中老師的風格取向，較偏於周柳姜史之輩。

　　王瑗既是張氏弟子，與張家一族多有來往，張玉縠的堂兄張
萬選（字懷莪，江蘇吳縣人）即在詞集裡保留一首品題王瑗詞集
的詞作，見〈金縷曲・題家樂圃弟女弟子王珮霞《咀華詞》〉：

> 誰占吳山秀。羨三槐、書生不櫛，胸羅二酉。鬐齔含毫工
> 詠絮，夙慧早傳眾口。更兼擅、倚聲作手。脫盡香閨脂粉
> 氣，溯宗風、不數屯田柳。紅牙拍，是誰授。　　才名吾

76　張宏生主編：《全清詞・雍乾卷》，冊 16，頁 8853-8854。

弟輩聲久。譜宮商、金針度與，鴛鴦慣繡。記得西河開絳
小帳，有箇蛾眉小友。端合是、昭華來又。老我江花今欲
謝，對瑤篇、不禁舒眉皺。林下選，定推首。[77]

張萬選對於王瑗詞有高度評價，認為王氏是吳地才女，而且早
慧，年幼即有詞名。下片間接推崇能將王瑗創作更上層樓的啟蒙
者，便是張玉穀，因良師引導，王瑗的作品在張萬選心中不亞於
柳永詞。張玉穀的好友沈光裕也曾品題王瑗詞作，可見〈聒龍
謠·題閨秀王佩霞《咀華詩餘》〉：

漱玉名詞，斷腸作譜，久說騷壇二妙。驚豔誰蹤，有王家
嬌小。琉璃匣、愛寫蘭荃，鼠鬚筆、不描花草。喜今朝、
展盡吟箋，鶯聲滑，麝香繞。　　薄脂粉，掃鬚眉，是伊
誰傳授，恁般風調。常儀月裏，有張星親教。羨先生、奇
字偏多，愛女弟、倚聲逾巧。想昭華、未解宮商，笑西河
老。[78]

首三句用李清照、朱淑貞為詞壇雙妙，而當代屬誰能見如此佳
作？便屬王瑗詞可見其蹤跡。再用溫庭筠《蘭》、《荃》二集概
括風格，說明內容盡是「鶯聲滑，麝香繞」的佳音。沈光裕與張
萬選兩詞寫作手法相當接近，下片均轉而溯究師承，能有這般風
調，係因「張星親教」，而老師文彩豐粲，才能帶領女弟填詞絕

77　張宏生主編：《全清詞·雍乾卷》，冊 16，頁 8779。
78　張宏生主編：《全清詞·雍乾卷》，冊 16，頁 8822。

妙，並且使用毛奇齡與女弟徐昭華事，來比附張玉轂與王瑗的關係。

五、結語

　　張玉轂為清代雍乾年間的詞人，因年少父母雙亡，家境困頓，以訓蒙為生，撐起家計。師事浦起龍、沈德潛，協助二師參訂註釋多種著作。張氏亦廣交群友，詩文中多友朋唱和之作，與楊逢春、錢俊選、沈光裕交往最密切。

　　玉轂長於韻文，曾費時九年撰寫《古詩賞析》一書，治詩尤勤，雖存有詞鈔四卷，卻無詞論傳世，欲瞭解張氏的詞學觀點，可透過詞集中的「論詞長短句」，以及與蔣重光等人聯合參定整理的《昭代詞選》。本章從中析理出張玉轂的詞學思維有三：第一，透過古樂府、《詩經》溯詞之源，並強調風格不影響詞作好壞，認為只要詞情協美，婉約與豪放均是佳構，僅為風格異同而已。第二，為詞辨淫豔之誣，認為詞本就較為綺靡，而今人創作更為纖俗，進而讓詞品等而下之，宜透過「雅音」修正，去其纖俗，然對於詞有綺豔內蘊一事，包容度較大，這點亦體現於《昭代詞選》的選詞條件，以及張玉轂的詞風上。第三，保留當代女詞人之風采，大致成因係周旁女性族親善創作者多，又緣於清代學風開放，女性受教育的人口與程度均優於前代，加上張氏親授詩詞，有了女性學生，為鼓勵女性創作，對女性創作的評賞相對提高。

　　觀察張玉轂家族的填詞風尚，可從至親、族親與學生三方面討論。因為家學淵源，父親教導習詩學詞，母親亦受過教育，雙

親皆善韻體，故張玉轂姊弟也繼承家風，在作詩填詞上，均受當代美評。而張氏亦將此道授予兒子大鎔，傳承「吟詠是家風」的精神。從兄弟姊妹與母系親族的唱和題贈往來中，可以看出張家女眷在填詞創作上互動頻繁，再加上張氏辦私塾，在吳地作育人才，其弟子也與張氏家族往來。大致可見從張氏為中心輻射而出的家族填詞輪廓，包括兩位姐姐對填詞的愛好，其子與外甥繼承衣缽，表兄弟與妻室，甚至是張氏的媳婦與女兒，均在日常生活中填詞創作。可理解張氏一門擴及親族友朋填詞的概況。

附錄：張玉穀家族、師友關係圖

張玉穀家族、師友關係圖

師	浦起龍（二田、號心投、禪、山玹）	師 浦准音（德星）	妻兄 浦廣修	二舅師 張素（端芳、怡仙）
師	沈德潛	母 華宜（遜齋）	二舅甥 華慕空（貞泰）	二舅夫 嚴福
同學	錢映源	主人 張一鳴（佛客、號鳳際、豹、虹橋主人）	母 浦安（靜夫、號碧萃主人、生香居士）	外舅甥 嚴廷樑（暎初）
大甥	張繼（靜和）	長甥 浦大資（尚金）	大甥 胡劃孫（谷芳）	外舅甥女 嚴叔珍（靜儀）
大甥夫	錢大繡	女壻 張大勇（禹和）		
外甥女	錢慈貢（玉堅）	女 張瑤（秀五）		
外甥女	錢慧珠（玉新）	孫甥子 學洪		
		孫甥子 學顯		

同學 蔡龍孫（初堂）・同學 顧濟川・同學 徐上珍（一作上寀）・同學 桑天鐉・同學 孫鄧光

二舅表兄 楊逢春（芝山、號肄村、慧圃）・二表弟 楊逢時（成山、號雲華）・三表弟 楊逢吉（盧山）・妻友王夏母 徐誼（慈谿）・弟子 蔣德融・弟子 蔣德明

二舅甥 華慕空（貞泰）・表弟甥 席居林（素光）・表弟甥 待考・妻弟夫 王子良

舅甥友 楊家駒・甥友 蔣重光（子宣、辛齋）・弟子夫 王瑗（佩堂）

舅甥女 胡紀顥・弟子夫 黃瑞瑜

友 沈宗裕（贈文、禮門）・友 顧宗泰（晨牧、號陽堂）・友 沈起鳳（桐嶼、號寶雲謌）・友 程鍾（在山）・友 朱得源（號驚果心）

友 錢佚選（宗啟、號曬樓）・友 錢聲灘（訥生）・妻 顧信芳（湘夫）

兄 張玉瑞（鶯頭）・甥 待考・外甥女 胡廷騰・外甥女夫 童德存

張國選（懷璉、在勤）・張儆令

第五章　非主流派視域：
沈光裕「論詞長短句」創作特色
與詞學觀

一、前言

　　自清代以來，詞學再興，數家詞派林立。從明末清初陳子龍所創立的雲間詞派，明、清易代間的西泠詞派，隨後如陽羨詞派、浙西詞派在陳維崧與朱彝尊的積極創作與陳述詞學意見，各自展現不同特質，從個人擴及至群體的影響，附庸者多，詞派的特色愈為彰顯。嘉道年間有張惠言出，因編輯詞選、相關具體詞觀提出後，常州詞派也因此成形，此三大詞派影響力籠罩清詞壇泰半時光。清代在刊刻文集流傳於世相當盛行，以傳播角度來看，清代做了更有效的發揮。當時詞選集如雨後春筍逐一刊出，蓋因清前期施行嚴重文字獄，導致文士懼怕，遂轉為蒐補前人之作，詮釋、考古之學等方向鑽研，而清代的詩詞文選集亦是歷代數量最龐大可觀的，除了可表達出自身的文學藝術觀點，亦較難被清朝的嚴厲統治打壓，遂一時蔚為風行，以詞選為例，陳維崧的《今詞苑》、朱彝尊、汪森編《詞綜》、蔣景祁《瑤華集》、

蔣重光《昭代詞選》、譚獻《篋中詞》等，詞選在清代可謂大放異彩，各地各派均有蒐集的詞選集結問世。

其中雍乾年間，蔣重光編選，張玉穀、沈光裕參定的《昭代詞選》，蒐羅順治至乾隆四朝名家詞作，以及保留同屬江蘇地區詞人作品，尤其張玉穀、沈光裕的詞被大量保存。蓋因蔣氏與張、沈知交甚深，蔣氏籌備此詞選本時，大量收錄二位作品，有意推舉其詞作，為地方詞派樹立典範與特色，與當時高度籠罩詞壇的浙西派分庭抗禮。蔣氏甚至在詞選凡例中稱許云：「友人張君蔭嘉、沈君瞻文，當今之秀水朱、宜興陳也。」[1]將張玉穀比做朱彝尊，沈光裕比擬為陳維崧，亦可看出兩人填詞風格的不同。蔣氏此舉雖有抬舉過譽之嫌，卻也間接讓後人認識張玉穀與沈光裕的詞作。

本章討論對象為沈光裕以及其論詞長短句，綜觀目前學界對於沈光裕的研究，僅梁雅英〈論沈光裕《拂雲書屋詞》及其對《全清詞‧雍乾卷》之輯補〉[2]、高守鴻〈清人沈光裕《拂雲書屋詞》地景書寫探析〉[3]等專論沈詞，其餘多屬間接提及。梁氏此篇旨在補輯《全清詞》漏收《拂雲書屋詞》一二二首，並將沈氏詞集內容大致說明，亦額外提及集中有「論詞長短句」作品，是《拂雲書屋詞》的一大特色。梁氏在〈論《昭代詞選》的編纂

---

[1]　清‧蔣重光：《昭代詞選》，收錄於林登昱主編《稀見清代四部輯刊》（臺北：經學文化事業公司，2014），第 4 輯，冊 97，頁 13。

[2]　梁雅英：〈論沈光裕《拂雲書屋詞》及其對《全清詞‧雍乾卷》之輯補〉，2016 保定‧詞學國際學術研討會，2016 年 8 月，頁 1-27。

[3]　高守鴻：〈清人沈光裕《拂雲書屋詞》地景書寫探析〉，第 43 屆南區八校中文系碩博士生論文研討會，2021 年 5 月，頁 120-136。

意義與其對雍乾詞壇的建構〉[4]亦間接論涉沈光裕，本篇主要討論《昭代詞選》的價值，而略談至沈光裕與詞選的關係，說明三人在《昭代詞選》中建構的選詞標準，大致偏向近似於小山詞與《花間集》的豔麗詞風，並以數據分析建立詞人在《昭代詞選》被選入的數量，說明在浙西詞風壟罩清代前期的狀況下，其他異於浙派風格的詞人群體仍努力別樹一格。筆者曾撰〈從「論詞長短句」觀察家族詞人群填詞概況──以清人張玉穀為中心〉[5]，雖主論張玉穀詞，亦旁涉沈氏。張、沈二人相交甚深，又合力為蔣重光編選《昭代詞選》，論及張玉穀時，不免提及與沈氏的往來交遊，可藉此互相參看。其他次要論著包括將論詞詞的研究做一系統性的整理，如筆者與何淑蘋合編的〈民國以來「論詞」詩詞研究論著目錄〉[6]，對於瞭解論詞長短句此一命題的研究面向，能更清楚掌握。而李睿的博士論文《清代詞選研究》與陳小燕的碩士論文《昭代詞選研究》，則對詞選學的開展，以及瞭解《昭代詞選》有一定的啟發。李氏《清代詞選研究》中申明詞選編纂通常非一人之力所能為，如蔣景祁《瑤華集》就有吳梅鼎、曹亮武、史惟圓及儲欣等人參與校訂，更有周在浚、顧貞觀提供相關資料。要編選一本詞選集，需要靠眾人合力完成，也顯示詞

---

[4]　梁雅英：〈論《昭代詞選》的編纂意義與其對雍乾詞壇的建構〉，《東吳中文學報》第 34 期（2017 年 11 月），頁 177-204。

[5]　林宏達：〈從「論詞長短句」觀察家族詞人群填詞概況──以清人張玉穀為中心〉，2018 詞學國際學術研討會，2018 年 8 月，頁 867-878。

[6]　林宏達、何淑蘋：〈民國以來「論詞」詩詞研究論著目錄〉，《書目季刊》第 50 卷第 4 期（2017 年 3 月），頁 115-131。

選這類的文本會有一個組織性的規劃，以編者的審美去進行選編。李氏提及詞選對於清人的意義除了表達自身審美、宣傳詞派之外，還帶著指導創作的意味在。[7]陳氏的《昭代詞選研究》[8]粗略將《昭代詞選》的內容、結構、選詞態度與蔣重光的詞學思維提出，惟內容不夠深入，值得吾人費心關注。

　　本章主要論述角度有三：其一，將沈光裕與其《拂雲書屋詞》作一介紹。沈氏詞名湮沒於文壇之中，大多數人並不認識，再加上生平事蹟無後人整理，詞集流傳亦不普遍，故稍作爬梳，以利知人論世，瞭解填詞風格。其二，針對詞集中「論詞長短句」剖析特色。沈氏共有十一首論詞長短句，經整理後提出相關特色。其三，分析沈氏的詞學觀點。歸納十餘首作品之論詞觀點，並檢視與《昭代詞選》選詞標準是否一致。

二、沈光裕其人與《拂雲書屋詞》

　　沈光裕於《清史》無傳，生卒年亦不詳，據《昭代詞選》詞人小傳載：「字瞻文，號禮門，江南元和（今江蘇省蘇州市）人。乾隆壬申年（1752）舉人，著有《拂雲書屋詞》。」[9]《全

7　李睿：《清代詞選研究》（上海：華東師範大學人文學院中國語文學系博士論文，2006），頁 74。

8　陳小燕：《《昭代詞選》研究》（合肥：安徽大學中國古代文學碩士論文，2014）。

9　清‧蔣重光：《昭代詞選》，收錄於林登昱主編《稀見清代四部輯刊》，第 4 輯，冊 100，頁 1453。

清詞》補充其官直隸知縣，以及共同參定《昭代詞選》事。[10]沈氏曾填作詠北京明十三陵相關詞作，以及〈玉抱肚・燕邸寫懷寄故鄉諸子〉，蓋書寫於北上任職時。題詠明皇陵主要應是與故鄉亦有座陵寢之故，因而至北京後，連結故鄉舊景，並記錄沈氏對朝代興衰的感想。思念友朋的〈玉抱肚〉云：

> 車□欹坐。街頭塵堁。正長安、點點槐花，客頭零亂飛墮。更荒涼旅店，奈遙夜、土炕更長又難臥。滿懷悶悶，夢也不做。聽轤梭、嚙殘莝。　　想像家鄉，佳時候、知心幾輩，伊誰肯閒過。定朝朝、載酒遙輕舸。喜膳娘、裊娜如花朵。美琵琶、一曲新歌，錦茵拚把醉涴。一街燈火。便歸晚、那怕城門夜合鎖。那想客子，屨將敝、帽將破。啟阮囊、無一箇。笑金箋寄到，無別語，卻說到、莫鼓歸舵。[11]

此闋上片寫初到北方的孤寂作客之感，生活習慣與心情皆不適應；下片則回想家鄉友朋，有美景良友相伴，人生樂事。沈氏北宦不久，便南歸鄉里，並終老於此。

　　沈光裕的生卒年不明，目前僅能從詞作〈賀新郎・三月二十四日先慈八十生忌作〉思念母親之作，瞭解梗概：

10　張宏生主編，南京大學文學院《全清詞》編纂研究室編：《全清詞・雍乾卷》（南京：南京大學出版社，2012），冊 16，頁 8804。

11　清・沈光裕：《拂雲書屋詞》（臺北：國家圖書館藏清稿本，不著年月），卷下，葉 25。

> 吾母今安在。想慈顏、牽衣繞膝，幾時能再。痛絕孤兒無
> 母恃，寒暑潛驚五載。剩血淚、經時還灑。母壽八旬今日
> 是，尚追思、七十團圓概。兒女集，北堂拜。　　孤兒奉
> 養今難遂。已到了、年華四十，舊顏全改。更念雙親猶在
> 殯，數尺牛眠未買。兒罪孽、深如滄海。何以俱歸泉下
> 去，好追隨、膝下相依賴。留息喘，苦無奈。[12]

詞中出現「雙親猶在殯」，可知沈氏父母皆已離世，甚至可能
為母親獨立撫養長大，故對其母思念至深。另外在〈念奴嬌・其
五　姊婿張世　字聖範〉中，曾提及姊夫張聖範，上片「悲哉吾
姊，記含悲辭世，年華三八。」[13]此處亦點出其姐早逝事實。詞
集亦有與姪子互動，雖不明是否為沈光裕親兄弟之子或為族親之
後，在詞中期許姪兒能為後繼，發揚家風。見〈西江月・示姪書
元〉：

> 昔歲曾為燕客，今歸仍作吳蒙。殷勤捧檄想茅容。夢裡雙
> 親一慟。　　此日空談高戶，後人誰振衰宗。磨研爾若有
> 餘功。明發還宜常誦。[14]

首二句即說明曾至北方做官，後回歸鄉里的事實。第二首前兩句
提及「羅隱才名不偶，劉蕢命屬偏奇」[15]，羅、劉二人均在科舉

12　清・沈光裕：《拂雲書屋詞》，卷下，葉 15。
13　清・沈光裕：《拂雲書屋詞》，卷中，葉 10。
14　清・沈光裕：《拂雲書屋詞》，卷上，葉 9。
15　清・沈光裕：《拂雲書屋詞》，卷上，葉 9。

仕途不順遂，沈氏作詞鼓勵姪兒再接再勵，盼他「萬事斷之以理」。在〈念奴嬌〉「殷勤捧檄想茅容」，以四十歲的茅容喻己；〈賀新郎〉「已到了、年華四十，舊顏全改」，均留下四十歲的線索，大略可知二詞約作於沈氏四十歲後。

　　詞中出現多位鄉里故交，包括張玉毂、張萬選、周蘭阨、桑天儀、吳蒻舟、周世清（字敬夫，號茶嶼）、顧天錫（字麗如）、黃曰文、嚴泰來（字思陵，號釣臺）、朱毓奇、周登鼍、韓遂生、仇世臣，以及後輩王湘芷等人。知交最久者，應屬同窗嚴泰來，〈賀新郎〉悼念嚴氏，註中提及「予六歲與君同學至二十一歲始分手」[16]，可知兩人自幼相識，惜嚴氏早逝，沈氏多撰紀念故友之詞作。其他好友如張氏族兄弟的張玉毂與張萬選，三人因志趣相投，常藉詞互相唱和，品評詞集詞作；另外尚有周蘭阨，兩人唱和往來亦比其他人頻繁。

　　透過《昭代詞選》可知與蔣重光、張玉毂《昭代詞選》的編選者都出生同一地域，沈氏在元和縣，蔣、張二人同在吳縣，身處相同環境之下詩詞唱和，交誼親厚，是故蔣重光從事編選，尋求兩人協助。蔣重光曾在《昭代詞選・凡例》中述及：「先後下榻荒齋，因相與討論，從事茲役，凡五閱寒暑而書始成。」[17]一方面蔣重光對二人的才華深表欣賞，再加上當時蔣重光身體屢弱，多仰賴張、沈二人合力編選，故《昭代詞選》可視為三人有共識的詞選集，也可從選詞的標準瞭解三人的詞學傾向。

---

[16]　清・沈光裕：《拂雲書屋詞》，卷中，葉10。

[17]　清・蔣重光：《昭代詞選》，收錄於林登昱主編《稀見清代四部輯刊》，第4輯，冊97，頁13。

　　沈氏的著作可考者不多，主要以《拂雲書屋詞》傳世。然因為此詞集當時並未刊刻，世人多半透過《昭代詞選》接觸到沈氏作品，蔣重光有感鄉里文士作品未彰，藉由編選詞集，替故里詞人保留部分作品，沈光裕的詞也因此被較多人所認識。《昭代詞選》收沈光裕一百四十七首作品，為所收單一詞人數量的第四名。此詞集目前得見於臺灣國家圖書館，為稿本，共三卷，收詞兩百六十九首；因《昭代詞選》蔣氏特地收錄張、沈大量詞作，數量甚多，亦可從選詞環節，瞭解《昭代詞選》的選詞標準。

三、沈光裕論詞長短句特色

　　綜觀沈光裕存留於《拂雲書屋詞》的十一首論詞長短句，可歸納三項特色，以下分別說明。

（一）以諧謔角度書寫品題

　　中國文學自古便有諧謔一體，如《莊子・列禦寇》「曹商舐痔」：

> 宋人有曹商者，為宋王使秦。其往也，得車數乘；王說之，益車百乘。反於宋，見莊子曰：「夫處窮閭阨巷，困窘織屨，槁項黃馘者，商之所短也；一悟萬乘之主而從車百乘者，商之所長也。」莊子曰：「秦王有病召醫，破癰潰痤者得車一乘，舐痔者得車五乘，所治愈下，得車愈

　　多。子豈治其痔邪，何得車之多也？子行矣！」[18]

曹商使秦得利返國，遇莊子嘲諷其窮困，不料遭莊子反唇相譏，以傳聞破癰潰痤、舐痔均可得極大利益諷刺曹氏作為。到了魏晉志人小說中，亦有「排調」一類，紀錄嘲笑、戲弄、諷刺等風格的故事，反映時人交際間的機智和應對，文字簡練有味，機變有鋒。

　　若於詞體中，最善諧謔筆法者，非稼軒莫屬。諧謔在稼軒詞中經常可見，僅差別於程度不同。據劉揚忠〈唐宋俳諧詞敘論〉所言，稼軒詞中標有嘲、戲之作，可稱為俳諧詞者約有六十餘首，[19]數量占全詞的十分之一。如〈卜算子・齒落〉：「剛者不堅牢，柔者難摧挫。不信張開口了看，舌在牙先墮。　　已闕兩邊廂，又豁中間個。說與兒曹莫笑翁，狗竇從君過。」[20]最末兩句，便是引用《世說新語・排調》中，兒童張吳興缺牙被嘲弄，反譏彼為狗的故實。又如稼軒針對他人之語，以詞戲作，如〈鷓鴣天・有客慨然談功名，因追念少年時事，戲作〉：

　　　壯歲旌旗擁萬夫，錦襜突騎渡江初。燕兵夜娖銀胡䩮，漢
　　　箭朝飛金僕姑。　　追往事，歎今吾，春風不染白髭鬚。

---

[18]　清・郭慶藩撰，王孝魚點校：《莊子集釋》（北京：中華書局，1985），冊 4，頁 1049-1050。

[19]　劉揚忠：〈唐宋俳諧詞敘論〉，收錄於馬興榮等主編：《詞學》第 10輯（上海：華東師範大學出版社，1992），頁 53-71。

[20]　唐圭璋主編：《全宋詞》（北京：中華書局，1998），冊 3，頁 1945。

卻將萬字平戎策，換得東家種樹書。[21]

此詞約作於慶元六年（1200），瓢泉落職閒居之際。功名一事，
稼軒自不多談，怕觸動內心更多苦悶與憤慨。詞序寫明有客慨談
功名，稼軒不以為然，填詞諷刺。上片寫年輕雄姿英發的功業，
力抗外侮，殺敵南歸；下片一轉「歎今吾」，遺憾時光飛度，如
今鬍鬚霜白，已非當年氣概萬千的志士，曾恢弘寫下《美芹十
論》、《九議》等書策，今只換來如何栽培樹木的書籍。自我嘲
弄之餘，也將上位者識人不明、無法用人唯才的情況點出。稼軒
也曾就閱讀心得，填做小詞，如〈鷓鴣天·讀淵明詩不能去手，
戲作小詞以送之〉：「晚歲躬耕不怨貧。隻雞斗酒聚比鄰。都無
晉宋之間事，自是羲皇以上人。　　千載後，百篇存。更無一字
不清真。若教王謝諸郎在，未抵柴桑陌上塵。」[22]雖言戲作，然
諧謔程度不似前二例高，詞序所謂「戲」，應係指非正式對陶潛
詩歌的評論。

　　就論詞長短句而言，以諧謔之法融於評論中，實不罕見。南
宋劉克莊有〈鷓鴣天·戲題周登樂府〉，加上經過元曲影響，清
代以詞品詞加入諧謔風格者，有一定數量。清初以降，便有戲
題、戲作的方式填詞為評。如錢芳標〈無悶·偶閱林下詞選戲
題〉上片云：「擬盡香奩，只合算做，粉本臨摹形似。論真色終
輸，掃眉才子。五色膠束膩紙，單稱綴、幾行簪花字。譜絕調、

21　唐圭璋主編：《全宋詞》，冊3，頁1943。
22　唐圭璋主編：《全宋詞》，冊3，頁1963。

總是妝成清課，繡餘幽思。」[23]說明男性即使再精細模仿，寫下閨閣女子的情態，均只是形似，若再深入骨髓，遠不及由女性自己書寫來得真實。精美紙箋寫下娟秀字跡，字裡行間皆是女詞人的纖緒雅思。

在沈光裕論詞長短句中，以諧謔作為表現，是其創作特色之一。〈醉春風‧題張在舲《濯冰詞鈔》〉：

> 妙作張先並。宮商隨手應。吟成三句便稱奇，影。影。影。傳與紅牙，記來紅豆，勝他紅杏。 醉把吟編詠。醫可頭風病。坐君牀上拜低頭，肯。肯。肯。余有詞鈔，奈多詞累，折衷詞聖。[24]

論詞長短句創作上常用的技巧，其中一點便是「比附名人，類聚歸派」[25]的特色，比附的原則不外乎同宗或同鄉賢達，此詞便是以同姓詞人張先作為比附。首句將張萬選與張先並論，言及兩人均善於填詞，而且提筆直書，便可得佳句傳世，更說設想美句勝過紅杏枝頭春意鬧的宋祁。下片以誇飾的手法，恭維張萬選詞優秀，以「醉把吟編詠。醫可頭風病」，說明讀其作品，甚至可治

---

[23] 南京大學中國語言文學系《全清詞》編纂研究室編：《全清詞‧順康卷》（北京：中華書局，2002），冊 13，頁 7582。

[24] 清‧沈光裕：《拂雲書屋詞》，卷上，葉 18。

[25] 筆者曾於《清前期「論詞長短句」評唐宋詞人研究》（臺北：萬卷樓圖書出版公司，2020）提出論詞長短句使用技巧，常見者包含：（一）摘句化用，標舉詞風；（二）喜談本事，凸顯議題；（三）比附名人，類聚歸派；（四）舉事顯人，知人論世；（五）擇調和韻，譽咎褒貶；（六）題序考證，以詞懷人。（頁 57）

癒頭風病，對此甘拜下風。最末有以「詞聖」來讚譽友人詞，全
詞以諧謔為評。又如〈賀新郎・題張樂圃詞鈔二首〉之一：

> 一對填詞手。怎年來、顛毛種種，者般衰醜。磨滅英雄長
> 短調，贏得無端僝僽，所喜是、詞俱千首。剪燭西窗交互
> 誦，快心神、吸盡醽醁三斗。追柳七，跨黃九。　　攜歸大
> 集消長晝。細評論、朱黃滿紙，苦心聊剖。錦翼鴛鴦君繡
> 出，許我金針度否。擲禿管、沉吟良久。半世倚聲成病
> 癖，念知音、難得人間有。祈點勘、只吾友。[26]

沈氏以諧謔為評時，常先以自嘲自諷，來提升所評賞者的價值與
地位。此詞起頭數句便是自損來彰顯他人優秀，說明自己歷經歲
月洗禮，如今已是「顛毛種種，者般衰醜」衰老醜陋，當初的豪
情壯志，以詞明志的點滴，如今只徒存憂愁。以「所喜是、詞俱
千首」作為轉折，點出幸好還有可以剪燭西窗，討論詩文的對
象，並呼應詞題讀張玉穀詞集一事。在上片最末，提及讀張玉穀
詞適合痛飲三斗，暢快心神，並比附詞可追平柳永與黃庭堅等前
輩。下片一樣以自貶的方式，將張玉穀的創作能力提高，希望好
友能金針相度，也提及兩人均是「半世倚聲成病癖」者，全詞皆
是以諧趣營造氛圍。在〈滿江紅・席間被酒張在舲樂圃同作〉其
二曾自言「老子而今，頗愛學、罵人劉四」[27]，將俏皮淺露的譏
諷語放入作品，是沈氏創作的一大特色。

26　清・沈光裕：《拂雲書屋詞》，卷下，葉 14。

27　清・沈光裕：《拂雲書屋詞》，卷下，葉 27。

（二）評議對象為區域友輩

綜觀沈光裕十一首論詞長短句，主要以評判當世詞人為重心，評議對象大致集中兩端：第一，主要以張萬選與張玉轂這對族兄弟為主；第二，視當代詞人陳維崧與朱彝尊為偶像，故特別評價兩人。十一首中，涉及張萬選有三首，張玉轂五首，其中一首論及張玉轂女弟子王瑗，另外陳維崧和朱彝尊各一首，剩餘則是自己對於詞的看法與評價。

沈光裕對詞體相當看重，除上述「半世倚聲成病癖」，也曾於〈破陣子·自題書齋壁〉道「把酒聊酬知己，填詞可餞流年」[28]，可見沈氏對詞的喜愛。蔣重光雖主編《昭代詞選》，然張玉轂與沈光裕實際也參與選訂，《昭代詞選·序》有言：「余與張君蔭嘉、沈君瞻文輯選朝代詞，既成書，客有過余榻前見者，曰：『子瘻臥久，乃猶耗精鑠神葺新詞成巨帙，可謂勤矣。』」[29]又見〈凡例〉提及「先後來下榻荒齋，因相與討論，從事茲役，凡五閱寒暑而書始成，兩君以輯選歸光，而謙居參定。」[30]時蔣重光久病臥榻，張、沈二人可謂實際參與編定者。再加上三人詞學觀點相近，選詞上自有一定的默契與準繩。蔣氏並未於《昭代詞選》留下己作，凡例亦提及詞無多，現存寓目所見蔣氏作品中，並無留存詞集，未能見得三人討論之實，然從張、沈二

28　清·沈光裕：《拂雲書屋詞》，卷上，業18。

29　清·蔣重光：《昭代詞選》，收錄於林登昱主編《稀見清代四部輯刊》，第4輯，冊97，頁1。

30　清·蔣重光：《昭代詞選》，收錄於林登昱主編《稀見清代四部輯刊》，第4輯，冊97，頁13。

人的詩集詞作中，可看出兩人頻繁往來。而張玉榖有族兄張萬選，字懷莪、一字在舲，三人往來唱和頗豐。沈氏曾紀錄三人曾針對詞體各提己見，以〈探春慢・與張在舲、樂圃論詞有作〉論及：

> 擘阮揎箏，搓酥滴粉，自是才人興寄。怎恁時流，薄為綺語，蘭畹金荃都廢。減字偷聲，却看作、牧豬奴戲。那知鐵撥紅牙，兩般都有妙理。　　今喜張先有二。且換羽移宮，銷此殘醉。車子新聲，何戡舊曲，是外別無知己。鳳帕盈香語，更呼箇、記歌娘子。酒腸沉香，量來公等休矣。[31]

此詞發以議論，為詞體被「薄為綺語」而發。開頭便言「擘阮揎箏，搓酥滴粉」，指出詞的音樂性與女性議題的關聯性，是才人遣情寄興之用。然而今日「減字偷聲」的詞，被視為「牧豬奴戲」。「牧豬奴戲」語出《晉書・陶侃傳》：「諸參佐或以談戲廢事者，乃命取其酒器、蒲博之具，悉投之于江，吏將則加鞭扑，曰：『樗蒲者，牧豬奴戲耳！老莊浮華，非先生之法言，不可行也。』」[32]牧豬奴為舊時對賭徒的稱呼，而牧豬奴戲則是賭博的鄙稱。認為時人對於填詞看法有所偏差，沈氏以「鐵撥紅牙，兩般都有妙理」，說明無論大漢鐵撥，或紅牙細彈，均是詞體所展現的特色與韻味。下片扣回題旨，與張玉榖、張萬選聚會論詞，先以前朝同宗詞人張先恭維二張，再以「換羽移宮」、

31　清・沈光裕：《拂雲書屋詞》，卷中，葉 13。
32　唐・房玄齡等：《晉書》（北京：中華書局，1974），冊 6，頁 1774。

「車子新聲」，意指三人雅聚析理詞曲之妙意，聆聽善謳者新聲，頻繁討論詞體內容，且頗有共識，以「是外別無知己」講述三人對詞的想法一致。

　　對於其他填詞前輩的討論，主要以陳維崧和朱彝尊為主，此處舉〈玉抱肚·題江湖載酒詞〉說明：

> 長蘆雖小。幽居偏好。是天生、付與詞人，抱琴攜客尋討。況窮愁乞食，半生裡、南北栖栖走長道。恣收古跡，盡譜古調。諧宮徵、徹雲表。　　把卷循環，閒吟想、詞人際遇，詞如君古來少。歷山川、供養烟雲妙。侍玉階、拂袖爐香邊。想江湖、醉拍舲船，怎如上方所造。液池焚草。　　自今後、那用飄零嘆空老。我又想我，好遊歷、去家早。挈酒人、同嘯傲。把愁懷細寫、無好語，一句句、是離憂操。[33]

此詞為讀過朱氏《江湖載酒集》後，呼應詞集，填下僅在朱詞出現一首的〈玉抱肚〉[34]，用此調填作讀後心得。首二句以名號點

33　清·沈光裕：《拂雲書屋詞》，卷下，葉 26。
34　朱彝尊〈玉抱肚〉：「橋頭官渡，沙頭煙樹。放歸船碧浪湖中，短篷同聽疏雨。恨參差朔雁，何苦又、慘澹江天叫秋暮。城隅漸近，隱隱梵鼓。臨當去、重分付。　　少別經年，相逢地、單衫佇立，知誰畫眉嫵。好春兒、過了都無緒。好夢兒、作成都無據。限仙源、百尺紅墙，翠禽小小不度。斷魂難訴。　　從今憶、舊事淒涼尚堪賦。但只怕你，朱顏在、也非故。水又遙、山又阻。便成都染就，箋十樣，也寫不盡相思苦。」見南京大學中國語言文學系《全清詞》編纂研究室編：《全清詞·順康卷》，冊 9，頁 5257。

題，朱彝尊晚號「小長蘆釣魚師」，又曾以「靜志居」為題撰有
《靜志居琴趣》，再稱其天生付與「詞人」，讚許朱氏在填詞上
絕妙。其次就身世懷接續，沈氏與朱氏均有家貧少苦、為仕途
南北奔波等情事，「南北栖栖走長道」寫下心有戚戚之感，但也
因為羈旅行役，讓朱氏將古蹟盡收，以詞調譜寫，如今在詞壇樹
立功業，可上徹雲表。第二片以「詞如君古來少」再次將朱氏地
位表明，認為朱氏將過去遭遇點滴入詞，不管是遊歷山川「供養
烟雲妙」，或是兒女情愁「拂袖爐香遶」，都表現淋漓盡致；而
「想江湖、醉拍舷船」，也點出《江湖載酒集》相關旨趣。末片
再自我呼應，憶及曾經「好遊歷、去家早」，與朱氏際遇相當，
但此處再度自貶以譽人，凸顯朱氏詞之高妙。

（三）多選以長調題詠為主

　　沈氏論詞長短句中，十一首僅二首小令，其餘皆為長調，此
比例與清代前期諸家論詞長短句創作模式相同。綜觀清代順康雍
乾四代論詞詞，大多以長調為主，除少數聯章組詞如焦袁熹〈采
桑子〉外，最常見的長調屬〈賀新郎〉、〈沁園春〉與〈滿江
紅〉，使用三詞調作論詞詞者，占總數量的近五分之一。此三調
均是豪放詞家常用調，雖首見蘇軾詞中，然此調在南宋始較多人
填作。〈賀新郎〉含正體共有十二格，格律彈性變化較大，加上
辛棄疾與陳亮以此調互相唱和數首，稼軒〈賀新郎〉（把酒長亭
說）詞序云：

> 陳同父自東陽來過余，留十日，與之同游鵝湖，且會朱晦
> 菴於紫溪，不至，飄然東歸。既別之明日，余意中殊戀

戀，復欲追路。至鶯鶯林，則雪深泥滑，不得前矣。獨飲
方村，悵然久之，頗恨挽留之不遂也。夜半，投宿泉湖吳
氏四望樓，聞鄰笛悲甚，為賦賀新郎以見意。又五日，同
父書來索詞。心所同然者如此，可發千里一笑。[35]

兩人書信往來間又以詞相和，暢談彼此志向胸懷、心事國事。沈
光裕以〈賀新郎〉調填作便有三首，再舉〈賀新郎・題張樂圃詞
鈔二首〉之二示例：

扼腕悲身世。念天公、將人軟縛，數篇書史。不信男兒墮
地後，不許成功一事。但只許、填詞而已。試說與君君可
曉，是多年、綺語明神忌。加罪罰，算遊戲。　　欲除結
習真難矣。竟索性、搓酥滴粉，作消閒計。翠館紅樓丹鳳
閣。寫盡書生壯志。看造物、爭將儂制。者是破愁真妙
訣，想狂奴、點首應稱是。評跋竟，更題此。[36]

題好友張玉轂詞共有兩首，前首透過前代詞家比附，對張詞稱美
讚譽，而此詞聚焦在自己與好友的身世連結，兩人均年幼清貧，
故開頭便言「扼腕悲身世」。運命如繩縛人，諸多限制，幸好還
許填詞。兩人知惜與共，在創作上志趣相投，甚至是難以除盡的
「結習」，不管此「陋習」為眾人稱厭的綺語遊戲，或是「搓酥
滴粉」歌樓酒館的閒計，認為詞體是彼輩用以書寫壯志、解消愁

35　唐圭璋主編：《全宋詞》，冊 3，頁 1889。

36　清・沈光裕：《拂雲書屋詞》，卷下，葉 15。

苦的妙訣，在在將詞的地位歌頌與提升。另外，清初顧貞觀亦透
過〈賀新郎〉以詞代書，寫下寄吳兆騫二作：

> 季子平安否？便歸來、平生萬事，那堪回首。行路悠悠誰
> 慰藉，母老家貧子幼。記不起、從前杯酒。魑魅擇人應見
> 慣，總輸他、覆雨翻雲手。冰與雪，周旋久。　　淚痕莫
> 滴牛衣透，數天涯，依然骨肉，幾家能彀。比似紅顏多命
> 薄，更不如今還有。只絕塞、苦寒難受。廿載包胥承一
> 諾，盼烏頭、馬角終相救。置此札，君懷袖。[37]

因順治年間科場案，當時最為慘烈者，係十四年（1757）江南闈
場案，其中吳兆騫受牽連，被流放於距京師七千里外的寧古塔。
吳氏被囚多年，顧貞觀未忘救友之心，填作兩首〈金縷曲〉（即
〈賀新郎〉），獻給時為康熙跟前的權臣納蘭明珠之子納蘭性
德。納蘭讀後十分動容，設法協助營救；五年後，吳氏終於獲釋
歸來。雖此二作並非以詞代書的濫觴，但影響力相當大，也引發
往後藉詞為書信的寫作藍本。沈光裕與張玉轂便曾模仿顧氏作
法，除表達對於現況與過去的實際陳述外，也與好友暢談自己的

---

[37] 南京大學中國語言文學系《全清詞》編纂研究室編：《全清詞‧順康
卷》，冊 12，頁 7123。另一首附於此供參考：「我亦飄零久。十年
來、深恩負盡，死生師友。宿昔齊名非忝竊，只看杜陵窮瘦。曾不減、
夜郎僝僽，薄命長辭知己別，問人生、到此淒涼否。千萬恨，為君
剖。　　兄生辛未吾丁丑，共此時、冰霜摧折，早衰蒲柳。詩賦從今須
少作，留取心魂相守。但願得、河清人壽。歸日急繙行戍稾，把空名、
料理傳身後。言不盡，觀頓首。」（頁 7123-7124）

詞學意見。兩人以最長詞調〈鶯啼序〉相代札來往，沈氏此詞開
頭提及「書呈蔭嘉足下，感瑤函寵賚。啟緘讀、知入秋來，道履
凡百康泰。別離久、心知遠隔，芝顏想像臨風外。恨通候無因，
塵忙諒能寬貸。」[38]沈氏曾至直隸任官，於後回鄉定居，從詞中
陳述，應寫於中晚年，如「僕自分攜，北走易水，又遊杭四載。
倦遊客、彈鋏長歌，自憐皮骨空在。更歸來、家徒四壁，甚時
了、青氈之債」，回憶人生總總，最後言及現況，可知非青年直
隸時期所作。張玉穀填作「代札寄沈禮門」在前，沈氏答覆在
後，此處並陳張氏〈鶯啼序〉於下：

> 書陳禮門足下，悵分襟已久。別懷惡、愁雨淒風，況當秋
> 暮時候。憶三年、論心客館，奇文共賞銜杯酒。幾何時離
> 索，而今不堪回首。　　僻處荒村，足下試念，是男兒志
> 否。亦知道、容膝衡門，水光山色無負。但長鑱、如何
> 托命，樂飢語、前人空有。算團圞、兒女夫妻，悶中消

---

38 清‧沈光裕：《拂雲書屋詞》，卷下，葉 31-32。全詞錄於此，以作參
看比較：書呈蔭嘉足下，感瑤函寵賚。啟緘讀、知入秋來，道履凡百康
泰。別離久、心知遠隔，芝顏想像臨風外。恨通候無因，塵忙諒能寬
貸。　　僕自分攜，北走易水，又遊杭四載。倦遊客、彈鋏長歌，自憐
皮骨空在。更歸來、家徒四壁，甚時了、青氈之債。那如君、南畝收
禾，北園挑菜。　　行年老矣，後顧茫如，敢忘嗣續大。默自計、袞師
難必，遙集堪有，竟學東方，小妻何礙。掀髯自笑，空囊如洗，芳姿團
扇成虛想，怎相親、歷齒蓬頭態。行還自喻，飢來一飯能醫，餓夫敢厭
粗糲。　　詞雖間作，協律研聲，嘆一知半解。誦大作、辛蘇兼妙，壓
倒時流，拙撰無多，懇君刪改。回思聚首，無多年耳，遙遙雲樹如隔
世，譓相思、尊酒何時再。匆匆辭不宣心，握管神馳，沈光裕拜。

受。　　因思足下，未苗蘭芽，便須及助簆。縱我輩、寄人籬下，那得閒錢，且辦蓋顏，叩門開口。何須美麗，惟求端重，藏嬌原乏黃金屋，只宜男、蚌喜明珠剖。掀髯自笑，方嗟向債難還，却偏勸我良友。　　偷聲減字，結習寧除，想近來日富。僕也是、時時間作，藉以忘憂，另紙抄呈，敢藏形醜。天晴稍暖，扁舟司買，西窗翦燭傾積愫。問平安、先此洪喬授。臨池無盡依依，統望垂存，玉穀拜手。[39]

雖選調不同，然從張氏擇韻可知有仿效顧貞觀〈金縷曲〉意味。〈金縷曲〉僅上下片，而〈鶯啼序〉則有四段，可承載內容更多。而顧氏〈金縷曲〉兩首本為聯章，是可以合觀與張作比較。顧氏第一首上片，針對吳兆騫而發，想像對方久囚歸來，也已是「母老家貧子幼」，顧氏無奈眼見構陷吳氏的小人繼續搬弄是非，為好友深覺可惜，大好時光都與冰雪風雨周旋。下片談及吳氏家人至少團圓一起，並非流離失所，最後承諾定將好友解除獄災，無論有多困難，表達深刻的友情。第二首上片轉而言及自我，十年來亦是風雨不斷，身邊師友皆辜負零落。再說明兩人才情比肩，以杜甫李白較論。但妻子離世、摯友遠流，心中有「千萬恨」想與對方訴說。下片說明兩人年華不再，字字希望吳氏能保重身體，即使已「早衰蒲柳」。待他日政局清明後重聚，整理北地所留存的詩文，把空名拋諸身後。張氏〈鶯啼序〉在書信體

---

[39] 張宏生主編，南京大學文學院《全清詞》編纂研究室編：《全清詞‧雍乾卷》，冊 7，頁 4038-4039。

的展現更直接，以「書陳禮門足下」、「玉穀拜手」作開頭結尾，第一片寫兩人曾經共賞奇聞、同室議論的雅興，如今已不復見。第二片談及自己，一生貧苦，以《詩經・衡門》與陶潛〈歸去來兮辭〉陳述自己家徒四壁、寄人籬下之苦；慶幸仍屬一家團聚，卻得忍受世道艱難的折磨。第三片轉而談及沈光裕，從此詞可知沈氏當時「未茁蘭芽，便須及助籬」，尚未有子嗣，需納妾傳宗接代，字裡行間在調侃沈氏以生子為重，對於妾室其他條件切勿有過多要求。末片談至兩人的興趣填詞一事，也因張玉穀原作涉及創作近況，沈氏在回覆的詞作中，也透露自己對詞的意見與看法。張氏所談涉並未有明確的詞學意見，僅就持續填詞並成為習慣來表述。從寫作架構上，大致步趨顧氏〈金縷曲〉，然因張沈並無長達近二十年的久別，亦無牢獄之禍，在內容的表現上均較為日常。

四、沈光裕論詞長短句中的詞學觀

上節主要將沈光裕在創作「論詞長短句」的外在形式與內在風格列點分析，本節則針對十一首「論詞長短句」所透顯的詞學觀，整理歸納三項，羅列分析如下。

（一）豪放、婉約並賞與肯定

在沈氏十一首「論詞長短句」中，〈賀新郎・王子湘芷問詞於余，填此示之〉是其對於詞體的整體認知表述較為明確的一首。透過同鄉後輩王湘芷詢問如何填詞，便以詞解答其惑：

小子填詞否。費工夫、朝商徵角，夕調宮羽。一闋曉風殘月柳，好付紅牙按譜。還倩箇、雙鬟低訴。老我僧樓分佛火，未忘情、對客翻金縷。盈鳳帕，絮情語。　　箇中好把金針度。那用着、屯田白石，效顰眉嫵。誰是蠶叢開闢手，震絕辛蘇門戶。算餘子、應居廊廡。李杜文章韓柳筆，併將來、撰出香荃句。壇坫上，氣如虎。[40]

沈氏在解答王湘芷的過程中，也將填詞的重要性逐一點出。首先，便言及詞是音樂文學的事實，以「費工夫、朝商徵角，夕調宮羽」，必須先理解音律，重視曲調，而此基本認知相當費工夫，沈氏認為識樂識調是入門填詞基本功。以柳永〈雨霖鈴〉名句「今宵酒醒何處，楊柳岸曉風殘月」[41]為代表，說明婉約詞則需「紅牙按譜」、「雙鬟低訴」加以詮釋。抑或是另一種「僧樓分佛火」、「對客翻金縷」沉著雄渾之作，不管哪種面向，都是詞人表現情感的方式。下片則凸顯個人對詞的好惡，真正金針度與人者，並非柳永、姜夔之輩，而是神聖如蠶叢王一般，開創國度，讓初民群聚生活。蜀山氏蠶叢可謂與傳說中的黃帝處同一時期，此也說明了能夠延續詞體命脈者，在沈氏眼中即蘇軾、辛棄疾等人；其餘頂多僅能算附庸於下而已。沈氏隨後強調，應配合如李白、杜甫駕馭文章的能力，以及韓愈、柳宗元的文采，便能填出真正上流詞作。由此作觀之，沈氏對於詞體的審美，較偏重於豪放詞風，這點與其自身創作互為呼應。然而沈氏並未否定婉

40　清・沈光裕：《拂雲書屋詞》，卷下，葉 12。
41　唐圭璋主編：《全宋詞》，冊 1，頁 21。

約詞，如前已論及的〈探春慢‧與張在舲、樂圃論詞有作〉，其中便言「那知鐵撥紅牙，兩般都有妙理」[42]，又〈賀新郎‧題張樂圃詞鈔〉其二下片：「欲除結習真難矣。竟索性、搓酥滴粉，作消閒計。翠館紅樓丹鳳閣。寫盡書生壯志。」[43]亦是並陳搓酥滴粉與書生壯志兩種不同風格。

　　除此之外，雖言明蘇軾、辛棄疾等輩是領袖詞壇的重要作者，亦仍標舉其他唐宋詞人，點出其不同風格。其中柳永、姜夔是論涉婉約詞會提及的人物，其他尚有常以張先比附張萬選、張玉穀，針對張先自己頗為得意的三影佳句而發（〈醉春風‧題張在舲《濯冰詞鈔》〉）；對於品題女性詞人，亦經常舉出類比的李清照、朱淑真（〈聒龍謠‧題王媛佩霞《咀華詩餘》〉）等。而在〈宴清都‧題《迦陵詞》〉品評陳維崧詞時，也將當時幾位名家詞作風格逐一點出：

> 髯也豪華侶。填詞好、墨花沾紙飛舞。縱橫跌宕，如臨峭壁，似開強弩。年來遍讀新譜。倚聲客、從頭細數。最有名、載酒香嚴，當樓百末延露。　　香嚴綺麗風騷，江湖載酒，允協鐘呂。當樓務博，清新俊逸，更多生趣。尤憐百末佳句。便延露、攄詞入古。總不如、髯也豪華，龍愁虎怒。[44]

上片將陳維崧詞以「縱橫跌宕，如臨峭壁，似開強弩」來形容，

---

[42]　清‧沈光裕：《拂雲書屋詞》，卷中，葉13。

[43]　清‧沈光裕：《拂雲書屋詞》，卷下，葉15。

[44]　清‧沈光裕：《拂雲書屋詞》，卷中，葉17。

如此奇峻跌宕，僅陳氏能為。隨後開始細數同時名家如朱彝尊《江湖載酒詞》、龔鼎孳《香嚴詞》、毛奇齡《當樓詞》、尤侗《百末詞》與彭孫遹《延露詞》。下片說明標舉的五位詞人詞集特色，認為龔鼎孳詞綺麗風騷、朱彝尊詞最為協律、毛奇齡詞題材多元，風格清新俊逸，沈氏特賞尤侗詞中的佳句，最後認為彭孫遹用字遣詞具古意。五家各有特色，但沈氏末二句再次提出陳維崧詞自有一種「龍愁虎怒」的生氣，是其他數家所不達者。由上述可知，沈氏雖側重豪放風格，但並未全盤否認婉約詞的價值，整體而言，是肯定豪放、婉約二體並存。

（二）重視詞為音樂文學

　　沈光裕在品題詞作時，幾乎每一首皆會言及詞體核心價值，也就是倚聲而歌。認為詞是音樂文學，在填詞時，不可忽略音樂韻律的存在。諸如〈醉春風‧題張在舲《濯冰詞鈔》〉「宮商隨手應」、〈探春慢‧與張在舲樂圃論詞有作〉「擘阮捱箏」、「換羽移宮」，甚至「車子新聲，何戡舊曲」、「鳳帕盈香語，更呼箇、記歌娘子」，更特別將詞文、音樂與謳者三位一體的詞體特質在品評中反覆提及。在〈鶯啼序‧代札答張樂圃〉云「詞雖間作，協律研聲，嘆一知半解。」[45]填詞最難處，也就在於瞭解音韻聲情處，故於寫給好友的詞信中，感嘆對於探研聲律的困境。

　　在品賞他人詞集時，更會留意重視音韻的詞人，例如討論朱彝尊，沈氏就兩度以「盡譜古調。諧宮徵、徹雲表」（〈玉抱

45　清‧沈光裕：《拂雲書屋詞》，下卷，葉 31-32。

肚·題江湖載酒詞〉）、「江湖載酒，允協鐘呂」（〈宴清都·題《迦陵詞》〉）稱許朱氏在這方面的建樹。這也符合朱氏自我主張，在〈群雅集序〉曾載：

> 宋之初，太宗洞曉音律，製大小曲及因舊曲造新聲，施之教坊舞隊。曲凡三百九十，又琵琶一器有八十四調。仁宗於禁中度曲，時則有若柳永。徽宗以大晟名樂，時則有若周邦彥、曹組、辛次膺、万俟雅言，皆明於宮調，無相奪倫者也。洎乎南渡，家各有詞。雖道學如朱仲晦、真希元亦能倚聲中律呂，而姜夔審音尤精。[46]

認為宋詞有柳永、周邦彥與姜夔等人識調審音尤精，認為詞必須知「聲律之分合，均奏之高下，音節之緩急過度」，故朱氏在審音上也相較嚴格。另外談及張玉穀的愛徒王瑗時，在〈聒龍謠·題王瑗佩霞《咀華詩餘》〉也以「琉璃匣、愛寫蘭荃，鼠鬚筆、不描花草。喜今朝、展盡吟箋，鶯聲滑，麝香繞。」[47]以鶯聲滑來標舉其詞的音律性。

（三）標舉「豔」為詞體屬性

　　沈光裕所處年代正是朱彝尊所領導浙西詞派盛行之時，故當時詞壇以姜張為圭臬，詞風以清空騷雅為審美標準，開始詆毀與排擠非此風格的作品。其中豔情首當其衝為浙西所詬病。當時屬

---

[46] 清·朱彝尊〈群雅集序〉，收錄於馮乾輯：《清詞序跋彙編》（南京：鳳凰出版社，2013），冊 1，頁 339。

[47] 清·沈光裕：《拂雲書屋詞》，中卷，葉 7-8。

區域性的詞人群體並不一定依從浙西的詞學觀，例如太原王時翔、王策等所組的小山詞社，創作主張便與浙西相異。謝章鋌曾對小山詞社進行評價：

> 雍正乾隆間，詞學奉樊榭為赤幟，家白石而戶梅溪矣。惟王小山太守時翔及其姪漢舒秀才策獨倡溫、李、晏、秦之學，其時和之者，顧玉停行人陳埭、毛鶴汀博士健、徐同懷秀才庚，又有素威輅、穎山嵩、存素懆三秀才，皆王門一姓之俊。笙磬同音，壎篪迭奏，欲語羞雷同，誠所謂豪傑之士矣。太倉自吳祭酒而後，風雅於茲再盛。[48]

謝氏所言，意指小山詞派並未遵循浙西詞風，而是另闢倡溫、李、晏、秦之學。無獨有偶，以《昭代詞選》編審為核心的蔣重光、張玉穀與沈光裕三人，所主張的詞學意見亦與浙西略微相左。當時豔體為人所詬病，沈氏在〈探春慢‧與張在舲樂圃論詞有作〉一詞提及：

> 擘阮捵箏，搓酥滴粉，自是才人興寄。怎恁時流，薄為綺語，蘭畹金荃都廢。減字偷聲，却看作、牧豬奴戲。[49]

〈鶯啼序‧代札答張樂圃〉在評論張玉穀詞時，也提及「誦大

---

[48] 清‧謝章鋌：《賭棋山莊詞話》，收錄於唐圭璋編：《詞話叢編》（北京：中華書局，2005），冊4，頁3458。

[49] 清‧沈光裕：《拂雲書屋詞》，中卷，葉13。

作、辛蘇兼妙，壓倒時流」[50]，均說明三人在創作上與當時潮流不同。而對於豔詞的看法，可以與蔣重光〈昭代詞選序〉合觀，節錄於下：

> 夫詞者，其源出於古樂府，固統於文而詩之餘也。文載道，詩達情，惟詞亦然，而作詞者賦資殊、取法異，則有豪放者、奧衍者、清新者、幽秀者，亦並有香豔者。豔固不可以該詞也，即豔矣，而綺麗芊綿，騷人本色，苟不褻狎以傷於雅，不可謂之淫也。如子之言，詞皆豔，豔皆淫，則先大儒如宋之范文正、司馬文正，元之許文正，本朝之湯文正諸公，其所作詞悉皆淫豔也。[51]

序以客我問答作為開端，也帶出「獨甌取夫偷聲減字淫豔之作」之疑，再由蔣重光解釋，解說的內容可析出幾個觀點：一、詞源於樂府，亦與詩同為達情之作；二、詞體取法異，風格呈現理應多元；三、綺麗芊綿者，不褻狎傷雅亦是騷人本色。也因為端正視聽，故才「選防閑惟力」[52]，編選《昭代詞選》，示範屬於綺麗芊綿，以及其他風格者。

　　整體而言，沈光裕在「論詞長短句」所表達的意見，與蔣重光〈昭代詞選序〉幾乎是互為呼應，尊重多元風格，不拘於婉約

---

50 清・沈光裕：《拂雲書屋詞》，下卷，葉 31-32。

51 清・蔣重光：《昭代詞選》，收錄於林登昱主編《稀見清代四部輯刊》，第 4 輯，冊 97，頁 1-2。

52 清・蔣重光：《昭代詞選》，收錄於林登昱主編《稀見清代四部輯刊》，第 4 輯，冊 97，頁 2。

或豪放；對於豔詞有特殊的看法，不從時流加以排斥；另外，
《昭代詞選》在審定時，十分講究格律音韻的正確度，此點梁雅
英在〈論《昭代詞選》的編纂意義與其對雍乾詞壇的建構〉「編
排體例」一節有詳細說明[53]，這與沈氏強調詞為音樂文學亦是旨
意互見。

五、結語

　　清代雍乾時期詞人沈光裕與辛棄疾可謂非常相似，其一，為
填詞的愛好者，稼軒一生填詞六百餘首，為兩宋之冠，沈氏在
《拂雲書屋詞》也不斷透露自己是「半世倚聲成病癖」，十分喜
愛填詞者，更在填詞風格上取法稼軒，並實踐自己的詞學主張。
《拂雲書屋詞》中可整理出十一首「論詞長短句」，「論詞長短
句」既是評論，亦是詞人的創作，本章針對董理「論詞長短句」
的填作特色與詞學觀，以觀察沈氏同體議論的實際風尚。

　　在創作特色上，經常以「諧謔」為評，在詞中亦自言愛學
「罵人劉四」，善用白話俏皮帶有諷諭或自嘲的方式寫為評議，
諧謔詞兩宋便已存在，其中稼軒發揮最佳，雖沒有直接證明沈氏
受稼軒該方面的影響，但在其「論詞長短句」中，幾乎採以諧謔
為美的作法品評，然就有清一代論詞長短句觀察，早在沈氏之前
該作法便有之，只是沈氏較頻繁使用。此風格亦是沈詞的特色，
相對也是缺點。諧謔入詞難免使作品略顯白話與俚俗，並且容易

---

[53] 梁雅英：〈論《昭代詞選》的編纂意義與其對雍乾詞壇的建構〉，頁
　　183-184。

流於遊戲調笑之作，相對而言詞風評價較不高。除了諧謔入詞外，論涉對象也十分有限，大多為同鄉友人，或詞壇大家。論詞言及其他唐宋詞人，多半係相互比況而來。也因諧謔筆法，有較多的成分存在溢美之評。第三，論詞長短句多數為長調，僅兩首小令，此狀況就清前期論詞長短句而言，在標準值中，多使用長調為評，有較多以〈賀新郎〉一調填作。

　　就詞學觀點探查，沈氏「論詞長短句」所透露的詞學觀，和張玉穀一同參與審定、蔣重光編選的《昭代詞選》理念相當。兩者互為表裡，可參看佐證。其中《昭代詞選》主張詞的多元風格取向、嚴格要求符合格律，以及對豔詞有不同看法，認為所收「綺麗芊綿」作品並不能以豔詞論之。在沈氏「論詞長短句」特別看重蘇辛詞風，但不偏廢婉約作法，對於多元風格持贊同與肯定意見；強調詞的音樂性，論涉詞集作品時，均會凸顯詞體韻律重要；對於時人所摒棄的豔體一格也特別議論抒發，在在呼應《昭代詞選》的品詞標準。

第六章　同體議論示例：
孫原湘「論詞長短句」之
詞學批評[*]

一、前言

　　文學批評中，所謂「韻文式批評」，如前所示，始於《詩經》，至杜甫詩中更具模型，直到元好問〈論詩絕句三十首〉出，標舉「論詩絕句」詩題，確認此韻文批評。今韻文論詞細分「論詞絕句」與「論詞長短句」二種。其中「論詞長短句」是以相同文體進而在作品中提出評議，是在「論詞絕句」這類創作批評中，更深入詞體當中，形成「同體議論」的本質。「同體議論」在文字的意涵上表達自我觀點，對於前代或當代詞家提出評價，除此之外，批評者同時也執行創作之實，部分批評者會在「論詞長短句」填作中模仿受評者的風格，達到表面文字批評，

---

[*]　本章內容曾投稿至《國立臺北教育大學語文集刊》第 39 期，已獲修改後刊登資格，然因收稿時間延宕，延至 40 期刊登，已逾本書出版期程，因而自動撤稿。然匿名審查委員之寶貴意見已修訂其中，謹此誌謝。

實質風格接受的雙重效果。此狀況在浙西詞派批評者品評姜夔時較容易出現。浙西詞派奉姜夔填詞作法為圭臬，在閱讀姜氏作品，進而延伸的閱讀感想中，會出現此類的同體議論的狀況。觀察孫原湘「論詞長短句」時，也從中發現如是特質。

　　關於孫原湘的研究，臺灣罕見專論，僅巫旻憲《孫原湘詞學研究》[1]提及，巫氏碩士論文主要針對孫原湘詞作主題內容、用調用韻，以及整體詞風的特色作為論題重點，並無特別旁涉「詞論」部分，餘兩本碩士論文[2]重點關注於其妻席佩蘭生平與著作之討論，涉及孫氏者亦少。大陸方面雖較留意孫氏作品，然關注焦點以詩歌為主。要因孫氏以詩名家，故此方面討論也較多，諸如陳居淵〈論孫原湘的性靈說〉[3]、程美華博士論文《孫原湘詩歌研究》[4]、王培軍〈論孫原湘詩〉[5]、王曉燕〈孫原湘對袁枚詩學的接受及與才媛交游的文學意義〉[6]、董孟碩士論文《孫原湘

1　巫旻憲：《孫原湘詞學研究》（臺南：成功大學中國文學系碩士論文，2020），頁1-317。

2　彭貴琳：《席佩蘭《長真閣集》研究》（臺中：東海大學中國文學系碩士論文，2004），頁1-206。王琇瑩：《席佩蘭詩作及其性靈的表現》（桃園：中央大學中國文學系碩士論文，2010），頁1-192。

3　陳居淵：〈論孫原湘的性靈說〉，《文學遺產》1995年第6期，頁95-102。

4　程美華：《孫原湘詩歌研究》（上海：華東師範大學人文學院古籍研究所博士論文，2006）頁1-169。

5　王培軍：〈論孫原湘詩〉，《文學遺產》2014年第5期，頁102-113。

6　王曉燕：〈孫原湘對袁枚詩學的接受及與才媛交游的文學意義〉，《四川文化產業職業學院（四川省幹部函授學院）學報》2016年第4期，頁19-23。

交游與性靈派發展研究》[7]。其中，程美華的博論是目前學界研究孫氏其人其詩最為全面者。另外，亦有合論孫氏夫婦，如劉姝〈清代詩人孫原湘、席佩蘭生卒年考辨〉[8]、張星星碩士論文《孫原湘、席佩蘭夫婦詩歌研究──「閨房學舍」式的雙向影響》[9]，熊嘯〈妻子形象進入艷詩的可能性──以孫原湘的創作為例〉[10]等。若涉及詞體者，有楊曉秀碩士論文《孫原湘文學研究》第三章言及詞集，亦提到相關論詞長短句作品。[11]整體來看，孫原湘的詞學研究迄今仍缺乏學界關注，值得進一步討論分析。

　　本章就孫原湘《天真閣詞》中，涉及評論詞人詞作的作品，考察內容，析理意見，歸納要點，並藉由「拜李圖題詞」組詞，觀察詞家二李、詞家三李於明清之間的傳播概況。

---

[7]　董孟：《孫原湘交游與性靈派發展研究》（蘇州：揚州大學中國古典文獻學碩士論文，2016），頁1-103。

[8]　劉姝：〈清代詩人孫原湘、席佩蘭生卒年考辨〉，《上海大學學報（社會科學版）》第11卷第6期（2004年11月），頁43-45。

[9]　張星星：《孫原湘、席佩蘭夫婦詩歌研究──「閨房學舍」式的雙向影響》（蘇州：蘇州大學中國古代文學碩士論文，2013），頁1-104。

[10]　熊嘯：〈妻子形象進入艷詩的可能性──以孫原湘的創作為例〉，《重慶郵電大學學報（社會科學版）》第29卷第2期（2017年3月），頁114-120。

[11]　楊曉秀：《孫原湘文學研究》（濟南：山東師範大學中國古代文學碩士論文，2012），頁28-31。

二、孫原湘生平概述

　　孫原湘（1760-1829），字子瀟，又字長真，晚號心青居士，自署姑射仙人侍者，江蘇昭文（今屬常熟市）人。父孫鎬（1733-1789）。母陸氏為鎬的原配，生三子，原湘居次。嘉慶十年（1805）中進士，選翰林院庶吉士，充武英殿協修官，未及散館（入庶常館未滿三年未經考試），染怔忡之疾（今心臟疾病）辭歸，遂不復出。歷主毓文、紫琅、婁東、游文諸書院講席，多有成就。善書法，兼畫墨梅，尤工駢文與詩，詩詞多詠梅之作，可知情有獨鍾。[12]主張性情為詩主宰，袁枚對其評價相當高，與當時王曇、舒位鼎立詩壇，時稱「三君」[13]。據王培軍說法，三君與當時「三大家」袁枚、趙翼、蔣士銓相呼應，有後起代興之意。法式善品題或許言者無心，但孫氏後來在詩中多次提起，可見影響之深。[14]著作有《天真閣集》傳世，有今人王培軍點校本三冊。《天真閣外集》末附李兆洛〈清故翰林院庶吉士孫君墓志銘〉[15]，亦可探查大略生平。其妻席佩蘭（1766-1831

---

[12]　《清史稿》卷 485、《清史列傳》卷 72、《國朝詩人徵略》卷 72、《國朝先正事略》卷 43、《國朝詩人徵略二編》卷 55、《碑傳集三編》卷 37、《江蘇藝文志・蘇州卷》均有提及孫氏生平事蹟。

[13]　清・法式善作〈三君詠〉將三人合稱，見《存素堂詩初集錄存》，收錄於《續修四庫全書》（上海：上海古籍出版社，2002，冊 1476），頁 573-574。

[14]　詳見王培軍：〈論孫原湘詩〉，《文學遺產》2014 年第 5 期，頁 102。

[15]　清・孫原湘：《天真閣集》，收錄於清代詩文集彙編編纂委員會編：《清代詩文集彙編》（上海：上海古籍出版社，2010），冊 464，頁 612-613。

後）[16]，原名蕊珠，小名瑞芝，字月襟，又字韻芬、道華、浣雲，自號佩蘭，與孫氏同鄉，均為袁枚弟子。兩人皆工詩，因夫妻共案而讀，相隨唱和，互為師友，一時傳為佳話。孫氏曾填〈一萼紅・寫梅寄道華〉給妻子，詞云：

> 記臨行，折一枝如玉，親遞與行人。細語輕憐，低聲婉祝，此去仙苑看春。乍攀得、瑤臺珠樹，料俊眼、應喜慰逡巡。歡便歡然，還愁花落，瘦了吟身。　　芳信北來何杳，早銀灣一角，畫出秋新。眼底春消，眉邊月冷，誰與鸞鏡分鸞。縱不念、長安人遠，也應思、遊子定思親，寫幅寒香寄與，到又秋深。[17]

古代寫給妻子的作品不多，孫氏詞中體現濃厚思念之情，實屬難得。上片有牛希濟〈生查子〉臨別的愁情，用「細語輕憐，低聲婉祝」寫兩人離別依依，也透過梅花作為連結雙方的信物，說明遊子思親的愁緒。其他如〈翠樓吟・九月六日夜，古桂霏香，新月吐霽，聽鄰家笛聲數弄，同道華作〉上片：「笑尋去詩情先等。閒庭清影，看翠拂蛾眉，風欹蟬鬢。」[18]記兩人月夜聽笛賞

---

16 劉姝提出孫氏生平為 1762-1829，備此一說。席佩蘭之生平，劉氏考索為 1762-1831 以後，本章從此說。詳見劉姝：〈清代詩人孫原湘、席佩蘭生卒年考辨〉，頁 43-45。

17 清・孫原湘：《天真閣集》，收錄於《清代詩文集彙編》，冊 464，頁 376。

18 清・孫原湘：《天真閣集》，收錄於《清代詩文集彙編》，冊 464，頁 398。

桂，覓句作詩之情，可觀察夫妻倆常唱和題詠的事實；〈南歌子‧寄道華〉下片：「短札原無語，新詞便當書，落花如雪滿階除，為問催人歸去又何如。」[19]刻畫紙短情長的久別思念，在在透顯孫氏愛妻深切；席佩蘭填〈蘇幕遮‧送春寄子瀟〉下片：「篆絲長，簾影細。一逕無人，遮斷春歸計。人縱留春春去矣。點點楊花，還替花垂淚。」[20]孫氏在詩歌中寄題妻子的狀況更頻繁豐富，有多組「寄內」、「贈內」詩，這也與他「情者萬物祖，萬古情相傳」[21]的理念有關。在王曉燕〈孫原湘對袁枚詩學的接受及與才媛交游的文學意義〉[22]與熊嘯〈妻子形象進入艷詩的可能性——以孫原湘的創作為例〉[23]文中有詳予列舉，此不贅述。從兩人詩詞往來，可探得夫妻互動風雅，鶼鰈情深。

孫氏夫婦育有五子二女：子文杓、文樾、文桂、文樞、文

---

[19] 清‧孫原湘：《天真閣集》，收錄於《清代詩文集彙編》，冊 464，頁 399。

[20] 清‧席佩蘭：《長真閣詩餘》，收錄於《清代詩文集彙編》，冊 464，頁 671。

[21] 此為〈情箴七首〉之一，原詩：「盤古鑿混沌，鑿成有情天。雙丸跳不息，晝夜相周旋。情有滲漏處，媧皇補其穿；情有欹闕時，宓羲規之圓。理以情為輔，情實居理先；才以情為使，情至才乃全。情者萬物祖，萬古情相傳。孩提不學能，聖王以為田。」見《天真閣集》，收錄於《清代詩文集彙編》，冊 464，頁 190。

[22] 詳參王曉燕：〈孫原湘對袁枚詩學的接受及與才媛交游的文學意義〉，頁 21-22。

[23] 熊嘯：〈妻子形象進入艷詩的可能性——以孫原湘的創作為例〉，頁 114-120。

楷；女文筠、若霞。[24]長子文杓，字仲直、小真，號禮姜，頗有
乃父之風，經常隨父與親友唱和，亦參與九次的「銷寒會」。父
子二人填詞聯句，曾命子合作〈疏影〉詠梅蘭竹菊。文杓著有
《禮姜館詩詞集》，並撰《孫心青行狀》一卷，紀錄父親生平事
蹟。

三、孫原湘之詞學批評

　　孫原湘無詞話相關著作，從《天真閣集》所收詩、詞、文，
可間接獲取相關的評詞意見。要論及孫氏品詞一環，得先瞭解其
習詞淵源。孫氏曾與吳震在常熟一帶舉辦「銷寒會」，所謂「銷
寒」，是傳統度過寒冬的一種習俗。古人認為從冬至開始，氣溫
日漸低冷，大約待到冬至後的八十一日，才會漸漸回暖。因此，
有人設計數九迎春的習俗，即從冬至日算起八十一天，就可以等
到春江水暖之時，所以部分雅士會舉行「銷寒會」，或繪製銷寒
圖，以梅花為底圖，每日上色一瓣，以此計數日期，或是題九
字，在九九之數當中將九字完成，亦是銷寒圖的表現方式，如下
圖示。

24　關於孫氏後嗣，程美華已有較仔細的討論，詳參程氏：《孫原湘詩歌研
　　究》，頁 7-12。

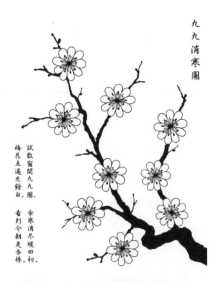

圖一　九九銷寒圖呈現形式

圖二　九九銷寒圖呈現形式

　　而「銷寒會」主要就是舉辦活動，透過聚會來解消寒天之苦。吳震為地方名士吳蔚光的族親，孫、吳兩家世代交好，吳蔚光與原湘父亦往來頻繁，嘉慶戊寅年（1818）冬天的數場銷寒會，即是在此淵源下組成。可透過孫氏所撰〈銷寒雅集詞序〉得知：

> 吾邑自竹橋儀曹主長湖田，喁於樂府，而後家修簫譜，戶撥箏絃。先生之族子瘦青尤能力抗前塵，別標新旨。……瘦青招寒鷗之侶，開暖室之筵。新聲競流，高讌迭主。猛燭忘夜，緩爐自春。……昔人云「相和若琴，聊以寄心」者，其斯之謂歟？或以曉風殘月，技陋雕蟲；寵柳驕花，音乖大雅。有慚真率，何當文章。……如何縫月裁雲，獨擅射雕之手。且大晟宜究，匪徒按譜填腔；抑小道可觀，尤貴知人論世。宮商徐疾，半黍難疑；子母陰陽，四聲必合。白石之借梅弔古，環珮魂歸；碧山之託月傷情，山河影老。苟非律求經審，旨寄遙深，其能井水皆歌，人沾膏馥，野雲無跡，世奉瓣香也哉？[25]

此序開頭點出銷寒會成立淵源，孫氏與吳蔚光關係匪淺，孫氏視袁枚為詩壇偶像，亦因吳氏引薦才得以拜入門下，《隨園詩話》載：「戊申，過虞山，竹橋太史薦士六人，孫子瀟〈長干里〉云：門前春風其來矣，珠箔無人自捲起。……皆少年未易才

---

[25] 清・孫原湘：《天真閣集》，收錄於《清代詩文集彙編》，冊 464，頁 533。按：「驕花」宜作「嬌花」。

也。」[26]孫氏對同鄉長輩亦相當敬重，曾品題吳蔚光詞集作〈摸魚兒‧題竹橋吳丈小湖田樂府〉下片云：

> 鑾坡客，幾箇能知此趣，煙波隨處容與。清聲喚徹瑤臺鶴，柳外曉鶯都住。從聽取。有井處、都知手拍花間句。山光四顧。且盪槳中流，小紅低唱，靜按玉琴譜。[27]

上片先稱美「此中殊有佳語」，再盛讚翰林院中少有如吳氏一般才德兼備者。透過煙波、清聲、花間句、小紅低唱，點出吳氏詞作大致風格，另一首同題〈摸魚兒〉更直指「其中最，石帚老仙遺格」[28]，直接將吳氏詞風明白比附姜夔。而吳氏填詞自評時，亦提及：「幾多纖麗，幾多濃豔，與離騷、寄情相近。竹管花牋，小點染、南朝金粉。尚輸他、夢窗身分。」[29]可大致知悉填詞風格傾向清麗婉約。再看王昶〈吳竹橋《小湖田樂府》序〉，說明吳詞「情深文明，微婉頓挫」、「以清虛騷雅為歸」，甚至

26　清‧袁枚：《隨園詩話》（北京：人民文學出版社，1960），卷 11，頁 383。

27　清‧孫原湘：《天真閣集》，收錄於《清代詩文集彙編》，冊 464，頁 371。

28　清‧孫原湘：〈摸魚兒‧小湖田樂府題辭〉，收錄於馮乾輯：《清詞序跋彙編》（南京：鳳凰出版社，2013），冊 2，頁 609。

29　清‧吳蔚光：〈解佩令‧用竹垞老人韻自題詞稿〉，見張宏生主編，南京大學文學院《全清詞》編纂研究室編：《全清詞‧雍乾卷》（南京：南京大學出版社，2012），冊 11，頁 6122。

點出「君同里孫孝廉原湘嫻雅多才，亦得詞法於君」[30]，也將兩人詞學淵源略微說明。

　　孫氏標舉吳蔚光為前提，進而說明銷寒會舉辦的過程，包含了九次的雅集，均以填詞為主，唱題依次為〈暗香〉、〈疏影〉詠紅梅、綠梅；〈暗香〉、〈疏影〉題姜白石像；〈念奴嬌〉題東坡生日；〈聲聲慢〉題李易安秋詞圖；〈解語花〉題元夕；〈瑤花慢〉題詠唐花；〈菩薩蠻〉、〈虞美人〉、〈浪淘沙〉、〈醉花陰〉、〈武陵春〉分題「拜李圖詞」的李白、李煜、李清照；〈長亭怨慢〉題柳如是小印；〈翠樓吟〉題花朝即事。九次中，除蘇軾、柳如是、三李之外，大部分均與姜夔最有關聯，包含前兩次以〈暗香〉、〈疏影〉仿白石詠梅，並描述詞人形象，另有兩次以白石自創調〈翠樓吟〉、〈長亭怨慢〉來填寫，可看出聚會所呈現的風格傾向，而許誥〈書消寒詞後〉亦提及：「瘦青〈秋水〉、〈殘月〉等篇，不減玉田〈孤雁〉、〈梅影〉諸作」[31]語，可知主辦者吳震、孫原湘對於填詞的標準與傾向，均是較接近浙西詞風。

　　孫原湘的詞作中，共有十六首「論詞長短句」，大部分討論對象為唐宋詞人，餘則同鄉友人詞集、詞作的品賞。針對十餘首「論詞長短句」，可歸納孫氏詞學批評數點，以下分別說明。

---

[30]　清・王昶：〈吳竹橋《小湖田樂府》序〉，收錄於馮乾輯：《清詞序跋彙編》，冊 2，頁 612。

[31]　清・許誥：〈書消寒詞後〉，收錄於馮乾輯：《清詞序跋彙編》，冊 2，頁 827。

（一）崇尚姜夔，奉為正宗

浙西詞派推尊姜夔，故雍乾年間出現不少以白石為主題的詩詞，如端木國瑚〈管夢笙索題白石遺像〉、王敬之〈帶山詩來，謂白石道人最契於梅，當於梅花盛時為白石壽。余適得白石小像石墨，遂相招設供〉、方熊〈姜白石像，宋時白良玉畫，自題有「鶴氅如烟羽扇風」句〉、爻慶源〈白石道人小像為姜玉溪作〉等；詞有詹應甲〈疏影‧題白石填詞圖為錢衢儂作〉，以及孫原湘等人在銷寒會裡所填〈暗香〉、〈疏影〉詞。孫氏詞序云：「姜白石像，宋時白良玉筆也，二十三世孫恭壽拾諸灰燼之餘，重裝寄題，既為作詩，復同兒子文杓泛梅薦醴於禮姜館，譜〈暗香〉、〈疎影〉二闋，以當迎神、送神之曲。」[32]以〈疏影〉一詞觀察：

> 無由畫出，那野雲一片，來去無迹。只畫當風，鶴氅如烟，英姿靜寄蘿碧。容臺倡議成何事，但響落、空江殘篷。想舉朝、玉帶金貂，一簡布衣誰識。　　如我蕭閒故里，水波蕩日去，堅臥巖石。花療清愁，月洗雄心，作了尋常詞客。芳尊手摘寒梅薦，自笑亦、滿身香雪。染翠毫、細譜神絃，少簡小紅低拍。[33]

32　清‧孫原湘：《天真閣集》，收錄於《清代詩文集彙編》，冊 464，頁 406。

33　清‧孫原湘：《天真閣集》，收錄於《清代詩文集彙編》，冊 464，頁 406。

以姜夔名作致敬其人，首三句以張炎評姜夔詞「如野雲孤飛，去
留無跡」[34]，說明留給後人推崇者，即是樹立風格典範，讓人追
隨；再者針對畫作描摹姜夔英姿。上片後數句描寫畫中內容，帶
出姜夔曾憑藉音樂才能製作〈大樂議〉進於朝，然此事並未對姜
夔宦途產生助益，故言「容臺倡議成何事，但響落、空江殘
篷」。姜夔因此布衣江湖，困頓人生以「花療清愁，月洗雄
心」，滌出清空詞風，成為後世宗尚。提及姜氏身世，用來呼應
自我，孫氏亦曾登科出仕為官，最終以病辭告歸，甘願鄉里講
學，不再重踏仕途，將自身經歷與姜氏結合。最後以梅點題，
〈暗香〉、〈疏影〉均為詠梅名作，用美酒、寒梅敬呈前輩，展
現心嚮往之的企慕，遙想其人專心致志於詞譜的審訂，總希望有
知音如小紅般伴隨在側。〈暗香〉也以小紅為典故，上片「袛見
寒燐馬塍碧」[35]，據元・陸友仁《硯北雜志》載：「堯章後以疾
沒，故蘇石挽之曰：『所幸小紅方嫁了，不然啼損馬塍花。』宋
時花藥皆出東、西塍，西馬塍皆名人葬處，白石沒後葬此。蘇石
謂小紅若不嫁，則啼損馬塍花時矣。」[36]孫詞再次點出知音相惜
的重要，下片說明姜夔詞風氣格不凡，千古之後，亦有隔代知音
相識。整體而言，二詞本身風格意在模仿姜氏詞風，又因作品為
題畫詞，句意間需勾勒畫作內容，也多針對畫中人物書寫，削弱

34　宋・張炎：《詞源》，收錄於唐圭璋編：《詞話叢編》（北京：中華書
　　局，2005），冊1，頁259。

35　清・孫原湘：《天真閣集》，收錄於《清代詩文集彙編》，冊464，頁
　　406。

36　元・陸友仁：《硯北雜志》，收錄於鄧子勉編：《宋金元詞話全編》
　　（南京：鳳凰出版社，2008），下冊，頁2132。

評詞的內涵。

　　再從孫詞詞題、詞序觀察，也可探得常用姜夔、張炎的詞體。如〈綠意〉從玉田之名，律則仍遵石帚；〈惜紅衣〉依白石自度曲，急管歌之以促歸思；〈清波引〉送秋用白石韻；〈月下笛〉依白石腔題綠珠吹笛圖；〈春從天上來〉《詞律》收王惲作較此少兩韻，少二字，平仄亦小異，此依《山中白雲詞》；〈南浦〉陸遠湖上舍清池投餌看魚浮照用玉田體；〈瑣窗寒〉《詞律》載清真九十九字，此從玉田體；〈紅情〉玉田改白石〈暗香〉調為〈紅情〉，以賦荷花，余襲其名賦紅葉。以上作品細查可得當時已有萬樹《詞律》問世，但孫氏知此書卻不完全認同其作，在格律上有自己的意見，如詞集中〈雙紅豆〉一調，即〈長相思慢〉，首見柳永詞，然清人所作此調格律不一，雖孫氏在此詞詞序有言「有賀方回、秦淮海、揚補之，平仄互異，故所填不一律」[37]，探查其格律，大抵與秦觀詞格律近，差別僅在末三句的字數上。孫氏對於詞調的使用，頗遵從姜夔、張炎集中調，如〈瀟瀟雨・山中夜雨有寄。玉田「空山彈古瑟」一詞或云即〈八聲甘州〉，惟起句讀法微異耳。然玉田別有「記玉關」一闋，仍題〈八聲甘州〉，而此作〈瀟瀟雨〉既遵其句法並仍其名〉[38]，張炎改〈八聲甘州〉題為〈瀟瀟雨〉，但集中有兩種不同格式如孫詞序所言，可見對張炎詞閱讀甚細，更遵其格律填詞，都可見孫氏步趨前賢的痕跡。孫氏詞集中有一定比例的〈暗香〉、〈疏

37　清・孫原湘：《天真閣集》，收錄於《清代詩文集彙編》，冊 464，頁 390。

38　清・孫原湘：《天真閣集》，收錄於《清代詩文集彙編》，冊 464，頁 396。

影〉等詠梅詞，以及使用姜夔自度曲〈翠樓吟〉、〈淒涼犯〉填詞、平韻格〈滿江紅〉創作，以上所述，均有效法姜、張，向其致意的舉措。甚至在評論他家作品時，也將姜、張或浙西詞路視為典範，如評改琦《玉壺山房詞》，提及「錘鍊之中，自能清遠疏快，此詞家正宗也。如〈紫藤〉、〈塔鈴〉、〈泖湖〉三闋，儼然嗣響樊榭矣。……用事不為所使，尤為奇構。」[39]大抵可知孫氏詞學主張較近姜張一派，詞派傾向亦較近浙西。

（二）特賞東坡，共存別調

孫原湘另一位詞壇偶像，應屬蘇軾，在詞集中兩度追憶蘇軾，其中一次用〈念奴嬌〉詞調來祝壽，憑弔遙念前賢：

> 問公前世，是星辰還是，天邊明月。偷下人間成底事，著了拖泥雙屐。萬里朝雲，一官春夢，揮手皆陳迹。江山雖改，此才安可磨滅。　當日天子憐才，憐仍不用，用又何曾徹。幾箇蛾眉工掩袞，拋得孤臣頭白。玉局空除，蘇門自嘯，老我甘泉石。銅琶聲脆，為公彈破天碧。[40]

此詞與〈念奴嬌・臘月十九為東坡生日，祀以酒脯，填此侑神〉開頭相近，均是以賢者降世，要因前世不凡，用星月與文曲轉世，彰顯蘇軾有天謫仙人的條件，才能傲視群雄，舉世獨立。如

---

[39]　清・孫原湘〈玉壺山房詞跋〉，收錄於馮乾輯：《清詞序跋彙編》（南京：鳳凰出版社，2013），冊2，頁904。

[40]　清・孫原湘：《天真閣集》，收錄於《清代詩文集彙編》，冊464，頁377。

此賢達之人，雖江山易代，猶能被稱頌至今。下片轉而表述平生不遇，言及「當日天子憐才，憐仍不用，用又何曾徹。幾箇蛾眉工掩袤，拋得孤臣頭白。」[41]蘇軾曾受仁宗、神宗賞識，二帝給予極高評價，雖經舉用，又時遭貶抑，陷入「烏臺詩案」風波。孫氏透過標舉此事，說明蘇軾之能力；用蘇門嘯與老我甘泉典故，解釋其曠達高情的人格特質；再用宋代善謳幕士以「抱銅琵琶，執鐵綽板」來形容蘇詞風格，連結蘇軾填詞的豪壯。孫氏〈銷寒雅集詞序〉云：「檀板敲而紙醉，銅琶按而玉頹」[42]，亦將兩種風格並存，雖宗主姜、張，也並未全然否定豪放詞派的作法，上述所引〈念奴嬌〉便仿豪放詞家趨近散文式的寫法；另一首〈念奴嬌〉（放開雙眼）下片云：「為問當代詞人，誰堪消受，萬古寒香祭。死縱得傳傳已死，何況傳人能幾。」[43]再度傳揚文章傳世，人死留名說法，〈念奴嬌〉（宋時王戌）闋亦以「得似東坡，人物否、隨處江山赤壁」[44]，當年蘇軾寫三國人物，而孫氏承其作意，用相同詞調寫宋時豪傑起興。三首述及蘇

---

[41] 清・孫原湘：《天真閣集》，收錄於《清代詩文集彙編》，冊 464，頁 377。

[42] 清・孫原湘：《天真閣集》，收錄於《清代詩文集彙編》，冊 464，頁 533。

[43] 清・孫原湘：《天真閣集》，收錄於《清代詩文集彙編》，冊 464，頁 404-405。原詞如下：「放開雙眼，看長空幾箇，文星搖曳。更一千年逢此夕，定有寒芒飛起。大好江山，無邊風月，何處神游戲。梅花來勸，一尊遙酹雲際。　　為問當代詞人，誰堪消受，萬古寒香祭。死縱得傳傳已死，何況傳人能幾。跌宕鶯花，流連山水，便是神仙計。人間天上，玉壺春暖同醉。」

[44] 清・孫原湘：《天真閣集》，收錄於《清代詩文集彙編》，冊 464，頁 375。

軾之詞，側重在詞人人格的品鑑上，不管是將蘇軾神格化，以餉酒為祀，或者強調其人能流芳萬古，均是高潔形象與特出作品合一，才能盛名不朽，享後代推崇，雖意在紀念冥誕，也寫出孫氏對蘇軾的敬愛與欣賞之情。楊曉秀《孫原湘文學研究》綜述孫氏整體詞風時，提出如是觀點：

> 孫原湘的詞作態度也是與眾不同的，既吸收了當時「浙派」極力推崇的姜夔、張炎的寫作風格，也吸收了「浙派」所摒棄的蘇東坡、辛棄疾的寫作風格，做到了吸取各家所長，這也造成了他詞作藝術特色上的多樣性。概括起來說，孫原湘的詩詞具有豪邁俊逸與清新秀麗並存的特點。[45]

大抵孫氏在論詞長短句，以及其他論詞的內容中，表達對浙西詞派的推崇，也直接言明對蘇軾等較涉豪放風格詞家的喜愛，具體的創作實踐上，同樣包含兩種詞風，可謂理論與作品一致。

（三）師承袁枚，聲揚女輩

　　王曉燕在〈孫原湘對袁枚詩學的接受及與才媛交游的文學意義〉一文觀察袁枚與才媛往來的狀況，提及：「如果說袁枚、陳文述開啟招收女弟子先聲，那麼袁枚大弟子孫原湘則應算是收徒受學，酬唱聯吟，風雅一時的後繼。」[46]文中說明師承袁枚，並

---

[45]　楊曉秀：《孫原湘文學研究》，頁 77。

[46]　王曉燕：〈孫原湘對袁枚詩學的接受及與才媛交游的文學意義〉，頁 19。

受妻子席佩蘭影響，所以作品中多可見與才媛往來，甚至認同彼
氏創作，而標舉歷代重要女性作家，為其發聲，是孫氏讚揚女性
創作的觀點實踐。

　　歷來女詞人以李清照才名最為顯赫，但在明清之際，持續討
論不休的，是李氏改嫁議題。改嫁一說，見諸南宋筆記、雜史，
包含胡仔、王灼、晁公武等人，均曾紀錄此事。而李氏寫給綦崇
禮的信件，也提及自己改嫁，〈投翰林學士綦崇禮啟〉中提及：
「儇佻難言，優柔莫決。呻吟未定，強以同歸；視聽才分，實難
共處。忍以桑榆之晚節，配茲駔儈之下才。」[47]陳述自己與張汝
舟那段難堪的婚姻關係。即使如此，明代以降，仍出現改嫁與否
的不同意見。當代學者已針對此論題發表相關看法，如魏鵬展
〈李清照改嫁辨證〉[48]，文中不再細究。就孫氏角度，站在支持
女性創作的立場，以及重視人格品性的條件下，藉由詞作來為李
氏發聲，〈聲聲慢〉詞序云：

　　　易安居士此闋千古絕調，當是德父亡後無聊淒怨之作，玩
　　　其祭夫文云：「白日正中，歎龐公之機絕，堅城自墮，憐
　　　杞婦之悲深。」此正所謂悲深也，豈有與秦處厚書云云！
　　　偶與改七香言之，七香仿詞意作圖，余填此解為居士一雪

47　宋・李清照撰，徐培均箋注：《李清照集箋注》（上海：上海古籍出版
　　社，2002），頁 281-282。

48　魏鵬展：〈李清照改嫁辨證〉，《文學論衡》第 29 期（2016），頁
　　56-67。

前謗，願普天下有心人同聲和之。[49]

其作意清楚，旨在為李清照止謗，認為李氏並未改嫁，對於如同朝胡仔所傳「易安再適張汝舟，未幾反目，有啟事與綦處厚云：猥以桑榆之晚景，配茲駔儈之下才，傳者無不笑之。」[50]認為李氏寫信給綦崇禮（字叔厚，一字處厚，孫詞序誤作秦處厚）事並非真實，因此願天下有心人相挺，戮力為其發聲。其詞云：

> 何須訴出，滿紙淒風，如聞欲語又咽。夢已無蹤還似，夢中尋覓。心頭幾許舊事，盡交他、玉階殘葉。雨外雁，雁邊雲并作，一天秋黑。　　我讀秋聲愁絕，千古恨、除非見伊親說。畫不能言，卻勝未曾省識。黃花尚憐瘦影，抱寒香、共守寂寂。縱自怨，怎肯負、霜後晚節。

改琦特為此事繪圖，再透過孫氏填詞表達立場，選用李清照曠世鉅作〈聲聲慢〉，標舉女子有才如此，人格卻遭受污損。詞中亦化用李氏詞句，點出〈聲聲慢〉尋覓句優，〈醉花陰〉黃花句傑等佳處；下片提出「千古恨，除非見伊親說」，孫氏堅信李氏節操，不採納流言蜚語，謗言穢語。末句說明「縱自怨，怎肯負霜後晚節」，即使詞多怨懟，夫婦情深，怎願失節，以此為李氏解套。

---

[49]　清・孫原湘：《天真閣集》，收錄於《清代詩文集彙編》，冊 464，頁 401。按改七香應作改七薌，即改琦（字伯蘊，號香伯，一號七薌）。

[50]　宋・胡仔：《苕溪漁隱叢話》，收錄於《叢書集成新編》（臺北：新文豐出版公司，1985），冊 78，頁 501。

　　持論兩方針鋒相對，然以今人眼光檢視，李清照縱使再醮，實無損其文學成就。汪筠〈讀《詞綜》書後二十首〉之十五云：「漱玉天才韻最嬌，魏夫人亦解清謠。晦庵定不輕相許，閨閣能文屬本朝。」[51]若連道學家朱熹尚且肯定李氏之才，如此「豪宕一時無」[52]、冠蓋群倫，已是文壇不朽明珠，奈何後世或以守節苛薄貶抑，不亦過乎？

　　李清照文學高度，的確在清代經常被比附，尤其明清之際女性作家輩出，明代以前文采傑出著名的女性，更成為評論者比況的對象，而李氏總位居榜首。孫妻席佩蘭曾將當代詞人與李氏並論，從〈題華亭張藍生女史玉珍晚香居詞卷〉之三評張玉珍：「朱女詞工賦斷腸，李家漱玉應宮商。千秋一著輸君處，少卻黃花晚節香。」[53]用朱、李二人與張氏一同比較，提高受評者作品的高度；孫氏亦然，於〈念奴嬌‧殘臘赴上洋訪李安之‧歸佩珊伉儷，見示新詞，丁當清逸使人歎李易安復見矣，輒和一首〉，詞序已直言歸懋儀詞作有李清照風格，下片云：「剛值柳絮吟安，黃花比瘦，響落琴邊脆。鏤雪團香纔半幅，包得英雄清淚。玉管裁雲，銅絃彈月，輸與蛾眉翠。天寒孤倚，幾竿脩竹增

51　見王偉勇編：《清代論詞絕句初編》（臺北：里仁書局，2010），頁124。

52　語出清‧宋翔鳳〈論詞絕句二十首〉之十七：「易安豪宕一時無，劍器公孫勝大夫。但是有才天已妒，卻傳晚景詠薝蕪。」見王偉勇編：《清代論詞絕句初編》，頁176-177。

53　清‧席佩蘭：《長真閣集》，收錄於《清代詩文集彙編》，冊464，頁653。

媚。」[54]一樣用李氏名詞名句來讚賞歸氏。

　　另外，詞集中亦可見孫氏評述女作家作品的文字，王蘊章《然脂餘韻》曾指出王韻梅所著《問月樓稿》有賴孫氏撰寫序言為其人傳之，又可互見於詞作，曾填〈東風第一枝·題問月樓詞稿，用卷中和湘娟女史韻〉，將王詞的風格記述，下片云：「地天都在愁中，萬聲盡吟怨句。遙山淒綠，怎慣上、春人眉宇。問曉風能掃殘紅，甚日掃將愁去。」[55]王韻梅，字素卿，與孫氏同鄉。工琴又善填詞。可惜所適非文人，抑鬱早卒。孫氏〈問月樓詩詞稿序〉云：「予取而讀之，其情怨，怨而不戾於雅；其音哀，哀而不悖於義，可謂善言哀怨者已。予觀婦人集，詩詞兼擅者，李清照、朱淑真外，不多見。」[56]詩詞雖多哀怨之情，但不悖於雅，表現溫柔敦厚詩教，再將宋女作家雙璧與王氏並論，提高其人地位。除此之外，其他以詞為女性發聲者，包括〈薄倖〉替娼妓秀卿所作，詞序言及其女被人「鬻為娼」，向孫氏求援，最終無法援救，大感「惟僕以七尺軀，不能援一女子」[57]，心有所憾而填詞一首；又同鄉者駱佩香，孫氏亦有〈瑣窗寒〉要述其生平，此等作品雖未涉及論詞，然在序中寫斯人簡歷小傳，替生命中交集的女性發聲，無形為其保留相關事蹟。

54　清·孫原湘：《天真閣集》，收錄於《清代詩文集彙編》，冊 464，頁374。

55　清·孫原湘：《天真閣集》，收錄於《清代詩文集彙編》，冊 464，頁412。

56　清·孫原湘：《天真閣集》，收錄於《清代詩文集彙編》，冊 464，頁449。

57　清·孫原湘：《天真閣集》，收錄於《清代詩文集彙編》，冊 464，頁393。

四、詞家三李合稱發展情況

在銷寒會上，題詠者多屬唐宋詞人，而其中有一次為孫原湘所主導，聚會地點在孫氏長真閣，吟詠對象是「拜李圖」。此次參與者有吳震、孫文杓、周儘、張爾且等人，除其子孫文杓選用〈武陵春〉寫李清照、張爾且〈浪淘沙〉述李煜外，其餘都依孫氏原調題和，包括〈菩薩蠻〉記李白、〈虞美人〉記李煜，以及〈醉花陰〉記李清照。此組詞前有總序，說明孫氏的作意：

> 詞中三李，太白，詞之祖也；南唐後主，繼別者也；漱玉，繼禰者也。詞家多奉姜、張而不知溯其先。予與諸子學詞而設醴以祀三李，作《拜李圖》，各就三家調倚聲歌之，以當侑樂。[58]

序言將三李並稱，並別述三人在詞壇的關係，百代詞曲之祖的李白，在孫氏心中亦是「詞之祖」，剩二人繼別為宗，繼禰者為小宗，故李煜與李清照均是繼李白而下開兩宗。隨後又點出當世均法姜夔與張炎作詞，然姜、張均為南宋人，認為時人不知溯其先導，不識詞壇宗祖源由，透過拜李圖設醴以祀，感佩三人在詞壇的貢獻。

詞家三李一說，在清代已是普遍共識，孫氏之前，尚有明・卓人月將三人共論於一詞中，見〈如夢令〉：

---

[58] 清・孫原湘：《天真閣集》，收錄於《清代詩文集彙編》，冊 464，頁 402。

> 欲問齋中三李。太白風流無底。後主洵多情，俊煞易安居
> 士。歡喜。歡喜。我有嘉賓如此。[59]

卓氏特賞三李，其書齋直以「三李」為名，〈如夢令〉便是自題
書齋而寫。其中提及三李特色，如太白風流、後主多情、易安才
俊，正為卓氏心摹手追者，亦是晚明文士傳情為貴的基本風尚。
然卓人月雖並稱三李，卻未以「詞家」一語涵蓋，大抵晚明之
季，三李合稱已是常態。卓氏編選《古今詞統》，保留其觀點，
徐士俊〈古今詞統序〉云：「必詳其逸事，識其遺文，遠征天上
之仙音，下暨荒城之鬼語，類載而並賞之。雖非古今之盟主，亦
不愧詞苑之功臣矣。」[60]肯定《古今詞統》成就。《古今詞統》
卷四選李煜詞，下有徐氏評語云：「後主、易安直是詞中之妖。
恨二李不相遇。」[61]將李煜與李清照合論，更以「詞中之妖」稱
呼二人，肯定二李填詞作法一樣精彩。進一步並論二李者，為明
末清初的沈謙。

　　沈氏《填詞雜說》云：「男中李後主，女中李易安，極是當
行本色。」[62]論及詞中最本色當行之代表人物，再次串連二李。
然「詞家三李」一說，係建立於沈氏說法之上。王又華《古今詞

---

[59] 饒宗頤初纂，張璋總纂：《全明詞》（北京：中華書局，2004），冊
　　6，頁2902。

[60] 明・卓人月匯選，徐士俊參評，谷輝之校點：《古今詞統》（瀋陽：遼
　　寧教育出版社，2001），冊1，序言，頁2。

[61] 明・卓人月匯選，徐士俊參評，谷輝之校點：《古今詞統》，冊1，頁
　　143。

[62] 清・沈謙：《填詞雜說》，收錄於唐圭璋主編：《詞話叢編》，冊1，
　　頁631。

論》曾轉錄沈謙評詞云：

> 沈去矜曰：男中李後主，女中李易安，極是當行本色。此
> 前太白，故稱詞家三李。[63]

對照《填詞雜說》雖見此語，卻無「此前太白，故稱詞家三李」
二句。王又華所纂《古今詞論》，雜錄各家論詞語，雖名「古今
詞論」，所收前人之作甚少，係以明、清文人詞論為主。同論本
色，提及沈氏說法，至於追認李白，與李煜、李清照共稱詞家三
李，則首見王又華《古今詞論》。沈謙《填詞雜說》成書於順治
十八年（1661）至康熙三年（1664）之間，有東江集鈔本；王又
華《古今詞論》則稍後，約輯於康熙十八年（1679），並收入查
繼超《詞學全書》中傳世，然同期間、同性質的詞話尚有徐釚
《詞苑叢談》，此書輯前人作品的時間約在康熙十二至十七年間
（1673-1678），僅成書較晚，於康熙二十七年（1688）始付
梓，[64]徐氏《詞苑叢談》亦錄沈謙評論，但不見追認李白的文
字。比對王又華《古今詞論》收沈謙詞論數則，均是襲錄整段，
僅「詞家三李」一條兩書文字不同。要言之，無法確認三李說為
沈謙提出，抑或王又華轉錄增易。然此說漸為當代詞壇接受，包
括同時以及後出的詞話，均採詞家三李說法，如張德瀛《詞徵》
襲錄前說；春巢居士袁學瀾《適園論詞》則從三李詞再行特色解

63　清・王又華：《古今詞論》，收錄於唐圭璋主編：《詞話叢編》，冊
　　1，頁 605。

64　三本詞話蒐輯、成書時間，參考譚新紅：《清詞話考述》（武昌：武漢
　　大學出版社，2009）之考證，見是書，頁 23、34、258。

說。

　　詞話內容的確常針對某兩家或數家共舉討論，如蘇辛、姜張、周姜、晏歐、秦黃等，三李擇某二家並論亦有，如鄒祇謨《遠志齋詞衷》：「其旖旎而穠麗者，則景、煜、清照之遺也」[65]，將李煜、李清照詞風歸屬同派；譚獻《復堂詞話》：「〈虞美人〉『風迴小院庭蕪綠』，又『春花秋月何時了』闋，二詞終當以神品目之。後主之詞，足當太白詩篇，高奇無匹。」[66]此則合論李白、李煜，讚許李煜詞與李白詩同樣高奇；又蔡嵩雲《柯亭詞論》云：「取清麗芊綿家數，由漱玉以上規後主，參以後唐之韋莊，輔以清初之納蘭。」[67]亦將李煜與李清照隸屬同一派別，成為治小令的途徑。然同時將三人合論，又各自點出其特色者，相對少見，前有卓人月以一詞合寫三人，簡評詞人風格外，再者即是孫原湘的「拜李圖題詞」三首，內容如下：

　　〈菩薩蠻〉侑謫仙人

　　詩仙自被蛟龍得。何人筆爛青蓮色。杯酒問寒空。一星搖酒中。　　瓣香心禮佛。蕊向毫端活。可惜一千年。江山風月閒。

65　清・鄒祇謨：《遠志齋詞衷》，收錄於唐圭璋主編：《詞話叢編》，冊1，頁660。

66　清・譚獻撰，譚新紅輯：《重輯復堂詞話》，收錄於葛渭君編：《詞話叢編補編》（北京：中華書局，2013），冊2，頁1202。

67　蔡嵩雲：《柯亭詞論》，收錄於唐圭璋主編：《詞話叢編》，冊5，頁4904。

〈浪淘沙〉俏南唐後主

吟管太生香。名士文章。風流強要作君王。染就一襟天水
碧，褪了黃裳。　　洗面淚珠涼。春短愁長。落花休自怨
蒼黃，放下射鵰詞賦手，挽住斜陽。

〈醉花陰〉俏易安居士

餐盡百花人獨秀。露洗聰明透。風卷一簾秋，滿地寒香，
飛上新詞瘦。　　玲瓏藕孔香生九。絕調令誰又。我欲繡
青蓮，有箇人兒，先勸將伊繡。[68]

孫氏論詩主重性情，李白的詩作長存真我，故詩仙在孫氏心中的
地位極高，這點可從程美華博論「李白：獨把幽蘭悄無語，心香
一瓣為青蓮」一節探得。程氏提出諸多時人對孫氏宗主李白的評
價，更提出：「孫原湘學李，亦如他學陶，是從文到人，由外而
內、由形式層面到精神層面全方位、多角度的學習。綜合而言，
孫原湘學李主要得知於那股豪宕奇放之氣。」[69]可知以李白為
尊，故對其作頗為推崇。詞中言及自李白離世後，人間文采少有
「青蓮色」，更指「可惜一千年，江山風月閑」，下迄千年，風
月閒置無人題詠，視李白文筆無可取代。雖說此首僅就李白才高
一旨討論，較未涉及詞評，亦觀察不出作者對李白詞的看法；第
二首談及李煜，與其他多數詞評家作法接近，扣緊李煜帝王身分
抒發評議，申明本為文士風流的性格，卻強作君王，導致身世零

68　清・孫原湘：《天真閣集》，收錄於《清代詩文集彙編》，冊 464，頁
　　402。

69　詳參程美華：《孫原湘詩歌研究》，頁 55-62。

落，淚滿黃裳；下片針對被囚遭遇陳述，並剪裁李煜詞拼貼意象，寫落魄帝王鎮日愁容以對，對春花秋月感慨，藉外在景物抒發內心苦悶。孫氏再度從人品角度評價李煜，肯定李煜詞中射雕手，才藝精湛，受萬世垂賞，但人君與才子身分理應權衡，以挽住斜陽，指涉當時將頹的國勢，故言放下射雕手，用以整頓國危。孫氏在評論時重視作者人格，這可從其詩論中探得，雖然歸從袁枚以性情主導詩歌創作，但他的性靈中帶有儒家本位精神，論詩也以「溫柔敦厚」詩教為準繩。程美華分析其詩論時，有此總結：

> 綜觀孫原湘性情論可知，其主要包括兩方面內容：一、他主張詩歌抒發自己的真情實感，追求真我的展現，這與袁枚較為相通。二、其性情論又不脫儒家倫理道德之圍，這一點則與蔣士銓更為接近。如果說袁枚的性情側重於一己之情，蔣士銓的性情側重於道德倫理，那麼孫原湘的性情則界於兩者之間。……從孫原湘之實際創作來看，其詩與其理論主張基本是相合的。……在倫理道德內容上，其詩所表現出的並沒有詩論所強調的那麼重，而是較為開通。這正因如此，他才能無隨園集中之遊戲，而又能以才氣寫性靈，成為性靈派後期作家中的翹楚。[70]

孫氏重視「真」，特別欣賞詞家三李在作品所凸顯的真性情，但從集中為項羽這等英雄抱屈感嘆，為李清照改嫁失節發聲，都可

---

[70]　程美華：《孫原湘詩歌研究》，頁39。

探查孫氏對品格的重視。以性真為前提，而參以儒家宗旨，評價李煜欣賞其真，但也慨嘆當有治國作為。最後評騭李清照，首句凸顯於宋代一枝獨秀，以女性之姿獨霸詞壇，特別選用〈醉花陰〉詞調，便於詞中指出「人比黃花瘦」、〈一剪梅〉「紅藕香殘玉簟秋」等絕妙佳句，所填內容新穎奇特，無人可比擬，在當世也極受推崇。

孫原湘與卓人月為詞作意相近，卓氏奉為書齋三友，而孫氏則就前人提出「詞家三李」加以典範化，並以詞說明三家各自特出處。「三李說」因李白填詞一事，後世不少評論者尚存懷疑，如沈道寬〈論詞絕句〉之四「詞家三李信疑間」；譚瑩〈論詞絕句一百首〉之二、之三亦云：

> 謫仙人語獨稱詩，菩薩蠻推絕妙詞；並憶秦娥疑贗作，盡將風格比溫岐。
> 七言律少五言多，偶按新聲奈若何；清平樂令真衰颯，縱入花菴選亦訛。[71]

說明〈菩薩蠻〉、〈憶秦娥〉雖被宋人標榜絕代，〈清平樂〉氣象衰颯，諸作縱使選入詞選，仍無法證明為李白所作。然「詞家三李」在明清之間的傳播狀況，大抵被時人所接受。晚清春巢居士袁學瀾《適園論詞》提及：「詞中名家，如三李、周、秦、吳、柳、蘇、辛、姜、史諸君，所創之詞調，人震其名，自然音

---

[71]　王偉勇編：《清代論詞絕句初編》，頁 168、204。

律，不差別刊。」[72]更進一步引伸：

> 詞中三李並重。青蓮筆挾飛仙，飄飄有凌雲之氣，自是詞
> 中上乘。李後主哀思纏綿，盡是亡國之音，終致牽機藥
> 賜。清照憂思悽怨，語多蕭瑟，晚景淒涼。兩人遭際，並
> 多坎坷，未始非詞語慘楚，有以感召之也。[73]

從沈謙以本色論李煜、李清照，王又華就沈謙詞論再添李白一
人，號為三李，三人合論在孫原湘的角度是祖宗承繼關係，三人
風格不一，卻以真性情的態度表現在作品上，包含卓人月、孫原
湘、袁學瀾對此分論三人，於風格上、詞人軼事上著墨。雖說三
李一詞並不常見於明清詞話中，多半為論李煜與李清照隸屬同宗
或同風格時言及二人；李白則是關涉詞的起源較易被提起，但合
論者與具體討論亦有之。

五、結語

　　孫原湘為袁枚弟子，是詩壇主張性靈一說的中堅分子，在清
前、中期頗負盛名，與王曇、舒位鼎立詩壇，時稱「三君」。今
學者多關注其詩學表現，僅少數人討論孫氏詞學。本章針對孫原
湘論詞長短句與集中的論詞詩、詞集序跋，再援及詩論相關說

72　清・袁學瀾：《適園論詞》，收錄於屈興國編：《詞話叢編二編》（杭
　　州：浙江古籍出版社，2013），冊3，頁1716。

73　清・袁學瀾：《適園論詞》，收錄於屈興國編：《詞話叢編二編》，冊
　　3，頁1716。

法，觀察孫原湘的詞學批評，歸納要點有三：

其一，崇尚姜張，奉為正宗：詞集中大量模仿姜張作品，更寫〈銷寒雅集詞序〉提出推崇姜夔的看法，在評價他人詞集時，亦以兩人為準則，奉浙派理論為宗，均可看出孫原湘在當時的詞派色彩與傾向。

其二，特賞東坡，共存別調：視蘇軾為詞壇偶像，數度追憶蘇軾，以星月與文曲轉世說明其人不凡，並標舉曠達高情的人格特質，以及豪邁清雄的為詞風格，讓宗主姜、張的孫氏不全然遵循浙西之路，將豪放作法納入，並賞別調，並且做到理論與實際作品的一致性。

其三，師從袁枚，聲揚女輩：明清女作家輩出，在清代袁枚招收女弟子，在詩論常提及女性為文的評價，身為袁氏弟子，繼承師說，再加上才女妻子的影響，在作品中經常有與才媛往來，甚至認同女性創作的相關文章。更標舉過去重要女性作家如李清照，為其發聲反駁人品瑕疵，認為改嫁是誣妄，願天下人同聲相挺；也以李清照才高對清代女作家進行比附，保留當代女作家才名。

最後就「拜李圖詞」組詞三首，針對詞家三李的合稱發展情況說明，從明代卓人月以三李命名書齋，填詞講述愛賞三人之因，到清代有沈謙、王又華等詞話紀錄三李說法，此說在清代已是共識，雖談及申論者不多，從文中所列文獻，略可知其發展概況。

第七章　結　論

　　張仲謀、薛冉冉在〈清初論詞詞繁盛成因分析〉說明論詞長短句在清代盛行的原因有三：一是與清初詞的繁榮同步發展，二是與清初詞學的復興同步發展，三是與清初詞人間交往的活躍程度同步發展。[1]有清一代，各類文體復興，「詞」在潮流中形成重要且流行的創作載體，更帶動文人之間相互競作、品評，因此出現以詞論詞的內容。更遑論恆久穩定發展的詩歌，評議眾物本在其發展軌跡上，從以詩論詩到以詩論詞，皆在詩歌既有的題材中推進。

　　「論詞長短句」是十大詞學批評接受的重要材料之一，歷來鮮少有人關注與研究。再加上與「論詞絕句」成為詞學批評的兩道特殊風景，於清代豐碩且大放異彩，值得加以探究。論詞的類型本就多元，從專人撰寫的詞話，既有以筆記形式逐條錄之，亦有略具系統性的專門討論；有評者以選詞記錄自己審美品味，或書於詞集上的序跋，闡述詞學觀點。當然不會缺少以創作的角度，申述詞學意見。因各家採取管道不同，留下的相關評議自然多元，然從數卷的詞話至隻字片語的評點；由議論性的散文到具

---

[1]　張仲謀、薛冉冉：〈清初論詞詞繁盛成因分析〉，《南京師範大學文學院學報》2018 年第 3 期（2018 年 9 月），頁 80。

美感的韻文，此間文字落差極大，承載的批評材料也有一定差距。不論任何載體，均代表批評者的詞學觀點，是值得重視且進一步析理，故韻文論詞可觀察缺乏「詞話」著作的批評家對詞體的瞭解與意見，進而彙整分析其詞學觀，補充清代詞學批評史料的不足。

　　本書係筆者 2019 年科技部專題研究計畫「清代『論詞長短句』之蒐集與研究」，以及 2020 年科技部人文社會科學研究中心補助青年學者暨跨領域研究學術輔導與諮詢「《昭代詞選》與雍乾江蘇詞人群體研究」的部分執行成果；亦是博士論題《清前期「論詞長短句」評唐宋詞人研究》的延續性作品。當時受限學識與時間，未能全面處理「論詞長短句」清人評清詞部分，是故近年投注心力賡續探討，以填補、強化此區塊之研究心得。

　　在《清前期「論詞長短句」評唐宋詞人研究》已討論過「論詞絕句」與「論詞長短句」的不同。[2]兩者差異主要可分四端：首先是題名上的差異，二體在批評者創作時，一開始均無定名，如吳偉業〈讀陳其年邗江、白下新詞四首〉、張嫻婧〈讀李易安《漱玉集》〉、徐士俊〈惜春容・題馮又令和鳴集〉等，直至厲鶚〈論詞絕句〉十二首出，步趨者益夥，才正式出現「論詞絕句」定名。然以詞論詞則無此現象，如今大陸常用「論詞詞」，臺灣使用「論詞長短句」，均是後人為方便研究行文所加。實際觀察清代「論詞絕句」與「論詞長短句」，多數仍以「題」、「讀」、「書」某詞（集），或某詞（集）題辭為主。必須透過

2　詳參林宏達：《清前期「論詞長短句」評唐宋詞人研究》（臺北：萬卷樓圖書公司，2020），頁 23-27。

閱讀詩詞內容，方能辨識是否確為論詞之作。其次是體製上的差異，大部分的論詞詩以絕句形式為主，亦有使用古詩或律詩呈現。反觀「論詞長短句」，在本有的上千種詞調中，選擇自然多元，但最常見者，仍屬〈望江南〉一調，包括朱祖謀二十餘首、盧前百首〈望江南〉評論清代詞人等。實際考察清代論詞長短句，發現評論者以「長調」作為載體之機率相當高，其中〈賀新郎〉超過百首，〈沁園春〉、〈念奴嬌〉、〈滿江紅〉等亦各有逾六十首的數量。使用中長調評論達五成以上，此現象恰好與論詞詩之以絕句為主，繁簡趨向不同。再次是內容上也有所差異。「論詞絕句」與「論詞長短句」皆以品評當代詞人為多，大抵是好友相互酬贈、名家崇拜風氣使然，內容上較易流於溢美之詞，無法公允評析優劣。「論詞絕句」雖存在溢美評價，然絕句受限體製短小，無法過度鋪張，不似論詞長短句使用中、長調機率大，詞體又主抒情，在內容上有較多鋪陳空間，兩相比較，論詞長短句容易流於感性題贈，而較少理性批評。最後是評論者心態上的差異。「論詞絕句」作者以組詩撰寫相關批評較多，以組詩方式進行論詞，較具系統性，也較易將詞學想法表達清楚，形成個人之詞學觀點。反觀「論詞長短句」，系統性評議者相當少，因此在建構單一批評者的詞學觀上有一定的難度。

　　正因「論詞絕句」與「論詞長短句」有同有異，兩者皆屬既是批評亦是創作的雙重特性，與詞話不同，係兼具美感訴求與文學價值，此雙重身分讓該批評載體更具研究意義。經蒐羅整理，深入解讀後，觀察韻文論詞的特色，除可挖掘無詞話專著的批評者之詞學觀，亦可瞭解清代詞壇關係網絡，釐清詞人與詞派的隸屬關係，對於清詞研究可以有更細緻的探論，促進詞學研究的多

元性。

　　過去在討論韻文論詞時，多半採兩種角度，一為單家批評者「論詞絕句」或「論詞長短句」的整體評價，如〈清代沈初〈論詞絕句〉十八首探析〉、〈陳文述「論詞絕句」十一首探析〉等論題，不外乎是逐首分析，或歸納整理成數點提出該名批評者的詞學觀點。另一種則是某個朝代下不同批評者共同討論某詞家的相關研究，如〈清代「論詞絕句」論李白詞探析〉、〈試析清代前期「論詞長短句」論秦觀及其作品〉等。此類討論核心通常是前代名家，有眾多人聯合對其詞其人發以評論。本書在此兩種討論方式的基礎下，加上些許變化，讓論涉面向不致過於單一。

　　是故本書共七章外加三篇論詞韻文相關的文章，其中第一章「民國以來「論詞」詩詞研究成果回顧與展望」可與附錄一合觀，瞭解民國以來研究「論詞絕句」與「論詞長短句」的發展概況。其他各篇，主要透過不同角度觀察此二體所呈現的詞學價值，分別以「組詩選評名家」、「創作融入批評」、「詞人群體觀察」、「非主流派視域」與「同體議論示例」等視角切入討論。

一、組詩選評名家

　　論詞絕句雖多數為偶發性獨立存在，但有一定比例係以「組詞」形式進行系列分析。受評者不止一家，故可觀察單一批評家議論同朝代詞人的高下優劣，並可窺見其審美品味。辛棄疾為宋代重要詞人，亦是豪放派代表人物。在豪放詞被稱為別調而非正宗的主流意見下，透過「組詩」可理解評議者對稼軒的認可與否，以及詞派對批評者的相關影響。本章先就各家對稼軒詞的整

體觀點進行爬梳，析理三端。其一，當時多數品評者多隸屬浙西詞派成員，較常由清空雅正的角度去看待稼軒，經分析後大抵仍存詞派門戶之見，提出「體非正」，視豪放詞為別調；部分評者從中找出稼軒合於雅音之作，標舉為佳構，諸如〈摸魚兒〉（更能消、幾番風雨）、〈念奴嬌〉（野棠花落）、〈祝英臺近〉（寶釵分）等；僅部分不圄限詞派約束者，尚可賞其清雄、有寄託的作品。

其二，兼賞稼軒多元詞風。稼軒雖為豪放詞派的代表作家，然部分詞評家仍願意摒棄門戶之見，給予較為公允的評判。認為稼軒並非徒寫豪情壯志，亦有清麗雅致之作，提出其婉約、豪放皆可通賞；更有評論者直接肯定稼軒豪放詞的魅力所在，再進一步說明其清麗作品不輸婉約名家。其三，藉由詩聖杜甫的比附，為稼軒戴上詞聖冠冕。歷來詞聖候選名單不止一位，就韻文論詞的角度，以姜夔、稼軒與詞聖二字有所連結。評家將人品納入考量，高舉稼軒為聖，認為其人品與詞品均當世無匹。

接著透過「組詩」的角度去暸解不同批評者在評價眾多詞人時，心中的優劣排行榜為何。在浙西詞派的籠罩下，屬該詞派的評論家，對稼軒的評價則難以達到頂標，然而整體而言，大部分評議者雖不正面肯定稼軒在豪放派的建樹，仍會變相表揚其清麗雅致的作品，亦可觀察到部分詞人願意公平對待不同詞風的特色與價值。

二、創作融入批評

「論詞絕句」的主體是詩歌，屬於一種文學創作。作者透過

系列詩歌，撰寫同一個主題，評論某領域作品優劣得失，將創作與批評融合為一，後世可透過此作理解其文學意見，甚至歸納成一套理論。

沈道寬擁有四十二首論詞絕句，是清代論詞絕句產出排行的前十名。因為有大量的論詞作品，因此可以探討其中的文體、作家和比較論等，亦可從中去認知這位詞人所屬的詞派歸屬，以及評者是否在創作時將理論予以實踐。

從沈氏「論詞絕句」探查，可歸納幾項資訊：其一，沈氏論詞絕句基本模式包括詞家獨論、與雙人合論兩大類；詞單家獨論又分為常見與罕見詞家，內容著重在詞人作品的評價，或者詞家定位的檢討上；雙人合論多半從屬性相同的詞家一併討論，如有親屬關係、寫作風格類似、或同時期齊名者。其二，受評詞人若特別受到重視，會有專有的作品，因此合論者的地位，通常略遜於獨論者。在沈氏論詞絕句少有詞人被論及兩次以上，從此角度觀察，沈氏所認可的優秀詞人，以周邦彥與姜夔為主，反映其論詞以婉約為正宗的概念，相對而言蘇、辛則非沈氏特賞之詞家。整理此論詞絕句可得出沈氏的詞學主張包括：必須符合格律，並且遵循婉約為宗的條件，詞重情致，以雅為本，用字造句宜清新等條件。

沈道寬在詞派風氣的籠罩下，其詞派傾向亦可進行分析：其一，論兩宋詞人多品評浙西詞派奉為圭臬的詞家，並替周邦彥、姜夔建置譜系；其二，選析金至清代詞人亦有意識將張翥、朱彝尊、厲鶚等人納入討論，並提及浙西六家宗主姜夔的論點；其三，沈詞落實清雅之旨，並使用浙西詞人常用詞調，填作姜、張等人自度曲，遵守清新雅致的詞風，後人評價亦以詞筆婉麗清

新，直逼玉田、白石形容；其四，傾向浙西雅致、清空的詞風，兼賞周邦彥對於用字、格律上的講究。經本章分析可清楚得知浙西詞論深刻影響沈氏詞學觀。

三、詞人群體觀察

　　論詞長短句另一個特點，即是可瞭解詞人群體互動往來。從清代前期千餘首論詞長短句探查，江蘇地區的張玉穀是一道特殊的風景。以張氏為中心，彼此品題詞集、唱和往來相當頻繁，因此可輻射進階探討張氏互動的親族、朋友、學生之間關係，透過「論詞長短句」作品，將彼此交遊、評議作品，以及形塑風格的過程逐一爬梳，瞭解未形成具體詞派，卻實質有群體效應的地域性詞人活動的歷程與影響。

　　本章著重角度在理解雍乾年間詞人張玉穀的生平、師承與交友，知人論世再探究其著作。張氏長於韻文，費時九載撰寫《古詩賞析》，治詩尤勤，亦頗存詞名，有詩話著作，卻無詞論傳世，欲瞭解張氏的詞學觀點，必須透過詞集中的「論詞長短句」，以及與蔣重光等人聯合參定整理的《昭代詞選》。從以上材料析理出張氏詞學特點有三：第一，透過古樂府、《詩經》溯詞體源頭，強調風格並非詞作好壞的準則，認為詞情協美，婉約與豪放均是佳作。第二，辨明詞體「淫豔」一說，認為詞體屬性綺靡，而今人作法更為纖俗，使詞品等而下之，需透過「雅音」修正，去其纖俗。第三，對當代女性作家相當重視，因周旁女性族親善創作者多，又緣於清代學風開放，女性受教育比例優於前代，加上張氏講學招收女性，為鼓勵其創作，對女性創作的評賞

相對提高。

　　其次，觀察張氏家族的填詞風尚，透過至親、族親與學生等面向討論。張氏善於詩詞，係因家學淵源。父親教導習詩學詞，母親亦受過教育，雙親皆擅韻體，故張氏姊弟繼承家風，在作詩填詞上，均受當代好評。而張氏亦影響其子大鏞，傳承「吟詠是家風」的精神。從手足與母系親族的唱和題贈往來中，可觀察張家女眷在填詞創作上相當頻繁，加上張氏辦私塾，在吳地作育人才，其弟子也與家族往來密切。透過族親友朋的「論詞長短句」大致可見以張氏為核心，輻射出的家族填詞輪廓，包括姐姐對填詞的愛好，其子與外甥繼承衣缽，表兄弟與妻室，甚至是張氏的媳婦與女兒，均在日常生活中填詞創作，可清楚探得張氏一門擴及親族友朋填詞概況。

四、非主流派視域

　　清代詞壇受到詞派影響甚鉅，從明末清初的雲間詞派，進而旁支如西泠、柳州、廣陵等地域詞派，接續的陽羨詞派、浙西詞派到最後常州詞派，皆有短暫或籠罩式的影響。本章是延續第四章議題順勢發展，主要係因張玉穀、沈光裕曾為蔣重光編選審定《昭代詞選》，三人有明確統一的詞學觀點，析理張、沈論詞長短句，有助認知《昭代詞選》的選詞標準，也可以統攝此三人在《昭代詞選》透露的詞學觀。另外一個觀察重點，即在主流詞派的籠罩下，各地仍有區域性的詞人群體活動，雖構不上詞派之稱，確有實際影響當地填詞風氣的狀況。此等非主流詞派的詞學意見，在主流詞派的洪流中另闢蹊徑，保留自己的詞學觀點，

《昭代詞選》的三位編審者，即是地域詞人群體中，堅持且維持自我觀點的一脈。

雍乾詞人沈光裕與宋代辛棄疾有頗多相似之處，其一，均是填詞愛好者，稼軒填詞為兩宋之冠，沈氏在《拂雲書屋詞》中透露「半世倚聲成病癖」；其二，除喜愛填詞的相同點外，沈氏在填詞風格上取法稼軒，並實踐自己的詞學主張。

在當時以清空騷雅為準繩的年代，沈氏的填詞創作特色，常以「諧謔」為評，善用白話俏皮帶有諷諭或自嘲的方式寫為評議。諧謔詞兩宋本已存在，稼軒發揮最佳，雖沒有直接證據表明沈氏受稼軒影響，但在其「論詞長短句」中，幾乎採以諧謔為美的作法品評，是沈氏詞論的一大特色。就有清一代論詞長短句觀察，早在沈氏前便有之，只是沈氏較頻繁使用，形成特色。然諧謔入詞難免使作品略顯白話與俚俗，並且容易流於遊戲調笑之作，相對而言詞風評價較不高，亦是沈詞的缺點之一。除了諧謔入詞外，論涉對象也十分有限，大多為同鄉友人與少數詞壇大家。論及其他唐宋詞人者，僅摻雜比況之用。也因諧謔筆法，論詞有較多溢美之評。另外，形式上的特點係論詞長短句多數為長調，僅兩首小令，此狀況就清前期論詞長短句而言，在標準值中，多使用長調為評，其中〈賀新郎〉一調最為常見。

就詞學觀點探查，沈氏「論詞長短句」所透露的詞學觀，與好友張玉穀共同審定，蔣重光所編選的《昭代詞選》理念相當，兩者互為表裡。《昭代詞選》主張詞的多元風格取向、嚴格要求符合格律，以及對豔詞的標準不同等看法均與沈氏「論詞長短句」相近。沈氏看重蘇、辛詞風，但不偏廢婉約作法，對於多元風格持肯定意見；強調詞的音樂性，論涉詞集作品時，均會凸顯

詞體韻律重要；對於時人所摒棄的豔體一格也特別議論抒發，亦呼應《昭代詞選》的品詞標準。

五、同體議論示例

「論詞長短句」有所謂同體議論的特質，係指同樣體製下所填寫出的主題詞作，並包含一定的議論成分。本書四至六章均屬此議題的開展，特別標舉「同體議論」於孫原湘的討論，係因孫原湘論詞長短句多半為參與集社活動所寫的相關作品，內容包含抒發對前代名家的崇拜與看法，既是文學創作，又兼具批評的價值。

孫氏論詞長短句多數來自「銷寒會」雅集所填寫的詞作，包含對李清照、姜夔圖像詠歎、東坡生日緬懷、拜李圖詞遙寄李白、李煜、李清照等，多半聚焦於唐宋詞家，尤以姜夔為最。孫氏亦有為數不少仿姜夔詞風的作品、使用姜夔自創調填作，可看出聚會所呈現的風格傾向。

因此從中可歸納孫氏的幾項詞學觀點：第一，崇尚姜夔，奉為正宗。詞集中大量模仿姜夔，偶及張炎作品，更在〈銷寒雅集詞序〉推崇姜夔；評議他人時，亦以二人為標準，奉浙派理論為宗。第二，欣賞東坡，共存別調。除姜夔外，更視東坡為詞壇偶像，數度追憶東坡，說明其人不凡，並標舉曠達人格及清雄詞風，雖宗主姜、張，卻將豪放作法納入，婉約豪放並賞。第三，師從袁枚，聲揚女輩。身為袁氏弟子，繼承師說，加上才女妻子的影響，作品中經常有與才媛往來，甚至提出認同女性創作的論點。

　　本書以論詞韻文主題，發為六章，首章明辨論詞韻文研究的發展概況，分類、分項討論諸篇內容題材，瞭解研究的熱點與侷限，進而提出五種不同角度將「論詞絕句」與「論詞長短句」深入探討。雖二體屬性雷同，但在作意與書寫策略上仍有些許差異，將二體統攝於一處合觀，可瞭解其相似性，更可清楚明白之間的差異。

參考文獻

一、專書

（一）古典文獻

1. 漢・孔鮒：《孔叢子・論勢》，臺北：世界書局《四部刊要》本，1959 年。
2. 漢・孔安國傳，唐・孔穎達疏：《尚書正義》，收錄於清・阮元校刻：《十三經注疏》，臺北：藝文印書館，2001 年。
3. 漢・鄭玄箋，唐・孔穎達疏：《毛詩正義》，收錄於清・阮元校刻：《十三經注疏》，臺北：藝文印書館，2001 年。
4. 漢・鄭玄注，唐・孔穎達疏：《禮記正義》，收錄於清・阮元校刻：《十三經注疏》，臺北：藝文印書館，2001 年。
5. 晉・陳壽：《三國志》，北京：中華書局，1959 年。
6. 南朝梁・鍾嶸：《詩品》，北京：人民文學出版社，1980 年。
7. 唐・李百藥：《北齊書》，北京：中華書局，1972 年。
8. 唐・李肇：《唐國史補》，收錄於王汝濤編校：《全唐小說》，濟南：山東文藝出版社，1993 年。
9. 唐・姚思廉：《陳書》，北京：中華書局，1973 年。
10. 唐・劉餗撰，程毅中點校：《隋唐嘉話》，北京：中華書局，1997 年。
11. 唐・魏徵等：《隋書》，北京：中華書局，1973 年。
12. 五代・王仁裕：《開元天寶遺事》，收錄於《唐五代筆記小說大觀》，上海：上海古籍出版社，2000 年。
13. 宋・吳曾：《能改齋漫錄》，收錄於唐圭璋編：《詞話叢編》，北

京：中華書局，2005 年，冊 1。

14.　宋・李清照撰，徐培均箋注：《李清照集箋注》，上海：上海古籍出版社，2002 年。

15.　宋・沈括：《夢溪筆談》，北京：中華書局，2010 年。

16.　宋・辛棄疾撰，鄧廣銘箋注：《增訂本稼軒詞編年箋注》，臺北：華正書局，2007 年。

17.　宋・岳珂：《桯史》，臺北：廣文書局，1968 年。

18.　宋・邵思：《野說》，收錄於《宋金元詞話全編》，南京：鳳凰出版社，2008 年，上冊。

19.　宋・洪邁：《容齋隨筆》，北京：中華書局，2005。

20.　宋・胡仔：《苕溪漁隱叢話》，收錄於葛渭君編：《詞話叢編補編》，北京：中華書局，2013 年，冊 1。

21.　宋・袁文：《甕牖閒評》，收錄於《景印文淵閣四庫全書》，臺北：臺灣商務印書館，1986 年，冊 281。

22.　宋・馬令：《南唐書》，收錄於《中國野史集成》，成都：巴蜀書社，1993 年，冊 5。

23.　宋・張邦基：《墨莊漫錄》，收錄於《宋人筆記小說大觀》，上海：上海古籍出版社，2007 年，冊 5。

24.　宋・張炎：《詞源》，收錄於唐圭璋編：《詞話叢編》，北京：中華書局，2005 年，冊 1。

25.　宋・陳師道：《後山詩話》，收錄於《詩話總龜》，北京：人民文學出版社，2006 年，後集卷一。

26.　宋・陳彭年：《江南別錄》，收錄於《全宋筆記》，鄭州：大象出版社，2003 年，第 1 編，冊 4。

27.　宋・陶穀：《清異錄》，收錄於《宋元筆記小說大觀》，上海：上海古籍出版社，2001 年，冊 1。

28.　宋・陸游：《南唐書》，收錄於《二十四史外編》，天津：天津古籍出版社，1998 年，冊 83。

29.　宋・黃昇：《中興以來絕妙詞選》，收錄於葛渭君編：《詞話叢編補編》，2013 年，冊 1。

30. 宋‧黃庭堅：《豫章黃先生文集》，收錄於《四部叢刊正編》，臺北：臺灣商務印書館，1967 年。

31. 宋‧葉夢得撰，宇文紹奕考異，侯忠義點校：《石林燕語》，北京：中華書局，2006 年。

32. 宋‧歐陽脩等：《新唐書》，北京：中華書局，1975 年。

33. 宋‧鄭文寶：《南唐近事》，收錄於鄧子勉編：《宋金元詞話全編》，南京：鳳凰出版社，2008 年，上冊。

34. 宋‧蘇軾：《東坡志林》，北京：中華書局，1921 年。

35. 元‧周德清：《中原音韻》，收錄於《景印文淵閣四庫全書》，臺北：臺灣商務印書館，1986 年，冊 1496。

36. 元‧脫脫：《金史》，北京：中華書局，1975 年。

37. 元‧脫脫等：《宋史》，北京：中華書局，1977 年。

38. 元‧陸友仁：《硯北雜志》，收錄於鄧子勉編：《宋金元詞話全編》，南京：鳳凰出版社，2008 年。

39. 明‧王世貞：《藝苑卮言》，收錄於唐圭璋編：《詞話叢編》，北京：中華書局，2005 年，冊 1。

40. 明‧沈際飛：《草堂詩餘別集》，收錄於史雙元編：《唐五代詞紀事會評》，合肥：黃山書社，1995 年。

41. 明‧卓人月匯選，徐士俊參評，谷輝之校點：《古今詞統》，瀋陽：遼寧教育出版社，2001 年。

42. 明‧俞彥：《爰園詞話》，收錄於唐圭璋編：《詞話叢編》，北京：中華書局，2005 年，冊 1。

43. 明‧胡震亨：《唐音癸籤》，收錄於周維德集校：《全明詩話》，濟南：齊魯書社，2005 年，冊 5。

44. 明‧胡應麟：《詩藪》，收錄於《續修四庫全書》，上海：上海古籍出版社，2002 年，冊 1696。

45. 明‧陳霆：《渚山堂詞話》，收錄於唐圭璋編：《詞話叢編》，北京：中華書局，2005 年，冊 1。

46. 明‧楊慎：《批點草堂詩餘》，收錄於葛渭君編：《詞話叢編補編》，北京：中華書局，2013 年，冊 1。

47. 明‧楊慎：《詞品》，上海：上海古籍出版社，2009 年。

48. 清‧丁紹儀：《聽秋聲館詞話》，收錄唐圭璋編：《詞話叢編》，北京：中華書局，2005 年，冊 3。

49. 清‧戈載選，杜文瀾注：《宋七家詞選》，臺北：河洛圖書公司，1978 年。

50. 清‧方濬頤：《二知軒文存》，收錄於清代詩文集彙編編纂委員會編：《清代詩文集彙編》，上海：上海古籍出版社，2010 年，冊 661。

51. 清‧王又華：《古今詞論》，收錄於唐圭璋編：《詞話叢編》，北京：中華書局，2005 年，冊 1。

52. 清‧王士禎：《花草蒙拾》，收錄於唐圭璋編：《詞話叢編》，北京：中華書局，2005 年，冊 1。

53. 清‧王士禎：《倚聲初集》，收錄於葛渭君編：《詞話叢編補編》，北京：中華書局，2013 年，冊 1。

54. 清‧王士禎編，鄭方坤刪補，戴鴻森校點：《五代詩話》，北京：人民文學出版社，1998 年。

55. 清‧王國維：《人間詞話》，收錄於唐圭璋編：《詞話叢編》，北京：中華書局，2005 年，冊 5。

56. 清‧王國維：《清真先生遺事》，收錄於葛渭君編：《詞話叢編補編》，北京：中華書局，2013 年，冊 4。

57. 清‧永瑢等：《四庫全書總目提要》，臺北：臺灣商務印書館，1983 年。

58. 清‧朱彝尊、汪森編：《詞綜》，上海：上海古籍出版社，1978 年。

59. 清‧吳任臣撰，徐敏霞、周瑩點校：《十國春秋》，北京：中華書局，1983 年。

60. 清‧吳衡照：《蓮子居詞話》，收錄於唐圭璋編：《詞話叢編》，北京：中華書局，2005 年，冊 3。

61. 清‧宋翔鳳：《樂府餘論》，收錄於唐圭璋編：《詞話叢編》，北京：中華書局，2005 年，冊 3。

62. 清‧李元度：《國朝先正事略》，上海：上海古籍出版社，2002 年。

63. 清・李佳：《左庵詞話》，收錄於唐圭璋編：《詞話叢編》，北京：中華書局，2005 年，冊 4。

64. 清・沈起鳳：《諧鐸》，收錄於新興書局編：《筆記小說大觀二編》，臺北：新興書局，1978 年，冊 10。

65. 清・沈雄：《古今詞話》，收錄於唐圭璋編：《詞話叢編》，北京：中華書局，2005 年，冊 1。

66. 清・沈道寬：《話山草堂詩鈔》，收錄於清代詩文集彙編編纂委員會編：《清代詩文集彙編》，上海：上海古籍出版社，2010 年，冊 506。

67. 清・沈道寬：《話山草堂遺集》，光緒三年江南潤州榷廨本。

68. 清・沈謙：《填詞雜說》，收錄於唐圭璋編：《詞話叢編》，北京：中華書局，2005 年，冊 1。

69. 清・周之琦：《詞評》，收錄於史雙元編：《唐五代詞紀事會評》，合肥：黃山書社，1995 年。

70. 清・周家楣、繆荃孫編：《光緒順天府志》，北京：北京古籍出版社，1987 年。

71. 清・周濟：《宋四家詞選・序》，收錄於唐圭璋編：《詞話叢編》，北京：中華書局，2005 年，冊 2。

72. 清・況周頤撰，孫克強輯考：《蕙風詞話・廣蕙風詞話》，鄭州：中州古籍出版社，2003 年。

73. 清・法式善：《存素堂詩初集錄存》，收錄於《續修四庫全書》，上海：上海古籍出版社，2002 年，冊 1476。

74. 清・孫原湘：《天真閣集》，收錄於清代詩文集彙編編纂委員會編：《清代詩文集彙編》，上海：上海古籍出版社，2010 年，冊 464。

75. 清・席佩蘭：《長真閣詩餘》，收錄於清代詩文集彙編編纂委員會編：《清代詩文集彙編》，上海：上海古籍出版社，2010 年，冊 464。

76. 清・徐乃昌編：《小檀欒室彙刻閨秀詞》，清光緒二十二年南陵徐乃昌刻本。

77. 清・徐釚：《詞苑叢談》，收錄於朱崇才編：《詞話叢編續編》，北

京：人民文學出版社，2010 年，冊 1。

78. 清・袁枚：《隨園詩話》，北京：人民文學出版社，1960 年。

79. 清・袁枚撰，雷瑨注：《箋注隨園詩話》，臺北：鼎文書局，1974
    年。

80. 清・袁學瀾：《適園論詞》，收錄於屈興國編：《詞話叢編二編》，
    杭州：浙江古籍出版社，2013 年。

81. 清・張玉穀：《樂圃吟鈔》，收錄於陳紅彥、謝東榮、薩仁高娃等
    編：《清代詩文集珍本叢刊》，北京：國家圖書館出版社，2017 年，
    冊 564。

82. 清・張玉穀撰，許逸民點校：《古詩賞析》，上海：上海古籍出版
    社，2000 年。

83. 清・張維屏：《國朝詩人徵略》，臺北：明文書局，1985 年。

84. 清・張維屏：《國朝詩人徵略二編》，臺北：明文書局，1985 年。

85. 清・梁紹壬撰，范春三編譯：《兩般秋雨盦隨筆》，烏魯木齊：新疆
    人民出版社，1995 年。

86. 清・陳廷焯：《白雨齋詞話》，收錄於唐圭璋編：《詞話叢編》，北
    京：中華書局，2005 年，冊 4。

87. 清・陳廷焯：《詞則・大雅集》，上海：上海古籍出版社，1984 年。

88. 清・陳廷焯：《詞壇叢話》，收錄於唐圭璋編：《詞話叢編》，北
    京：中華書局，2005 年。

89. 清・陳廷焯撰，孫克強、張海濤、趙瑾、楊傳慶輯校：《白雨齋詞話
    全編》，北京：中華書局，2013 年。

90. 清・陳維崧撰，陳振鵬標點，李學穎校補：《陳維崧集》，上海：上
    海古籍出版社，2010 年。

91. 清・彭定求等編：《全唐詩》，北京：中華書局，1960 年。

92. 清・彭孫遹：《松桂堂全集》，臺北：臺灣商務印書館《景印文淵閣
    四庫全書》本，1986 年。

93. 清・彭孫遹：《金粟詞話》，收錄於唐圭璋編：《詞話叢編》，北
    京：中華書局，2005 年，冊 1。

94. 清・賀貽孫：《詩筏》，收錄於《清詩話續編》，臺北：木鐸出版

社，1983 年，上冊。

95. 清・閔爾昌編：《碑傳集補》，臺北：明文書局，1986 年，冊 121。

96. 清・馮金伯：《詞苑萃編》，收錄於唐圭璋編：《詞話叢編》，冊 2，北京：中華書局，2005 年。

97. 清・楊希閔：《詞軌》，北京：中國國家圖書館，清同治二年稿本。

98. 清・萬樹：《詞律》，臺北：世界書局，2009 年。

99. 清・鄒祗謨：《遠志齋詞衷》，收錄於唐圭璋編：《詞話叢編》，北京：中華書局，2005 年，冊 1。

100. 清・鄒祗謨、王士禎選輯：《倚聲初集》，收錄於葛渭君編：《詞話叢編補編》，北京：中華書局，2013 年，冊 1。

101. 清・劉熙載：《藝概・詞概》，收錄於唐圭璋編：《詞話叢編》，北京：中華書局，2005 年，冊 4。

102. 清・蔣重光編選：《昭代詞選》，臺北：國家圖書館，清乾隆三十二年經鉏堂刊本。

103. 清・謝乃實：《岑罏山人集》，《四庫全書存目叢書補編》，濟南：齊魯書社，1995 年 9 月。

104. 清・謝章鋌：《賭棋山莊詞話》，收錄於唐圭璋編：《詞話叢編》，北京：中華書局，2005 年，冊 4。

105. 清・譚獻：《譚評詞辨》，收錄於唐圭璋編：《詞話叢編》，臺北：新文豐出版公司，1988 年，冊 4。

106. 清・譚獻撰，譚新紅輯：《重輯復堂詞話》，收錄於葛渭君編：《詞話叢編補編》，北京：中華書局，2013 年。

107. 清・龔自珍：《龔自珍全集》，上海：人民文學出版社，1975 年。

(二) 近人專著

1. 丁放：《金元明清詩詞理論史》，合肥：安徽大學出版社，2001 年。

2. 丁福保編：《清詩話》，臺北：藝文印書館，1997 年。

3. 毛文芳：《圖成行樂：明清文人畫像題詠析論》，臺北：臺灣學生書局，2008 年 1 月。

4. 中央研究院中國文哲研究所籌備處主編：《第一屆詞學國際研討會論

文集》，臺北：中央研究院中國文哲研究所籌備處，1994 年。

5. 王偉勇：《詩詞越界研究》，臺北：里仁書局，2009 年。

6. 王偉勇編：《清代論詞絕句初編》，臺北：里仁書局，2010 年。

7. 王強：《唐宋詞講錄》，北京：崑崙出版社，2003 年。

8. 王曉雯：《清代譚瑩「論詞絕句」研究》，新北市：花木蘭文化出版社，2011 年。

9. 司徒秀英：《清代詞人厲鶚研究》，香港：蓮峰書舍，1994 年。

10. 吳熊和：《吳熊和詞學論集》，杭州：杭州大學出版社，1999 年。

11. 吳熊和：《唐宋詞匯評（兩宋卷）》，杭州：浙江教育出版社，2004 年。

12. 李丹：《順康之際廣陵詞壇研究》，上海：上海古籍出版社，2009 年。

13. 汪兆鏞等編：《碑傳集三編》，臺北：明文書局，1985 年。

14. 林宏達：《清前期「論詞長短句」評唐宋詞人研究》，臺北：萬卷樓圖書公司，2020 年。

15. 林玫儀編：《北山樓詞話（施蟄存全集・第七卷）》，上海：華東師範大學出版社，2012 年。

16. 金啟華等合編：《唐宋詞集序跋匯編》，臺北：臺灣商務印書館，1993 年。

17. 施蟄存編：《詞籍序跋萃編》，北京：中國社會科學出版社，1994 年。

18. 柯愈春：《清人詩文集總目提要》，北京：北京古籍出版社，2002 年。

19. 唐玉鳳：《焦袁熹「論詞長短句」及其詞研究》，新北市：花木蘭文化出版社，2014 年。

20. 唐圭璋主編：《全宋詞》，北京：中華書局，1998 年。

21. 夏承燾撰，吳无聞注：《瞿髯論詞絕句》，北京：中華書局，1979 年。

22. 夏承燾撰，吳无聞注：《夏承燾集》，杭州：浙江古籍出版社，1997 年。

23. 夏婉玲：《張先詞接受史》，新北市：花木蘭文化出版社，2013 年。

24. 孫克強：《清代詞學》，北京：中國社會科學出版社，2004 年。

25. 孫克強：《清代詞學批評史論》，上海：上海古籍出版社，2008 年。

26. 孫克強、裴喆：《論詞絕句二千首》，天津：南開大學出版社，2014 年。

27. 徐世昌：《晚晴簃詩匯》，收錄於《續修四庫全書》，上海：上海古籍出版社，2002 年，冊 1632。

28. 徐照華：《厲鶚及其詞學之研究》，高雄：高雄復文圖書出版社，1998 年。

29. 袁行雲：《清人詩集敘錄》，北京：文化藝術出版社，1994 年。

30. 國史館原編：《清史列傳》，臺北：明文書局，1985 年。

31. 崔海正：《中國詞學研究體系建構稿》，濟南：齊魯書社，2007 年。

32. 張世斌：《明末清初詞風研究》，天津：天津古籍出版社，2008 年。

33. 張仲謀：《明代詞學通論》，北京：中華書局，2013 年月。

34. 張宏生主編，南京大學文學院《全清詞》編纂研究室編：《全清詞‧雍乾卷》，南京：南京大學出版社，2012 年。

35. 許仲南：《馮煦詞學及其詞研究》，新北市：花木蘭文化出版社，2016 年。

36. 許淑惠：《秦觀詞接受史》，新北市：花木蘭文化出版社，2012 年。

37. 郭長海、金菊貞：《高旭集》，北京：社會科學文獻出版社，2003 年。

38. 陳水雲：《明清詞研究史》，武昌：武漢大學出版社，2006 年。

39. 陶子珍：《萬疊春山一寸心：古典詩詞論稿》，臺北：秀威出版社，2016 年。

40. 曾昭岷、曹濟平、王兆鵬、劉尊明：《全唐五代詞》，北京：中華書局，1999 年。

41. 程郁綴、李靜：《歷代論詞絕句箋注》，北京：北京大學出版社，2014 年。

42. 馮乾輯：《清詞序跋彙編》，南京：鳳凰出版社，2013 年。

43. 楊仲謀：《評詞絕句註》，臺中：臺中市四川同鄉會審校典藏，1988

年。

44. 楊海明：《唐宋詞論稿》，杭州：浙江古籍出版社，1988 年。

45. 葉嘉瑩：《唐宋文學論叢》，四川：四川大學學報編輯部，1983 年。

46. 葉嘉瑩《唐宋詞名家論集》，臺北：正中書局，1987 年。

47. 趙爾巽等：《清史稿》，上海：上海古籍出版社，2002 年。

48. 趙福勇：《清代「論詞絕句」論北宋詞人及其作品研究》，新北市：花木蘭文化出版社，2012 年。

49. 劉揚忠：《劉揚忠學術論文集》，南昌：江西教育出版社，2016 年。

50. 蔡嵩雲：《柯亭詞論》，收錄於唐圭璋編：《詞話叢編》，北京：中華書局，2005 年。

51. 鄭福田：《唐宋詞研究》，呼和浩特：內蒙古大學出版社，1997 年。

52. 繆鉞、葉嘉瑩合著：《靈谿詞說》，臺北：正中書局，1993 年。

53. 謝永芳：《廣東近世詞壇研究》，上海：上海古籍出版社，2008 年。

54. 譚新紅：《清詞話考述》，武昌：武漢大學出版社，2009 年。

55. 嚴迪昌：《清詞史》，南京：江蘇古籍出版社，1999 年。

56. 饒宗頤：《文轍——文學史論集》，臺北：臺灣學生書局，1991 年。

57. 饒宗頤二十世紀學術文集編輯委員會主編：《饒宗頤二十世紀學術文集》，臺北：新文豐出版公司，2003 年 10 月。

58. 饒宗頤初纂，張璋總纂：《全明詞》，北京：中華書局，2004 年。

二、期刊暨會議論文

1. 王小英、祝東：〈論詞詞及其詮釋方法——以朱祖謀〈望江南〉雜題我朝諸名家詞集後為中心〉，《學術論壇》2009 年第 9 期，頁 141-145。

2. 王兆鵬：〈新世紀以來詞學研究的進展與瞻望〉，《學術研究》2015 年第 6 期，頁 143-151。

3. 王偉勇：〈清代「論詞絕句」之價值——以論唐、五代、兩宋詞為例〉，《「第六屆宋代文學國際學術研討會」會議論文集》，成都：四川大學，2009 年 10 月。

4. 王偉勇：〈清代「論詞絕句」論李白詞探析〉，林明德、黃文吉總策劃：《臺灣學術新視野——中國文學之部（二）》，臺北：五南圖書出版公司，2007 年 6 月，頁 632-654。

5. 王偉勇：〈馮煦〈論詞絕句〉論南宋詞探析〉，沈松勤主編：《第四屆宋代文學國際研討會論文集》，杭州：浙江大學出版社，2006 年 10 月，頁 486-498。

6. 王偉勇：〈搜輯清代論詞絕句應有之認知〉，《「第二屆中華詞學國際學術研討會」會議論文集》，澳門：澳門大學，2009 年 12 月。

7. 王偉勇：〈清代論詞絕句之整理、研究及價值〉，郭鶴鳴總編輯：《第二屆兩岸韻文學學術研討會論文集——韻文的欣賞與研究》，頁 269-299，臺北：世新大學中國文學系，2010 年 4 月。

8. 王偉勇：〈清代「論詞絕句」論溫庭筠詞探析〉，《文與哲》第 9 期，2006 年 12 月，頁 337-356。

9. 王偉勇：〈南宋「論詞」詩四首析論〉，《淡江中文學報》第 25 期，2011 年 12 月，頁 35-67。

10. 王偉勇：〈兩宋「論詞詩」及「論詞長短句」之價值〉，《成大中文學報》第 38 期，2012 年 9 月，頁 41-65。

11. 王偉勇：〈析論宋末元初詞壇對周密之接受〉，《成大中文學報》第 44 期，2014 年 3 月，頁 121-154。

12. 王偉勇：〈《清代詩文集彙編》之詞學價值〉，《國文學報》第 55 期，2014 年 6 月，頁 201-234。

13. 王偉勇：〈夏承燾「論詞絕句」論易安詞詳析〉，《文與哲》第 24 期，2014 年 6 月，頁 57-84。

14. 王偉勇、王曉雯：〈馮煦〈論詞絕句〉十六首探析〉，張高評主編：《清代文學與學術——近世文學國際學術研討會論文集之三》，臺北：新文豐出版公司，2007 年 3 月，頁 223-266。

15. 王偉勇、林宏達：〈清代「論詞絕句」論李煜及其作品探析〉，《「第五屆國際暨第十屆全國清代學術研討會」會議論文集》，高雄：中山大學中國文學系，2009 年 6 月。

16. 王偉勇、林淑華：〈陳澧〈論詞絕句〉六首探析〉，《政大中文學

報》第 7 期，2007 年 6 月，頁 83-113。

17. 王偉勇、鄭琇文：〈清‧江昱〈論詞十八首〉探析〉，《高雄師大國文學報》第 5 期，2006 年 12 月，頁 1-34。

18. 王偉勇、鄭琇文：〈高旭論〈十大家詞〉絕句探析〉，《「第四屆國際暨第九屆全國清代學術研討會」會議論文集》，高雄：中山大學中國文學系，2008 年 6 月。

19. 王培軍：〈論孫原湘詩〉，《文學遺產》2014 年第 5 期，頁 102-113。

20. 王淑蕙：〈清代「論詞絕句」論張炎詞舉隅探析〉，《雲漢學刊》第 20 期，2009 年 12 月，頁 1-23。

21. 王韶生：〈朱彊村〈望江南〉詞箋釋〉，《崇基學報》第 5 卷第 1 期，1965 年 11 月，頁 79-90。

22. 王曉雯：〈宋翔鳳〈論詞絕句二十首〉論宋詞探析〉，鄧喬彬主編：《第五屆宋代文學國際研討會論文集》，廣州：暨南大學出版社，2009 年 8 月，頁 490-511。

23. 王曉燕：〈孫原湘對袁枚詩學的接受及與才媛交游的文學意義〉，《四川文化產業職業學院（四川省幹部函授學院）學報》2016 年第 4 期，頁 19-23。

24. 代亮、崔海正：〈從「後村詞話」看後村之詞學觀〉，王兆鵬、龍建國主編：《2006 詞學國際學術研討會論文集（二）》，南昌：百花洲文藝出版社，2007 年 7 月，頁 501-510。

25. 朱存紅、沈家莊：〈別有境界，自成一家——夏承燾《瞿髯論詞絕句》芻議〉，《文藝評論》2011 年第 6 期，頁 104-108。

26. 余佳韻：〈試論陳澧之詞學觀：以新見抄本為中心〉，《中國文化研究所學報》第 63 期，2016 年 7 月，頁 203-236。

27. 吳悅：〈「詞有別才兼本色」——淺論盧前的尊體意識〉，《文學評論》2011 年第 10 期，頁 11-12。

28. 吳悅：〈從〈望江南‧飲虹簃論清詞百家〉看盧前詞史觀〉，《文學界（理論版）》2011 年第 10 期，頁 142-143。

29. 吳熊和：〈論詞絕句一百首〉，《詞學》第 16 輯，上海：華東師範大

學出版社，2006 年 1 月，頁 237-265。

30. 宋邦珍：〈厲鶚〈論詞絕句〉的傳承與創新〉，《輔英學報》第 11 期，1991 年 12 月，頁 200-206。

31. 李花蕾：〈道光八年本《炎陵志》別出詩文校點〉，《湖南科技學院學報》2009 年第 2 期，頁 17-23。

32. 李花蕾：〈從「炎陵文梓」琴看晚清湖湘女詩人的文化活動〉，《湖南工業大學學報（社會科學版）》2013 年第 5 期，頁 151-153。

33. 李家毓：〈鄭騫〈讀詞絕句三十首〉之晚唐五代詞人作品研究〉，《2016 第三屆麗澤全國中文研究生學術研討會論文集》，臺中：中興大學中國文學系，2016 年 5 月。

34. 李錫胤：〈《瞿髯論詞絕句》蠡測〉，《藝譚》1981 年第 2 期。

35. 沙先一、張宏生：〈論清詞的經典化〉，《中國社會科學》2013 年第 12 期，2013 年 12 月，頁 96-119。

36. 沙先一：〈論詞絕句與清詞的經典化〉，《江蘇師範大學學報（哲學社會科學版）》第 39 卷第 3 期，2013 年 5 月，頁 16-20。

37. 卓清芬：〈顧太清題詠女性詩詞集作品探析〉，《湖南文理學院學報（社會科學版）》第 33 卷第 4 期，2008 年 7 月，頁 12-15。

38. 周振興：〈清代論詞絕句論秦觀〈滿庭芳〉探析〉，《臺中教育大學學報（人文藝術類）》第 26 卷第 1 期，2012 年 6 月，頁 1-17。

39. 周瀟：〈厲鶚詞論之創見及浙派詞學旨歸〉，《青島大學師範學院學報》第 22 卷第 1 期，2005 年 3 月，頁 53-59。

40. 林宏達：〈宋翔鳳論詞長短句評《絕妙好詞》三首探析〉，《雲漢學刊》第 21 期，2010 年 6 月，頁 91-102。

41. 林宏達：〈清代「論詞絕句」論李璟及其作品探析〉，《「2011 年文化創意產業發展新趨勢國際研討會——應用語文發展新思維」會議論文集》，高雄：實踐大學高雄校區文化與創意學院，2011 年 5 月，頁 1-10。

42. 林宏達：〈清代「論詞絕句」論南唐詞風述評〉，潘碧華、陳水雲主編：《2012 詞學國際學術研討會論文集（金元明清卷）》，吉隆坡：馬來亞大學，2012 年 8 月，頁 144-155。

43. 林宏達：〈清代論詞長短句論柳永及其作品探析——以順康雍乾朝為例〉，《第一屆臺北市立大學中語系研究生學術論文研討會會議論文集》，臺北：臺北市立大學中國語文學系，2015 年 5 月，頁 289-306。

44. 林宏達：〈清前期「論詞長短句」論李煜及其作品探析〉，《彰化師大國文學誌》第 31 期，2015 年 12 月，頁 317-341。

45. 林宏達：〈清代前期「論詞長短句」論周密《絕妙好詞》及其詞作探析〉，《第二屆「海東論壇」研究生論文發表會會議論文集》，臺南：成功大學中國文學系，2016 年 6 月，頁 1-18。

46. 林宏達：〈試析清代前期「論詞長短句」論秦觀及其作品〉，《止善》第 20 期，2016 年 6 月，頁 61-84。

47. 林宏達：〈清代前期「論詞長短句」論柳永及其作品探析〉，《嘉大中文學報》第 11 期，2016 年 12 月，頁 203-228。

48. 林宏達：〈清人沈道寬「論詞絕句」論北宋詞人探析〉，《第二屆中華文化人文發展國際學術研討會論文集》，香港：珠海學院中國文學及歷史研究所，2017 年 11 月，頁 301-310。

49. 林宏達：〈從清人沈道寬〈論詞絕句〉四十二首建構其詞學觀〉，《成大中文學報》第 66 期，2019 年 9 月，頁 149-190。

50. 林宏達、何淑蘋：〈民國以來「論詞」詩詞研究論著目錄〉，《書目季刊》第 50 卷第 4 期，2017 年 3 月，頁 115-131。

51. 邱美瓊、胡建次：〈論詞絕句在清代的運用與發展〉，《重慶社會科學》2008 年第 7 期，頁 105-110。

52. 姚逸超：〈簡論夏承燾的柳永研究〉，《泰山學院學報》第 38 卷第 1 期，2016 年 1 月，頁 24-27。

53. 姚達兌：〈（後）遺民地理書寫：填詞圖、校詞圖及其題詠〉，《山東科技大學學報（社會科學版）》第 15 卷第 1、2 期合刊，2013 年 4 月，頁 57-71。

54. 洪柏昭：〈讀瞿髥論詞絕句〉，《光明日報》第 4 版，1980 年 3 月 18 日

55. 胡建次：〈清代論詞絕句的運用類型〉，《廣西社會科學》2009 年第

2 期，頁 88-95。

56. 胡傳志：〈論詞絕句的發源與中斷〉，《吉林師範大學學報（人文社會科學版）》2016 年第 4 期，頁 23-26。

57. 范三畏：〈試談厲鶚論詞絕句〉，《社科縱橫》1995 年第 1 期，1995年，頁 48-52。

58. 范道濟：〈從論詞絕句看厲鶚論詞「雅正」說〉，《黃岡師專學報》第 14 卷第 2 期，1994 年 4 月，頁 45-49。

59. 夏志穎：〈論《填詞圖》及其詞學史意義〉，《文學遺產》2009 年第5 期，2009 年 9 月，頁 115-120。

60. 夏承燾：〈論域外詞絕句九首〉，《文獻》1980 年第 2 期，1980 年 7月，頁 68-72。

61. 夏承燾撰，吳无聞注：〈《瞿髯論詞絕句》外編〉，《杭州大學學報（哲學社會科學版）》1979 年第 1、2 期合刊，1979 年 5 月，頁 120-121。

62. 夏書枚：〈譚氏歷代詞論斠詮（上編）〉，《聯合書院學報》1965 年第 4 期，頁 1-57。

63. 夏婉玲：〈清代「論詞絕句」論馮延巳詞探析〉，《雲漢學刊》第 22期，2011 年 2 月，頁 81-95。

64. 孫克強：〈清代詞學文獻的整理和研究〉，《河南大學學報（社會科學版）》第 45 卷第 4 期，2005 年 7 月，頁 22-26。

65. 孫克強：〈詞學理論的重要載體——簡論清代論詞詩詞的價值〉，《廣州大學學報（社會科學版）》第 7 卷第 1 期，2008 年 1 月，頁44-49。

66. 孫克強〈清代詞學文獻的整理和研究〉，《河南大學學報（社會科學版）》第 45 卷第 4 期，頁 22-26。

67. 孫克強、楊傳慶：〈清代論詞絕句的詞史觀念及價值〉，《學術研究》2009 年第 11 期，頁 136-144。

68. 孫克強、楊傳慶點校整理：〈雲韶集輯評之一〉，《中國韻文學刊》第 24 卷第 3 期，2010 年 9 月。

69. 孫克強、羅克辛輯錄：〈遁庵詞話〉，《文學與文化》2014 年第 1

期，頁 103-118。

70. 孫赫男：〈清代中期論詞絕句詞學批評特徵平議〉，《求是學刊》第
    38 卷第 4 期，2011 年 7 月，頁 131-135。

71. 徐瑋：〈論譚瑩對浙派的接受與反撥〉，《文藝理論研究》2012 年第
    6 期，2012 年 11 月，頁 35-43。

72. 桑坤：〈古琴正調考〉，《新疆藝術學院學報》第 15 卷第 3 期，2017
    年 9 月，頁 69-76。

73. 神田喜一郎撰，彭黎明譯，洪明校：〈槐南詞話與竹隱論詞絕句〉，
    《河北大學學報（哲學社會科學版）》1986 年第 1 期，頁 85-90。

74. 秦瑋鴻：〈況周頤詞集之詞論文獻考〉，《河池學院學報》第 28 卷第
    6 期，2008 年 12 月，頁 48-51。

75. 秦瑋鴻：〈論況周頤之詞集及其價值〉，《作家》2009 年第 20 期，
    2009 年 10 月，頁 115-116。

76. 秦瑋鴻：〈蕙風詞論輯補〉，《河池學院學報》第 30 卷第 3 期，2010
    年 6 月，頁 62-65。

77. 常建香、陳聖爭：〈《全清詞‧雍乾卷》新補張玉穀詞 59 首〉，《楚
    雄師範學院學報》第 33 卷第 4 期，2018 年 7 月，頁 25-30。

78. 張方：〈略探周之琦詞學思想〉，《北方文學》2011 年第 12 期，頁
    61-65。

79. 張仲謀：〈明代論詞詞九首解讀〉，《南京師範大學文學院學報》
    2009 年第 3 期，2009 年 9 月，頁 10-15。

80. 張宏生：〈雍乾詞壇對陳維崧的接受〉，《中國文化研究所學報》第
    57 期，2013 年 7 月，頁 205-221。

81. 張巽雅：〈清代「論詞絕句」論秦觀詞探析〉，《雲漢學刊》第 22
    期，2011 年 2 月，頁 96-114。

82. 張學軍：〈開啟粵西地域文學意識的詞論家——朱依真〉，《經濟與
    社會發展》2008 年第 10 期，頁 140-142。

83. 曹明升：〈清人論宋詞絕句脞說〉，《貴州社會科學》2007 年第 2
    期，頁 97-101。

84. 曹維金、王建松，〈譚瑩與潘飛聲論嶺南詞人絕句異同論〉，《湖南

廣播電視大學學報》2015 年第 3 期，頁 27-30。

85. 梁雅英：〈論《昭代詞選》的編纂意義與其對雍乾詞壇的建構〉，《東吳中文學報》第 34 期，2017 年 11 月，頁 177-204。

86. 許仲南：〈論馮煦詞學的浙派面相——以師友、論詞與詞作為主要考察對象〉，《有鳳初鳴年刊》第 6 期，2010 年 10 月，頁 339-356。

87. 許理絢：〈「黃金合鑄兩娥眉」——蔡琰、李清照淺論〉，《青海師範學院學報（哲學社會科學版）》1983 年第 3 期，頁 31-34。

88. 許瑞哲：〈清代沈初〈論詞絕句〉十八首探析〉，《臺北市立大學學報（人文社會類）》第 44 卷第 2 期，2013 年 11 月，頁 1-32。

89. 陳尤欣、朱小桂：〈馮煦〈論詞絕句十六首之三〉略論〉，《作家》2008 年第 16 期，2008 年 8 月，頁 120-121。

90. 陳水雲：〈汪森的詞學及其家族傳承〉，《求是學刊》第 41 卷第 6 期，2014 年 11 月，頁 127-133。

91. 陳水雲：〈論詞絕句的歷史發展〉，《國文天地》第 26 卷第 6 期，2010 年 11 月，頁 41-44。

92. 陳佳慧：〈陳文述「論詞絕句」十一首探析〉，《雲漢學刊》第 26 期，2013 年 2 月，頁 262-277。

93. 陳祖美：〈「易安心事」知多少——李清照研究集說〉，《紹興文理學院學報（哲學社會科學）》第 35 卷第 1 期，2015 年 1 月，頁 58-63。

94. 陳雪婧：〈為同時代詞人畫像——張炎論詞詞的形象書寫〉，《天水師範學院學報》第 35 卷第 4 期，2015 年 7 月，頁 61-63。

95. 陳建男：〈迦陵填詞圖題詠之文獻價值〉，「明清研究新視野：明清研究中心研究生論文發表會」，香港：香港中文大學，2010 年 7 月 30-31 日。

96. 陳煒舜：〈鏤金堆玉成蕃錦，付與何人作鄭箋——鄭騫〈讀詞絕句三十首〉芻論〉，黃坤堯主編：《香港舊體文學論集》第 3 輯，香港：香港中文大學出版社，2008 年 10 月，頁 354-369。

97. 陶子珍：〈清代張祥河〈論詞絕句〉十首探析〉，《成大中文學報》第 15 期，2006 年 12 月，頁 89-106。

98. 陶子珍：〈清詩論宋代女性詞人探析——以汪芑、方熊、潘際雲之作品為例〉，《花大中文學報》第 2 期，2007 年 12 月，頁 169-190。

99. 陶然：〈論清代孫爾準、周之琦兩家論詞絕句〉，《文學遺產》1996 年第 1 期，頁 74-82。

100. 陶然、劉琦：〈清人七家論詞絕句述評〉，《廈門教育學院學報》第 7 卷第 1 期，2005 年 3 月，頁 15-19。

101. 陸有富：〈從文廷式一首論詞詩看其對常州詞派的批評〉，《語文學刊》2009 年第 7 期，頁 69-70。

102. 程郁綴：〈論詞絕句箋評・論李煜詞〉，《漢學研究》（日本神戶大學文學部中國文學科年刊）第 36 號，1998 年 3 月。

103. 程郁綴：〈論詞絕句箋評・論蘇軾詞〉（上），《未名》（日本神戶大學文學部年刊）第 15 號，1997 年 3 月。

104. 程郁綴：〈論詞絕句箋評・論蘇軾詞〉（下），《未名》（日本神戶大學文學部年刊）第 16 號，1998 年 3 月。

105. 程嫩生、張西焱：〈清代書院詞學教育〉，《海南大學學報（人文社會科學版）》第 30 卷第 1 期，2012 年 2 月，頁 29-34。

106. 黃得時：〈在日本卻受歡迎的十部中國古書〉（上），《書和人》第 474 期，1983 年 8 月，頁 1-2。

107. 楊大衛：〈汪孟鋗〈題本朝詞十首〉析探〉，《師大學報（語言與文學類）》第 58 卷第 1 期，2013 年 3 月，頁 65-82。

108. 楊大衛：〈清代「論詞絕句」論王沂孫詞探析〉，《臺南大學人文與社會研究學報》第 48 卷第 1 期，2014 年 4 月，頁 33-44。

109. 楊仲謀撰，王靜、王賀輯校：〈說詞韻語〉，《詞學》第 35 輯，上海：華東師範大學出版社，2016 年 6 月，頁 362-383。

110. 楊牧之：〈「千年流派我然疑」——《瞿髯論詞絕句》讀後〉，《讀書》1980 年第 10 期，頁 45-49。

111. 楊海明：〈從厲鶚〈論詞絕句〉看浙派詞論之一斑〉，《明清詩文研究叢刊》第 2 輯，蘇州：江蘇師範學院中文系，1982 年 7 月，頁 52-56。

112. 楊婉琦：〈周之琦〈心日齋十六家詞錄〉之附題探析〉，《雲漢學

刊》第 24 期，2012 年 1 月，頁 69-87。

113. 楊鳳蘭：〈清代張玉穀「古詩十九首賞析」評析〉，《湖北函授大學學報》第 31 卷第 12 期，2018 年 12 月，頁 188-190。

114. 詹杭倫：〈潘飛聲〈論粵東詞絕句〉說略〉，《西南師範大學學報（哲學社會科學版）》2010 年第 1 期，頁 1-8。

115. 熊嘯：〈妻子形象進入艷詩的可能性——以孫原湘的創作為例〉，《重慶郵電大學學報（社會科學版）》第 29 卷第 2 期，2017 年 3 月，頁 114-120。

116. 裴喆：〈清初詞人焦袁熹及其論詞詞〉，《中國韻文學刊》第 25 卷第 4 期，2011 年 10 月，頁 31-36。

117. 趙福勇：〈清代「論詞絕句」論賀鑄〈橫塘路〉詞探析〉，王兆鵬、龍建國編：《2006 詞學國際學術研討會論文集（二）》，南昌：百花洲文藝出版社，2007 年 7 月，頁 615-639。

118. 趙福勇：〈清代「論詞絕句」論賀鑄〈橫塘路〉詞探析〉，《臺北大學中文學報》第 4 期，2008 年 3 月，頁 193-223。

119. 趙福勇：〈清代「論詞絕句」論晏殊詞探析〉，《成大中文學報》第 25 期，2009 年 7 月，頁 153-178。

120. 趙福勇：〈汪筠〈讀詞綜書後〉論北宋詞人探析〉，鄧喬彬主編《第五屆宋代文學國際研討會論文集》，廣州：暨南大學出版社，2009 年 8 月，頁 476-489。

121. 趙福勇：〈清代「論詞絕句」彙編綜評〉，《清代論詞絕句初編》，臺北：里仁書局，2010 年 9 月，頁 45-77。

122. 劉少坤：〈萬樹《詞律》在詞律史上的地位〉，《焦作師範高等專科學校學報》2015 年第 2 期，頁 10-13。

123. 劉青海：〈論夏承燾《瞿髯論詞絕句》中的詞學觀〉，《中國韻文學刊》第 25 卷第 1 期，2011 年 1 月，頁 97-102。

124. 劉姝：〈清代詩人孫原湘、席佩蘭生卒年考辨〉，《上海大學學報（社會科學版）》第 11 卷第 6 期，2004 年 11 月，頁 43-45。

125. 劉揚忠：〈《瞿髯論詞絕句》注解商榷〉，《文學遺產》1985 年第 3 期，1985 年 9 月，頁 130-133。

126. 歐明俊：〈「詞中杜甫」說總檢討〉，《中國韻文學刊》第 21 卷第 2 期，2007 年 6 月，頁 1-9。

127. 滕聖偉：〈焦袁熹論詞詞采桑子編纂樂府妙聲竟作概述〉，《唐山文學》2016 年第 1 期，頁 102-103。

128. 蕭振宇：〈張玉穀古詩鑒賞評說〉，《張家口師專學報》第 20 卷第 1 期，2004 年 2 月，頁 1-6。

129. 龍懷菊：〈論朱彝尊的題畫詞〉，《青春歲月》2014 年 5 月上，頁 15。

130. 戴榮冠：〈清代論詞絕句論黃庭堅詞探析〉，《高應科大人文社會科學學報》第 8 卷第 2 期，2011 年 12 月，頁 265-280。

131. 繆鉞：〈靈谿詞說（四則）〉，《四川大學學報（哲學社會科學版）》1982 年第 3 期，1982 年 7 月，頁 3-7。

132. 薛乃文：〈夏承燾《瞿髯論詞絕句》論姜夔詞探析〉，《嘉大中文學報》第 10 期，2015 年 3 月，頁 117-154。

133. 薛乃文：〈夏承燾對日本詞人的接受研究〉，《東吳中文學報》第 32 期，2016 年 11 月，頁 181-214。

134. 謝永芳：〈陳澧的詞學研究〉，《東莞理工學院學報》第 14 卷第 4 期，2007 年 8 月，頁 81-86。

135. 謝永芳：〈潘飛聲對本土詞學文獻的整理研究及其價值〉，《圖書館論壇》第 28 卷第 4 期，2008 年 8 月，頁 171-174。

136. 謝永芳：〈譚瑩的〈論詞絕句〉及其學術價值〉，《圖書館論壇》第 29 卷第 2 期，2009 年 4 月，頁 172-175。

137. 魏鵬展：〈李清照改嫁辨證〉，《文學論衡》第 29 期，2016 年 12 月，頁 56-67。

138. 譚若麗：〈論詞詞蠡測：以盧前〈望江南‧飲虹簃論清詞百家〉為中心〉，《文藝評論》，2014 年第 2 期，頁 33-36。

139. 饒宗頤：〈朱彊村論清詞望江南箋〉，《東方文化》第 6 卷第 1、2 期合刊，1961 年 6 月，頁 39-60。

三、學位論文

1. 宋毅：《周之琦詞選研究》，南京：江蘇師範大學文學院碩士論文，2012 年。

2. 巫旻憲：《孫原湘詞學研究》，臺南：成功大學中國文學系碩士論文，2020 年。

3. 李家毓：《鄭騫〈讀詞絕句三十首〉之研究》，臺中：中興大學中國文學系碩士論文，2016 年。

4. 李甜甜：《晚清民國時期論詞絕句研究》，南昌：南昌大學人文學院中文系碩士論文，2018 年。

5. 周益忠：《宋代論詩詩研究》，臺北：臺灣師範大學國文學系博士論文，1989 年。

6. 陳小燕：《《昭代詞選》研究》，合肥：安徽大學中國古代文學碩士論文，2014 年。

7. 邱青青：《清代中期論詞絕句研究》，南昌：南昌大學中文系碩士論文，2018 年。

8. 施惠玲：《朱孝臧與其《彊村叢書》研究》，臺北：東吳大學中國文學系碩士論文，2012 年。

9. 胡永啟：《夏承燾詞學研究》，開封：河南大學文學院博士論文，2011 年。

10. 夏晨：《中國傳統論詞詞研究》，南昌：南昌大學中文系碩士論文，2014 年。

11. 徐笑珍：《夏承燾的詞學研究》，香港：香港中文大學中國語言及文學學部碩士論文，2002 年。

12. 張中秋：《《古詩賞析》研究》，開封：河南大學中國古代文學系碩士論文，2009 年。

13. 張若麗：《盧前：雄風托舉的《中興鼓吹集》與論詞詞民國學人詞研究》，長春：吉林大學文學院博士論文，2015 年。

14. 彭智文：《潘飛聲（1858-1934）詞研究》，香港：香港大學中文系碩士論文，2010 年。

15. 曾夢涵：《清代周邦彥詞接受史》，高雄：中山大學中國文學系碩士論文，2013年。

16. 程志媛：《宋代詞學批評研究——批評形式與文化詮釋》，南投：暨南國際大學中國語文學系碩士論文，2001年。

17. 程美華：《孫原湘詩歌研究》，上海：華東師範大學人文學院古籍研究所博士論文，2006年。

18. 楊大衛：《清代王沂孫詞接受史》，高雄：中山大學中國文學系碩士論文，2014年。

19. 楊雪謹：《張德瀛詞與詞學思想研究》，廣州：暨南大學文學院碩士論文，2016年。

20. 楊曉秀：《孫原湘文學研究》，濟南：山東師範大學中國古代文學碩士論文，2012年。

21. 劉喜儀：《譚瑩《論詞絕句》論唐宋詞研究》，香港：香港中文大學中國語文及文學系碩士論文，2008年。

22. 韓配陣：《清代論詞絕句研究》，廣州：暨南大學中國語言文學系碩士論文，2011年。

23. 蘇靜：《清代論詞絕句研究》，長春：吉林大學中國古代文學博士論文，2020年。

附錄一　民國以來「論詞」詩詞研究論著目錄

編輯說明

1、　本目錄旨在蒐集民國以來迄今（1912-2020），海內外發表關於「論詞」詩、詞之研究成果，包含專書、學位論文、期刊、會議論文集等類型論著。

2、　本目錄分「論詞詩」和「論詞詞」兩大類，其下再分通論、歷代分論兩類。

3、　清人陳維崧填詞圖，當時題詠唱和者繁夥，而多涉詞人、填詞事，與「論詞」旨趣相同，故此類資料併予收入。

4、　限於識見，疏漏恐多，敬請博雅專家不吝賜正。

一、論詞詩

（一）通論

1.概述

葉嘉瑩　　撰寫《靈谿詞說》談論詞絕句、詞話、詞論諸體之得失
　　　　　　唐宋詞名家論集　頁 449-464　臺北　正中書局　1987 年 11 月

葉嘉瑩　　前言——談撰寫此書的動機、體例以及論詞絕句、詞話、詞論

　　　　　諸體之得失[1]

　　　　　四川大學學報編輯部編　唐宋文學論叢　頁碼不詳　四川大學
　　　　　學報編輯部　1983 年 11 月

　　　　　繆鉞、葉嘉瑩合著　靈谿詞說　頁 1-17　臺北　正中書局
　　　　　1993 年 8 月臺初版

　　　　　唐宋詞名家論稿　頁 1-14　石家莊　河北教育出版社　1997 年
　　　　　7 月

　　　　　唐宋詞名家論集　頁 1-18　臺北　桂冠圖書公司　2000 年 2 月

孫克強　清代詞學文獻的整理和研究
　　　　　河南大學學報（社會科學版）　第 45 卷第 4 期　頁 22-26
　　　　　2005 年 7 月

陳水雲　論詞絕句的歷史發展
　　　　　國文天地　第 26 卷第 6 期　頁 41-44　2010 年 11 月

王偉勇　《清代詩文集彙編》之詞學價值
　　　　　國文學報　第 55 期　頁 201-234　2014 年 6 月[2]

王兆鵬　新世紀以來詞學研究的進展與瞻望
　　　　　學術研究　2015 年第 6 期　頁 143-151　2015 年

胡傳志　論詞絕句的發源與中斷
　　　　　吉林師範大學學報（人文社會科學版）　2016 年第 4 期　頁
　　　　　23-26　2016 年 4 月

張　嘯　詞學批評話語中的「詩詞越界」現象論
　　　　　廣西師範學院學報（哲學社會科學版）　第 38 卷第 4 期　頁
　　　　　25-36　2017 年 7 月

2.文獻整理

夏承燾著，吳无聞注　瞿髯論詞絕句

---

[1]　此文與〈撰寫《靈谿詞說》談論詞絕句、詞話、詞論諸體之得失〉同而
　　略有修改。

[2]　此文第三節提及「批評資料補輯之價值——以清代詞集序跋、論詞詩、
　　論詞長短句、評點為例」。

北京　中華書局　75 頁　1979 年 3 月

北京　中華書局　87 頁　1983 年 2 月[3]

夏承燾集　第 2 冊　頁 503-596　杭州　浙江古籍出版社、浙江
教育出版社　1997 年 6 月

夏承燾著，吳无聞注　《瞿髯論詞絕句》外編

杭州大學學報（哲學社會科學版）　1979 年第 1、2 期合刊

頁 120-121　1979 年 5 月

夏承燾　論域外詞絕句九首

文獻　1980 年第 2 期　頁 68-72　1980 年 7 月

繆　鉞　靈谿詞說（四則）

四川大學學報（哲學社會科學版）　1982 年第 3 期　頁 3-7

1982 年 7 月

楊仲謀　評詞絕句註

臺中　臺中市四川同鄉會審校典藏　291 頁　1988 年 10 月

鄭　騫　論詞絕句三十首

清畫堂詩集　頁 307-321　臺北　大安出版社　1988 年 12 月

程郁綴　論詞絕句箋評‧論蘇軾詞

（上）未名（日本神戶大学文学部年刊）　第 15 號　1997 年 3
月

（下）未名（日本神戶大学文学部年刊）　第 16 號　1998 年 3
月

程郁綴　論詞絕句箋評‧論李煜詞

漢學研究（日本神戶大學文學部中國文學科年刊）　第 36 號

1998 年 3 月

王　強　散靜居論詞絕句一百首

唐宋詞講錄　頁 239-338　北京　崑崙出版社　2003 年 3 月

吳熊和、陶　然輯錄　清人論詞絕句

---

[3]　據〈後記〉是書於 1979 年出版時收入論詞絕句 82 首，再版新增 18
首。

　　　　　唐宋詞匯評（兩宋卷）　頁 4386-4439　杭州　浙江教育出版社
　　　　　2004 年 12 月
吳熊和　論詞絕句一百首
　　　　　中國宋代文學學會主辦　「第四屆宋代文學國際研討會」會議
　　　　　論文集　杭州　頁 579-608　2005 年 9 月
　　　　　詞學　第 16 輯　頁 237-265　上海　華東師範大學出版社
　　　　　2006 年 1 月
　　　　　沈松勤主編　第四屆宋代文學國際研討會論文集　頁 579-608
　　　　　杭州　浙江大學出版社　2006 年 10 月
孫克強　清代論詞絕句組詩
　　　　　清代詞學批評史論　頁 365-502　上海　上海古籍出版社　2008
　　　　　年 11 月
王偉勇　清代論詞絕句初編
　　　　　臺北　里仁書局　493 頁　2010 年 9 月
孫克強、羅克辛輯錄　遁庵詞話
　　　　　文學與文化　2014 年第 1 期　頁 103-118　2014 年 1 月[4]
程郁綴、李　靜　歷代論詞絕句箋注
　　　　　北京　北京大學出版社　694 頁　2014 年 7 月
孫克強、裴　喆　論詞絕句二千首
　　　　　天津　南開大學出版社　2 冊，900 頁　2014 年 12 月
楊仲謀著，王　靜、王　賀輯校　說詞韻語
　　　　　詞學　第 35 輯　頁 362-383　上海　華東師範大學出版社　2016
　　　　　年 6 月
　（二）歷代分論
(1)明以前論詞詩
代　亮、崔海正　從「後村詞話」看後村之詞學觀
　　　　　中國韻文學會、江西財經大學藝術與傳播學院主辦　「2006 詞
　　　　　學國際學術研討會」會議論文集　南昌　江西財經大學　2006

---

[4]　此文整理張爾田詞話文獻，其中第四種為論詞絕句，計八首。

年 8 月

王兆鵬、龍建國主編　2006 詞學國際學術研討會論文集（二）
頁 501-510　南昌　百花洲文藝出版社　2007 年 7 月

崔海正　詞之理論與批評研究：斷代個體詞論研究（附：後村詞學觀略
說）
中國詞學研究體系建構稿　頁 140-150　濟南　齊魯書社　2007
年 10 月[5]

王偉勇　兩宋「論詞詩」及「論詞長短句」之價值
嘉義大學中國文學系主辦　「第三屆宋代學術國際研討會論
文」會議論文集　頁 1-18　嘉義　嘉義大學　2011 年 6 月
成大中文學報　第 38 期　頁 41-65　2012 年 9 月

王偉勇　南宋「論詞」詩四首析論
淡江中文學報　第 25 期　頁 35-67　2011 年 12 月

蘇　靜　明末清初詞學觀念的變化——以論詞絕句為中心
文藝爭鳴　2020 年第 4 期　頁 187-191　2020 年 4 月

2.清代論詞詩

孫克強　論詞詩詞
清代詞學　頁 68-73　北京　中國社會科學出版社　2004 年 7
月

孫克強　詞學理論的重要載體——簡論清代論詞詩詞的價值
廣州大學學報（社會科學版）　第 7 卷第 1 期　頁 44-49　2008
年 1 月
清代詞學批評史論　頁 284-335　上海　上海古籍出版社　2008
年 11 月

邱美瓊、胡建次　論詞絕句在清代的運用與發展
重慶社會科學　2008 年第 7 期　頁 105-110　2008 年 7 月

胡建次　清代論詞絕句的運用類型
廣西社會科學　2009 年第 2 期　頁 88-95　2009 年 2 月

---

[5]　此文原即代亮、崔海正〈從「後村詞話」看後村之詞學觀〉。

王偉勇　　清代論詞絕句之整理、研究及價值
　　　　　世新大學中文系主辦　「第二屆兩岸韻文學學術研討會」會議
　　　　　論文集　臺北　世新大學　2009 年 5 月
　　　　　郭鶴鳴總編輯　第二屆兩岸韻文學學術研討會論文集——韻文
　　　　　的欣賞與研究　頁 269-299　臺北　世新大學　2010 年 4 月
　　　　　清代論詞絕句初編　頁 1-43　臺北　里仁書局　2010 年 9 月[6]

王偉勇　　清代「論詞絕句」之價值——以論唐、五代、兩宋詞為例
　　　　　四川大學文學與新聞學院、西南民族大學文學院主辦　「第六
　　　　　屆宋代文學國際學術研討會」會議論文集　成都　四川大學
　　　　　2009 年 10 月

孫克強、楊傳慶　清代論詞絕句的詞史觀念及價值
　　　　　學術研究　2009 年第 11 期　頁 136-144　2009 年 11 月

王偉勇　　搜輯清代論詞絕句應有之認知
　　　　　澳門大學社會科學及人文學院主辦　「第二屆中華詞學國際學
　　　　　術研討會」會議論文集　澳門　澳門大學　2009 年 12 月

趙福勇　　清代「論詞絕句」彙編綜評
　　　　　王偉勇　清代論詞絕句初編　頁 45-77　臺北　里仁書局　2010
　　　　　年 9 月

韓配陣　　清代論詞絕句研究
　　　　　廣州　暨南大學中國語言文學系碩士論文　81 頁　2011 年 5 月
　　　　　趙維江指導

程嫩生、張西焱　清代書院詞學教育
　　　　　海南大學學報人文社會科學版　第 30 卷第 1 期　頁 29-34
　　　　　2012 年 2 月[7]

沙先一　　論詞絕句與清詞的經典化
　　　　　江蘇師範大學學報（哲學社會科學版）　第 39 卷第 3 期　頁

6　篇名改作：清代論詞絕句之整理、研究及其價值。

7　此文強調論詞絕句也出現在清代書院文學研究，第二節針對此點，並引
　　譚瑩與梁梅論詞絕句為例。

16-20　2013 年 5 月

沙先一、張宏生　論清詞的經典化
　　　　中國社會科學　2013 年第 12 期　頁 96-119　2013 年 12 月

蘇　靜　清代論詞絕句研究
　　　　長春　吉林大學中國古代文學博士論文　186 頁　2020 年 9 月
　　　　馬大勇指導

蘇　靜　清代論詞絕句「詩詞越界」的批評實踐
　　　　甘肅廣播電視大學學報　第 30 卷第 5 期　頁 15-21　2020 年 10 月

陳水雲　雍正乾隆時期的研究（1723-1795）‧論詞絕句與明清詞批評
　　　　明清詞研究史　頁 74-79　武昌　武漢大學出版社　2006 年 9 月

陳水雲　嘉慶、道光及近代的研究（1796-1908）‧詞話、序跋及論詞絕句中的明清詞批評
　　　　明清詞研究史　頁 112-124　武昌　武漢大學出版社　2006 年 9 月

李甜甜　晚清民國時期論詞絕句研究
　　　　南昌：南昌大學人文學院中文系碩士論文，90 頁　2018 年 5 月
　　　　胡建次指導

胡建次、李甜甜　晚清民國詞學觀念的演變——以論詞絕句為考察對象
　　　　江西社會科學　2019 年第 4 期　頁 103-110　2019 年 4 月

王偉勇　清代「論詞絕句」論李白詞探析
　　　　國科會人文及社會科學發展處主辦　「國科會中文學門 90～94 研究成果發表會」會議論文集　臺北　2006 年 11 月
　　　　林明德、黃文吉總策劃　臺灣學術新視野——中國文學之部（二）　頁 632-654　臺北　五南圖書出版公司　2007 年 6 月
　　　　詩詞越界研究　頁 197-228　臺北　里仁書局　2009 年 9 月

王偉勇　清代「論詞絕句」論溫庭筠詞探析
　　　　中國韻文學會、江西財經大學藝術與傳播學院主辦　「2006 詞學國際學術研討會」會議論文集　南昌　江西財經大學　2006 年 8 月

王兆鵬、龍建國主編　2006 詞學國際學術研討會論文集（二）
頁 597-614　南昌　百花洲文藝出版社　2007 年 7 月
文與哲　第 9 期　頁 337-356　2006 年 12 月
詩詞越界研究　頁 229-252　臺北　里仁書局　2009 年 9 月
文與哲　臺灣南區大學中文系策略聯盟學術論叢　頁 93-112
2014 年 6 月

林宏達　清代「論詞絕句」論南唐詞風述評
潘碧華、陳水雲主編　2012 詞學國際學術研討會論文集（金元
明清卷）　頁 144-155　吉隆坡　馬來亞大學　2012 年 8 月

夏婉玲　清代「論詞絕句」論馮延巳詞探析
雲漢學刊　第 22 期　頁 81-95　2011 年 2 月

林宏達　清代「論詞絕句」論李璟及其作品探析
實踐大學主辦　「2011 年文化創意產業發展新趨勢國際研討會
──應用語文發展新思維」會議論文集　頁 1-10　高雄　實踐
大學　2011 年 5 月

王偉勇、林宏達　清代「論詞絕句」論李煜及其作品探析
中山大學中文系主辦　「第五屆國際暨第十屆全國清代學術研
討會」會議論文集　高雄　中山大學　2009 年 6 月
王偉勇　清代論詞絕句初編　頁 339-389　臺北　里仁書局
2010 年 9 月

曹明升　清人論宋詞絕句脞說
貴州社會科學　2007 年第 2 期　頁 97-101　2007 年 2 月

趙福勇　清代「論詞絕句」論北宋詞人及其作品研究
彰化　彰化師範大學國文研究所博士論文　476 頁　2011 年 1
月　黃文吉指導
新北市　花木蘭文化出版社　2 冊　2012 年 3 月

夏婉玲　以「論詞絕句」論張先詞
張先詞接受史　頁 195-203　臺南　成功大學中國文學系碩士論
文　2011 年 7 月　王偉勇指導
張先詞接受史　頁 221-230　新北市　花木蘭文化出版社　2013

年 3 月

趙福勇　清代「論詞絕句」論晏殊詞探析

成大中文學報　第 25 期　頁 153-178　2009 年 7 月

王偉勇　清代論詞絕句初編　頁 391-421　臺北　里仁書局
2010 年 9 月

戴榮冠　清代論詞絕句論黃庭堅詞探析

高應科大人文社會科學學報　第 8 卷第 2 期　頁 265-280　2011
年 12 月

許淑惠　清人以韻文形式論秦觀詞

秦觀詞接受史　頁 233-262　臺南　成功大學中國文學系碩士論
文　2010 年 6 月　王偉勇指導

秦觀詞接受史　頁 288-324　新北市　花木蘭文化出版社　2012
年 9 月

張巽雅　清代「論詞絕句」論秦觀詞探析

雲漢學刊　第 22 期　頁 96-114　2011 年 2 月

周振興　清代論詞絕句論秦觀〈滿庭芳〉探析

臺中教育大學學報（人文藝術類）　第 26 卷第 1 期　頁 1-17
2012 年 6 月

唐玉鳳　清代「論詞絕句」論周邦彥詞探析

第 23 屆南區中文系碩博士生論文發表會會議論文集　頁 73-86
臺南：成大中文系研究生學生會　2010 年 8 月

曾夢涵　清人以韻文形式論周邦彥詞

清代周邦彥詞接受史　頁 155-168　高雄　中山大學中國文學系
碩士論文　2013 年 7 月　王偉勇、蔡振念指導

趙福勇　清代「論詞絕句」論賀鑄〈橫塘路〉詞探析

中國韻文學會、江西財經大學藝術與傳播學院主辦　「2006 詞
學國際學術研討會」會議論文集　南昌　江西財經大學　2006
年 8 月

王兆鵬、龍建國編　2006 詞學國際學術研討會論文集（二）
頁 615-639　南昌　百花洲文藝出版社　2007 年 7 月

臺北大學中文學報　第 4 期　頁 193-223　2008 年 3 月

王偉勇　清代論詞絕句初編　頁 423-458　臺北　里仁書局
2010 年 9 月

林宏達　清代「論詞絕句」組詩選評辛棄疾詞探析
江西上饒師範學院文學、新聞傳播學院主辦「紀念辛棄疾逝世
810 周年辛棄疾與詞學研討會」會議論文集　頁 115-121　上饒
上饒師範學院　2017 年 10 月

楊大衛　藉韻文評王沂孫詞
清代王沂孫詞接受史　頁 168-171　高雄　中山大學中國文學系
碩士論文　2014 年 2 月　王偉勇、龔顯宗指導

楊大衛　清代「論詞絕句」論王沂孫詞探析
臺南大學人文與社會研究學報　第 48 卷第 1 期　頁 33-44
2014 年 4 月

王淑蕙　清代「論詞絕句」論張炎詞舉隅探析
雲漢學刊　第 20 期　頁 1-23　2009 年 12 月

陶　然、劉　琦　清人七家論詞絕句述評
廈門教育學院學報　第 7 卷第 1 期　頁 15-19　2005 年 3 月

孫赫男　清代中期論詞絕句詞學批評特徵平議
求是學刊　第 38 卷第 4 期　頁 131-135　2011 年 7 月

邱青青　清代中期論詞絕句研究
南昌：南昌大學人文學院中文系碩士論文　54 頁　2018 年 6 月
邱美瓊指導

黃美惠　陳蕭恆之生平與著作・作品著述・詩作：論詞絕句、其他
陳蕭恆《栩園詞棄稿》研究　頁 50-52　臺南　成功大學中國文
學系碩士論文　2019 年 7 月　王偉勇指導

楊海明　從厲鶚〈論詞絕句〉看浙派詞論之一斑
明清詩文研究叢刊　第 2 輯　頁 52-56　蘇州　江蘇師範學院中
文系　1982 年 7 月
唐宋詞論稿　頁 294-303　杭州　浙江古籍出版社　1988 年 5 月

徐照華　厲鶚論詞絕句之研究

逢甲大學中文系主辦　「中國文學理論與批評研究學術研討會」會議論文集　臺中　逢甲大學　1984 年 5 月

厲鶚及其詞學研究　頁 129-224　臺北　文化大學中國文學系博士論文　1996 年 7 月　汪中指導

厲鶚及其詞學之研究　頁 127-224　高雄　高雄復文圖書出版社　1998 年 9 月

宋邦珍　厲鶚〈論詞絕句〉的傳承與創新
　　　　輔英學報　第 11 期　頁 200-206　1991 年 12 月

范道濟　從論詞絕句看厲鶚論詞「雅正」說
　　　　黃岡師專學報　第 14 卷第 2 期　頁 45-49　1994 年 4 月

司徒秀英　〈論詞絕句〉十二首
　　　　清代詞人厲鶚研究　頁 64-91　香港　蓮峰書舍　1994 年 1月

范三畏　試談厲鶚論詞絕句
　　　　社科縱橫　1995 年第 1 期　頁 48-52　1995 年 1 月

嚴迪昌　厲鶚的審美主張
　　　　清詞史　頁 351-353　南京　江蘇古籍出版社　1999 年 8 月

丁　放　陽羨派與浙西派的詞論・浙西派的詞論[8]
　　　　金元明清詩詞理論史　頁 372-386　合肥　安徽大學出版社　2001 年 6 月

周　瀟　厲鶚詞論之創見及浙派詞學旨歸
　　　　青島大學師範學院學報　第 22 卷第 1 期　頁 53-59　2005 年 3 月

施蟄存　論詞絕句之箋釋[9]
　　　　林玫儀編　北山樓詞話（施蟄存全集・第七卷）　頁 354-356
　　　　上海　華東師範大學出版社　2012 年 8 月

王偉勇、鄭琇文　清・江昱〈論詞十八首〉探析
　　　　北京大學中國古文獻研究中心主辦　「中國古文獻學與文學國際學術研討會」會議論文集　北京　北京大學　2006 年 11 月

---

[8]　此文論及厲鶚之論詞絕句。

[9]　此文箋釋厲鶚之論詞絕句。

　　　　　高雄師大國文學報　第 5 期　頁 1-34　2006 年 12 月

　　　　　北京大學中國古文獻研究中心編　北京大學中國古文獻研究中

　　　　　心集刊　第 7 輯　頁 736-762　北京　北京大學出版社　2008

　　　　　年 1 月

趙福勇　汪筠〈讀詞綜書後〉論北宋詞人探析

　　　　　中國宋代文學學會主辦　「第五屆宋代文學國際研討會」會議

　　　　　論文集　2007 年 12 月

　　　　　鄧喬彬主編　第五屆宋代文學國際研討會論文集　頁 476-489

　　　　　廣州　暨南大學出版社　2009 年 8 月

　　　　　王偉勇　清代論詞絕句初編　頁 459-493　臺北　里仁書局

　　　　　2010 年 9 月

陳水雲　汪森的詞學及其家族傳承[10]

　　　　　求是學刊　頁 127-133　第 41 卷第 6 期　2014 年 11 月

楊大衛　汪孟鋗〈題本朝詞十首〉析探

　　　　　師大學報（語言與文學類）　第 58 卷第 1 期　頁 65-82　2013

　　　　　年 3 月

許瑞哲　清代沈初〈論詞絕句〉十八首探析

　　　　　臺北市立大學學報（人文社會類）　第 44 卷第 2 期　頁 1-32

　　　　　2013 年 11 月

胡建次、邱青青　陳觀國《論詞二十四首》批評特色撮論

　　　　　船山學刊　2018 年第 5 期　頁 70-75　2018 年 5 月

張學軍　開啟粵西地域文學意識的詞論家──朱依真

　　　　　經濟與社會發展　2008 年第 10 期　頁 140-142　2008 年

陶子珍　清詩論宋代女性詞人探析──以汪芊、方熊、潘際雲之作品為例

　　　　　花大中文學報　第 2 期　頁 169-190　2007 年 12 月

　　　　　萬疊春山一寸心：古典詩詞論稿　頁 161-192　臺北　秀威出版

　　　　　社　2016 年 3 月

陶　然　論清代孫爾準、周之琦兩家論詞絕句

---

[10]　此文論及汪筠、汪孟鋗、汪仲鈖之論詞絕句。

　　　　　　文學遺產　1996 年第 1 期　頁 74-82　1996 年 1 月

陳佳慧　　陳文述「論詞絕句」十一首探析
　　　　　　雲漢學刊　第 26 期　頁 262-277　2013 年 2 月

林宏達　　清人沈道寬「論詞絕句」論北宋詞人探析
　　　　　　香港珠海學院中國文史研究所主辦「第二屆中華文化人文發展
　　　　　　國際學術研討會」　頁 1-11　2017 年 5 月
　　　　　　第二屆中華文化人文發展國際學術研討會論文集　頁 301-310
　　　　　　香港：珠海學院中國文學及歷史研究所　2017 年 11 月

林宏達　　從〈論詞絕句四十二首〉建構清人沈道寬之詞學觀
　　　　　　香港中文大學中文系主辦「滄海觀瀾：第三屆古典文學體式與
　　　　　　研究方法學術研討會」　2018 年 6 月 6 日
　　　　　　成大中文學報　第 66 期　頁 149-190　2019 年 9 月[11]

王曉雯　　宋翔鳳〈論詞絕句二十首〉論宋詞探析
　　　　　　中國宋代文學學會主辦　「第五屆宋代文學國際研討會」會議
　　　　　　論文集　廣州　暨南大學　2007 年 12 月
　　　　　　鄧喬彬主編　第五屆宋代文學國際研討會論文集　頁 490-511
　　　　　　廣州　暨南大學出版社　2009 年 8 月

張　方　　略探周之琦詞學思想
　　　　　　北方文學　2011 年第 12 期　頁 61-65　2011 年

楊婉琦　　周之琦〈心日齋十六家詞錄〉之附題探析
　　　　　　雲漢學刊　第 24 期　頁 69-87　2012 年 1 月

宋　毅　　論詞絕句與周之琦的選詞觀念
　　　　　　周之琦詞選研究　頁 31-42　南京　江蘇師範大學文學院碩士論
　　　　　　文　2012 年 5 月　沙先一指導

胡建次、金　鳳　周之琦《題心日齋十六家詞》的批評觀念與論說特色
　　　　　　寧夏大學學報（人文社會科學版）　第 42 卷第 4 期　頁 56-60
　　　　　　2020 年 7 月

陶子珍　　清代張祥河〈論詞絕句〉十首探析

---

[11]　篇名改作：從清人沈道寬〈論詞絕句〉四十二首建構其詞學觀。

　　　　　　成大中文學報　第 15 期　頁 89-106　2006 年 12 月

　　　　　　萬疊春山一寸心：古典詩詞論稿　頁 135-159　臺北　秀威出版
　　　　　　社　2016 年 3 月

夏書枚　　譚氏歷代詞論斠詮（上編）

　　　　　　聯合書院學報　1965 年第 4 期　頁 1-57　1965 年 4 月

王曉雯　　清代譚瑩「論詞絕句」研究

　　　　　　臺北　東吳大學中國文學系博士論文　403 頁　2008 年 7 月
　　　　　　王偉勇指導

　　　　　　新北市　花木蘭文化出版社　2 冊　2011 年 9 月

劉喜儀　　譚瑩《論詞絕句》論唐宋詞研究

　　　　　　香港　香港中文大學中國語文及文學系碩士論文　235 頁
　　　　　　2008 年 7 月　蔣英豪指導

謝永芳　　譚瑩：熙朝未必生材少，積習相沿愛鏟除[12]

　　　　　　廣東近世詞壇研究　頁 220-227　上海　上海古籍出版社　2008
　　　　　　年 10 月

謝永芳　　譚瑩的〈論詞絕句〉及其學術價值

　　　　　　圖書館論壇　第 29 卷第 2 期　頁 172-175　2009 年 4 月

徐　瑋　　論譚瑩對浙派的接受與反撥

　　　　　　文藝理論研究　2012 年第 6 期　頁 35-43　2012 年 11 月

曹維金、王建松　譚瑩與潘飛聲論嶺南詞人絕句異同論

　　　　　　湖南廣播電視大學學報　2015 年第 3 期　頁 27-30　2015 年 3 月

王偉勇、林淑華　陳澧〈論詞絕句〉六首探析

　　　　　　政大中文學報　第 7 期　頁 83-113　2007 年 6 月

　　　　　　王偉勇　詩詞越界研究　頁 299-339　臺北　里仁書局　2009
　　　　　　年 9 月

謝永芳　　陳澧的詞學研究

　　　　　　東莞理工學院學報　第 14 卷第 4 期　頁 81-86　2007 年 8 月

---

[12]　此節論及譚瑩論詞絕句。

謝永芳　　詞學批評[13]

　　　　　廣東近世詞壇研究　頁 219-220　上海　上海古籍出版社　2008
　　　　　年 10 月

余佳韻　　試論陳澧之詞學觀：以新見抄本為中心

　　　　　中國文化研究所學報　第 63 期　頁 203-236　2016 年 7 月

陳聲聰　　論近代詞絕句[14]

　　　　　論詞要略及詞評四篇　頁 169　廣州　廣東人民出版社　1986
　　　　　年 6 月

劉于鋒　　晚清楊恩壽的詞學主張及在湖湘派中的定位

　　　　　船山學刊　2012 年第 4 期　頁 56-60　2012 年 4 月

王偉勇　　馮煦〈論詞絕句〉論南宋詞探析

　　　　　中國宋代文學學會主辦　「第四屆宋代文學國際研討會」會議
　　　　　論文集　杭州　2005 年 9 月

　　　　　沈松勤主編　第四屆宋代文學國際研討會論文集　頁 486-498
　　　　　杭州　浙江大學出版社　2006 年 10 月

王偉勇、王曉雯　馮煦〈論詞絕句〉十六首探析

　　　　　成功大學文學院主辦　「中國近世文學國際學術研討會」會議
　　　　　論文集　臺南　成功大學　2005 年 10 月

　　　　　張高評主編　清代文學與學術──近世文學國際學術研討會論
　　　　　文集之三　頁 223-266　臺北　新文豐出版公司　2007 年 3 月

　　　　　王偉勇　詩詞越界研究　頁 253-297　臺北　里仁書局　2009
　　　　　年 9 月

陳尤欣、朱小桂　馮煦〈論詞絕句十六首之三〉略論

　　　　　作家　2008 年第 16 期　頁 120-121　2008 年 8 月

許仲南　　論馮煦詞學的浙派面相──以師友、論詞與詞作為主要考察對
　　　　　象

　　　　　有鳳初鳴年刊　第 6 期　頁 339-356　2010 年 10 月

---

[13]　此節論及陳澧論詞絕句。

[14]　此作論及譚獻、王鵬運等人。

許仲南　　詞作與論詞之關係
　　　　　馮煦詞學及其詞研究　頁 137-142　臺北　東吳大學中國文學系
　　　　　碩士論文　2011 年 6 月　蘇淑芬指導
　　　　　馮煦詞學及其詞研究　頁 189-195　新北市　花木蘭文化出版社
　　　　　2016 年 9 月
陸有富　　從文廷式一首論詞詩看其對常州詞派的批評
　　　　　語文學刊　2009 年第 7 期　頁 69-70　2009 年 7 月
謝永芳　　潘飛聲對本土詞學文獻的整理研究及其價值
　　　　　圖書館論壇　第 28 卷第 4 期　頁 171-174　2008 年 8 月
詹杭倫　　潘飛聲〈論粵東詞絕句〉說略
　　　　　澳門大學社會科學及人文學院主辦　「第二屆中華詞學國際學
　　　　　術研討會」會議論文集　澳門　澳門大學　2009 年 12 月
　　　　　西南師範大學學報（哲學社會科學版）　2010 年第 1 期　頁 1-
　　　　　8　2010 年 1 月
彭智文　　潘飛聲的詞學活動與其詞學思想的關係
　　　　　潘飛聲（1858-1934）詞研究　香港　香港大學中文系碩士論文
　　　　　頁 84-89　2010 年 12 月　楊玉峰指導
李　鋒　　壯族文士曾鴻燊的論詞詩及其詞學史價值
　　　　　民族文學研究　2019 年第 1 期　頁 162-169　2019 年
神田喜一郎著，彭黎明譯，洪　明校　槐南詞話與竹隱論詞絕句
　　　　　河北大學學報（哲學社會科學版）　1986 年第 1 期　頁 85-90
　　　　　1986 年 1 月
王偉勇、鄭琇文　高旭論〈十大家詞〉絕句探析
　　　　　中山大學中文系主辦　「第四屆國際暨第九屆全國清代學術研
　　　　　討會」會議論文集　高雄　中山大學　2008 年 6 月
　　　　　王偉勇　詩詞越界研究　頁 341-400　臺北　里仁書局　2009
　　　　　年 9 月
謝永芳　　張世良：抱才不偶、多病逃禪[15]

---

[15]　此節論及張世良論詞絕句。

　　　　　　　廣東近世詞壇研究　頁 265-266　上海　上海古籍出版社　2008
　　　　　　年 10 月
（3）民國論詞詩
吳熊和　　《詞話叢編》讀後
　　　　　　吳熊和詞學論集　頁 127-135　杭州　杭州大學出版社　1999
　　　　　　年 4 月[16]
李甜甜　　晚清民國時期論詞絕句研究
　　　　　　南昌：南昌大學人文學院中文系碩士論文，90 頁　2018 年 5 月
　　　　　　胡建次指導
胡建次、李甜甜　晚清民國詞學觀念的演變──以論詞絕句為考察對象
　　　　　　江西社會科學　2019 年第 4 期　頁 103-110　2019 年 4 月
胡建次、劉皇俊　姚錫均論詞絕句的評說特點及批評觀念
　　　　　　興義民族師範學院學報　2021 年第 2 期　頁 42-46　2021 年 4 月
洪柏昭　　讀瞿髯論詞絕句
　　　　　　光明日報　第 4 版　1980 年 3 月 18 日
　　　　　　複印報刊資料（中國古代近代文學研究）　1980 年第 12 期
　　　　　　頁 39-40　1980 年 12 月
楊牧之　　「千年流派我然疑」──《瞿髯論詞絕句》讀後
　　　　　　讀書　1980 年第 10 期　頁 45-49　1980 年 10 月
李錫胤　　《瞿髯論詞絕句》蠡測
　　　　　　藝譚　1981 年第 2 期　1981 年 1 月
許理絢　　「黃金合鑄兩娥眉」──蔡琰、李清照淺論
　　　　　　青海師範學院學報（哲學社會科學版）　1983 年第 3 期　頁
　　　　　　31-34　1983 年 3 月
劉揚忠　　《瞿髯論詞絕句》注解商榷
　　　　　　文學遺產　1985 年第 3 期　頁 130-133　1985 年 9 月
　　　　　　劉揚忠學術論文集　上冊　頁 81-86　南昌　江西教育出版社
　　　　　　2016 年 2 月

---

[16]　此文評唐圭璋《詞話叢編》，第二節提及論詞絕句，並羅列相關目錄。

林玫儀　《瞿髯論詞絕句》初探
　　　　中央研究院中國文哲研究所籌備處主編　第一屆詞學國際研討
　　　　會論文集　頁 457-482　臺北　中央研究院中國文哲研究所籌備
　　　　處　1994 年 11 月

徐笑珍　詩話式評點──《瞿髯論詞絕句》
　　　　夏承燾的詞學研究　頁 75-87　香港　香港中文大學中國語言及
　　　　文學學部碩士論文　2002 年 6 月　何志華指導

劉青海　論夏承燾《瞿髯論詞絕句》中的詞學觀
　　　　中國韻文學刊　第 25 卷第 1 期　頁 97-102　2011 年 1 月

朱存紅、沈家莊　別有境界，自成一家──夏承燾《瞿髯論詞絕句》芻議
　　　　文藝評論　2011 年第 6 期　頁 104-108　2011 年 6 月

胡永啟　瞿髯論詞絕句研究
　　　　夏承燾詞學研究　頁 118-144　開封　河南大學文學院博士論文
　　　　2011 年 10 月　孫克強指導

施蟄存　瞿髯論詞絕句
　　　　林玫儀編　北山樓詞話（施蟄存全集‧第七卷）　頁 84　上海
　　　　華東師範大學出版社　2012 年 8 月

王偉勇　夏承燾「論詞絕句」論易安詞詳析
　　　　文與哲　第 24 期　頁 57-84　2014 年 6 月

陳祖美　「易安心事」知多少──李清照研究集說
　　　　紹興文理學院學報（哲學社會科學）　第 35 卷第 1 期　頁 58-
　　　　63　2015 年 1 月[17]

薛乃文　夏承燾《瞿髯論詞絕句》論姜夔詞探析
　　　　嘉大中文學報　第 10 期　頁 117-154　2015 年 3 月

姚逸超　簡論夏承燾的柳永研究
　　　　泰山學院學報　第 38 卷第 1 期　頁 24-27　2016 年 1 月

薛乃文　夏承燾對日本詞人的接受研究

---

[17]　此文前言就夏承燾論詞絕句發想，末節針對夏氏論詞絕句論李清照五首
　　發揮。

　　　　　　東吳中文學報　第 32 期　頁 181-214　2016 年 11 月

顧一凡　　論夏承燾詞學觀對其詞體創作的影響——以《瞿髯論詞絕句》
　　　　　為中心的考察
　　　　　閩西職業技術學院學報　第 19 卷第 4 期　頁 68-70 轉 120
　　　　　2017 年 12 月

汪素琴、胡建次　夏承燾《瞿髯論詞絕句》的論說方法與詞學觀念
　　　　　浙江海洋大學學報（人文科學版）　第 35 卷第 6 期　頁 82-88
　　　　　2018 年 12 月

薛乃文　　夏承燾詞學研究——以日記、書信、論詞絕句為考察中心
　　　　　臺南　成功大學中國文學系博士論文　497 頁　2019 年 7 月
　　　　　王偉勇指導

陳聲聰　　論近代詞絕句
　　　　　論詞要略及詞評四篇　頁 169　廣州　廣東人民出版社　1986
　　　　　年 6 月

陳煒舜　　鏤金堆玉成蕃錦，付與何人作鄭箋——鄭騫〈讀詞絕句三十
　　　　　首〉芻論
　　　　　黃坤堯主編　香港舊體文學論集　第 3 輯　頁 354-369　香港
　　　　　香港中文大學出版社　2008 年 10 月

李家毓　　鄭騫〈讀詞絕句三十首〉之晚唐五代詞人作品研究
　　　　　中興大學中文系主辦　2016 第三屆麗澤全國中文研究生學術研
　　　　　討會論文集　臺中　中興大學　2016 年 5 月 28 日

李家毓　　鄭騫〈讀詞絕句三十首〉之研究
　　　　　臺中　中興大學中國文學系碩士論文　106 頁　2016 年 7 月
　　　　　李建福指導

汪素琴、胡建次　啟功〈論詞絕句二十首〉論說方法及詞學觀念
　　　　　浙江海洋大學學報（人文科學版）　第 34 卷第 6 期　頁 33-37
　　　　　2017 年 12 月

徐照華、王素真　張夢機教授〈論詞五絕句〉研究
　　　　　林淑貞主編　歌哭紅塵間——張夢機教授紀念學術研討會論文
　　　　　集　頁 321-348　臺中　中興大學中國文學系　2015 年 11 月

二、論詞詞

（一）通論

鄭福田　讀詞八咏[18]
　　　　唐宋詞研究　頁 244-251　呼和浩特　內蒙古大學出版社　1997
　　　　年 11 月

孫克強　清代詞學文獻的整理和研究
　　　　河南大學學報（社會科學版）　第 45 卷第 4 期　頁 22-26
　　　　2005 年 7 月

夏　晨　中國傳統論詞詞研究
　　　　南昌　南昌大學中文系碩士論文　68 頁　2014 年 5 月　胡建次
　　　　指導

王偉勇　《清代詩文集彙編》之詞學價值[19]
　　　　國文學報　第 55 期　頁 201-234　2014 年 6 月

林宏達　論詞長短句之溯源與成因
　　　　河北大學主辦　2016 詞學國際學術研討會論文集・唐宋金元卷
　　　　（上）　頁 179-192　河北　保定大學　2016 年 8 月

（二）歷代分論

1.明代以前論詞詞

程志媛　論詞詞
　　　　宋代詞學批評研究——批評形式與文化詮釋　頁 58-64　南投
　　　　暨南國際大學中國語文學系碩士論文　2001 年 7 月　楊玉成指導

王偉勇　兩宋「論詞詩」及「論詞長短句」之價值
　　　　嘉義大學中國文學系主辦　「第三屆宋代學術國際研討會論
　　　　文」會議論文集　頁 1-18　嘉義　嘉義大學　2011 年 6 月

---

[18]　此作以〈臨江仙〉詠溫庭筠、韋莊，〈風入松〉詠孫光憲、馮延巳，
　　　〈滿庭芳〉詠李煜、范仲淹，〈少年游〉詠晏殊、張先。

[19]　此文第三節提及「批評資料補輯之價值——以清代詞集序跋、論詞詩、
　　　論詞長短句、評點為例」。

　　　　　　成大中文學報　第 38 期　頁 41-65　2012 年 9 月

李冬紅　　宋末論詞詞初探

　　　　　　臨沂大學學報　第 42 卷第 4 期　頁 32-39　2020 年 8 月

代　亮、崔海正　從「後村詞話」看後村之詞學觀

　　　　　　中國韻文學會、江西財經大學藝術與傳播學院主辦　「2006 詞
　　　　　　學國際學術研討會」會議論文集　南昌　江西財經大學　2006
　　　　　　年 8 月

　　　　　　王兆鵬、龍建國主編　2006 詞學國際學術研討會論文集（二）
　　　　　　頁 501-510　南昌　百花洲文藝出版社　2007 年 7 月

崔海正　　詞之理論與批評研究：斷代個體詞論研究（附：後村詞學觀略
　　　　　　說）

　　　　　　中國詞學研究體系建構稿　頁 140-150　濟南　齊魯書社　2007
　　　　　　年 10 月[20]

王偉勇　　析論宋末元初詞壇對周密之接受[21]

　　　　　　成大中文學報　第 44 期　頁 121-154　2014 年 3 月

陳雪婧　　為同時代詞人畫像——張炎論詞詞的形象書寫

　　　　　　天水師範學院學報　第 35 卷第 4 期　頁 61-63　2015 年 7 月

張仲謀　　明代論詞詞九首解讀

　　　　　　南京師範大學文學院學報　2009 年第 3 期　頁 10-15　2009 年
　　　　　　9 月

　　　　　　明代詞學通論　頁 358-367　北京　中華書局　2013 年 3 月

2.清代論詞詞

孫克強　　論詞詩詞

　　　　　　清代詞學　頁 68-73　北京　中國社會科學出版社　2004 年 7 月

孫克強　　詞學理論的重要載體——簡論清代論詞詩詞的價值

　　　　　　廣州大學學報（社會科學版）　第 7 卷第 1 期　頁 44-49　2008
　　　　　　年 1 月

---

[20]　此文原即代亮、崔海正〈從「後村詞話」看後村之詞學觀〉。

[21]　此文係宋人評宋詞之論詞詞。

清代詞學批評史論　頁 284-335　上海　上海古籍出版社　2008年 11 月

林宏達　清代前期「論詞長短句」評唐宋詞人及其作品研究
臺南　成功大學中國文學系博士論文　436 頁　2016 年 7 月
王偉勇指導
臺北　萬卷樓圖書出版公司　333 頁　2020 年 7 月[22]

夏婉玲　以「論詞長短句」論張先詞
張先詞接受史　頁 203-205　臺南　成功大學中國文學系碩士論文　2011 年 7 月　王偉勇指導

林宏達　清代論詞長短句論柳永及其作品探析——以順康雍乾朝為例
臺北市立大學中國語文學系主辦　第一屆臺北市立大學中語系研究生學術論文研討會會議論文集　頁 289-306　臺北　臺北市立大學　2015 年 5 月

林宏達　清代前期「論詞長短句」論柳永及其作品探析
嘉大中文學報　第 11 期　頁 203-228　2016 年 12 月

林宏達　清前期「論詞長短句」論李煜及其作品探析
佛光大學中國文學與應用學系主辦　「文學與文化」研究生學術論文研討會會議論文集　頁 165-177　宜蘭　佛光大學　2015年 6 月
彰化師大國文學誌　第 31 期　頁 317-341　2015 年 12 月[23]

林宏達　試析清代前期「論詞長短句」論秦觀及其作品
止善　第 20 期　頁 61-84　2016 年 6 月

林宏達　清代前期「論詞長短句」論周密《絕妙好詞》及其詞作探析
成功大學中國文學系主辦　第二屆「海東論壇」研究生論文發表會會議論文集　頁 1-18　臺南　成功大學　2016 年 6 月

毛文芳　長鬢飄蕭・雲鬢窈窕：陳維崧〈迦陵填詞圖〉題詠
圖成行樂：明清文人畫像題詠析論　頁 341-460　臺北　臺灣學

---

[22]　出版書名改作：清前期論詞長短句評唐宋詞人研究。

[23]　篇名改作：清代前期「論詞長短句」論李煜及其作品探析。

生書局　2008 年 1 月

夏志穎　　論《填詞圖》及其詞學史意義

　　　　　文學遺產　2009 年第 5 期　頁 115-120　2009 年 9 月

陳建男　　迦陵填詞圖題詠之文獻價值

　　　　　香港中文大學主辦　明清研究新視野：明清研究中心研究生論
　　　　　文發表會　香港　香港中文大學　2010 年 7 月 30-31 日

姚達兌　　（後）遺民地理書寫：填詞圖、校詞圖及其題詠

　　　　　山東科技大學學報（社會科學版）　第 15 卷第 1、2 期合刊
　　　　　頁 57-71　2013 年 4 月

張宏生　　雍乾詞壇對陳維崧的接受[24]

　　　　　中國文化研究所學報　第 57 期　頁 205-221　2013 年 7 月

張仲謀、薛冉冉　清初論詞詞繁盛成因分析

　　　　　南京師範大學文學院學報　2018 年第 3 期　頁 80-85　2018 年
　　　　　9 月

李　亭　　清初論詞詞的類型開拓與理論進境——以《迦陵先生填詞圖》
　　　　　題詞為中心

　　　　　古典文獻研究　第 22 輯下卷　頁 53-66　2020 年 1 月

龍懷菊　　論朱彝尊的題畫詞

　　　　　青春歲月　2014 年 5 月上　頁 15　2014 年 5 月

韓鵬飛　　論浙西六家論詞詞

　　　　　人文雜志　2017 年第 8 期　頁 49-54　2017 年 8 月

梁雅英　　論沈光裕《拂雲書屋詞》及其對《全清詞·雍乾卷》之輯補[25]

　　　　　河北大學文學院中國曲學研究中心主辦　「2016 保定詞學國際
　　　　　學術研討會」會議論文集　頁 1-27　2016 年 8 月　保定　河北
　　　　　大學

林宏達　　清人孫原湘「論詞長短句」評唐宋詞人探析——兼論「詞家三
　　　　　李」傳播狀況

---

[24]　此文論及評陳維崧的論詞詞與填詞圖。

[25]　此文論及沈光裕論詞詞。

　　　　　　清華大學華文文學研究所主辦　「2019 臺灣詞學研討會」會議
　　　　　　論文集　頁 248-262　新竹：清華大學　2019 年 11 月
裴　喆　　清初詞人焦袁熹及其論詞詞
　　　　　　陝西師範大學主辦　「2010 西安詞學國際學術研討會」會議論
　　　　　　文集　頁 1-9　西安　陝西師範大學　2010 年 10 月
　　　　　　中國韻文學刊　第 25 卷第 4 期　頁 31-36　2011 年 10 月
唐玉鳳　　焦袁熹「論詞長短句」及其詞研究
　　　　　　臺南　成功大學中國文學系碩士論文　388 頁　2011 年 7 月
　　　　　　王偉勇指導
　　　　　　新北市　花木蘭文化出版社　3 冊　2014 年 3 月[26]
滕聖偉　　焦袁熹論詞詞采桑子編纂樂府妙聲竟作概述
　　　　　　唐山文學　2016 年第 1 期　頁 102-103　2016 年 1 月
林宏達　　宋翔鳳論詞長短句評《絕妙好詞》三首探析
　　　　　　雲漢學刊　第 21 期　頁 91-102　2010 年 6 月
卓清芬　　顧太清題詠女性詩詞集作品探析[27]
　　　　　　湖南文理學院學報（社會科學版）　第 33 卷第 4 期　頁 12-15
　　　　　　2008 年 7 月
謝永芳　　近世廣東詞學的建構‧詞學批評[28]
　　　　　　廣東近世詞壇研究　頁 150-153　上海　上海古籍出版社　2008
　　　　　　年 10 月
楊雪謹　　張德瀛的批評實踐與理論‧論詞詞十六首
　　　　　　張德瀛詞與詞學思想研究　頁 90-92　廣州　暨南大學文學院碩
　　　　　　士論文　2016 年　趙維江指導
蔡　瑩　　朱彊村望江南題清詞箋註
　　　　　　味逸遺稿　卷四　1955 年 5 月　小安樂窩油印線裝本
饒宗頤　　朱彊村論清詞望江南箋

---

[26]　書名改作：清初詞人焦袁熹「論詞長短句」及其詞研究。
[27]　此文係顧太清論當代女性詞人之論詞詞。
[28]　此節論及張德瀛論詞詞。

　　　　　　東方文化　第 6 卷第 1、2 期合刊　頁 39-60　1961 年 6 月

　　　　　　文轍——文學史論集　頁 751-779　臺北　臺灣學生書局　1991
　　　　　　年 11 月

　　　　　　饒宗頤二十世紀學術文集編輯委員會主編　饒宗頤二十世紀學
　　　　　　術文集　卷 8　頁 324-259　臺北　新文豐出版公司　2003 年
　　　　　　10 月

王韶生　　朱彊村〈望江南〉詞箋釋

　　　　　　崇基學報　第 5 卷第 1 期　頁 79-90　1965 年 11 月

林玫儀　　論晚清四大詞家在詞學上的貢獻[29]

　　　　　　《詞學》　第 9 輯　頁 148-173　上海　華東師範大學　1992
　　　　　　年 7 月

陳水雲　　1919-1929 的明清詞研究・朱祖謀的〈清詞壇點將錄〉及清詞名
　　　　　　家評論

　　　　　　明清詞研究史　頁 159-164　武昌　武漢大學出版社　2006 年 9
　　　　　　月

王小英、祝　東　論詞詞及其詮釋方法——以朱祖謀〈望江南〉雜題我朝
　　　　　　諸名家詞集後為中心

　　　　　　學術論壇　2009 年第 9 期　頁 141-145　2009 年 9 月

施惠玲　　朱孝臧之詞學成就・詞學批評

　　　　　　朱孝臧與其《彊村叢書》研究　頁 57-59　臺北　東吳大學中國
　　　　　　文學系碩士論文　2012 年 7 月　丁原基指導

秦瑋鴻　　況周頤詞集之詞論文獻考

　　　　　　河池學院學報　第 28 卷第 6 期　頁 48-51　2008 年 12 月[30]

秦瑋鴻　　論況周頤之詞集及其價值

　　　　　　作家　2009 年第 20 期　頁 115-116　2009 年 10 月[31]

---

[29]　此文論及朱祖謀論詞詞。

[30]　此文係詞集文獻整理，其中第二節談及「論詞之詞」。

[31]　此文論及況周頤詞集的學術價值，點出詞集中論詞長短句保留詞學評論
　　　的部分。

秦瑋鴻　蕙風詞論輯補

　　　　河池學院學報　第 30 卷第 3 期　頁 62-65　2010 年 6 月[32]

韓鵬飛　況周頤論詞詞評析

　　　　內蒙古大學學報（哲學社會科學版）　第 50 卷第 2 期　頁 47-
　　　　52　2018 年 3 月

吳　悅　「詞有別才兼本色」──淺論盧前的尊體意識

　　　　文學評論　2011 年第 10 期　頁 11-12　2011 年 10 月

吳　悅　從〈望江南‧飲虹簃論清詞百家〉看盧前詞史觀

　　　　文學界（理論版）　2011 年第 10 期　頁 142-143　2011 年 10
　　　　月

譚若麗　論詞詞蠡測：以盧前〈望江南‧飲虹簃論清詞百家〉為中心

　　　　文藝評論　2014 年第 2 期　頁 33-36　2014 年 2 月

譚若麗　盧前：雄風托舉的《中興鼓吹集》與論詞詞

　　　　民國學人詞研究　頁 171-177　長春　吉林大學文學院博士論文
　　　　2015 年 5 月　馬大勇指導

---

[32]　此文從詞集補充況周頤詞論，論文第二、三節均提及論詞詞。

附錄二　清代「論詞絕句」
論南唐詞述評

一、前言

　　關於清代「論詞絕句」論涉南唐詞人部分，筆者曾與王偉勇師合撰〈清代「論詞絕句」論李煜及其作品探析〉[1]一文，著重於李煜一家的分析探討，而後又再以其父李璟為對象撰寫〈清代「論詞絕句」論李璟及其作品探析〉一文[2]，今欲對清代論詞絕句論及南唐詞部分，作一全面性之關照，故將《清代論詞絕句初編》正編中有關南唐詞的部分整理出來，並於文中補充在前二文尚未探討過的作品，以及增補夏婉玲所撰〈清代「論詞絕句」論馮延巳詞探析〉[3]未盡之處。論及南唐詞相關作品整理共得三十

---

[1]　此文收錄於王偉勇：《清代論詞絕句初編》（臺北：里仁書局，2010），頁 339-389。

[2]　林宏達：〈清代「論詞絕句」論李璟及其作品探析〉，高雄：實踐大學「2011 年文化創意產業發展新趨勢國際研討會——應用語文發展新思維」，2011 年，頁 1-10。

[3]　夏婉玲：〈清代「論詞絕句」論馮延巳詞探析〉，《雲漢學刊》第 22 期（2011 年 2 月），頁 81-94。文中討論六首論及馮氏作品。

七首[4]，旁及者有四首，分別為總論南唐詞風者有六首，論及李煜其人其作者有二十五首，論及李璟其人其作者有八首，論及馮延巳其人其作者有十首，之中各有並論而重疊者。本文即針對此三十七首作品進行分析，並茲取與詞話、詞集序跋，甚而詩話、筆記等，予以會通析論如下。

二、李煜身世與詞境

清人討論南唐詞的重點落在李煜身上，而最喜歡論及的項目，在於身為帝王，卻治國不善，徒存才子形象的歎惋；當然詞評家也從史學角度，將史上有名的才子帝王提出與李煜互相比附發揮，另外一方面，則就李煜詞的特點進行說明，以下分點論之。

（一）才子入帝家的感慨

李煜才情絕代，歷來已有多人評論，如明代胡應麟《詩藪》雜編卷四云：「後主一目重瞳子，樂府為宋人一代開山祖。蓋溫、韋雖藻麗，而氣頗傷促，意不勝辭，至此君方是當行作家，

---

[4]　其中 36 首得見於《清代論詞絕句初編》，餘一首係出於龔自珍《己亥雜詩》之十八云：「詞家從不覓知音，累汝千回帶淚吟；惹得而翁懷抱惡，小橋獨立慘歸心。」（吾女阿辛書馮延巳詞三闋，日日誦之，自言能識此詞之恉，我竟不知也），見《龔自珍全集》（上海：人民文學出版社，1975），頁 510。龔自珍《己亥雜詩》共 315 首，其中論及詞者，不只此一首，可知清代論詞絕句應多一家。

清便宛轉，詞家王、孟。」⁵清代沈謙《填詞雜說》：「李後主
拙於治國，在詞中猶不失為南面王。」⁶又清譚獻《譚評詞辨》
卷二：「後主之詞，足當太白詩篇，高奇無匹。」⁷這些評論都
可印證李煜在文學上的成就，然而流著文人的浪漫血統，卻要治
理整個國家，無怪乎失國北擄之後，宋太祖出言笑諷。在葉夢得
《石林燕語》卷四載：

> 太祖嘗因曲燕問：「聞卿在國中好作詩」，因使舉其得意
> 者一聯。煜沉吟久之，誦其詠扇云：「揖讓月在手，動搖
> 風滿懷」。上曰：「滿懷之風，卻有多少？」他日復燕
> 煜，顧近臣曰：「好一箇翰林學士。」⁸

太祖諷「滿懷之風」能有多少，即認為帝王所言之風，應磅礴如
漢高祖「大風歌」，滿是力量，吞吐風雲，故太祖嘲李煜之詩
作：「寒士語耳，吾不道也。」⁹均以為李煜無國君應有之氣
度，由此顯見兩人於治國能力之高下。明·沈際飛《草堂詩餘別

5　明·胡應麟：《詩藪》，收錄於《續修四庫全書》（上海：上海古籍出
　　版社，2002），冊 1696，頁 212-213。

6　清·沈謙：《填詞雜說》，收錄於唐圭璋編：《詞話叢編》（北京：中
　　華書局，2005），冊 1，頁 632-633。

7　清·譚獻：《譚評詞辨》，收錄於唐圭璋編：《詞話叢編》，冊 4，頁
　　3993。

8　宋·葉夢得撰、宇文紹奕考異、侯忠義點校：《石林燕語》（北京：中
　　華書局，2006），頁 60。

9　宋·陳師道：《後山詩話》，收錄於《詩話總龜》（北京：人民文學出
　　版社，2006），後集卷一，頁 1。

集》卷二云：「後主、煬帝輩，除卻天子不為，使之作文士蕩子，前無古，後無今。」[10]正如此說。所以每每詞評家閱覽南唐詞至李煜時，不免發出相同的感慨，如郭麐〈南唐雜詠〉云：「我思昧昧最神傷，予季歸　更斷腸。作個才人真絕代，可　薄命作君王。」[11]此詩前兩句運用《尚書・秦誓》：「我皇多有之，昧昧我思之」[12]與《詩經・陟岵》：「予季行役，夙夜無寐」[13]等概念，傳達出李煜身為末代國主的哀愁。與後兩句呼應的尚有譚瑩〈論詞絕句一百首〉之十一所云：「便作詞人秦柳上，如何偏屬帝王家」（頁 205）、王僧保〈論詞絕句三十六首〉之三所云：「落花流水寄嗟欷，如此才情絕世稀。誰遣斯人作天子，江山滿目泪沾衣。」（頁 191）皆對李煜報以同情；而高旭批評較為劇烈，在〈十大家詞〉之一云：「王氣江南闃寂，可憐都是儓才；工文亦復何益，千秋亡國音哀。」（頁 268）首二句就南唐國運論述，以為後主執政時，王氣已然沈寂，並意指北方趙宋王氣漸興；而令人抱憾者，係當時君臣均為平庸鄙俗的平庸之輩，無法振興頹唐之國勢。李煜不顧國事告急，依舊賞花填詞，興致盎然。然而徒工於為文，未能振興國運，又有何益？

10　明・沈際飛：《草堂詩餘別集》，收錄於史雙元編：《唐五代詞紀事會評》（合肥：黃山書社，1995），頁 653。

11　王偉勇撰：《清代論詞絕句初編》，頁 159。本文所引「清人論詞絕句」，悉以此書為主，為省篇幅，乃逕標頁碼於所引絕句之後，不一一附注。至若不見於此書者，始附注其出處。

12　漢・孔安國傳，唐・孔穎達疏：《尚書正義》，收錄於阮元校勘：《十三經注疏》（臺北：藝文印書館，2001），冊 1，頁 315。

13　漢・鄭玄箋，唐・孔穎達疏：《毛詩正義》，收錄於阮元校勘：《十三經注疏》，冊 2，頁 208。

千古以來，不過留下亡國之音，令人慨嘆而已。

（二）與其他帝王的比較

　　歷史上有許多與李煜一樣下場的才子君王，詞評家常就彼此的關係，發出相同的感歎，較正面者如沈初〈編舊詞存稿作論詞絕句十八首〉之一云：「南朝樂府最清妍，建業傷心萬樹烟。誰料簡文宮體後，李王風致更翩翩。」（頁 134）建業一帶人文薈萃，處亂世之君王，如梁簡文帝、陳後主等人，莫不以能文著稱，然最具翩翩風範者，僅李煜之詞可稱道。而言及較為負面者，包括李國柱〈讀〈五代詩話〉題南唐後主二絕句〉之一云：「結綺臨春事已遙，芙蓉有恨更難消；翰林學士風流甚，若詠烟花續六朝。」（頁 93）首句用陳後主叔寶奢華建造宮殿談起，《陳書》記載：

> 光照殿前起臨春、結綺、望仙三閣，閣高數丈，竝數十間，其窗牖、壁帶、懸楣、欄檻之類，竝以沈檀香木為之，又飾以金玉，間以珠翠，外施珠簾，內有寶牀、寶帳，其服玩之屬，瑰奇珍麗，近古所未有。[14]

當時盛況空前，如今只能遙憶，而後三句就《五代詩話》中所記載李煜與大周后的諸多相處狀況，大周后死後李煜傷心欲絕，然而周后死前所產生的恨事包括愛子夭折、丈夫偷情等事已難消

---

[14]　唐・姚思廉：《陳書》（北京：中華書局，1973），頁 131-132。

除，只留下李煜紀念妻子的種種詩篇[15]。此詩將陳叔寶與李煜連結上，也可在華長卿〈論詞絕句三十六首〉之七，與譚瑩〈論詞絕句一百首〉之十二觀察到一樣的論調。華詩云：「哀音亡國總堪嗟，惆悵江南小李家。金粉六朝流水去，可憐玉樹後庭花。」（頁 231）兩人在創作上如〈玉樹後庭花〉、〈臨江仙〉均有詩讖、詞讖，彌漫所謂亡國之音，也為兩人身世下了注腳；而譚詩云：「念家山破了南唐，亡國音哀事可傷，叔寶後身身世似，端如詩裏說陳王。」（頁 205）亦以詞讖與身世雷同之說，來連結兩人身為才子卻入帝王之家的際遇；同樣在汪筠〈讀〈詞綜〉書後二十首〉之二亦可看見類似的說法，只是另一位主角換成孟昶，詩云：「摩訶池上已秋風，畢竟流年換暗中。一樣落花歸不去，人生長恨水長東。」（頁 123）比附西蜀孟昶與李煜背景與下場皆同，以上均是身世相同的例子。而尚有一位與李煜身世雷同者，即是宋徽宗。關注五代史料的鄭方坤在〈論詞絕句三十六首〉之四云：「梧桐深院訴情悰，夜雨羅衾夢尚濃。一種哀音兆亡國，燕山又寄恨重重。」（頁 109）便將兩者的詞作出比較，利用兩人詞作所呈現出滿載的亡國哀音，來比附相同的遭遇；而譚瑩論及宋徽宗時，又再度比附徽宗是由李煜所轉世，可從〈論詞絕句一百首〉之十五見得，詩云：「孟婆風緊太郎當，誰憶君

---

[15]　《五代詩話》載大周后死後，李煜撰寫數詩如：「又見桐花發舊枝，一樓煙雨暮淒淒。憑欄惆悵人誰會，不覺潸然淚眼低。」、「空有當年舊煙月，芙蓉池上哭蛾眉。」、「失卻煙花主，東君不自知，清香更何用，猶發去年枝」、「侁自肩如削，難勝數縷條；天香留鳳尾，餘燼在檀槽。」等作。見清・王士禎編，鄭方坤刪補，戴鴻森校點：《五代詩話》（北京：人民文學出版社，1998），頁 10。

王更斷腸；說到故宮無夢去，三生端是李重光。」（頁 206）在靖康二年，徽、欽二宗遭擄北遷，受盡屈辱；徽宗於北地又屈度九年，此遭遇正如李煜降宋之時。

（三）肯定亡國後的詞作

李煜詞作可分為前後期，前期馨逸浪漫，後期則是悽惋哀豔，詞風因亡國後有很大的改變，而這改變亦讓多數評論者對其亡國後的作品給予高度評價，例如汪筠〈讀〈詞綜〉書後二十首〉之三末句云：「直他亡國為新聲。」（頁 123）以「新聲」稱譽李煜後期作品，別開古今，令人一新耳目。新聲係指歌曲，如吳融〈水調〉：「鑿河千里走黃沙。浮殿西來動日華。可道新聲是亡國，且貪惆悵後庭花。」[16]此處明顯一語雙關。另外如馮煦〈論詞絕句十六首〉之二云：「落花流水春歸去，一種銷魂是李郎。」（頁 245）馮氏特舉李煜亡國後的際遇與作品所體現的興亡感慨，可與周之琦〈題〈心日齋十六家詞〉十六首〉之二，結句：「一江春水足千秋」（頁 178）合觀，周氏曾撰《詞評》稱美李煜詞曰：「予謂重光天籟也，恐非人力所及。」[17]可知其詩肯定亡國諸作絕佳，可千古流傳，百代不衰；而高旭〈論詞絕句三十首〉之五云：「一般滋味在心頭，昨夜東風滿小樓；亡國音哀如汝少，子規啼月恨難休。」（頁 264）詩中化用李詞〈烏夜啼〉（無言獨上西樓）、〈虞美人〉（春花秋月何時了）、

16　曾昭岷、曹濟平、王兆鵬、劉尊明編：《全唐五代詞》（北京：中華書局，1999），下冊，頁 1042。

17　清·周之琦：《詞評》，收錄於史雙元編：《唐五代詞紀事會評》，頁 642。

〈臨江仙〉（櫻桃落盡春歸去）[18]等作品，均是亡國哀音，也意謂這些作品能夠撼動人心。高旭對李煜作品仍持有正面的評價，在其《願無盡齋詩話》卷下稱「詞之工妙哀豔，無有過於李後主者，古今來一人而已矣！余去年有《十家詞選》之作，以李後主為冠。」[19]可為高氏此詩作立論依據。

三、南唐詞風與特色

詞至五代，有西蜀與南唐兩大詞壇，足以相提並論。南唐雖不似西蜀有《花間集》著錄作品，可以匹敵西蜀者，唯有二主一相的創作。如陳秋帆〈陽春集箋序〉云：「五代之詞，僅西蜀南唐為著，餘不足數。而此兩時間詞壇健手，西蜀則韋莊，南唐則二李、馮延巳而已。」[20]所以論及南唐詞風，均以此三人為中心。如十分肯定南唐詞者如鄭方坤〈論詞絕句三十六首〉之五云：「三唐詩卷集菁英，作者如林各善鳴。生面別開長短句，山花池水盡干卿。」（頁 110）此詩首二句說明唐詩多有精良之作，又才子如林，詩人各有所長。然降及五代，可與唐詩並論者，即為別創格局的長短句。末句引用該典故，以「山花」、「池水」代指李璟君臣詞作之優秀。此外，論詞絕句所提及南唐

18　曾昭岷、曹濟平、王兆鵬、劉尊明編：《全唐五代詞》，上冊，第767、741、743-744 頁。

19　郭長海、金菊貞：《高旭集》（北京：社會科學文獻出版社，2003），頁 603。

20　金啟華等合編：《唐宋詞集序跋匯編》（臺北：臺灣商務印書館，1993），頁 9。

詞風與特色還包括以下三項：

（一）詞風悽惋頑豔

　　詞評家常於論詞絕句裡簡要提及南唐詞的風格特色，如陳聶恒〈讀宋詞偶成絕句十首〉之九云：「南唐小令憐悽惋」（頁90）、汪筠〈讀〈詞綜〉書後二十首〉之三云：「南唐悽惋太癡生」（頁 123），又如高旭〈論詞絕句三十首〉之八云：「幾番愁絕清平調，一往情深蝶戀花」（頁 265）陳、汪二詩均在首句直接點出南唐詞風「悽惋」之特質，高詩則提舉馮延巳詞愁絕、情深的特色。這些詩可與彭孫遹、楊希閔與陳廷焯等詞論互見。彭氏〈曠庵詞序〉曰：「溫韋、二主、少游、美成諸家，率皆以穠至之景寫哀怨之情。」[21]楊氏《詞軌》曰：「二主詞讀之使人悄愴失志，亡國之響也。然真意流露，音節淒惋，善學者，宜得意於形跡之外。」[22]常人知李煜詞哀怨纏綿，其實李璟、馮延巳詞亦有此特色，如陳廷焯《詞則・大雅集》評李璟〈山花子〉（菡萏香銷翠葉殘）詞云：「中主詞淒然欲絕；後主雖工於怨詞，總遜此哀婉沉至。」[23]又《雲韶集》評〈應天長〉（一鉤初月臨妝鏡）詞云：「風不定三字中有多少愁怨，不禁觸目傷心

---

[21]　清・彭孫遹：《松桂堂全集》，收錄於《景印文淵閣四庫全書》（臺北：臺灣商務印書館本，1986），冊 1317，頁 302。

[22]　清・楊希閔：《詞軌》（清同治二年稿本，北京中國國家圖書館藏），臺灣未得見，轉載於楊敏如：《南唐二主詞新釋輯評》（北京：中國書店，2008），頁 128。

[23]　清・陳廷焯：《詞則・大雅集》（上海：上海古籍出版社，1984），頁25。

也。結筆淒婉。」[24]眾家所評都標舉此一特色，可知南唐詞風梗概。

　　除「淒惋」外，南唐詞尚有「綺豔」之風格，如章燧〈論詞絕句八首〉之二云：「玉柱細箏雁作行，羅敷一曲豔歌長」（頁126）、朱依真〈論詞絕句二十二首〉之一云：「南國君臣豔綺羅，夢回雞塞欲如何」（頁 138），又如梁梅〈論詞絕句一百六十首〉亦云：「翰林筆才律深嫻，托旨悲涼感豔頑」（頁 201）南唐處物產豐碩、天氣怡人之地，又避中原戰亂，可偏安一隅，君臣飲宴唱和，為文風格承續齊梁餘風，多以綺豔著稱。陳世修〈陽春集序〉云：「公以金陵盛時，內外無事，朋僚親舊，或當燕集，多運藻思為樂府新詞，俾歌者倚絲竹而歌之，所以娛賓而遣興也。」[25]然雖為「娛賓遣興」而作，其中不免競逐浮豔、聲律技巧等內容形式上的要求，所以眾家提出所謂「豔」的特質。可是在內容一片表現離恨相思的情感外，又終因鄰國南侵，情勢告危，不免憂思家國，略有比興寄託之作。

（二）標舉小令尤妙

　　五代與北宋初的詞家，除柳永、張先外，皆以小令為專擅，尤其西蜀、南唐，幾乎鮮見中長調作品。評論家喜愛比較五代至宋初的小令，部分標舉小令為南唐詞的特色，例如余雲煥〈論詞絕句三首〉之一云：「天上人間句渺茫，新聲小令唱南唐」（頁

24　清・陳廷焯：《雲韶集》，可見於孫克強、楊傳慶點校整理：《雲韶集輯評之一》，《中國韻文學刊》第 24 卷第 3 期（2010 年 9 月），頁49。陳氏將該詞判為馮延巳作品，故見於所選馮詞中。

25　金啟華等合編：《唐宋詞集序跋匯編》，頁 8。

237）、陳聶恆〈讀宋詞偶成絕句十首〉之九云：「南唐小令憐棲惋」（頁 90）；另外一部分則進行比較，例如李其永〈讀歷朝詞雜興三十首〉之二十三云：「居然小令南唐好，一餉貪歡是夢中」（頁 118），此詩提舉宋初、南唐詞作一比較，在詩後兩句說明兩代小令，竟屬南唐所作為佳，此引陳廷焯《詞壇叢話》所言：「詞至五代，譬之於詩，兩宋猶三唐，五代猶六朝也。後主小令，冠絕一時。」[26]陳氏的論見即可為李詩作注腳，所以詩末句引李煜〈浪淘沙〉（簾外雨潺潺）闋，剪裁「夢裏不知身是客，一晌貪歡。」[27]化為詩句，意指此詞即佳構也；又如汪筠〈讀〈詞綜〉書後二十首〉之四云：「小令未應誇北宋，亂來哀怨覺情多」（頁 123）此詩亦將兩代進行比較，最後提出「未應誇北宋」的旨意，原因在於面臨動亂的局勢，文人的感懷尤多，作品內容當然也更為深刻。

（三）南唐詞的承傳

前已論及因地理條件、文學發展，能讓江南一代出現清妍的詩風，到了李煜時更能表現翩翩風采，即沈初詩所云：「誰料簡文宮體後，李王風致更翩翩」（頁 134）。在樹立自我的詞風特色後，南唐詞也確實影響北宋初期的詞人，包括江昱〈論詞十八首〉之二，論及晏殊時云：「臨淄格度本南唐，風雅傳家小晏強」（頁 120）、又如譚瑩〈論詞絕句一百首〉之十八，評價晏

---

[26] 清‧陳廷焯：《詞壇叢話》，收錄於唐圭璋編：《詞話叢編》，冊 4，頁 3719。

[27] 曾昭岷、曹濟平、王兆鵬、劉尊明編：《全唐五代詞》，上冊，頁 765。

殊時亦云：「歌詞許似馮延巳，語語原因類婦人」（頁 206），均指出南唐詞與北宋的承繼關係，尤其以馮延巳最為明顯。援引王國維在《人間詞話》提到：「馮正中詞雖不失五代風格，而堂廡特大，開北宋一代風氣。與中、後二主詞皆在《花間》範圍之外。」[28]由此說明西蜀與南唐詞壇雖同時，卻不同調，並指出南唐對宋初詞風之影響。

四、詞人本事的闡釋

論詞絕句喜談詞人本事，尤其李煜生為帝王，一舉一動均是眾人焦點，正如今人熱衷於明星生活八卦一般，舉沈道寬〈論詞絕句四十二首〉之七所云：「國勝身危賦小詞，無愁天子寫愁時。倚聲本是相思調，除卻宮娥欲對誰。」（頁 169）此詩就〈破陣子〉（四十年來家國）[29]一詞本事而發，詩下自注「此時不應作小詞，宋人譏其對宮娥之非，可謂不揣其本。」李煜遭圍城時作〈臨江仙〉（櫻桃落盡春歸去）一闋，城破國亡後，臨行時又作〈破陣子〉詞，表達哀痛之情。觀此本事，部分後代評論者不以為然，首先發出反響者是蘇軾，蘇軾讀此詞後作跋語云：「後主既為樊若水所賣，舉國與人，故當慟哭於九廟之外，謝其

28　清・王國維：《人間詞話》，收錄於唐圭璋編：《詞話叢編》，冊 5，頁 4243。

29　李煜〈破陣子〉：「四十年來家國，三千里地山河。鳳閣龍樓連霄漢，瓊枝玉樹作煙蘿。幾曾識干戈。　　一旦歸為臣虜，沈腰潘鬢消磨。最是倉惶辭廟日，教坊猶奏別離歌。垂淚對宮娥。」見曾昭岷、曹濟平、王兆鵬、劉尊明編：《全唐五代詞》，上冊，頁 764。

民而後行，顧乃揮淚宮娥，聽教坊離曲何哉！」[30]此論一出，歷代正反意見不一，至於沈道寬係就詞之體性，來看待李煜，所以其詩後二句解釋「倚聲」之詞本為敘寫男女情愛、傳遞相思之載體，既然倚聲本為綺柔婉媚之情調，李煜以詞寄予宮娥，似乎仍合於情理。清人梁紹壬在《兩般秋雨庵隨筆》即云：「譏之者曰倉皇辭廟，不揮淚於宗社，而揮淚於宮娥，其失業也宜矣。不知以為君之道責後主，則當責之於垂淚之日，不當責於亡國之時。若以填詞之法繩後主，則此淚對宮娥揮為有情，對宗社揮為乏味也。」[31]此意見足與沈氏相呼應。然而南唐詞最常提及的本事，為李璟、馮延巳以詞相戲、李煜作〈念家山〉一事，以及與小大周后的情事，分析如下：

（一）君臣「吹皺春水」事

南唐詞壇「二主一相」各擅風流，詞作別有異趣，當年有此佳話，是李璟與馮延巳以詞交流的紀錄，在楊繪《時賢本事曲子集》有載：

> 南唐李國主嘗責其臣曰：「吹皺一池春水，干卿何事？」蓋趙公所撰〈謁金門〉辭有此一句，最警策。其臣即對曰：「未如陛下『小樓吹徹玉笙寒』。」[32]

30　宋·蘇軾：《東坡志林》（北京：中華書局，1921），頁85。

31　清·梁紹壬撰，范春三編譯：《兩般秋雨庵隨筆》（烏魯木齊：新疆人民出版社，1995），上冊，頁148。

32　此本事宋·馬令：《南唐書·馮延巳傳》、宋·陸游：《南唐書·馮延

君臣以詞相戲，在後代雜史、筆記多有記載，而後代評論者也嘗據此立說。如謝啓昆〈書〈五代詩話〉後三十首〉之十八，即從「君臣相戲」角度評論，其詩云：「一池春水皺微瀾，何事干卿著意看；燕雀不知梁棟折，君王更唱玉笙寒。」（頁 146）前兩句即以該本事起筆，但謝氏受陸游〈馮延巳傳〉所影響，陸游載其本事後有云：「時喪敗不支，國幾亡，稽首稱臣於敵，奉其正朔以苟歲月，而君臣相謔乃如此。」[33]其中認為李璟、馮延巳應「著意看」者，當為國家局勢，而非時移季換的情思，所以第三句典用孔鮒《孔叢子・論勢》所引之語，曰：「燕雀處屋，子母相哺，煦煦然其相樂也，自以為安矣。竈突炎上，棟宇將焚，燕雀顏不變，不知禍之及己也。」[34]燕雀亦指涉胸無大志者，暗指南唐君臣不知國危，更甚君主仍只重枝節，得意於詞文的美好。除此之外，只要論及李璟、馮延巳者，多引此本事進行討論，如章愷〈論詞絕句八首〉之二，主論馮延巳作品云：「一池春水關何事，枉向東風暗斷腸」（頁 126）、譚瑩〈論詞絕句一百首〉

巳傳》、清・吳任臣：《十國春秋》亦記之。此處不細論該詞為成幼文或馮延巳所作之疑，然從多數學者認定是詞為馮作。宋・李清照《詞論》亦云：「五代干戈，四海瓜分豆剖，斯文道息。獨江南李氏君臣尚文雅，故有「小樓吹徹玉笙寒」、「吹皺一池春水」之詞。語雖甚奇，所謂「七國之音哀以思」也。」見宋・胡仔：《苕溪漁隱叢話・後集》，收錄於鄧子勉編：《宋金元詞話全編》（南京：鳳凰出版社，2008），中冊，頁 716 頁。

33　宋・陸游：《南唐書》，《二十四史外編》（天津：天津古籍出版社，1998），冊 83，頁 447。

34　舊題漢・孔鮒：《孔叢子・論勢》，收錄於《四部刊要》（臺北：世界書局，1959），頁 35。

之十，合論李璟、馮延巳作品云：「一池春水干卿事，酷似空梁
落燕泥」（頁 205），又如馮煦〈論詞絕句十六首〉之三，針對
〈謁金門〉的作者提出看法時亦云：「東風吹皺一池水，不分人
傳成幼文」（頁 245），以上評者均引此本事，來強化自己的立
說。

（二）自度〈念家山〉與二后情事

雜史、筆記裡均提到李煜妙解音律，如陳彭年《江南別錄》
載：「後主妙於音律，樂曲有〈念家山〉，親演其聲為〈念家山
破〉，識者知其不祥。」[35]又如邵思《雁門野說》即言：

> 亡國之音，信然不止〈玉樹後庭花〉也。南唐後主精於音
> 律，凡變曲莫非奇絕。開寶中因將除，自撰〈念家山〉一
> 曲，既而廣為〈念家山破〉，其識可知也。宮中、民間日
> 夜奏之，未及兩月，傳滿江南。」[36]

兩書均記錄李煜精通音律，又自度〈念家山〉曲二事，然而自度
雖妙，卻有不祥之名，譚瑩〈論詞絕句一百首〉之十二云：「念
家山破了南唐，亡國音哀事可傷，叔寶後身身世似，端如詩裏說
陳王。」（頁 205）「破」本為樂曲術語，是指唐宋燕樂大曲之
後半部分，譚氏便就此本事立論，更以雙關之語來詮釋李煜的身

35　宋·陳彭年：《江南別錄》，《全宋筆記》（鄭州：大象出版社，
　　2003），第 1 編，冊 4，頁 209。

36　宋·邵思：《野說》，收錄於鄧子勉編：《宋金元詞話全編》，上冊，
　　頁 44。

世遭遇。明胡震亨《唐音癸籤》注云：「南唐後主翻舊曲為〈念家山破〉，其音焦殺，名尤不祥，識者以為亡徵。」[37]說明南唐亡國之前，已先傳亡國之音，一如陳叔寶〈玉樹後庭花〉詩讖的情況。

　　而自度〈念家山〉事又常與大小周后情事一起合論，如李國柱〈讀〈五代詩話〉題南唐後主二絕句〉之二：「別時容易見時難，衩襪香階去不還；故國江南空有夢，一聲腸斷念家山。」（頁 94）此詩前兩句襲用、化用李煜〈浪淘沙〉（簾外雨潺潺）與〈菩薩蠻〉（花明月暗籠輕霧），[38]而刻意強調「去不還」的事實，表示國家亡滅，已回不去記憶裡與小周后的偷情歡愉，只能徒在夢中神遊故國，還有曾經引以為傲的自度曲，現今重聽只有滿懷的腸斷愁思。一樣讀史有感的舒位，在其〈五代十國讀史絕句三十首〉之十八提及：

　　　駕鵟寺主幾時還，金屑燒槽譜未刪；留得數峰青峭在，曲中猶唱念家山。（頁 155）

詩中連用四則南唐本事，分別為李煜遇僧事，據宋陶穀《清異錄》載：「李煜在國，微行娼家，遇一僧張席，煜遂為不速之

---

[37]　明・胡震亨：《唐音癸籤》卷 13，收錄於周維德集校：《全明詩話》（濟南：齊魯書社，2005），冊 5，頁 3685。又見清・吳任臣撰，徐敏霞、周瑩點校：《十國春秋》卷 17：「後主常造〈念江山破〉及〈振金鈴曲〉，其聲嘔殺，辭多不祥。」（頁 257-258）

[38]　曾昭岷、曹濟平、王兆鵬、劉尊明編：《全唐五代詞》，上冊，頁 765、754。

客。……煜乘醉大書右壁，曰：「淺斟低唱，偎紅倚翠，大師駕
鴦寺主，傳持風流教法。」[39]次之為李璟贈琵琶事，見《十國春
秋》載：「（大周后）十九歲歸皇宮，通書史，善歌舞，尤工琵
琶，嘗為壽元宗前，元宗歎其工，以燒槽琵琶賜之，蓋元宗寶惜
之器也。……唐盛時，〈霓裳羽衣〉最為大曲，亂離之後，絕不
復傳；后得殘譜，以琵琶奏之，於是開元、天寶之遺音，復傳於
世。」[40]再次之為李家明詩刺李璟，亦見《十國春秋》，其載：
「（李璟）失江北，遷南都，龍舟至趙屯，舉酒望皖公山曰：
『好清峭數峰不知何名？』家明對曰：『此皖舒州皖公山也。』
因獻詩曰：『皖公山縱好，不落御觴中。』元宗太息，為罷
酒。」[41]最後以自度〈念家山〉作結。此詩以「駕鴦寺主」比擬
風流李煜，說明當年父親李璟若不好大喜功，保守留得江山在，
李煜與大周后仍可度曲為樂，偏安一時，這是評論家從史書記載
所得的諸多感慨。另外梁梅〈論詞絕句一百六十首〉亦從今昔之
比中，提出看法，其詩云：

> 翰林筆才律深嫻，托旨悲涼感豔頑；可惜提鞋詞唱徧，不
> 傳一曲念家山。（頁201）

首二句點出李煜的文才與度曲皆優秀，並指出詞風特色，後兩句

---

[39] 宋·陶穀：《清異錄》，收錄於上海古籍出版社編：《宋元筆記小說大
觀》（上海：上海古籍出版社，2001），冊1，頁28-29。

[40] 清·吳任臣撰，徐敏霞、周瑩點校：《十國春秋》卷18，頁264。

[41] 清·吳任臣撰，徐敏霞、周瑩點校：《十國春秋》卷32，頁460-461。

則以其〈菩薩蠻〉名句「剗襪步香階，手提金縷鞋」[42]代指其詞集，說明讀遍李煜詞，卻不見那首名滿江南的〈念家山〉。前引邵思《雁門野說》提及〈念家山〉一曲「傳滿江南」，如今卻失傳，格外令人慨歎遺憾。而周之琦卻有不同的看法，在〈題〈心日齋十六家詞〉十六首〉之二有云：「玉樓瑤殿枉回頭，天上人間恨未休。不用流珠詢舊譜，一江春水足千秋。」（頁 423-424）周氏賞識李詞，後兩句讚譽亡國後的李詞可以千古流傳，百代不衰。特地引用李煜向嬪御流珠詢問舊譜一事[43]，周詩用此事，意指李煜未亡國階段的作品，毋需費心尋覓，僅憑藉亡國後的諸作，便可流傳千秋，尤以〈虞美人〉詞為然，由此可見周氏對此詞評價之高。沈雄《古今詞話·詞辨》上卷亦云：「李後主詞，春花秋月何時了，……當以此闋為最。」[44]與周之琦見解相同。

五、二主一相的比較

前已提及二主一相密切的關係，因此詞評家在評論時，亦不

---

[42]　曾昭岷、曹濟平、王兆鵬、劉尊明編：《全唐五代詞》，上冊，頁754。

[43]　清·吳任臣撰，徐敏霞、周瑩點校：《十國春秋》卷 18 載：「流珠，後主嬪御也。性通慧，工琵琶。後主常製〈念家山破〉，昭惠后製〈邀醉舞〉、〈恨來遲〉二破，流傳既久，樂籍多忘之。後主追念昭惠后，理其舊曲，顧左右無知者，流珠獨能追憶無失，後主特喜。」（頁269）

[44]　清·沈雄：《古今詞話》，收錄於唐圭璋編：《詞話叢編》，冊 1，頁921。

會遺漏三人的相互比較，首先論及二主的承繼關係，在沈道寬〈論詞絕句四十二首〉之六云：「南朝令主擅風流，吹徹寒笙坐小樓。自是詞章稱克肖，一江春水瀉春愁。」（頁 169）沈詩前兩句論及處，可與馬令《南唐書》記載王感化事作連結：

> 王感化，善謳歌，聲韻悠揚，……元宗嗣位，宴樂擊鞠不輟。嘗乘醉命感化奏〈水調〉詞，感化唯歌「南朝天子愛風流」一句，如是者數四。元宗輒悟，覆杯歎曰：「使孫、陳二主得此一句，不當有銜璧之辱也！」感化由是有寵。元宗嘗作〈浣溪沙〉二闋（應為〈山花子〉），手寫賜感化，……後主即位，感化以其詞札上之。後主感動，賞賜感化甚優。[45]

王感化以歌諫中主李璟，使之「罷諸懽宴，留心庶事，圖閩吊楚，幾致治平。」[46]對政事開始關心注意，所以沈詩首句以令主稱之，並說明李璟係擅風流者。《十國春秋》記載李璟音容閒雅，眉目如畫，風度高秀，多才藝、工屬文，便騎善射，[47]可說是文武兼具。第二句承首句「風流」續言，並改易李璟〈山花

---

[45] 宋·馬令：《南唐書》卷 25，收錄於《中國野史集成》（成都：巴蜀書社本，1993），冊 5，頁 85。鄭文寶《南唐近事》載相近事，王感化作楊花飛，歌「南朝天子好風流」句。此則收錄於鄧子勉編：《宋金元詞話全編》，上冊，頁 22。

[46] 宋·鄭文寶：《南唐近事》，收錄於鄧子勉編：《宋金元詞話全編》，上冊，頁 22。

[47] 分見清·吳任臣撰，徐敏霞、周瑩點校：《十國春秋》卷 16，頁 205、235。

子〉（菡萏香銷翠葉殘）：「小樓吹徹玉笙寒」[48]句，說明李璟為詞風流的特色。陳廷焯《白雨齋詞話》曾提及：「南唐中主〈山花子〉云：『還與韶光共憔悴，不堪看。』沉之至，鬱之至，悽然欲絕，後主雖善言情，卒不能出其右也。」[49]李璟品貌與填詞的功力，其子李煜均堪承之，所以沈詩三、四句特予以指明。此中第四句化自李煜〈虞美人〉（春花秋月何時了）：「問君能有幾多愁，恰似一江春水向東流。」[50]以證其「克肖」所在；蓋李璟〈山花子〉係寫秋思，李煜〈虞美人〉主寫春愁，然兩詞感慨相同，氣象一致，均教人動容不已！胡仔《苕溪漁隱叢話》卷五十九引《雪浪齋日記》載：

> 荊公問山谷云：「作小詞，曾看李後主詞否？」云：「曾看。」荊公云：「何處最好？」山谷以「一江春水向東流」為對。荊公云：「未若『細雨夢回雞塞遠，小樓吹徹玉笙寒』。」[51]

黃庭堅欣賞李煜之〈虞美人〉，王安石卻認為〈山花子〉尤佳；王氏雖將李璟詞誤作李煜詞，從中亦可見得父子詞風相似與遞嬗

---

[48] 曾昭岷、曹濟平、王兆鵬、劉尊明編：《全唐五代詞》，上冊，頁726。

[49] 清·陳廷焯：《白雨齋詞話》，收錄於唐圭璋編：《詞話叢編》，冊4，頁3779。

[50] 曾昭岷、曹濟平、王兆鵬、劉尊明編：《全唐五代詞》，上冊，頁741。

[51] 宋·胡仔：《苕溪漁隱叢話》，收錄於鄧子勉編：《宋金元詞話全編》，中冊，頁693-694。

之關係，這是沈詩論詞的要旨。

再者，是將馮延巳與李煜進行比較，例如程恩澤〈題周稚圭前輩《金梁夢月詞》〉之二云：「高才延巳追端己，小令中唐溢晚唐。更用騷心為樂府，漫天哀艷李重光。」（頁 180）程氏以詩品評周之琦詞作，稱周氏為前輩，頗有步趨周氏論詞之意。這首詩論及三位人物，包括韋莊、馮延巳與李煜，三人均以寫小令為擅長者，但仍有程度的差別，此詩首句稱韋莊與馮延巳兩人詞作難分軒輊，據陳秋帆〈陽春集箋序〉言載：「五代之詞，僅西蜀南唐為著，餘不足數。而此兩時間詞壇健手，西蜀則韋莊，南唐則二李、馮延巳而已。」[52]程氏以「高才」誇譽延巳，並認為足追配韋莊，與陳秋帆的觀點相同。然詩之三、四句更誇李煜以騷心填詞，成就自然高於馮、韋二人。末句所謂「漫天哀艷」，除論風格外，也說明李煜詞影響詞壇的深遠。周之琦對李煜詞的評價頗高，前已論及，而程恩澤此詩將周之琦的作品比附與馮、韋、李三人並駕，其中更譽周氏作品如李煜以騷心為詞一般高度，雖有過譽之嫌，但仍看出程氏對李煜的評價較高。

除程詩之外，韋、馮的比較又見於汪筠〈讀《詞綜》書後二十首〉之四，其詩云：

> 浣花端己添惆悵，僕射陽春且奈何。小令未應誇北宋，亂
> 來哀怨覺情多。（頁 123）

除二主一相常並論外，詞評家也常舉西蜀的韋莊與南唐詞合論，

---

[52]　金啟華等合編：《唐宋詞集序跋匯編》，頁9。

例如陳廷焯《詞壇叢話》云：「後主小令，冠絕一時，韋端己亦在其下；終五代之際，當以馮正中為巨擘。」[53]、況周頤《蕙風詞話》云：「唐五代詞並不易學，五代詞尤不必學，……其錚錚佼佼者，如李重光之性靈，韋端己之風度，馮正中之堂廡，豈操觚之士能方其萬一。」[54]都可得見韋、馮、李煜屢被並論的情況。尤其韋莊與馮延巳地位相當，又各可代表西蜀與南唐，所以討論此二人時，不可不留意此狀況，汪筠詩中並未將兩人分出高下，與程恩澤看法近，此詩用韋、馮的小令，來與北宋小令比較，汪氏認為五代小令略勝北宋一籌。王國維《人間詞話》引陳子龍之言曰：「『宋人不知詩而強作詩，故終宋之世無詩。然其歡愉愁怨之致，動於中而不能抑者，類發於詩餘，故其所造獨工。』五代詞亦以獨勝，亦以此也。」[55]可與汪氏詩相發明。

最後，二主一相另外一種被討論的組合，即是以詞相戲的李璟與馮延巳，評論家就詞人本事進一步討論兩人詞作的高下，如譚瑩〈論詞絕句一百首〉之十有云：

> 能使《陽春集》價低，〈浣溪沙〉曲手親題。一池春水干卿事，酷似空梁落燕泥。（頁 205）

---

[53] 清・陳廷焯：《詞壇叢話》，收錄於唐圭璋編：《詞話叢編》，冊 4，頁 3719。

[54] 清・況周頤撰，孫克強輯考：《蕙風詞話・廣蕙風詞話》（鄭州：中州古籍出版社，2003），頁 11-12。

[55] 清・王國維：《人間詞話》，收錄於唐圭璋編：《詞話叢編》，冊 5，頁 4251-4252。

譚氏認為李璟〈山花子〉二詞高於馮延巳詞作，可從前兩句明顯得之。用上述李璟親題詞予王感化事，說明李璟感悟樂工諷諫，親筆書贈之事實，詞文雖未直接點涉政治議題，然特標舉此本事，則隱含作者對國勢或個人命運存在憂思，暗寄詞作中，而非只限於留連光景、閨情愁思。後兩句將李璟、馮延巳與隋煬帝、薛道衡兩事相比，更云「酷似」二字。「空梁落燕泥」是薛道衡〈昔昔鹽〉詩名句，薛氏有文采，詩名極著，「每有所作，南人無不吟誦焉。」[56]因事得罪隋煬帝，逼令自盡。又《隋唐嘉話》載：「煬帝善屬文，而不欲人出其右。司隸薛道衡由是得罪，後因事誅之，曰：『更能作「空梁落燕泥」否？』。」[57]可知隋煬帝因妒忌薛氏文采，進而誅之。譚瑩以「文人相嫉」之角度框以「酷似」字眼，然臣子下場卻截然不同。李璟性格不若煬帝殘暴，僅以詞譏諷，如清代李佳《左庵詞話》卷下所云：「南唐後主（應為中主）曰：『干卿何事』此語便覺隱含譏諷。」[58]是君嫉臣才，抑或如前人將此君臣相戲傳為詞林佳話，尚有程度之差異。而余雲煥提出了更特別的看法，在其〈論詞絕句三首〉之一云：「天上人間句渺茫，新聲小令唱南唐。鼎臣兄弟皆才子，未讓君王獨擅場。」（頁 237）提出雖然李氏二主詞名傳千載，但當時的徐氏兄弟徐鉉、徐鍇，在學識才華都不亞於君王，而李

---

56 唐・魏徵等編：《隋書・薛道衡傳》卷 57（北京：中華書局，1973），頁 1406。

57 唐・劉餗撰，程毅中點校：《隋唐嘉話》（北京：中華書局，1997），頁 2。

58 清・李佳：《左庵詞話》，收錄於唐圭璋編：《詞話叢編》，冊 4，頁 3166。

璟、李煜亦多倚重兩人之才，於文學方面觀之，亦不讓兩主專美於前，兩主以詞名家，而二徐以書法、文章留名，各有專擅，因此點出「未讓君王獨擅場」的妙論。

六、結語

　　本文綜合評述清代現存得見有關於李璟、李煜與馮延巳等二主一相的論詞絕句，從《清代論詞絕句初編》的正編中，整理出三十七首作品分析歸納於四大項目中，分別為李煜身世與詞境、南唐詞風與特色、詞人本事的闡釋、與二主一相的比較等，其中並舉相關詞話、詞集序跋與筆記、史傳等資料，相互會通，以見異同。進一步的分析結果，總結如次：

　　（一）就李煜身世與詞境論之，可細分三項，第一為才子入帝家的感慨，郭麐、譚瑩、王僧保等人對其才子帝王身份的錯置給予同情，而高旭則直接批評「儉才」、「工文亦復何益」；第二為與其他帝王的比較，主要合論對象有梁簡文帝蕭綱、陳後主叔寶、蜀主孟昶以及宋徽宗趙佶。評者多半稱許李煜在詞壇的成就，也說明其成就與亡國之思大有關聯。所論及的才子帝王，雖遭遇相似，文學成就卻無法超越李煜；第三為肯定亡國後的詞作，評論者均肯定李煜在亡國後的作品，不僅詞境提升，詞意也別具意義，與五代諸家有別。

　　（二）就南唐詞風與特色討論者，亦可細分為三項，第一為詞風悽惋頑豔，有陳聶恒、余雲煥、朱依真與高旭等人提出，陳聶恒點出南唐詞「悽惋」之詞風，而章懍、朱依真、梁梅等則係指出「頑豔」之特色；第二為標舉小令尤妙，強調南唐以小令特

擅，甚至可超越北宋初時；第三為南唐詞的承傳，點出由地理的
角度，前承於梁簡文帝的宮體餘風，又有如馮延巳堂廡特大，下
開晏歐等承繼關係。

　　（三）對詞人本事的闡釋，可細分為兩大項，第一是就君臣
「吹皺春水」事立說，有鄭方坤將兩人並舉，說明詞體就此別開
生面；或如謝啟昆以此事說明君臣不顧國危，只在意於詞文的美
好，提出諷刺，其他章愷、譚瑩、馮煦等人也各自援引此本事，
來強化自己的立說。第二是自度〈念家山〉與二后情事，詞評家
喜就李煜自度〈念家山〉一曲，並結合與大小周后情事，來呈現
李煜的身世、或是詞作的偉大。

　　（四）最後為二主一相的比較，其中沈道寬論二主詞風格之
傳承、汪筠並舉韋、馮，強調五代小令勝北宋、程恩澤與將韋、
馮、李三家齊評，以李煜詞存騷心，境界最高，而譚瑩則認為李
璟詞優於馮詞；當然還有余雲煥的妙論，認為二主文采於南唐並
非獨擅，更有徐鉉、徐鍇兄弟才學斐然，不讓君王專美於前，此
說較他家特別。

　　論詞絕句的內容可包含論及詞體、詞人、詞作、詞集、詞派
等幾種現象，在此三十七首詩中均有涉及，雖然絕句體製短小，
卻可以瞭解清人對南唐詞的諸多不同看法或共識，以及清人接受
南唐詞的狀況。

附錄三　薈萃詞調，娛情遣興
——謝乃實〈用詞名絕句〉述論

一、前言

　　謝乃實，字華函，福山人。鄉有山名峇壚，因為號焉。康熙二十七年（1688）舉進士，官興寧知縣，著《峇壚山人集》，末有施養浩跋云：「斯集古今體諸作，無非寄意林泉，娛情景物，澹泊而醇古，清新而俊逸，趣味咀之無盡。」[1]許以「醇古俊逸」、「趣味無盡」，如〈憶海上舊遊〉：「海上雲烟萬疊山，仙家祇許閉松關。緣何逃出為名計，輸卻沙鷗白晝閒。」[2]文字質樸，淡而有味。詩集末附〈用詞名絕句〉百三十首，將詞調名編成詩歌，歷來少見，故《四庫全書總目》稱「古今所未有」[3]，此謝氏特出處。雖屬文人遊戲之作，然納諸詞調，數量多逾

---

[1]　清・謝乃實：《峇壚山人集》，《四庫全書存目叢書補編》（濟南：齊魯書社，1995），冊 53，頁 663。

[2]　清・謝乃實：《峇壚山人集》，《四庫全書存目叢書補編》，冊 53，頁 650。

[3]　清・永瑢等：《四庫全書總目》列入「存目」提要曰：「是集不分卷數，但以各體類從而附詩餘於末。其詞名絕句一百三十首別為一冊，為

百首，製作不易，而如何化詞調為詩，亦頗耐人尋味。謝氏未自言撰作動機，或欲薈萃詞調，別顯雅士心裁；抑娛情遣興，編作詩歌，用便習詞記誦。謝氏《岺嚧山人集》書稿流傳未廣，識者甚尠。大陸曾編印《四庫全書存目叢書》，是書猶未獲揀選；後賡作續集，景印《四庫全書存目叢書補編》，方才依中國科學院圖書館藏清康熙刻本影印收入。本文即據此版本析論，梳理〈用詞名絕句〉百三十首創作規則與方法，並討論其中優缺得失。

二、詩句鑲嵌詞調方式

〈用詞名絕句〉計百三十首、五百二十句，鑲嵌不同詞調凡五百六十二種，數量之多，在以詩作保留詞調名稱上，係一大創舉。謝氏經營此組詩，形式略可歸納三項規則：

（一）每句至少鑲嵌一詞調名

詩中鑲嵌早已為詩人以詩遊戲的方法，包括數字、人名、地名、藥名等具特定意義的名稱，均可嵌於詩中。謝氏將詞調名鑲嵌入詩，以一句為一單位，每句至少嵌入一種詞調名。詞調名多為三字，以七言詩進行可嵌於符合句式的上四或下三位置，標準鑲嵌原則如第三十四首：「瀟湘春水合歡帶，漢浦珠明解佩環。喜繫裙腰松色綠，散餘霞作晚妝閒。」首句嵌入「合歡帶」，第二句嵌入「解佩環」，兩者均嵌於下三位置，句意不變；第三句

古今所未有。然雜體昉自齊梁，究為小品，可偶一為之，不可以為擅長之技也。」見魏小虎編撰：《四庫全書總目彙訂》（上海：上海古籍出版社，2012），卷183，頁6207。

嵌入「繫裙腰」，末句則嵌入「散餘霞」，兩者則嵌於上四位置，句意亦不變。採每句均嵌上一詞調，擺放位置不影響閱讀或判斷詞調名，此為標準鑲嵌方式。

其他包括二字、四字、五字與七字的詞調名，均係被鑲嵌之對象，例如第一首：「日望梅花尚未開，郊原綠意動根荄。人看瑞雪濃如此，早有春從天上來。」首句嵌入「望梅花」，第二句嵌入「綠意」，即〈疏影〉之別稱，第三句嵌入「瑞雪濃」，末句則嵌入「春從天上來」。又第二十五首：「閒泛清波摘徧蓮，無愁可解過流年。玉人歌舞香風軟，兩岸垂陽（按：此字當作「楊」）繫酒船。」分別嵌入「泛清波摘徧」、「無愁可解」、「玉人歌」、「垂楊」等詞調名。

除每句一詞調之原則外，尚有部分詩作一句鑲嵌兩種詞調名現象。例如第七首：「因探芳信到山亭，摘得新花插玉瓶。一點春光無近遠，喜遷鶯可隔簾聽。」首句嵌入「探芳信」，第二句嵌入「摘得新」，第三句嵌入「一點春」，末句則嵌入「喜遷鶯」與「隔簾聽」，共得五詞調名。考察百三十首詩中，一絕句最大鑲嵌量為六詞調名，如第三十一首：「醉妝詞就翠樓吟，荷葉杯盛別恨深。繡帶兒拖西地錦，分明五綵結同心。」首句嵌入「醉妝詞」、「翠樓吟」二詞調，第二句嵌入「荷葉杯」，第三句再嵌入「繡帶兒」與「西地錦」，末句則嵌「五綵結同心」。一詩六詞調名者，包含上列作品，共得七首，可見作者鑲嵌功力。

此外，鑲嵌設計上出現重出現象，例如：第三十六首：「楚江雲鎖寒窓宿，醉落魄愁酒甕空。卻憶王孫歸去晚，楓林夕照滿江紅。」與第五十六首：「曲江秋月上林端，一斛珠璣走急灘。彈得琵琶仙一曲，梧桐影裏鎖窓寒。」〈瑣窗寒〉異名〈鎖寒

窗〉，兩者相當接近。更甚者，亦有同一詞調出現於多首詩中，例如第二十一首：「啼向黃陵瑞鷓鴣，聲聲令雨暗平湖。四園竹內行香子，為訴衷情酒百壺。」出現〈行香子〉，此詞調另見第一〇九首：「能定風波河瀆神，南鄉祠宇歲時新。往來多少行香子，三奠春醪薦白蘋。」又如第七十六首：「歸去來歌五柳前，鶯啼序次更天然。何如擊柝江城子，雞叫陽關引客船。」出現〈江城子〉，然該詞調已於第四十九、七十四首重複出現。

（二）省略詞調名特殊字詞

詞調名稱結尾字常作表示曲調類型的字詞，如「子」、「令」、「曲」、「引」、「慢」等，謝氏為求作詩方便常予以省略，增加詩句可讀性。較易被簡省者，主要為「子」、「令」、「曲」、「兒」、「引」與「近」。其中「子」字最常被簡省，例如第四十四首：「日種山花望欲迷，武陵春色有香泥。夢回一陣芭蕉雨，庭院深深烏夜啼。」山花即〈山花子〉。又如第四十九首：「誰道長生樂可期，鳳簫吟罷到今疑。江城夜弄梅花引，說是天仙子不知。」第三句「江城」便是〈江城子〉的縮寫。再如第五十五首：「撼庭竹內有秋聲，搗練月明心倍驚。何滿瓜期歸未得，陽臺路遠夢難成。」其中第二句「搗練」與第三句「何滿」均簡省「子」字。他如第三十五首：「嫦娥解佩夜遊宮，秋蕊香生丹桂叢。眉嫵不知閒地少，又栽金菊對芙蓉。」首句鑲嵌〈解佩令〉，簡省「令」字；第五十首：「惜春每抱遲方怨，春曉曲成情未終。孤雁兒知生命蹇，如荷華媚也成空。」首句鑲嵌〈惜春令〉，亦簡省「令」字；第六十一首：「清秋浥露木蘭花，催雪玉梅共歲華。有意留春春未住，國香漫

道不泥沙。」於第二句鑲嵌〈玉梅令〉、第三句嵌入〈留春令〉，均省去「令」字。

簡省字詞並無一致性，如「子」字仍有鑲嵌詞調名被保留，第十九首：「梅子黃時雨更多，雨中花帶醉顏酡。晚晴獨步西湖月，撥棹子來漁父歌。」末句鑲嵌〈撥棹子〉；第二十首：「漁歌子夜蕩輕舟，目擊梧桐月影留。一葉落時秋已到，風翻白苧滿江頭。」首句鑲嵌〈漁歌子〉；第二十一首：「啼向黃陵瑞鷓鴣，聲聲令雨暗平湖。四園竹內行香子，為訴衷情酒百壺。」第三句鑲嵌〈行香子〉上述均未刻意簡省「子」字。「令」字於第九十三首：「遶佛閣中門盡開，兩程夫子看花回。醉春風裏休傷柳，同與伊川令弟來。」末句嵌入〈伊川令〉，亦是保留令字。謝氏就詞意簡省詞調名類型用字，以利嵌入詞調後，詩句文字仍能表意。

（三）採原詞調名嵌入詩句

謝氏除每句至少鑲嵌一種詞調名，局部簡省詞調原字外，對詞調名鑲嵌均採原詞調名直接入詩。理想狀態為第一〇六首：「大江東去望江東，破陣惟憑一陣風。峭壁燒成赤棗色，夜飛鵲乃是英雄。」首句上四下三各嵌上一詞調名，又如第二十四首：「玉京秋色路迢迢，紫氣騰光透碧霄。一望仙樓雲去遠，鳳凰臺上憶吹簫。」末句「鳳凰臺上憶吹簫」便直接將詞調名一字不變置於詩中。然謝氏多不採基本鑲嵌方式，跳脫上四下三框架，將詞調名拆解意義，如第一首便有此現象：「日望梅花尚未開，郊原綠意動根荄。人看瑞雪濃如此，早有春從天上來。」其中三、四句即跳脫詞調字義，第三句拆分為「人看瑞雪」、「濃如

此」，合觀才可得〈瑞雪濃〉。又如第十三首：「雙雙鵲喜朝天去，個個鳳歸雲外翥。獨有離亭燕子飛，唧泥暫向湖邊語。」分別鑲嵌「喜朝天」、「鳳歸雲」、「燕子飛」、「向湖邊」，其中一、二、四句均割裂詞調名完整意義，拆解結構，順應詩句語意。

　　較特別的鑲嵌方式，包括以「整體語意鑲嵌」與「共用字詞鑲嵌兩詞調」兩種。前者如第四首：「春來惟愛黃鶯兒，占得東風第一枝。昨日尋春芳草渡，一齊著力有誰知。」先以「春來」、「東風」等句點明季節，才導出末句鑲嵌〈東風齊著力〉詞調，而不需重出「東風」二字。後者如第一〇七首：「傳言玉女搖仙佩，雲裏金人捧露盤。試看御街行處擁，帝臺春色萬年歡。」首句共用「玉女」一詞，分別得〈傳言玉女〉、〈玉女搖仙佩〉兩詞調；第一一二首：「閒聽西溪子夜歌，龍吟曲裏水增波。天邊明月生南浦，欲買陂塘種綠荷。」首句共用「子」字，分別得〈西溪子〉、〈子夜歌〉兩詞調。以上數例均屬罕見，特標舉說明。

三、優缺評騭

　　綜觀以上鑲嵌規則分析，可清楚瞭解謝氏設計〈用詞名絕句〉的梗概。就觀察所得，綜論該組詩的優缺凡六項，以下列點說明：

（一）便於後人記憶詞調名

　　謝氏作該組詩的用意雖無從得知，詩句內容亦無提及詞體創

作等相關意涵，然透過絕句形式紀錄詞調名稱，形成口訣，洵有助後人記憶大量詞調名，並進階查詢格律，填詞創作。

（二）提高罕見詞調能見度

詞調各有異稱，該組詩編入六百餘種詞調名稱，亦將罕見詞調容受其中，例如第二首鑲嵌〈芳草〉，為〈鳳簫吟〉別稱，雖然二詞調均出現於組詩中，卻提供吾人認識〈芳草〉此一詞調；第八十二首嵌有〈簌水〉，初僅見宋‧趙長卿詞集，係罕見詞調；第一○一首出現〈白雪〉，為宋‧楊无咎自製曲，題本賦雪，故即以〈白雪〉名調，然白雪、芳草均為習見語詞，易被忽略是詞調名之可能。

（三）用別名取代常見詞調

〈用詞名絕句〉並非以常見詞調名為鑲嵌首選，時而置放較罕見的別名取代，例如〈永遇樂〉、〈昭君怨〉與〈清平樂〉，均為吾人熟悉常用的詞調名，卻不得見於該組詩。實則〈消息〉為〈永遇樂〉異稱，〈宴西園〉與〈憶蘿月〉分別是〈昭君怨〉、〈清平樂〉別名。此舉雖有助認識詞調別名，然僅以別名取代常用詞調，殊為可惜。此外，尚有常見詞調如〈生查子〉、〈虞美人〉、〈聲聲慢〉、〈八聲甘州〉等並未被鑲嵌入詩，是〈用詞名絕句〉的缺失。

（四）受限字句拆詞調文字

謝氏為求鑲嵌順利，打破詩句句式，隨意置放，只求文從意順，卻忽略因此造成不利讀者尋找詞調，實為憾事。也因有「整

體語意鑲嵌」的特例，增加句意組合詞調之曖昧與可能性，例如第七十五首：「探蘩南浦祭天神，為想芳筵玉燭新。誰料瀟湘秋夜雨，深山隔斷一枝春。」第三句可整體鎔鑄為〈瀟湘夜雨〉詞調，然另有〈秋夜雨〉一詞調名，係以未改動字句鑲嵌呈現，故判定〈秋夜雨〉為此句主要鑲嵌對象；第八十一首：「柳梢青翠舞風暉，乳燕山亭始學飛。偶向西河逢釣叟，歡如魚水共忘機。」於第二句可整體鎔鑄為〈乳燕飛〉詞調，然亦有〈燕山亭〉為主要鑲嵌對象，故不宜將〈乳燕飛〉視為鑲嵌詞調。是故判斷詞調易生誤解。

（五）簡省字句造成判斷困難

謝氏簡省詞調名為其鑲嵌常態，此舉造成部分詞調不易判定，例如第一〇四首：「甘州曲唱極相思，雙雁兒飛不暫離。沙塞城頭更漏子，霜天曉角一聲吹。」第三句鑲嵌〈沙塞子〉與〈更漏子〉；第一〇六首：「大江東去望江東，破陣惟憑一陣風。峭壁燒成赤棗色，夜飛鵲乃是英雄。」其中「沙塞」、「破陣」與「赤棗」均被簡省「子」字鑲入詩中，若未加留意，即當作尋常字句便略去不理；又第四首末句鑲嵌〈東風齊著力〉，須觀覽全詩才能進行判斷，凡此易令讀者困惑。

（六）詞調正、別名重出度高

此組詩同調異名之詞調重出比率頗高，以〈念奴嬌〉為例，出現相關異名有〈湘月〉、〈千秋歲〉、〈杏花天〉、〈壺中天〉、〈無俗念〉、〈醉江月〉、〈大江東去〉、〈大江西上曲〉八種，包括正名共出現九次。更出現一首詩同時嵌入兩異

名，如第一一五首：「日醉桃源杖屨安，絕無俗念上眉端。攜壺
獨酌酹江月，何事書空愁倚欄。」〈無俗念〉與〈酹江月〉均在
其中。未能適度保留異名，又容納更多未嵌入的詞調，當係謝氏
設計上的疏失。

四、結語

　　謝乃實〈用詞名絕句〉百三十首雖屬遊戲之作，但透過詩句
串成口訣，便於記誦大量詞調名，亦可得識罕見詞調，俾益初
學，係該組詩的優點。探究謝氏鑲嵌詞調名的規則，約得三端：
第一，每句至少鑲嵌一詞調，至多一句兩詞調，整首鑲嵌總數最
多為六詞調名；第二，鑲嵌詞調名簡省其表類型的字詞，如
「子」、「令」等；第三，採原詞調名直接鑲嵌，其中較特出者
有「整體語意鑲嵌」與「共用字詞鑲嵌兩詞調」兩種。綜觀該組
詩之缺失，包括用別名取代常見詞調，或忽略常用詞調名；為求
句意合理，拆解詞調名原意，造成不利讀者尋找詞調；簡省字句
影響判讀；詞調正、別名重出度高，未能適度保留異名，容納更
多未嵌入的詞調，標準失據。然一百三十首嵌入六百餘種詞調
名，製作上誠屬不易，後世賞玩之際，當能領略作者喜愛詩詞的
用心，以及鑲嵌詞調入詩的雅趣。

謝乃實「用詞名絕句」引用詞調名對照表

序號	原詩	鑲嵌詞調名	對應詞調數
1	日望梅花尚未開，郊原綠意動根荄。人看瑞雪濃如此，早有春從天上來。	望梅花、綠意、瑞雪濃、春從天上來	4
2	慶春時節正冬間，芳草青青不等閒。白玉交枝花徧嶺，翻疑飛雪滿群山。	慶春時、芳草、玉交枝、飛雪滿群山	4
3	隔年春似遠朝歸，一夜廳前柳弄暉。處處踏青遊有日，好時光在不相違。	遠朝歸、廳前柳、踏青遊、好時光	4
4	春來惟愛黃鶯兒，占得東風第一枝。昨日尋春芳草渡，一齊著力有誰知。	黃鶯兒、東風第一枝、芳草渡、東風齊著力[4]	4
5	徧地花開春未老，千紅萬紫錦纏道。鷓鴣天裏暮雲低，留戀情深難草草。	徧地花、錦纏道、鷓鴣天、戀情深	4
6	陰陰綠樹謝池春，海燕歸梁喜語頻。午枕夢回春草碧，于中好句得來新。	謝池春、燕歸梁、春草碧、於（于）中好	4
7	因探芳信到山亭，摘得新花插玉瓶。一點春光無近遠，喜遷鶯可隔簾聽。	探芳信、摘得新、一點春、喜遷鶯、隔簾聽	5

---

[4]　此詩因第二句「東風」已出現，故共用該詞，第四句再以「齊著力」示出，合為詞調名稱。

8	少年心事但思量，為步蟾宮日夜忙。折得桂枝香滿把，金明池做綠衣郎。	少年心、步蟾宮、桂枝香、金明池	4
9	仙郎月底修簫譜，品令應為世所稀，花發沁園春意滿，海天闊處鳳凰飛。	月底修簫譜[5]、品令、沁園春、鳳凰飛	4
10	瑞鶴沖天縱所如，逍遙樂事有誰知。秋河傳得雙魚信，報說陽和玉漏遲。	鶴沖天、逍遙樂、河傳、雙魚（兒）、玉漏遲	5
11	夜剔銀燈錦瑟諧，還從花下握金釵。紅林檎近堪持贈，為賀新郎朝玉階。	剔銀燈、握金釵、紅林檎近、賀新郎、朝玉階	5
12	一謁金門顏色改，得朝天子姓名香。三臺能贊成功業，晚節爭看畫錦堂。	謁金門、朝天子、三臺、畫錦堂	4
13	雙雙鵲喜朝天去，個個鳳歸雲外煮。獨有離亭燕子飛，啁泥暫向湖邊語。	喜朝天、鳳歸雲、燕子飛、向湖邊	4
14	浩浩中流下水船，小重山外柳含烟。望湘人去知多少，回首城頭月正圓。	下水船、小重山、柳含烟（湮、煙）、望湘人、城頭月正圓	5
15	山勢奇如寶鼎現，萬花攢作洞天春。樂遊曲澗舟來往，水調歌頭玉管新。	寶鼎現、洞天春、樂遊曲、水調歌頭	4
16	一曲瑤琴風入松，孤鸞標格亦從容。若彈宓子千年調，猶驀山谿幾萬重。	風入松、孤鸞、千年調、驀山谿	4

---

[5]　按：〈月底修簫譜〉即〈祝英臺近〉之別名。

17	詠無晝夜樂天句，似採明珠滿玉堂。堪笑西湖賢太守，寄書空有荔枝香。	晝夜樂、採明珠、西湖、荔枝香	4
18	風蹴清波引畫船，芳樽獨酌醉思仙。荷香不厭青衫濕，月下笛橫堤樹烟。	清波引、醉思仙、青衫濕、月下笛	4
19	梅子黃時雨更多，雨中花帶醉顏酡。晚晴獨步西湖月，撥棹子來漁父歌。	梅子黃時雨、雨中花、西湖月、撥棹子、漁父[6]	5
20	漁歌子夜蕩輕舟，目擊梧桐月影留。一葉落時秋已到，風翻白苧滿江頭。	漁歌子、擊梧桐、一葉落、白苧	4
21	啼向黃陵瑞鷓鴣，聲聲令雨暗平湖。四園竹內行香子，為訴衷情酒百壺。	瑞鷓鴣、聲聲令、四園竹、行香子、訴衷情	5
22	一個朝雲蘇幕遮，東坡引去向天涯。可憐絕世風流子，萬里春愁滿路花。	蘇幕遮、東坡引、風流子、萬里春、滿路花	5
23	一日狂吟十二時，高山流水有誰知。瀟湘神不留行客，惟有江亭怨別離。	十二時、高山流水、怨別離、瀟湘神	4
24	玉京秋色路迢迢，紫氣騰光透碧霄。一望仙樓雲去遠，鳳凰臺上憶吹簫。	玉京秋、透碧霄、望仙樓、鳳凰臺上憶吹簫	4
25	閒泛清波摘徧蓮，無愁可解過流年。玉人歌舞香風軟，兩岸垂陽[7]繫酒船。	泛清波摘徧、無愁可解、玉人歌、垂楊	4

6　〈漁父〉即〈漁歌子〉別名，已於第 20 首出現。

7　按：「陽」字當作「楊」。

26	仙娥一顧越溪春，千載猶傳思越人。卻是渡江雲去後，眉峰碧色寄江濱。	越溪春、思越人、渡江雲、眉峰碧	4
27	走馬章臺柳色前，長安公子醉翩翩。何曾認作拋毬樂，總被風中柳絮纏。	章臺柳、安公子、拋毬樂、風中柳	4
28	一剪梅花試巧粧，絳都春色細商量。佳人念隔溪山遠，不折紅梅到玉堂。	一剪梅、絳都春、隔溪山、紅梅	4
29	湘春夜月竹枝深，別怨重重酒懶斟。欸[8]乃曲來篷腳底，如聽莊舄越江吟。	竹枝、別怨、欸乃曲、越江吟	4
30	天津夜渡鵲橋仙，憶舊遊時已隔年。若問于飛樂亦在，鳳凰閣內話因緣。	鵲橋仙、憶舊遊、于飛樂、鳳凰閣	4
31	醉妝詞就翠樓吟，荷葉杯盛別恨深。繡帶兒拖西地錦，分明五綵結同心。	醉妝詞、翠樓吟、荷葉杯、繡帶兒、西地錦、五綵結同心	6
32	臨江仙樹烟中紫，疑是彩雲歸洞裏。翠黛雜揉八寶粧，長相思在湘江水。	臨江仙、彩雲歸、八寶粧、長相思	4
33	紅窗睡醒壓金線，飛過滿園花片片。莫念奴嬌怕遠行，春閨也有傷春怨。	紅窗睡、滿園花、念奴嬌、傷春怨	4
34	瀟湘春水合歡帶，漢浦珠明解佩環。喜繫裙腰松色綠，散餘霞作晚妝閒。	合歡帶、解佩環、繫裙腰、散餘霞	4

---

8 按：「欸」字當作「欸」。

35	嫦娥解佩夜遊宮，秋藍香生丹桂叢。眉嫵不知閒地少，又栽金菊對芙蓉。	解佩（令）、夜遊宮、秋藍香、眉嫵、金菊對芙蓉	5
36	楚江雲鎖寒窗宿，醉落魄愁酒甕空。卻憶王孫歸去晚，楓林夕照滿江紅。	鎖寒窗、醉落魄、憶王孫、滿江紅	4
37	風送荷池丹鳳吟，幾枝並蒂兩同心。月邊嬌笑休輕摘，自古佳人戀繡衾。	丹鳳吟、兩同心、月邊嬌、戀繡衾	4
38	愁春未醒幽窗睡，夢在秦樓月正明。雙鳳樓梧方喚起，街頭早有賣花聲。	愁春未醒、秦樓月、鳳樓梧、賣花聲	4
39	薄命女郎爭曉粧，芳洲日採白蘋香。濕羅衣處無人問，誰拂霓裳舞畫堂。	薄命女、白蘋香、濕羅衣、拂霓裳	4
40	迎新春色倍傷神，日望江頭思遠人。君夢橫塘看妾住，金蕉葉在不沾脣。	迎新春、思遠人、夢橫塘、金蕉葉	4
41	仙姿淡掃惜春容，王母瑤階草際逢。目送飛紅情更遠，仰看青杏鬢雲鬆。	惜春容、瑤階草、紅情[9]、青杏（兒）[10]、鬢雲鬆	5
42	憶瑤姬剪綠湘裙，髻挽巫山一叚[11]雲。羞把珠簾捲暮雨，陽臺夢斷不逢君。	憶瑤姬、巫山一段雲、珠簾捲、陽臺夢	4

9　按：〈紅情〉即〈暗香〉別名。

10　按：〈青杏兒〉即〈攤破南鄉子〉別名。

11　按：「叚」字當作「段」。

43	仙娃遲日浣溪沙，水照釵頭鳳影斜。粉蝶兒飛常撲袖，如將春色惜瓊花。	浣溪沙、釵頭鳳、粉蝶兒、惜瓊花	4
44	日種山花望欲迷，武陵春色有香泥。夢回一陣芭蕉雨，庭院深深烏夜啼。	山花（子）、武陵春、芭蕉雨、庭院深深[12]、烏夜啼[13]	5
45	瑞雲濃鎖鬱金堂，鬥百草時空自忙。問卜知為長命女，紗窗恨作嫁衣裳。	瑞雲濃、鬥百草、長命女、紗窗恨	4
46	街頭聞唱祝英臺，情久長懸少鳳媒。玉抱肚中偏不曉，空勞明月逐人來。	祝英臺（近）、情久長、玉抱肚、明月逐人來	4
47	月宮春帳玉山枕，畫閣珠簾金鳳鉤。憶悶秋宵吟不盡，夢行雲去迥添愁。	月宮春、玉山枕、金鳳鉤、秋宵吟、夢行雲	5
48	魚遊春水應知樂，鶯醉花間弄妙詞。卻怨王孫芳草綠，玉堂春曉未題詩。	魚遊春水、醉花間、怨王孫、芳草[14]、玉堂春	5(-1)
49	誰道長生樂可期，鳳簫吟罷到今疑。江城夜弄梅花引，說是天仙子不知。	長生樂、鳳簫吟、江城（子）、梅花引、天仙子	5
50	惜春每抱遐方怨，春曉曲成情未終。孤雁兒知生命蹇，如荷華媚也成空。	惜春（令）、遐方怨、春曉曲、孤雁兒、荷華媚	5

---

[12] 按：〈庭院深深〉即〈臨江仙〉別名。

[13] 按：〈烏夜啼〉即〈相見歡〉別名。

[14] 按：〈芳草〉已於第 2 首出現。

51	春滿芳園奪錦標，綺羅香袖百宜嬌。清平調有青蓮唱，誰解紅妝恨不消。	奪錦標、綺羅香、百宜嬌[15]、清平調、解紅妝	5
52	月上海棠千萬枝，被花惱亂是何時。迷神引入春雲裏，說個西施那得知。	月上海棠、被花惱、迷神引、西施	4
53	玉樓春裏三姝媚，笑倚菱花點絳脣。西子妝成何所事，丁香結作夢來頻。	玉樓春、三姝媚、點絳脣、西子妝、丁香結	5
54	滿庭芳樹撼庭秋，霜葉飛飛起暮愁。刺繡停針無意緒，一行新雁過粧樓。	滿庭芳、撼庭秋、霜葉飛、繡停針、雁過粧樓	5
55	撼庭竹內有秋聲，搗練月明心倍驚。何滿瓜期歸未得，陽臺路遠夢難成。	撼庭竹、搗練（子）、何滿（子）、陽臺路	4
56	曲江秋月上林端，一斛珠璣走急灘。彈得琵琶仙一曲，梧桐影裏鎖窗寒。	曲江秋、一斛珠、琵琶仙、梧桐影[16]、鎖窗寒	5
57	綺寮怨處傍殘霞，青玉案頭情轉賒。何事彩鸞歸不得，算來都是浪淘沙。	綺寮怨、青玉案、彩鸞歸、浪淘沙、	4
58	一叢花色羅敷媚，鳥舞春風上翠枝。欲捲珠簾還卻步，挾雛個個似娘兒。	一叢花、羅敷媚[17]、舞春風、捲珠簾、似娘兒、	5

---

15 按：〈百宜嬌〉即〈眉嫵〉別名。

16 〈梧桐影〉已於第20首出現。

17 〈羅敷媚〉即〈採桑子〉別名。

59	京洛名園碧牡丹，一枝獨倚玉欄干。祇緣久鎖春雲怨，縱染天香別樣看。	碧牡丹、玉闌干、春雲怨、天香	4
60	紅梅花近最高樓，鼓笛雙聲一夜愁。多麗從來多別苦，望江怨繫玉簾鉤。	最高樓、鼓笛（令）、多麗、望江怨	4
61	清秋浥露木蘭花，催雪玉梅共歲華。有意留春春未住，國香漫道不泥沙。	木蘭花、玉梅（令）、留春（令）、國香漫	4
62	碧桃春雨看濛濛，曾憶卓牌清夢中。子滿枝頭花自落，飛紅不許怨東風。	碧桃春、卓牌（子）、花自落[18]、怨東風	4
63	常憶江南度脫艱，皈依欲得解連環。感恩楊柳枝頭水，不見當時菩薩蠻。	憶江南、解連環、楊柳枝、菩薩蠻	4
64	清湘月出水茫茫，為惜分飛望斷腸。到此方思歸樂好，碧窗夢醒盡黃粱。	湘月[19]、惜分飛、思歸樂、碧窗夢	4
65	百囀高枝金縷衣，珍珠簾動報朝暉。含情輕摘雙紅豆，喜得王孫信欲歸。	金縷衣、珍珠簾、雙紅豆、王孫信[20]	4
66	萬樹繽紛錦帳春，放翁馳馬探芳新。筵前日接賢賓客，無那桃源憶故人。	錦帳春、（高平）探芳新、接賢賓、桃源憶故人	4

---

[18] 〈花自落〉即〈謁金門〉別名，已於第 12 首出現。

[19] 〈湘月〉即〈念奴嬌〉別名，已於第 33 首出現。

[20] 〈王孫信〉即〈尋芳草〉別名。

67	江南春滿採蘩新，喜遇燕春臺上人。誰道澡蘭香未歇，長亭怨在洞湖濱。	江南春、燕春臺、澡蘭香、長亭怨	4
68	常思離別難分手，悵望雲涯獨上臺。倖有醉鄉春色在，清風送我入門來。	離別難、望雲涯（引）、醉鄉春、送我入門來	4
69	昨甘草子近忘饑，散木都成連理枝。並蒂芙蓉生澗裏，從今不用酷相思。	甘草子、連理枝、並蒂芙蓉、酷相思	4
70	玉蓝寒生桂殿秋，瑤池燕子動簾鉤。佳人醉倚紅窗迥，為戀香衾懶上樓。	桂殿秋、瑤池燕、佳人醉、紅窗迥、戀香衾	4
71	灼灼花開香滿叢，隔籬又綻小桃紅。閒情欲做春宵曲，都在疎簾淡月中。	灼灼花、小桃紅、春宵曲、疏簾淡月	4
72	詩豪杜牧少年遊，為醉紅粧把酒籌。薄倖青樓留舊恨，回頭不再夢揚州。	少年遊、醉紅粧、薄倖、夢揚州	4
73	樓上曲欄嘉樹接，轆轤金井汲清淥。花爭紅豔占春芳，鳥喜團圓巢碧葉。	樓上曲、轆轤金井、占春芳、喜團圓	4
74	洞庭春色倦尋芳，暮夜行船過岳陽。閒向江城問卜算，歸田樂事在農桑。	洞庭春色、倦尋芳、夜行船、江城（子）[21]、卜算（子）、歸田樂	6(-1)
75	探蘩南浦祭天神，為想芳筵玉燭新。誰料瀟湘秋夜雨[22]，深山隔斷一枝春。	南浦、玉燭新、秋夜雨、一枝春	4

---

[21]　〈江城子〉已於第49首出現。

[22]　按：「誰料瀟湘秋夜雨」可化用為〈瀟湘夜雨〉詞調，然另有〈秋夜

76	歸去來歌五柳前，鶯啼序次更天然。何如擊柝江城子，雞叫陽關引客船。	歸去來、鶯啼序、江城子[23]、陽關引	4(-1)
77	盡日傾杯樂事深，閒來一曲塞翁吟。都將蝶戀花間意，付與西江月影沉。	傾杯樂、塞翁吟、蝶戀花、西江月	4
78	種蔬春霽久抽簪，貧也樂乎無不堪。有有令時皆分定，人生何必怨三三。	春霽[24]、貧也樂、有有令、怨三三	4
79	八節長歡因有酒，山亭晏樂恨無詩。醉翁操是雲仙引，恰際春風嫋娜時。	八節長歡、山亭晏、醉翁操、雲仙引、春風嫋娜	5
80	滿宮花雨染苔深，鋪地真成滴滴金。無數黃鸝繞碧樹，如聞法曲獻仙音。	滿宮花、滴滴金、黃鸝繞碧樹、法曲獻仙音	4
81	柳梢青翠舞風暉，乳燕山亭始學飛。[25]偶向西河逢釣叟，歡如魚水共忘機。	柳梢青、燕山亭、西河、如魚水	4
82	尋芳過澗歇還涉，簌水漸舒菱荇葉。似花非花柳絮□[26]，翻香不定玉蝴蝶。	過澗歇、簌水、花非花、玉蝴蝶	4

雨〉詞調，係以沒改動字句為主要呈現方式，判斷為〈秋夜雨〉。又〈瀟湘夜雨〉即〈滿庭芳〉別名，已於第54首出現。

[23]　〈江城子〉已於第49、74首出現。

[24]　按：〈春霽〉即〈秋霽〉別名。

[25]　按：「乳燕山亭始學飛」此句應以〈燕山亭〉為主要凸顯詞調，然此句亦可鎔鑄成〈乳燕飛〉一詞調。

[26]　按：此字墨跡污損，難以辨認。

83	漠漠山亭柳色青，杏園芳草接花汀。黃鸝一曲迷仙引，留得遊人駐馬聽。	山亭柳、杏園芳、迷仙引、駐馬聽	4
84	淡黃柳色弄東風，冉冉雲來萬樹紅。頗似上林春好處，醉垂鞭過莫恩恩。	淡黃柳、冉冉雲、上林春、醉垂鞭	4
85	一雙鸂鶒淺沙涉，似勸勞人解蹀躞。蝶戲春園鬪百花，池塘漸放新荷葉。	雙鸂（雞）鶒、解蹀躞、鬪百花、新荷葉	4
86	月照梨花夜漏遲，露華浮動月中枝。一年惟有春光好，盡醉花陰在此時。	月照梨花、露華、春光好、醉花陰	4
87	市橋柳放眼兒媚，露井桃開一萼紅。有酒不須金盞子，一花心動萬花同。	眼兒媚、一萼紅、金盞子、花心動	4
88	年年春夏兩相期，如夢令人著意隨。一路踏莎行柳岸，荷池閒看摸魚兒。	春夏兩相期、如夢令、踏莎行、摸魚兒	4
89	夜合花開翠羽吟，枝頭朵朵獻衷心。兒童莫摘紅英戲，可是光陰一寸金。	夜合花、翠羽吟、獻衷心、摘紅英、一寸金	5
90	西園竹對碧芙蓉，樂聖無憂琥珀濃。自古南柯春夢少，晴空閒看夏雲峰。	西園竹、碧芙蓉、聖無憂、南柯（子）、夏雲峰	5
91	陂塘柳接平湖岸，晚晏[27]西園載酒遊。萬頃秋波媚遠岫，一輪明月棹孤舟。	陂塘柳、宴西園、秋波媚[28]、明月棹孤舟	4

---

[27]　按：「晏」應作「宴」。

[28]　〈秋波媚〉即〈眼兒媚〉別名，已於第87首出現。

92	隔浦蓮生野水清，無邊綠蓋舞風輕。月中行過濂溪子，為惜紅衣坐到明。	隔浦蓮、綠蓋舞風輕、月中行、惜紅衣	4
93	遶佛閣中門盡開，兩程夫子看花回。醉春風裏休傷柳，同與伊川令弟來。	遶佛閣、看花回、醉春風、伊川令	4
94	日思佳客掃花遊，山漸青蔥花更稠。無悶何曾春去也，歡呼又自上西樓。	思佳客、掃花遊、山漸青、春去也[29]、上西樓	5
95	草堂真是錦堂春，鵲踏枝頭性自馴。好集賢賓乘野興，貂裘換酒賦詩新。	錦堂春、鵲踏枝、集賢賓、貂裘換酒	4
96	碧雲深處有仙家，日出山童掃地花。閒聽黃鸝金縷曲，雙荷葉裏吸流霞。	碧雲深、掃地花、金縷曲、雙荷葉	4
97	為惜秋華一盡歡，漁家傲我酒瓢寬。月中桂□□[30]衣滿，哨遍船頭未覺寒。	惜秋華、漁家傲、月中桂、哨遍	4
98	登高莫說龍山會，秋霽且尋陶令來。為惜黃花□[31]放手，紫萸香泛竹根杯。	龍山會、秋霽、惜黃花、紫萸香	4
99	欲把高陽臺作池，酒泉子與訂佳期。一枝花放一杯酒，且坐令行無盡時。	高陽臺、酒泉子、一枝花[32]、且坐令	4

---

[29]　〈春去也〉即〈憶江南〉別名，已於第 63 首出現。

[30]　按：此二字墨跡污損，難以辨認。

[31]　按：此字墨跡污損，難以辨認。

[32]　按：〈一枝花〉即〈滿路花〉別名，已於第 22 首出現。

100	雁寫遙天字字雙，秋思耗盡度清江。霜花腴處容沙宿，步月寒汀雪滿矼。	字字雙、秋思、清江（曲）、霜花腴、步月	5
101	幽人吟罷雪梅香，疎影偏宜占草堂。但恨暗香藏不住，時同白雪弄清光。	雪梅香、疏影[33]、暗香[34]、白雪	4
102	一生調笑令中仙，長壽樂時寧問年。逢夏初臨無一事，青門引水種瓜田。	調笑令、長壽樂、夏初臨、青門引	4
103	鎮西定遠夢還京，征部樂隨曾著名。從今不唱陽關曲，那有衰顏望遠行。	夢還京、征部樂、陽關曲、望遠行	4
104	甘州曲唱極相思，雙雁兒飛不暫離。沙塞城頭更漏子，霜天曉角一聲吹。	甘州曲、雙雁兒、沙塞（子）、更漏子、霜天曉角	5
105	唐多令下送征衣，盡感皇恩不念歸。把得尉遲杯在手，塞垣春看雪花飛。	唐多令、送征衣、感皇恩、尉遲杯、塞垣春、雪花飛	6
106	大江東去望江東，破陣惟憑一陣風。峭壁燒成赤棗色，夜飛鵲乃是英雄。	大江東去[35]、望江東、破陣（子）、赤棗（子）、夜飛鵲	5
107	傳言玉女搖仙佩[36]，雲裏金人捧露盤。試看御街行處擁，帝臺春色萬年歡。	傳言玉女、玉女搖仙佩、金人捧露盤、御街行、帝臺春、萬年歡	6

33　按：〈疏影〉已於第 1 首出現，〈綠意〉即是其別名。

34　按：〈暗香〉已於第 41 首出現。

35　按：〈大江東去〉即〈念奴嬌〉別名。已於第 33、64 首出現。

36　按：兩詞調共用同一字首例，「傳言玉女搖仙佩」分別共用「玉女」作〈傳言玉女〉與〈玉女搖仙佩〉兩詞調。

108	陽春恰與上元期，人月圓時燈萬枝。竹馬兒童叢百戲，瑤花霧裏踏歌辭。	陽春、人月圓、竹馬兒、瑤華[37]、踏歌辭	5
109	能定風波河瀆神，南鄉祠宇歲時新。往來多少行香子，三奠春醪薦白蘋。	定風波、河瀆神、南鄉（子）、歲時新、行香子、三奠（子）	6(-1)
110	日採桑間好女兒，七娘子與共追隨。九張機織天孫錦，玉簟涼生夜半時。	採桑（子）、七娘子、九張機、好女兒、玉簟涼	5
111	村市誰家百媚娘，柳腰輕細舞顛狂。有時自著紅羅襖，欲過秦樓問鳳凰。	百媚娘、柳腰輕、紅羅襖、過秦樓	4
112	閒聽西溪子夜歌[38]，龍吟曲裏水增波。天邊明月生南浦，欲買陂塘種綠荷。	西溪子、子夜歌、龍吟曲、明月生南浦、買陂塘	5
113	慶春澤沛應天長，攜酒尋芳草亦香。夜半樂遊南浦月，釣船笛徹水雲鄉。	慶春澤、應天長、尋芳草[39]、夜半樂、南浦、釣船笛	6
114	麥秀兩岐大有年，喜沽美酒□[40]平田。壺中天地寬如許，好月當窗醉始眠。	麥秀兩岐、大有、沽美酒、壺中天[41]、月當窗[42]	5

---

[37] 按：「瑤花」即「瑤華」，故此可列〈瑤華〉詞調名。

[38] 兩詞調共用同一字第二例。「閒聽西溪子夜歌」分別共用「子」字作〈西溪子〉與〈子夜歌〉兩詞調。

[39] 〈尋芳草〉已於第65首出現。

[40] 按：此字墨跡污損，難以辨認。

[41] 〈壺中天〉即〈念奴嬌〉別名。

[42] 〈月當窗〉即〈霜天曉角〉別名。已於第104首出現。

115	日醉桃源杖屨安，絕無俗念上眉端。攜壺獨酌酹江月，何事書空愁倚欄。	醉桃源、無俗念[43]、酹江月[44]、愁倚欄	4
116	好事近時來眼底，意難忘處亦今朝。人間過了千秋歲，猶憶秦娥紫玉簫。	好事近、意難忘、千秋歲、憶秦娥、紫玉簫	5
117	憶蘿月照鳳啣杯，劉阮二郎神送來。揉碎花箋無覓處，空教消息隔塵埃。	憶蘿月、鳳啣杯、二郎神、碎花箋、消息	5
118	聞說瑤臺聚八仙，翠屏秋色勸金船。月華清冷無人見，獨有玉京謠徧傳。	瑤臺聚八仙、勸金船、月華清、玉京謠	4
119	壽樓春色滿蓬萊，日望仙門去不迴。樂世全憑千斛酒，仙家不計上行杯。	壽樓春、望仙門、樂世、上行杯	4
120	玉女迎春青鳥至，蕊珠閒看瑞雲升，天門謠是飛瓊唱，疑在瑤臺第一層。	玉女迎春、蕊珠閒、天門謠、瑤臺第一層	4
121	彩鳳飛傳天上謠，湘江靜處奏簫韶。吹笙有個女冠子，送與麻姑望海潮。	彩鳳飛、湘江靜、女冠子、望海潮	4
122	金浮圖似祇園孤，盡散天花一事無。雙瑞蓮開凝曉露，玲瓏玉色徹冰壺。	金浮圖、散天花、雙瑞蓮、玲瓏玉	4
123	洞仙歌罷阮郎歸，十月桃花滿翠微。欲惜餘歡留客住，雙雙燕子向家飛。	洞仙歌、阮郎歸、十月桃、惜餘歡、雙雙燕	5

43　〈無俗念〉即〈念奴嬌〉別名。已於第 33、64、106 首出現。

44　〈酹江月〉即〈念奴嬌〉別名。

124	海上飛來瑞鶴仙，笛家笑倚杏花天。水龍吟出閒中好，一醉蓬萊幾百年。	瑞鶴仙、笛家、杏花天、水龍吟、閒中好、醉蓬萊	6
125	河邊影動倒垂柳，閒採蕙蘭芳滿手。遇著石湖仙客來，芰荷香裏坐談久。	倒垂柳、蕙蘭芳、石湖仙、芰荷香	4
126	漁父家風何所有，清秋夜月一樽酒。垂絲釣得白魚肥，陌上花中醉老友。	漁父家風、秋夜月、垂絲釣、陌上花	4
127	生逢全盛太平時，相見歡傾酒一巵。美玉瓏璁稱妙手，濤箋幾幅擷芳詞。	太平時、相見歡、玉瓏璁、擷芳詞	4
128	換巢鸞鳳舞晴暉，何事華胥引夢飛。盛代如今天下樂，大酺盡醉好扶歸。	換巢鸞鳳、華胥引、天下樂、大酺	4
129	大江西上曲江遙，萬里安瀾賀聖朝。長壽星明光宇宙，齊天樂作在雲霄。	大江西上曲[45]、賀聖朝、長壽星、齊天樂	4
130	田舍何知大聖樂，村村社鼓感恩多。酒酣坐倚亭前柳。共醉太平歌又歌。	大聖樂、感恩多、亭前柳、醉太平	4

---

[45]　「大江西上曲」為〈念奴嬌〉之異名。

國家圖書館出版品預行編目資料

韻體詞評：清代論詞絕句與論詞長短句研究

林宏達著. – 初版. – 臺北市：臺灣學生，2021.09
面；公分

ISBN 978-957-15-1874-9 (平裝)

1. 詞論 2. 清代

823.87   110015397

韻體詞評：清代論詞絕句與論詞長短句研究

著 作 者　林宏達
出 版 者　臺灣學生書局有限公司
發 行 人　楊雲龍
發 行 所　臺灣學生書局有限公司
地　　址　臺北市和平東路一段 75 巷 11 號
劃 撥 帳 號　00024668
電　　話　(02)23928185
傳　　眞　(02)23928105
E - m a i l　student.book@msa.hinet.net
網　　址　www.studentbook.com.tw
登記證字號　行政院新聞局局版北市業字第玖捌壹號
定　　價　新臺幣四五〇元
出 版 日 期　二〇二一年九月初版
I S B N　978-957-15-1874-9

82305